W0185382

Sweet Damnation

KINGS OF DIABOLO

KRISTIN GLIMMER

BLACK EDITION

Die Bücher von Kristin Glimmer bei *Black Edition*:

Kings of Diabolo Reihe

1. Bloody Pledge
2. Sweet Damnation
3. Hunting Game

KRISTIN GLIMMER

SWEET DAMNATION

MARIA
&
BLAC

Black Edition

Black Edition by Versum Verlagsgruppe GmbH

Sweet Damnation erschien erstmals im Jahr 2023, herausgegeben von Kristin Glimmer. © 2023 by Kristin Glimmer
Für die Neuauflage: Copyright © 2024 by Versum Verlagsgruppe GmbH, Am Himmelkamp 10, 30890 Barsinghausen
Alle Rechte vorbehalten. Unbefugte Nutzung, etwa wie die Vervielfältigung, Verbreitung, Übertragung oder Nachdruck, auch auszugsweise, nur mit schriftlicher Genehmigung der Versum Verlagsgruppe GmbH.

Coverdesign: Jaqueline Kropmanns
Umschlaggestaltung: Jaqueline Kropmanns und Caroline Keller
Bildmaterial: ©Kristin Glimmer, freepik.com
Lektorat: Alexandra Schönlein
Satz: Christelle Zaurrini
Druck und Verarbeitung:
FINIDR, s.r.o. Lípová
Printed in EU
ISBN 978-3-68908-006-8

Weitere Informationen unter:
www.black-ed.de
TikTok: black.edition.verlag
Instagram: black.edition.verlag

„Wenn du am Boden bist und dich fragst, wo Gott geblieben ist,
dann denke immer daran:
Der Lehrer schweigt bei einer Prüfung.“

Triggerwarnung

Du bist immer noch hier, wie es aussieht.
Scheint, als hättest du noch nicht genug.
Dann solltest du wissen, worauf du dich einlässt.
Dass du vorsichtig sein sollst, damit deine zuckersüße Seele nicht zerbricht.
In diesem Buch wird es nicht besser werden.
Auch wenn ich es nicht bin, der dich schlecht behandelt, werden andere kommen und diese Aufgabe erfüllen.
Sie werden dich verletzen und versuchen dich zu brechen.
Natürlich werden sie nicht zimperlich sein.
Kein Stück. Aber okay, Süße. Du bist noch immer hier.
Vielleicht stehst du auf solche kranken Wichser wie mich.
Gut, denn das heißt, dass wir eine Menge Spaß miteinander haben werden.

-Blac

(Eine explizite Liste findest du hinten im Buch)

KAPITEL 1

Maria

»Fick dich, David. Du bist vielleicht mein Erzeuger, aber deshalb noch lange nicht mein Vater.« Theatralisch drücke ich auf den roten Button und werfe das Handy mit Schwung auf mein Bett. Es verschafft mir ein höchst zufriedenstellendes Gefühl, dass es erst nach einigen kleineren Hüpfern zum Liegen kommt. Wenigstens habe ich dadurch das Gefühl, es ihm gezeigt zu haben. Auch wenn es höchst ärgerlich ist, dass nicht er es war, an dem ich meine Wut auslassen konnte.

Wobei ich dann auch weitaus härter gezielt hätte.

Verdient hätte er es.

Schnaubend vor Zorn und ein wenig zittrig, drehe ich mich um. Dabei treffe ich auf den belustigten Blick meiner Mitbewohnerin. Sie zu sehen sorgt dafür, dass das Blut in meinen Ohren rauscht. Mit bebendem Herzen beiße ich mir auf die Lippe. *Sieht sie es mir an? Weiß sie es? Ahnt sie etwas?*

Meine Atmung wird schneller. Unruhig sehe ich mich um. Sie wendet sich nicht ab, weshalb mir nur die Konfrontation bleibt. »Was«, fahre ich sie ungehalten an.

Ihre Mundwinkel zucken, dann hat sie sich wieder im Griff. Mit hochgezogenen Augenbrauen presst sie die Lippen aufeinander. »Maria, du übertreibst.« Sie verdreht die Augen und erhebt sich langsam von ihrem Bett. Ihre Worte bringen meinen Puls erneut zum Rasen. Die Züge meines Gesichts zucken. Bestimmt presse ich die Lippen aufeinander. Ich muss mich beherrschen, sie nicht anzuschreien. Noch mehr, ihr nicht meine Ängste entgegenzuschreien.

»Er übertreibt es. Und das schon seit einer ganzen Weile. Wir haben seit Ewigkeiten keinen Kontakt mehr und jetzt meint er mich anrufen zu müssen? Als wüsste ich nicht ganz genau, was er will.« Ich kneife verärgert die Augen zusammen und fahre mir kurz durch die langen Haare, welche sich an meinem Rücken locken. Währenddessen versuche ich meinen Puls zu beruhigen. *Ablenkung und Angriff.* Immer wieder sage ich mir diese Worte im Geiste auf.

Trotzdem gelingt es mir nicht, die Gedanken an ihn zu vertreiben.

An David. Meinen Erzeuger. *Leider.*

Und es gab eine verdammt lange Zeit, in der ich es nicht eine Sekunde gewagt hätte, gegen ihn zu rebellieren. Aber inzwischen sind die Dinge anders. Ich bin weit weg von ihm und seiner herrischen Art. Und noch wichtiger: endlich habe ich mit dem ganzen Mist abgeschlossen. Alicia sieht mich weiterhin verurteilend an. Dabei hat sie nicht einmal eine Ahnung, wer er ist und was er mir schon alles angetan hat. »Er wollte dir zum Geburtstag gratulieren.«

Ihr Versuch bringt mein Herz wieder zum Rasen. Ruckartig drehe ich mich um. Zweifelnd starre ich für einen Moment gegen die kalte, nackte Wand. »Genau.« Mit diesen wenigen Worten will ich es auf sich beruhen lassen.

Wenn sie diese Worte gehört hat, hat sie den Rest möglicherweise auch mitbekommen. Ich bete dafür, dass es nicht so ist.

Alicia weiß nicht, was er schon alles getan hat. Geschweige denn, wie heuchlerisch er ist. Für sie, in ihrer perfekten Bilderbuch-Welt, ist es unvorstellbar, sich mit seinen Eltern länger als drei Minuten zu streiten. Vermutlich fragt sie sogar freundlich vorab, ob sie denn überhaupt eine andere Meinung haben kann.

Mit David ist das etwas anderes.

Er ist ein erstklassiger Wichser.

Noch dazu hat er schon längst das Recht verwirkt, irgendetwas von mir zu wollen. Geschweige denn, sich bei mir melden zu dürfen.

Schließlich schüttle ich energisch den Kopf. »Weißt du, wenn es ihm um meinen Geburtstag gegangen wäre, hätte er eine schuldbewusste Karte seiner Sekretärin schicken lassen können. Genauso wie jeder andere beschissene Vater.« Das letzte Wort betone ich besonders. Die Bezeichnung passt schlicht und ergreifend nicht zu ihm. »Am besten inklusive eines dicken Schecks. Das wäre etwas, womit er mehr als nützlich werden würde. Außerdem ...« Ruckartig breche ich ab, verdrehe die Augen und lasse mich lediglich frustriert auf das Bett fallen. Ich weiß durchaus, aus welchem Grund mein Vater angerufen hat. Nur ist das nichts, was ich meiner Zimmernachbarin auf die Nase binden werde.

Er wollte mich kontrollieren. Vielleicht noch ein wenig in Diabolos Arsch kriechen, wenn die Beziehung gerade ungünstig ist.

Mit Sicherheit sogar.

Aus einem anderen Grund hat er sich bisher noch nie gemeldet. Aber hey, wenn man sein Kind schon bei einem geisteskranken Verbrecher aufwachsen lässt, dann soll man immerhin einen Vorteil davon haben oder nicht?

Er wohlbemerkt. Nicht ich.

»Ich schätze, dass unsere Vorstellungen von normalen Vater-Tochter-Beziehungen unterschiedlich sind.« Sie grinst mich an, wenn auch eine Spur mittleidig. Dazu gebe ich lediglich ein Schnauben von mir. War klar, dass Miss Sunshine das so sieht.

Seufzend schließe ich für einen Moment die Augen und strecke mich auf dem Bett aus. Ich muss ein Zittern unterdrücken. Deshalb kralle ich meine Hände in den Stoff der Decke und versuche mich krampfhaft in Gedanken zu beschäftigen.

Drei Jahre bin ich inzwischen weg.

Drei verdammte Jahre, in denen alles besser wurde.

Jeden einzelnen Tag.

Natürlich gab es hin und wieder ein paar Probleme. Wer hat die nicht? Aber es waren meine Probleme. Ganz normaler Alltagskram. Dinge, die auch jemandem wie Alicia passieren können.

Leider reicht ein beschissener Anruf, um mich zurück in seine Welt zu reißen. Eine Welt aus Missbrauch, Gewalt und Verbrechern.

Verbissen presse ich die Lippen zusammen.

Dann schlage ich die Augen auf und sehe Alicia direkt an.

Normalerweise kommen wir gut zurecht. Immerhin haben wir auch kaum eine andere Wahl, da wir uns seit über drei Jahren ein Wohnheimzimmer teilen.

Ja, wir sind zu Freundinnen geworden.

Trotzdem bin ich noch immer vorsichtig.

Schließlich gibt es niemanden, dem ich vollständig vertrauen kann. Nicht in allen Bereichen meines Lebens.

Deshalb ist es okay für mich, dass sie denkt, ich würde überreagieren. Es ist okay, dass sie glaubt, es geht nur um meinen Geburtstag oder den Anruf.

Wieder merke ich, wie meine Hände zu zittern beginnen. Mein Hals wird trocken und beinah hilfesuchend blicke ich an die Decke. Als würde die mir etwas bringen.

Bitter sehe ich mich nach Ablenkung suchend in dem restlichen Zimmer um.

Das verdammte Zimmer.

Ein willkürliches System hat dafür gesorgt, dass wir beinah unsere komplette Zeit miteinander verbringen. Niemand hat darauf geachtet oder gar Rücksicht genommen, was wir wollen. Nicht, dass das etwas verbessert hätte. Es ist leider nicht so, als hätte ich einen Haufen Freunde.

Knapp sehe ich zu Alicia.

Stöhnend wende ich den Blick wieder ab. Allein sie anzusehen, verpasst mir ein ordentlich schlechtes Gewissen. Ich weiß, dass sie mein Misstrauen nicht verdient hat. Trotzdem kann ich nicht vergessen, was ich mein ganzes Leben lang gelernt habe beziehungsweise, was mir eingeredet wurde.

Es gibt nur drei Regeln:

Gehorche mir.

Schweige.

Und bleib am Leben.

Wobei, letzteres ist eher eine Empfehlung als eine Regel.

Ich kann damit leben, wenn du sie brichst.

Du eher nicht.

Missmutig verziehe ich das Gesicht, als ich sein boshaftes Grinsen vor Augen sehe. Beinah spüre ich seinen alkoholgetränkten Atem auf meiner Haut. Wie er sich nach vorn lehnte und mit dem Daumen über mein Kinn strich.

Jedes Mal musste ich mich beherrschen, mich nicht angewidert abzuwenden.

Das hätte er mir niemals durchgehen lassen.

»Außerdem war es sicher gut gemeint«, bringt Alicia unsere Unterhaltung müde in Gang. Sie hasst es, wenn ich still bin. Blöd für sie. Ich mag die Stille. Erst recht, wenn ich währenddessen nicht allein bin.

Etwas, was sie bis heute nicht verstanden hat. Nicht erst einmal hatten wir eine Diskussion darüber, dass sie es schräg findet, gemeinsam zu schweigen.

Vermutlich eine weitere nervige oder unnormale Eigenart von mir.

Seufzend richte ich mich auf. Dann betrachte ich sie einen Moment.

Auf den ersten Blick erinnert sie mich an mich selbst. An mich vor ein paar Jahren. Sie ist süß, immer perfekt gestylt und ihre blonden Locken sind so beschissen ordentlich, dass sich kein einziges Haar traut, quer zu liegen.

Von der Haarfarbe einmal abgesehen hätte sie mein Ebenbild sein können. Manikürte Fingernägel, ein elegant zusammenpassendes Outfit und eine gerade Haltung.

Alles so wunderbar perfekt.

So war ich auch.

Für Ihn.

Diabolo.

Bei dem Gedanken schüttelt es mich kalt. Ich versuche ihn hartnäckig zu verdrängen. Nicht eine Sekunde will ich mit diesem Mann verschwenden.

»War es nicht.« Natürlich merke ich sofort, wie abweisend meine Antwort war. *Herzlichen Glückwunsch, Maria. Genau so gewinnt man Freunde.* »Und wenn, dann hätte er nicht drei Wochen zu spät anrufen sollen. Aber lass gut sein. Wechseln wir das Thema.« Diesen Satz schiebe ich nur wenig motiviert hinterher. Noch ehe Alicia den Mund öffnet, weiß ich, dass sie ihn wieder in Schutz nehmen wird. Natürlich nicht, weil sie ihn verteidigen will. Sie kennt den Pisser nicht einmal. Ihr Glück, wie ich erwähnen möchte. Es ist einfach ihre Art, in allem etwas Positives zu sehen. Ja, in Momenten wie diesen nervt es mich, dass ihr dauerhaft Regenbögen aus dem Arsch scheinen.

»Vielleicht willst du ihn noch einmal anrufen, damit ihr euch aussprechen könnt? Man sollte nie im Streit auseinander gehen.« Ich verdrehe die Augen. *Beschissene Regenbögen,* wie gesagt.

Unbewusst streiche ich über die Narbe an meinem rechten Unterarm. Sie ist inzwischen verblichen und lediglich eine dünne Linie.

Es überfordert mich, dass ich mich gezwungenermaßen mit diesem Thema beschäftigen muss. Er ist es nicht wert, dass sage ich mir selbst. Trotzdem kann ich es nicht verhindern, dass die Erinnerungen in mir aufsteigen. Meine Atmung wird immer schneller. Meine Arme beginnen zu zucken und meine Kehle fühlt sich zugeschnürt an. Nicht wegen meinem Erzeuger, sondern dem, was er zum Abschied gesagt hat. *Du solltest ein Stück freundlicher zu deinem Daddy sein. Vielleicht erinnere ich dich bald daran, was sich gehört. Oder nein, warte. Diabolo hat mich letztens erst gefragt, wie es dir geht. Vielleicht statten er und Daddy dir gemeinsam schon bald einen Besuch ab.*

Allein deshalb könnte ich ausrasten.

Wenn er hierher kommt ... Noch dazu mit Ihm.

Meine rasenden Gedanken überschlagen sich. Ich werde hektisch und unsicher.

Aus diesem Grund greife ich mit zittrigen Fingern zu meinen Kopfhörern. Ohne weiter auf Alicia zu achten, stecke ich sie in die Ohren und starte den Podcast WTF.

Marc Maron ist witzig, privat und vor allem: Ablenkend.

Es wirkt. Die Welt um mich herum verstummt und die charmante Stimme sorgt dafür, dass sich mein Puls beruhigt.

Ich werde ruhiger. Genauso wie Alicia.

Sie starrt mich mit verurteilendem Blick an und presst die Lippen aufeinander. Inzwischen kennt sie mich gut genug, um zu wissen, dass das Gespräch an dieser Stelle beendet ist. Es tut mir leid, sie so zu sehen. Besser gesagt, sie so zu behandeln.

Trotzdem kann ich nicht anders.

Wenn ich an diesem Punkt ankomme, kann ich mich nicht weiter mit dem beschäftigen, was mich dermaßen aufgewühlt hat. Ich muss abschalten. Zumindest, wenn ich nicht allein bin. Schließlich kann ich es mir nicht erlauben, vor ihr die Kontrolle zu verlieren.

Trotzdem spüre ich, wie sie einige Sekunden mit sich ringt.

Und auch wenn mir mein Verhalten leidtut, bin ich nicht gewillt, ihr entgegenzukommen. Was definitiv nicht ihre Schuld ist, aber auch nicht meine. Es ist seine. Leider bringt mein Erzeuger genau diese Reaktion nur allzu oft in mir zum Vorschein.

Und ich hasse es.

Ich hasse es, dass ich mich durch ihn verändere, wenn auch nur für einen kurzen Moment.

Mit diesem Gedanken atme ich tief ein. Leider spüre ich bereits wieder, wie mir die Situation entgleitet. Tränen der Verzweiflung steigen in mir auf, wenn ich an ihn denke.

Schließlich schiebt sich die glatte blonde Mähne von meiner Mitbewohnerin in mein Blickfeld, sodass ihre ebenen Haarspitzen mein Gesicht kitzeln. Irritiert wische ich sie zur Seite. Sie ignoriert meinen Versuch und zieht an dem Kabel meiner Kopfhörer. Ich beobachte, wie einer von ihnen herunterfällt, während in dem anderen Marcs Lachen zu hören ist. Es wirkt beinah sureal fröhlich.

»Lass uns endlich in unser letztes Semester starten, okay? Schließlich müssen wir noch eine Weile miteinander auskommen.« Ihre Stimme klingt bei diesen Worten ein Stück gequält. Dabei merke ich, wie schwer es ihr fällt auf mich zuzugehen. Warum sie es überhaupt macht? Vielleicht hat sie ein Helfersyndrom. Oder keine anderen Freunde.

Nein, das trifft nur auf dich zu, erinnere ich mich missmutig in Gedanken.

»Von einem beschissenen Thema zum nächsten, wie ich sehe«, murmle ich leise. Ich kann es kaum erwarten, die Vorlesungen endlich hinter mir zu lassen. Mal im Ernst. Wer sucht sich auch freiwillig Politikwissenschaften aus? Da schlafen selbst die größten Langweiler und Streber ein.

Wohlbemerkt zähle ich mich zu keinen von beiden.

Die Vorlesungen möchte ich gern hinter mir lassen.

Die Uni nicht.

Schließlich zählt die Studienzeit bisher zur besten Zeit meines Lebens. Zum ersten Mal konnte ich weitaus mehr Freiheiten genießen als zuvor. Auch wenn es bedauerlicherweise noch immer einige Einschränkungen gibt. Schließlich kann ich meine Vergangenheit nicht vollständig hinter mir lassen. Trotzdem würde ich sofort hierbleiben, nur um meiner Kindheit und dem, was ich mein Zuhause genannt habe, zu entkommen.

Und wieder merke ich, wie die Unruhe in mir aufsteigt. Im Stillen verfluche ich mich dafür. Jede Ablenkung scheint augenblicklich wieder auf den Highway der dunklen Erinnerungen zurückzuführen.

»Die Prüfungen waren zuletzt anspruchsvoll, aber dafür haben wir es bald geschafft.« Alicia nickt wohlwollend, während ich die Zähne aufeinanderpresse. Diese Unterhaltung ist so verdammt unangenehm, dass ich am liebsten wieder meine Kopfhörer in die Ohren stecken will. Sie versucht das Gespräch am Laufen zu halten, während ich mich bemühe, nicht dem Wahnsinn zu verfallen.

»Hm«, gebe ich langgezogen von mir. Sie betrachtet mich einen Moment lang, bis ich die Augen verdrehe. Ich muss mich dazu durchringen, bis ich die Worte schließlich herausbringe: »Ja, das ist ein Tomaten-Tag«, brumme ich leise.

Alicia erstarrt. Daraufhin nickt sie, sieht sich kurz unbeholfen um und lässt sich schließlich auf ihr Bett sinken. Krampfhaft starrt sie in eine andere Richtung, was mich zum Seufzen bringt.

In den letzten Jahren haben wir einander gut kennengelernt. Ich weiß, dass man sie besser nicht ansprechen sollte, wenn sie wie eine Irre Sport treibt. – Gott allein weiß, was in diesem Moment in ihr vor sich geht. Genauso ist es besser, sich nicht über ihre ekelerregend aussehenden Smoothies lustig zu machen. – Mehr als ein heikles Thema.

Aber in der Zeit hat sie auch gelernt meine Grenzen zu respektieren. Oder zumindest versucht sie es.

Leider fällt es ihr schwer, genau diese Momente zu erkennen. Da sie irgendwann einmal meinte, dass ich dann aussehe wie eine rote Tomate kurz vor dem Platzen, habe ich das zu meinen Tomaten-Momenten erklärt.

Dann gibt sie mir Zeit für mich.

Leider hat sie bisher nicht verstanden, dass eben die Auszeit ihrer Gesundheit dient, nicht meiner.

Mein Temperament ist teilweise ein wenig wild, weshalb ich nicht vollständig ausschließen könnte, sie mit einem ihrer dünnen Seidenschals zu erwürgen, wenn sie mir zu sehr auf die Nerven geht.

Nach einigen Minuten scheint Alicia die Worte nicht mehr zurückhalten zu können. Nervös steht sie auf, stellt sich vor mein Bett und wippt von einem Bein aufs andere. »Komm schon Maria, lass dich nicht so betteln. Wir verpassen noch die Einführungsveranstaltung, müssen uns für die Kurse eintragen und uns auch allgemein anmelden.« Ihre Augen werden bei den letzten Worten eine Spur größer. Etwas, dass mir nur ein leises Brummen entlockt. An diesem Morgen kommt es mir so vor, als würde sie mich provozieren wollen.

»Darauf könnte ich gern verzichten«, murmle ich leise. Unsere Unterhaltung ist steif und angespannt. Noch dazu habe ich das Gefühl, als würde sich das kein Stück bessern.

Deshalb erhebe ich mich schließlich und gebe mir einen Ruck. »Du hast recht. Entschuldige, ich bin heute ein wenig angespannt.« Um meine Worte zu untermalen, lege ich die Hand an meinen Bauch.

Sofort wird Alicias Blick verständnisvoll. Man kann einiges über sie sagen. Aber nicht, dass sie gefühlskalt oder nachtragend ist. Zu meinem Glück. Wahrscheinlich ist es nur diesem Umstand geschuldet, dass wir uns nicht schon längst die Köpfe eingeschlagen haben.

Ich setze ein gequältes Lächeln auf und verschränke die Arme. Im selben Moment lasse ich sie wieder sinken und halte die Hände verkrampft an den Seiten. Damit hoffe ich, weit weniger verschlossen und ablehnend auszusehen.

Der Wille ist auf jeden Fall da.

Schließlich folge ich Alicia zur Tür.

Jeder Schritt fällt mir schwer. Ich fühle mich zittrig und schwach. Noch dazu habe ich das Gefühl, die Sicherheit meines Zimmers verlassen zu müssen. Besser gesagt: Mich in eine unsichere Welt zu begeben.

»Ich muss nochmal schnell aufs Klo«, rutscht es mir

heraus, noch ehe ich darüber nachgedacht habe. Ruckartig halte ich inne. Mein Herz pocht wie verrückt. Wenn ich zurück in mein Zimmer gehe, kann ich mich dann dazu durchringen, es wieder zu verlassen? Zögernd beiße ich mir in der Türschwelle auf die Lippe.

Alicia sieht mich auffordernd an. »Dann geh. Oder wartest du auf meine Erlaubnis?«

Ihre Worte sorgen für eine erneute Welle der Unsicherheit. Ein letztes Mal zögere ich. Dann gehe ich mit einigen schnellen Schritten in unser eigenes Klo. Die Tür schlägt hinter mir zu. Im gleichen Moment sinke ich auf den Boden. Meine Schultern beginnen zu beben, mein Herz rast und ich grabe die Hände tief in mein Haar. Ein leises Wimmern rutscht mir heraus.

Verdammt, das hier ist der erste Tag und ich habe bereits das Gefühl, als würde mir alles entgleiten. Ein Anruf und ich verliere die Kontrolle.

Aber vielleicht liegt es nicht an dem ersten Tag, sondern daran, dass es das letzte Jahr ist. Das letzte Semester, besser gesagt. Mit jeder Stunde komme ich dem Ende meiner Studienzeit näher. Und dann?

Tja, was passiert danach?

Das Studium war nicht einmal meine Idee. Es war Diabolos. Beziehungsweise der Studiengang. Wobei Idee oder Empfehlung etwas zu freundlich ausgedrückt ist. Als er mir diesen nahegelegt hat, hatte ich nicht das Gefühl, eine Wahl zu haben.

Der Typ ist definitiv ein Arsch und meine Kindheit bei ihm war leider durchgängig beschissen. Es gab nur wenige Momente des Lichts und der Hoffnung, aus der erdrückenden Schwärze seiner Welt zu entkommen.

Alle diese Momente, in denen es mir für einen kurzen

Augenblick besser ging, in denen der Schmerz und das Leid angehalten haben, verbinde ich mit einer einzigen Person.

Für eine Sekunde erschaudere ich bei dem Gedanken an ihn.

Schließlich ist es schon eine ganze Weile her, dass ich ihn so gesehen habe. Als meinen Helden. Stark und unerschrocken.

Ein Wolf, der sich vor sein Rudel stellt.

Und nicht als mein Feind. Einer meiner Peiniger, die mich lediglich unterdrücken.

Als ein Poltern ertönt sehe ich ruckartig auf. Stimmen nähern sich und bringen mich schlagartig zurück in die Gegenwart.

Ich hasse es.

Dass ich nicht allein bin. Keine verdammte Sekunde.

Und gleichzeitig liebe ich es mehr als alles andere.

Es gibt nichts Schlimmeres als die Einsamkeit.

Wobei, doch.

Die falsche Gesellschaft. Eine, in die ich zurückmuss, wenn ich außerhalb keinen Wert für ihn habe. Deshalb muss ich wichtig sein. Gut genug, schlau genug und mit dem besten Abschluss. Ich muss ihm zeigen, dass er mich für seine Geschäfte in der ganzen Welt braucht.

Nur dann habe ich eine Chance auf ein Leben.

Mit diesem Gedanken rapple ich mich auf.

Fahrig wische ich mit der Hand über mein Gesicht. Zittrig rücke ich meine Klamotten zurecht.

Ich gehe durch die Tür und lasse die Bedenken zurück. Bestimmt sperre ich alle Zweifel weg und konzentriere mich lediglich auf mein Ziel.

KAPITEL 2

Maria

15 Jahre zuvor

»Daddy ist kein guter Mensch, mein Schatz.« Die Worte wiederholen sich in meinem Kopf.

Ich traue mich kaum zu antworten, trotzdem kann ich es nicht zurückhalten. »Warum?«

Er fährt sich stöhnend mit den Fingern über den kurzen Bart. Dabei lehnt er sich noch ein Stück näher zu mir. Bereitwillig rutsche ich ihm entgegen.

Trotz seiner Worte.

»Weißt du, manchmal lohnt es sich einfach nicht, gut zu sein.« Seine Stimme klingt eigenartig. So, als würde er gehen wollen. Trotzdem schlingt er den Arm um meinen Oberkörper und drückt mich an sich heran.

Fragend sehe ich auf. »Es lohnt sich nicht?«

»Manchmal nicht.«

»Hm«, mache ich leise, während ich meinen Lieblingsteddy zwischen den Fingern hin und herbewege. Er war ein Geschenk von Nana. Leider hat sie uns seit einigen Jahren nicht mehr besucht.

»Hast du Angst, wenn Daddy nicht gut ist?« Seine Frage wundert mich. Noch dazu weiß ich nicht, wie ich darauf reagieren soll.

»Manchmal habe ich Angst.«

»Vor mir?«

Er klingt verärgert, weswegen ich schnell den Kopf schüttle. Ich will nicht, dass er wütend wird. Dann wird er laut und ungehalten.

So anders als sonst.

»Wovor hast du Angst?« Während seiner Worte spüre ich den prüfenden Blick auf mir. Sein Arm scheint immer schwerer auf meinem Oberkörper zu lasten und ich wage es nicht, mich auf meinem Bett zu bewegen.

»Vor ...« Die Worte sind in meinem Kopf. Es gelingt mir nicht, sie herauszubringen. Manche, weil ich mich nicht traue, manche, weil ich mich nicht an sie erinnern kann. »Der Dunkelheit«, schließe ich meinen Satz schließlich ab.

Daddy legt die Hand unter mein Kinn. Ich hasse es, wenn er das macht. Dann fühle ich mich so angreifbar, verletzlich und schwach. Wie eine Puppe, die er herumschiebt. Trotzdem wehre ich mich nicht, als er meinen Kopf zu sich dreht. »Du bist ein schlaues Mädchen. Viel zu schlau, um dich vor so etwas Lächerlichem zu fürchten.«

Das Klingeln seines Telefons lenkt seine Aufmerksamkeit von mir ab. Er wirft einen schnellen Blick darauf und murmelt etwas, das ich nicht verstehen kann.

Dann drückt er mir einen Kuss auf den Scheitel und rappelt sich langsam auf. Er stützt sich auf meinem Bett ab, was sich ihm entgegenneigt.

Stumm sehe ich dabei zu, wie er binnen Sekunden zu einem völlig anderen Menschen wird. An der Bettkante hat er das freundliche Lächeln abgelegt. In der Mitte meines

Zimmers verändert sich seine Körperhaltung. Sie wird steifer, angespannter und gerader.

Während er die Tür öffnet, dreht er sich ein letztes Mal um.

Da hat sich auch sein Gesichtsausdruck verändert, sodass ich ihn kaum wiedererkenne.

Für einen Moment denke ich, er würde noch etwas sagen. Macht er aber nicht. Ich schlucke hart. Dann schlägt die Tür hinter ihm zu und ich ziehe meinen Teddy fest an meine Brust. Wimmernd presse ich mein Gesicht in seinen weichen Bauch, während sich Daddys Schritte langsam entfernen. Bei jedem einzelnen setzt mein Herz für eine Sekunde aus. Nur um dann umso schneller zu schlagen.

Nervös wippe ich mit den Füßen. Die Decke, die auf meinem Schoß liegt, beginnt zu beben. Ich starre aus dem Fenster, in die Ferne und betrachte den Horizont. Dabei beiße ich mir auf die Lippe und fahre mit der Hand über mein Gesicht. So wie Daddy es immer macht.

Irgendwann kann ich meine Unruhe nicht weiter verdrängen, werfe die Decke zur Seite und schwinge die Beine aus dem Bett. Knapp betrachte ich meine nackten Füße. Ein letztes Mal zögere ich, dann stehe ich auf und haste zur Tür. Mein Herz bebt, während ich die Hand zur Türklinke ausstrecke. Ich zittere, meine Schultern heben und senken sich hastig. Mir wird schlecht, als hätte ich zu viele Gummibärchen gegessen und sie verkleben meinen Magen, der sich eigenartig vom Zuckerschock zusammenzieht. Schließlich reiße ich die Klinke herunter und trete schnell um die Ecke herum. Schwer atmend sehe ich nach rechts und links. Der Gang ist leer. Lediglich einzelne Sonnenstrahlen fallen durch das Fenster am Ende des Flurs.

Auf Zehenspitzen schleiche ich zur Treppe. Dabei habe

ich das Gefühl, als könnte man das nackte Klatschen meilenweit hören.

»Kommen Sie. Wir werden das geschäftliche in meinem Büro klären.« Die kalte Stimme von meinem Daddy lässt mich erstarren. Im nächsten Moment reiße ich mich aus meiner Schockstarre los und flitze die Treppe hinauf in die dritte Etage. Die Schritte, welche sich ebenfalls an den Aufstieg machen, sind monoton und gleichmäßig. Es sind zwei Personen, wenn ich richtig liege.

»Ich habe bereits alle nötigen Unterlagen vorbereitet.« Er klingt noch immer kalt. Dieses Mal spricht er aber ein wenig schneller. So, als wäre er nervös.

Ich bin es auf jeden Fall.

Als ich vor der grauen Zimmertür ankomme, zögere ich einen Moment.

»Hier entlang.« Diese zwei Worte reichen aus, um mich meine Entscheidung treffen zu lassen. Sie sind viel zu nah und bald werden sie mich sehen. Deshalb ziehe ich die Tür auf, gehe hindurch und schließe sie leise.

In dem Büro angekommen sehe ich mich keine Sekunde um. Stattdessen renne ich geradewegs auf den massiven Büroschrank zu.

Mit zittrigen Fingern drehe ich an dem Schlüssel, der im Schloss steckt, öffne die Tür und krieche zwischen die Regalböden. Ich habe die Tür gerade an der Stange, die innen am Türblatt entlangführt, geschlossen, als ich ein Rumpeln höre.

Mein Herz setzt aus. Dann kralle ich meine Finger in meinen Teddy, den ich noch immer in den Händen halte.

Erst in diesem Moment wird er mir bewusst.

Vor Erleichterung hätte ich beinah geweint.

Es ist nur ein Teddy, aber es bedeutet, dass ich nicht

allein bin. Und bisher ist mir noch nie etwas Schlimmes passiert, wenn er da war.

»Setzen Sie sich gern.« Daddy räuspert sich leise.

Ein leises Knarzen folgt seinen Worten. Kurz verdunkelt sich der Lichtspalt vor meinen Augen und ich halte die Luft an. Dann fällt das Sonnenlicht erneut auf mein Gesicht. Hektisch atmend drücke ich meine Finger fest in Teddys weiches Fell.

»Nun ...« Daddy scheint nervös zu werden. Das spüre ich an seiner Stimme, auch wenn er es zu verbergen versucht.

Ihm antwortet niemand, was mir zusätzliche Bauchschmerzen bereitet. Inzwischen kann ich nicht einmal mehr sagen, warum ich hierhergelaufen bin. Wieso wollte ich hören, was sie sagen? Aus Neugier? Oder weil er von mir weggegangen ist, um sich mit ihm zu treffen?

Mir treten Tränen in die Augen und ich drücke mein Gesicht in Teddys Bauch. »Wollen wir beginnen?« Wieder Daddy. Und wieder bekommt er keine Antwort. Seine Stimme klingt dumpf, obwohl er nur knapp vor der Tür stehen muss.

»Womit?« Wieder halte ich die Luft an. Dieses Mal, weil der andere Mann spricht. Meine Finger beginnen zu kribbeln. Langsam beuge ich mich nach vorn und bringe mein Gesicht dicht vor den Lichtspalt. Beinah sofort zucke ich zurück. Der andere Mann sitzt in einem Sessel, mit dem Blick zu mir. Seine Augen sind dunkel. Beinah schwarz. Er hat dichtes, graues Haar und trägt ein schwarzes Hemd. Der Mann ist groß und breit. Breiter als Daddy, obwohl er einen weichen Bauch hat.

Interessiert legt er den Kopf schief. Dabei hält er den Blick weiter direkt auf mich geheftet. Ich bin mir sicher, dass er mich nicht sehen kann. Und trotzdem habe ich das Gefühl, er würde mir direkt in die Seele blicken.

»Wir wollten darüber sprechen, wie unsere Zusammenarbeit weiterhin aussehen kann.«

Der Grauhaarige verzieht kaum eine Miene. Lediglich für einen Moment sieht er zu meinem Vater, den ich von meiner Position aus nicht erkennen kann. Er muss auf dem Schreibtischstuhl sitzen, der sich rechts neben dem Schrank befindet.

»Welche Zusammenarbeit?« Seine Antwort macht mich nervös. Ich kenne diesen Mann nicht und habe ihn noch nie bei uns gesehen. Trotzdem weiß ich inzwischen, was ich antworten würde, wenn Daddy mich noch einmal fragt, wovor ich Angst habe.

Vor ihm.

Auch wenn ich ihn erst ein paar Minuten gesehen habe, jagt er mir eine ungeheure Panik ein. Alles an ihm wirkt so glatt. So perfekt und gleichzeitig falsch. Als würde er sich verstellen oder etwas spielen. Er erinnert mich an John aus der 1c, der immer behauptet, er hätte mir nicht meine Stifte weggenommen. Ihn habe ich auch sofort durchschaut. Ich wusste, dass er log. Auch wenn alle anderen ihm geglaubt haben.

Missmutig senke ich den Blick. Erst Daddys Antwort lässt mich wieder aufsehen. »Diabolo, wir pflegen bereits seit Jahren eine gute Zusammenarbeit, die auf beidseitigem Vertrauen beruht …«

»Schwachsinn!« Die heftige Antwort lässt mich zurückzucken. Unbeholfen stoße ich mit dem Ellenbogen gegen die Rückwand und einer der Ordner kippt gegen meine Seite. Still presse ich die Lippen aufeinander, während eine Träne über meine Wange läuft. Dabei halte ich Teddy die ganze Zeit fest vor mich gepresst, sodass mein Atmen von ihm gedämpft wird.

»Jahrelang habe ich deine Anwesenheit geduldet. Ich habe dafür gesorgt, dass deine Geschäfte florieren aber du, mein Freund, du hast dich als nutzlos erwiesen. Also sag mir, ist das die Zusammenarbeit, auf die ich zählen kann? Auf die ich hoffen darf?« Mit jedem Wort wird seine Stimme leiser, bis sie lediglich einem Zischen gleicht.

Wie eine Schlange.

Die Worte kommen mir sofort in den Sinn und lassen mich erschaudern. Ich hasse Schlangen. John hat mir einmal eine echte in mein Federmäppchen gelegt. Es war schlimm, doch diese Stimme, die bereitet mir eine wirkliche Gänsehaut.

»Diabolo ...«

Ein röchelnder Schrei folgt dem Versuch meines Vaters. Er wimmert leise und ich wage es nicht, mich zu bewegen. Stattdessen starre ich wie benommen auf den Spalt zwischen den Türen.

Der grauhaarige Mann hat sich erhoben und nach vorn gebeugt. Sein Arm ist ausgestreckt, aber ich sehe nicht, was er damit macht.

Das Schlimmste ist sein Blick, den er inzwischen wieder auf mich richtet. Die Augen verengt er zu schmalen Schlitzen, die Mundwinkel hebt er spöttisch in die Höhe.

»Du wolltest dich erklären, wenn ich mich recht entsinne.«

Daddy gibt einen gurgelnden Laut von sich. Er klingt, als hätte er Schmerzen. Mir zieht es den Bauch zusammen. Meine Kehle ist so trocken, dass ich immer wieder gegen einen ekligen Widerstand schlucke.

»Bitte«, fleht er schließlich leise.

»Bitte, was?« Schnaubend streckt er sich. Dabei kommt

auch seine ausgestreckte Hand wieder in mein Blickfeld. Meine Augen weiten sich schockiert, als ich das Messer darin sehe.

»Bitte, töte mich nicht.«

»Nur dich? Oder bittest du mich um einen weiteren Gefallen? Verlangst mehr, obwohl ich bereits großzügig war.« Wieder klingen seine Worte wie eine zischende Schlange. Langsam lässt er sich zurück in den Sessel sinken. Dann zieht er ein Stofftaschentuch aus der Tasche und führt die Klinge des Messers darüber. Der schwarze Stoff verfärbt sich nicht, aber ich sehe die rote Flüssigkeit, die auf dem silbernen Metall glänzt.

»Nein.« Die Antwort klingt schmerzerfüllt.

»Nein, was?«

»Keine weiteren Gefallen. Verschone mich.« Seine Stimme ist zu einem Schluchzen übergegangen. Mit offenem Mund starre ich weiter auf den kleinen Lichtspalt. Es gelingt mir nicht, ihrer Unterhaltung zu folgen. Wieso sollte dieser Mann Daddy etwas antun? Wieso ihn ... töten? Und wieso fragt er ihn nach einem Gefallen?

»Und deine Frau? Was ist mit ihr? Bittest du um ihr Leben? Um einen weiteren Gefallen? Oder würdest du sie mir für dein Leben anbieten?« Der Grauhaarige richtet sich auf. Mit der Klinge tippt er sich selbst leicht gegen die Brust.

»Ja!« Daddy brüllt das Wort heraus.

»Was darf ich alles mit ihr machen?« Er bekommt keine Antwort, weshalb er den Kopf schräg legt. »Sie ficken? Sie quälen? Sie töten?«

Ich verstehe kein Wort von dem, was er sagt. Er spricht von Mami. Fragt merkwürdige Dinge und Daddy ...

»Ja, verdammt!«

Der Fremde nickt langsam. Gelassen richtet er sich auf

und geht ein paar Schritte auf mich zu. Zitternd schließe ich die Augen und versuche mich, soweit ich kann, in das Innere des Schrankes zu verkriechen. Teddy schiebe ich schützend an meine Seite, während ich die Finger so fest in seinen flauschigen Körper kralle, dass es ihm wehtun muss.

Trotzdem kann ich nicht anders.

Am liebsten würde ich schreien. Ich will weinen und wegrennen, aber ich kann nicht. Nicht, wenn er direkt vor den Türen steht.

»Und deine hübsche, kleine Tochter? Was ist mit ihr?« Die Zeit scheint still zu stehen. Ich traue mich nicht, den Kopf zu heben oder die Augen zu öffnen. Seine Stimme klingt so unfassbar nah, dass ich das Gefühl habe, er würde mir die Worte direkt ins Ohr hauchen.

»Nimm sie!«

Im Hintergrund nehme ich wahr, wie Daddy flucht. Er jammert und murmelt Dinge, die ich nicht verstehe. Ansonsten bleibt es ruhig.

Keiner antwortet.

Irgendwann öffne ich zittrig die Augen. Ich blinzle ein paar Mal, weil es beinah stockdunkel in dem Schrank geworden ist. Geradewegs starre ich auf den schwarzen Rücken des Fremden. Er steht nur wenige Zentimeter vor den Türen.

Die Zeit scheint sich endlos in die Länge zu ziehen. Mir kommt es vor, als würden Stunden vergehen, bis der Fremde sich endlich wieder bewegt. Er geht ein paar Schritte nach vorn. So weit, bis ich nur noch sein Seitenprofil sehe. Dann beugt er sich zur Seite und verschwindet beinah völlig aus meinem Sichtfeld.

»Siehst du, wie schwach du bist? Wie feige? Du verschacherst deine Frau an den Erstbesten. Du verschenkst dein eigenes Kind. Und wofür? Für nichts! Das mein Freund, zeigt umso deutlicher, warum wir niemals ebenbürtige Geschäfte miteinander machen werden. Du bist eine Made, die sich im Dreck windet. Eine, die man maximal dazu benutzen kann, um die Fische anzulocken. Du bist niemand, der einen zweiten Blick wert ist.«

Daddy gibt ein spuckendes Geräusch von sich. Eine Antwort gibt er ihm aber nicht.

»Schon bei der kleinsten Bedrohung knickst du ein. Sag mir, wie soll ich so jemandem vertrauen? Wie soll ich dir vertrauen?«

»Es ist alles nur für dich!« Daddy wird wütend. Seine Stimme ist laut und bereitet mir noch mehr Angst. Am liebsten würde ich aus dem Schrank rennen und mich in seine Arme werfen. Er soll mir sagen, dass alles gut wird. Mir einen Kuss auf die Stirn geben und über meinen Kopf streicheln.

Meine Wangen sind inzwischen völlig von Tränen bedeckt. Meine Nase läuft und ich schniefe leise in Teddys Fell. Dabei halte ich den Kopf weiter gesenkt, um nicht gegen das obere Regalbrett zu stoßen.

»Für mich? Interessant. Ich habe nicht das Gefühl, dass du etwas für mich getan hast.« Zwei Schritte sind zu hören. Sehen kann ich keinen der Beiden. »Aber ich hätte möglicherweise etwas, dass du tatsächlich für mich tun kannst. Eine Aufgabe, die wie gemacht ist für jemanden wie dich.«

»Alles! Ich mache alles.«

»Darauf habe ich gehofft.«

Der helle Spalt verschwimmt in einem Meer aus Tränen. Ein Schatten erscheint davor und verdunkelt meine Welt. Dieses Mal dreht mir der Fremde nicht den Rücken zu. Er steht vor mir, nur wenige Zentimeter entfernt. Lediglich das Türblatt trennt uns voneinander.

Ich presse meine zittrigen Finger gegen das Schloss,

halte mich and der Stange fest, als würde sie mich vor allem Übel bewahren.

»Wenn du mich enttäuschst, wird es keinen weiteren Versuch geben. Das solltest du dir besser merken.« Seine zusammengekniffenen Augen sind direkt auf mich gerichtet. Dieses Mal bin ich mir sicher, dass er weiß, dass ich da bin.

Er weiß es.

Und er wird mich nicht davonkommen lassen.

KAPITEL 3

Maria

Der erste Tag scheint binnen Sekunden vorbeizugehen. Dabei habe ich kaum etwas getan, als mit meinen Freundinnen zu reden. Wobei Freundinnen ein sehr weitläufiges Wort ist. Sie sind wie Alicia und ich. Eine nette Zweckgemeinschaft, die sich nach der Zeit an der Uni in nichts auflösen wird. Wir werden eine Zeit lang miteinander schreiben. So lang, bis die Nachrichten immer weniger werden. Irgendwann gehen wir mit Sicherheit dazu über, uns lediglich an den Feiertagen und Geburtstagen zu schreiben. Bestimmt mit etwas in der: Wir müssen uns unbedingt wieder treffen – Richtung. Was dann natürlich nie stattfinden wird.

Nervös sehe ich auf die Uhr. Mein Bein beginnt wie von selbst zu wippen und das Herz in meiner Brust scheint zu explodieren. *Noch zwei Minuten,* verhandle ich mit mir selbst. In zwei Minuten werde ich aufstehen und gehen. Dann habe ich noch genug Zeit.

Ich habe gefühlt nicht einmal geblinzelt, bis weitere fünf Minuten vergangen sind. Meine Fingerspitzen beginnen zu kribbeln. Nachdenklich streiche ich damit über den glatten Tisch. Wieder werfe ich einen Blick auf die Uhr. Wenn ich noch ein paar Minuten warte und mich dann beeile, sollte ich es immer noch schaffen. Ich könnte ... *Nein,* denke ich hart. Im selben Moment erhebe ich mich verkrampft. Meine Bewegung verschafft mir sofort die Aufmerksamkeit der anderen am Tisch. Alicia sieht fragend zu mir auf. Die anderen beiden schenken mir lediglich einen kurzen Blick.

»Ich werde zurück ins Zimmer gehen.« Für einen kurzen Augenblick fühle ich mich wie ein verlorenes Küken, das auf dem Highway nach seiner Mama sucht.

Dieser Gedanke sorgt für ein Gefühl der Verbitterung in mir. Ich schlucke gegen den Widerstand in meinem Hals und zucke leicht mit den Schultern. Einige Sekunden vergehen, dann nickt Alicia mit einem kurzen Lächeln. Die anderen haben ihre Gespräche wieder aufgenommen.

Danke, ich euch auch. Mit einem kurzen Augenverdrehen wende ich mich ab. Wäre es zu viel verlangt, wenigstens ein wenig Freundlichkeit vorzuheucheln? Nachzufragen, wohin ich will? Ob ich wiederkomme?

Vermutlich schon.

Noch dazu wäre es für das, was ich heute vorhabe, alles andere als gut. Und auch wenn ich möglicherweise einen Anteil daran habe, dass sie mich so behandeln, gibt es trotzdem Momente, in denen es mich ankotzt.

Gut, gestehe ich mir selbst ein. Vermutlich sind meine abweisende Art, die Distanziertheit, mit der ich ihnen seit dem ersten Tag begegne und die Tatsache, dass ich es nur wenige Minuten in Gesellschaft aushalte, Gründe dafür gewesen.

Aber wer weiß das schon.

Vielleicht passt ihnen auch einfach mein Outfit des Tages nicht. Möglich wäre es. Ich sehe mich bereits in einer modernen Cinderella-Story, als ich die Tür des Diners durchquere und in Richtung des Campus laufe. Mit jedem Schritt stolpert mein Herz noch eine Spur schneller. Meine Hände werden schwitzig, trotz dessen, dass es bereits abgekühlt ist. Ein paar Mal stolpere ich über einen kleinen Absatz in dem Kopfsteinpflaster und jedes Mal setzt mein Herz für eine Sekunde aus.

Deshalb begebe ich mich umso starrsinniger in meinen Tagtraum über mich als verstoßenes Aschenputtel.

Vermutlich ist das mein Ding. Mich aus unschönen Situationen in noch hässlichere hineinzufantasieren. Und während ich mir vorstelle, wie man mich immer wieder vor den dreckigen Kamin drückt, frage ich mich, was genau mit mir nicht stimmt. Haben andere auch solche Tagträume? Im Allgemeinen mit Sicherheit. Aber beginnt auch jeder davon mit einem Unfall, einer Krankheit oder Demütigung? *Sicher nicht.*

Ich kralle die Nägel in meine Handinnenflächen. Meine Schritte werden schneller, während ich mich immer wieder suchend umsehe. Jedem den ich auf meinem Weg treffe, werfe ich einen hektischen Seitenblick zu. Dabei halte ich den Kopf gesenkt und meine Lippen fest aufeinandergepresst. Bei jedem einzelnen habe ich das Gefühl, als würden sie mich beobachten. *Schaut mal, wo läuft sie denn so schnell hin? Wieso ist sie allein unterwegs? Vermutlich, weil sie keine Freunde hat.* In meinem Kopf reimen sich die Worte der anderen wie von selbst zusammen. Es ist dumm und mit Sicherheit eine weitere Fantasie. Kein Mensch interessiert sich für mich. Und trotzdem sind die Gedanken da. Mit zittrigen Fingern ziehe ich mein Handy aus der Hosentasche. Dann stecke ich meine Kopfhörer an. Ich verdrehe die Augen, als ich den Fitz darin bemerke und mache mich eilig daran, diesen zu entknoten.

Fragt sich noch jemand, wie ein einfacher Aufenthalt in meiner Jackentasche zu einem derartigen Knäuel führen kann?

Nein? Auch gut.

Sobald ich die Kopfhörer in den Ohren habe, ertönt Ava Max. Während ich die Lautstärke auf null drehe, halte ich die Luft an. Rasch werfe ich einen Blick über die Schulter. Dann gehe ich zielstrebig, aber nicht zu schnell, zu meinem Wohnheimgebäude. Dabei tippe ich wahllos auf meinem Display herum. Mir geht es nicht darum, tatsächlich etwas zu tun. Ich will nur beschäftigt wirken. Außerdem beruhigt es meine Nerven und ich fühle mich weniger verloren.

An der Tür treffe ich auf eine kleine Gruppe kichernder Mädels. Sie schenken mir einen knappen Blick, der bis auf meine gerüschte, ausgeleierte Unterhose zu gehen scheint. Für eine Sekunde erwidere ich diesen, dann gehe ich weiter.

Vielleicht bin ich mit einer Freundin verabredet. Oder ich habe etwas in meinem Zimmer vergessen. Ich bin nur eine normale Studentin. In jede meiner Bewegungen versuche ich genau diese Aussagen zu legen. *Ich bin ganz normal. Hier gibt es nichts zu sehen.*

Sogleich erschaudere ich.

Nichts an mir ist normal.

Aber das wissen die anderen nicht. Dieser Gedanke ist das einzig Beruhigende an diesem Abend. *Immerhin wissen sie es nicht.*

In meinem Zimmer angekommen schließe ich sofort die Tür. Ruckartig stoße ich die Luft aus. Bis zu diesem

Moment war mir nicht bewusst, dass ich sie angehalten hatte.

Ich lehne den Kopf gegen die Wand und starre für einige Sekunden an die gelbliche Decke.

Vermutlich war sie einmal weiß, aber unzählige Studenten und die Zeit haben dafür gesorgt, dass sie verblichen und alt wirkt.

Ich gebe mir einen kurzen Augenblick, dann drücke ich mich ab und stehe ein wenig unkoordiniert in meinem Zimmer. Es wäre ein leichtes, das Treffen abzusagen. Vermutlich würde er nicht einmal nach einer Erklärung fragen. Dafür hat er genug andere Frauen.

Allerdings ist das hier mein letztes Jahr an der Uni. Meine letzte Chance, bevor ich zurückmuss.

Auch wenn ich auf etwas andere hoffe, ist mir schon längst bewusst, dass er mich nicht gehen lassen wird. Wird er nie.

Deshalb muss ich selbst gehen. Ich muss einen Plan haben.

Und eine Alternative.

Bestimmt gebe ich mir einen Ruck. Während ich zu meinem Schrank gehe, schnappe ich mir mein Tablet und schalte es ein. Bevor das Logo erscheint, habe ich es bereits auf das Bett geworfen und beginne mich auszuziehen. Währenddessen spielen sich die wildesten Gedanken in meinem Kopf ab. Meine Fantasie hat diverse Ideen, wie dieser Abend weitergehen wird. Keine davon gefällt mir sonderlich gut, wenn ich ehrlich bin.

Ich zerre an dem Stoff meines Shirts und werfe es kurz darauf auf mein Bett. Dann wühle ich in der hintersten Ecke meines Kleiderschrankes. Unter zwei dicken Strickjacken aus Wolle, ziehe ich einen Plastikbeutel hervor.

Es fühlt sich verboten an, ihn auch nur anzusehen.

Mit zittrigen Fingern ziehe die Klamotten daraus hervor. Zuerst die knappe Korsage, dann die kurzen Hosen. Nervös beiße ich mir auf die Lippe. *Will ich das hier wirklich tun?* Nein! Natürlich nicht. Die Frage brauche ich mir nicht erst stellen.

Aber betrachten wir einmal die Fakten.

Ich wurde mit sechs Jahren an einen kriminellen Widerling verschenkt. Was mir das eingebracht hat? In erster Linie eine ordentliche Summe an psychischen Problemen. Ein paar Zwangsstörungen, panische Angst, mit älteren Männern allein zu sein und eine zuckersüße Tendenz zu Schlafmitteln, die man möglicherweise als Abhängigkeit bezeichnen kann.

Jahrelang habe ich versucht, damit klarzukommen. Ich wollte das alles hinter mir lassen und vergessen. Deshalb habe ich die besten Noten in der Schule gehabt. Wie besessen habe ich gelernt. Einfach, um von ihm fortkommen zu können. Jeden einzelnen Tag habe ich gezählt, bis irgendwann eine fette Null an meinem Kalender stand. Der Tag, auf den ich gewartet habe. An dem ich gehen durfte.

Ich erschaudere und stocke in meinen Bewegungen. Krampfhaft versuche ich die Erinnerung zu verdrängen, denn es war auch einer meiner schlimmsten Tage.

Aber auch dieser ging vorbei.

Und ich bin immer noch am Leben.

Auch wenn ich das manchmal anzweifle.

Stockend fahre ich damit fort, mich umzuziehen. Wiederstrebend streife ich die lange Hose ab, die mir ein Gefühl von Sicherheit gibt. Stattdessen zerre ich die kurze Jeans nach oben. Sie bedeckt nicht einmal meinen Hintern, wie ich mit einem prüfenden Blick feststelle.

Verbittert presse ich die Lippen zusammen.

Genau das, was ihnen gefallen wird.

Zumindest hoffe ich es.

Während ich mir einen langen Mantel überziehe, versuche ich meinen Körper dazu zu überreden, dass Zimmer zu verlassen.

Es kostet mich einiges an Überwindung.

Warum?

Weil ich verkorkst bin.

Ich schaffe es nicht einmal, eine Tür allein aufzumachen, ohne in Panik zu verfallen. Es ist ein eigenartiger Moment, eine schräge Macke, aber ich weiß nicht, was sich dahinter verbirgt. Noch schlimmer ist es mit Fahrstuhltüren. Man steht da, wartet darauf, dass sie sich öffnen. Man weiß nicht, was kommen wird.

Eine alte Lady? Ein Kind? Ein Serienkiller?

Ruckartig öffne ich die Tür. Mein Herz schlägt mir bis zum Hals. Ich habe den Atem angehalten und schaffe es erst weiterzuatmen, als ich die Türschwelle durchquert habe. An jeder Ecke werfe ich einen schnellen Blick über die Schulter.

All die grauenhaften Dinge meiner Vergangenheit sind mir im Hellen passiert. Im Licht, am Tag und oft aus dem Nichts. Die Dunkelheit verschafft selbst normalen Leuten eine Gänsehaut, wenn sie allein unterwegs sind.

Bei mir sorgt sie für eine anhaltende Schockstarre.

Ich muss mit mir ringen, um mich daraus zu befreien und nach draußen auf den Campus zu gehen.

Die Erinnerungen meiner Kindheit sollten meine positiven Seiten sein. Schöne Gedanken, auf die ich zurückgreifen kann, wenn es einmal nicht so gut läuft. Weil ich weiß, dass ich nicht allein bin. Dass ich jemanden habe, der für mich da ist. Der mich liebt.

Krampfhaft schlucke ich die Bitterkeit herunter.

Zumindest sagt das eines meiner Selbsthilfebücher.

Die Frage ist nur, wenn das mein ›gut‹ ist, was passiert dann in meinen schlechten Zeiten?

Ich verdränge die Frage und konzentriere mich auf mein Ziel.

Alles, was ich bin, habe ich Diabolo zu verdanken. Einem korrupten Wichser. Einem Drogendealer, Menschenhändler und perversem Schwein.

Und scheiße nochmal, ich will verdammt sein, wenn ich zulasse, dass jemand wie er weiter machen kann. Denn eins steht fest: Er wird nicht damit aufhören, kleine Mädchen aus ihren Familien zu reißen. Sie an die Sklaverei zu verkaufen, abhängig zu machen und sie zu zerstören. Er wird weiter guten Menschen schlimme Dinge antun.

Für mich ist es zu spät, ein normales Leben zu haben. Natürlich ist da noch immer diese Hoffnung in mir. Wer hat die nicht? Trotzdem ist mir bewusst, dass ich den Schaden, den er in mir angerichtet hat, nie wieder reparieren oder ungeschehen machen kann. Ich habe schon lange aufgehört an mein ›für immer‹ zu glauben. An ein zufriedenes Lächeln auf meinen Lippen, wenn ich meinen Enkelkindern irgendwann einmal von meiner Jugend erzähle.

»Wie weit bist du bereit zu gehen?« Der Typ wiederholt die Frage zum zweiten Mal. Mit jeder Sekunde, die vergeht weiß ich, dass meine Chancen sinken. Ich schlucke gegen den Widerstand in meinem Hals. Zittrig öffne ich die Lippen. Mein Blick huscht hin und her. Trotzdem kann ich nichts von dem, was ich sehe, verarbeiten.

»Ich …« Mein Herz stockt, genauso wie meine Stimme. Meine Kehle fühlt sich so rau an, als würde ein Sandsturm darin toben. Fahrig fahre ich mir mit den Fingern durch die Haare.

»Bist du bereit für deine Kunden zu tanzen? Einen Blowjob? Ein kleiner Fick im Hinterzimmer?« Der Mann mir gegenüber ist um die 40 Jahre. Er hat sich vorgestellt, aber seinen Namen habe ich im gleichen Moment wieder vergessen. Spätestens, nachdem er sagte, dass wir allein in sein Büro gehen, hat sich mein Körper auf die grundlegendsten Funktionen heruntergefahren.

Atmen.

Herzschlag.

Sitzen.

Mehr kann ich in dem Moment nicht.

»Püppchen, ich habe nicht den ganzen Tag Zeit. Wir stellen Frauen ein. Keine kleinen Mädchen. Geh nach Hause.« Er erhebt sich und geht um den billigen Schreibtisch herum. Nach wenigen Metern ist er bei mir. Mit verengten Augen beugt er sich nach vorn. Ich versuche mich immer kleiner auf dem Stuhl zu machen. Meine Atmung geht rasselnd. Hektisch schnappe ich nach Luft und atme immer schneller. »Was ist dein Problem? Hast du gerade einen Schlaganfall?« Wie in Zeitlupe sehe ich seine Hand auf mich zukommen. Schockartig springe ich auf die Beine. Der Stuhl fällt klappernd um. Beinah stolpere ich darüber. Wild rudere ich mit den Armen und taumle zurück.

»Ich kann nicht.« Die Worte bringe ich gepresst hervor. Ungehalten drehe ich mich um. Wie in einer Trance stolpere ich zur Tür und reiße sie auf. Den dunklen Gang nehme ich kaum wahr. Auch nicht den Hauptraum des Stripclubs, durch den ich danach komme.

Erst als ich die Ausgangstür aufgerissen habe und frische Luft atme, kann ich wieder klar denken. Der Nebel in meinem Schädel lüftet sich langsam, mein Herzschlag wird ruhiger und ich sinke in die Knie. Tränen der Verzweiflung drängen aus mir hervor.

Ich fluche, wimmere und weine.

Minutenlang hocke ich auf dem dreckigen Boden vor dem Club. Meine Beine zittern in den Absatzschuhen und die kalte Luft beschert mir eine verdammte Gänsehaut.

Schuld und Selbstmitleid kämpfen in meinem Inneren. Das Einzige, was noch stärker ist, ist das Gefühl der Dummheit.

Wie zur Hölle konnte ich nur glauben, dass ich dem gewachsen bin?

Mal im Ernst. Was war meine Erwartungshaltung?

Ich gehe in einen der billigen Schuppen, die unter Diabolo laufen. Bewerbe mich, werde angestellt und kann mich ein wenig umsehen. Dabei finde ich belastende Beweise, die diesen Typen hinter Gitter bringen?

Ich weine und fluche gleichzeitig vor Verzweiflung.

So unfassbar dumm.

Das alles war eine spontane Idee. Ein Versuch aus der Opferrolle herauszukommen und etwas zu unternehmen.

Und ich bin kläglich an meinen eigenen Neurosen gescheitert, noch ehe ich überhaupt begonnen habe.

KAPITEL 4
Maria

Gerade einen Tag ist es her, dass ich mich bei diesem Stripclub beworben habe.

Blamiert habe – um genau zu sein.

Allein der Gedanke daran lässt mir die Hitze in die Wangen steigen.

Ich war eine Frau mit einem Plan.

Und bin gescheitert.

Peinlich berührt räuspere ich mich leise. Dabei halte ich den Kopf nach unten und hebe nur knapp den Blick. Während mein Herz wie wild schlägt, versuche ich mich in Ablenkung und Zerstreuung. Eine nicht ganz neue Taktik, die bedauerlicherweise genauso schlecht funktioniert, wie ich es in Erinnerung habe.

Trotzdem versuche ich es, hebe den Blick und verdränge die Gedanken. Stattdessen konzentriere ich mich lediglich auf das, was ich vor mir sehe.

Es kommt mir so surreal vor. Noch dazu kann ich ein leises Stöhnen nicht unterdrücken.

Ich sitze auf dem Campus. Trage die gleichen Klamotten wie alle anderen. Gehe zu denselben Kursen und habe offensichtlich den gleichen Lernstress. Dabei bin ich bei einem Kriminellen aufgewachsen, hasse meine drogensüchtigen Brüder und habe gestern versucht, als Stripperin zu arbeiten.

Beinah muss ich lachen.

Während ich Kathy, die an meiner Seite sitzt, einen knappen Blick zuwerfe, frage ich mich, welche Geheimnisse sie hinter den roten Locken und den hochgezogenen Augenbrauen verbirgt. Vielleicht ist sie in Wahrheit eine Kirchenfanatikern. Vielleicht verbringt sie ihre Nächte auf dem Strich.

Wer weiß.

Umso unwichtiger erscheinen mir inzwischen die belanglosen Dinge, die um mich herum passieren.

Kathy richtet sich gerade auf. Sie streckt ihren perfekten Vorbau – auf den ich zugegebenermaßen ein wenig neidisch bin – nach vorn und sieht mich abfällig an. »Was hast du denn schon wieder, Maria?« Herausfordernd und süßlich lächelt sie mich an. »Da mussten wir schließlich alle einmal durch.« Bei diesen Worten wird ihre Stimme noch eine Spur spitzer und ihre Miene verbissener. *Autsch*.

Ihr Blick führt für einen Moment an mir herab. Langsam und beurteilend. Wobei verurteilend wohl eher zutrifft. Ich verdrehe die Augen, ignoriere ihre Aussage ansonsten.

Vermutlich würden Außenstehende sie als meine Freundin bezeichnen. Würde ich vielleicht auch, wenn ich es nicht besser wüsste.

Konzentration und Ehrgeiz, erinnere ich mich. Okay, betrachten wir es einmal aus der positiven nicht verurteilenden Sicht eines Therapeuten, den ich mir bedauerlicherweise nicht leisten kann: Nach mehreren Jahren habe ich das erste Mal meinen Hintern hochbekommen.

Ich bin gescheitert, aber das ist okay. Immerhin habe ich etwas versucht. Und mit jedem Versuch werde ich besser. *Hoffe ich.* Nachdenklich beiße ich mir auf die Lippe. Es ist eigenartig und dumm, aber ich habe Angst, dass man mir meine Gedanken von den Augen ablesen kann.

Was ist, wenn mich jemand gesehen hat? Wenn jemand weiß, was ich getan habe oder vorhatte?

Wobei, genau genommen habe ich nichts erreicht.

Es war ein Vorstellungsgespräch.

Viele Studenten haben Nebenjobs.

Ich spüre, wie ich merklich erröte. Deshalb hebe ich verbissen den Kopf und starre auf das Geschehen vor meinen Augen. Konzentration auf die Realität, erinnere ich mich. Und versinke sofort in die nächsten unschönen Gedanken.

Das alles hier ist lächerlich.

Es ist Schwachsinn und ich weiß es besser.

Schließlich kenne ich weit andere Dinge als ein paar kindische Spielchen und Zickereien. Ich muss sie durchstehen, wobei aussitzen es eher trifft.

Trotzdem würde ich diesen Leuten nur zu gern die Meinung sagen.

Und ja, normalerweise wäre es mir egal, ob ich mir mit meiner Art Freunde mache. Allerdings habe ich schlicht und ergreifend andere Sorgen.

Sie wollen Spielchen mit den neuen Kommilitonen spielen? Herzlichen Glückwunsch und viel Spaß. Solange ich damit nichts zu tun habe – bitte.

Die anderen wollen nachts in ein Unigebäude einbrechen? Auch okay. Ich schlafe inzwischen friedlich in meinem Bett – Benzo sei Dank.

Für mich zählen nur wenige Dinge: Ich brauche gute Noten und Prüfungsergebnisse. Dazu eine saubere Weste und bitte, auf keinen Fall irgendwelche Einträge oder Anrufe bei meinen ›Eltern‹. Diabolo würde mich im besten Fall höchstpersönlich enthaupten. Im schlechtesten wieder zu sich holen.

Und ja, die Vergabe der Prioritäten ist mir dabei durchaus bewusst. Es gab eine Zeit, da war das anders.

Als ich noch neu an der Uni war, dachte ich, es wäre wichtig meine Überzeugungen zu vertreten. Ich dachte, dass ich jetzt, frei von Diabolos Einfluss, meine Werte durchziehen und andere von rechthaberischen und größenwahnsinnigen Vollidioten beschützen könnte. Mir war es wichtig, mich von ihnen abzuheben, nicht so zu werden, wie er mich immer haben wollte.

Als die Typen hier mit ihren kindischen Spielchen angefangen haben, habe ich nicht weggesehen wie alle anderen. Ich wollte etwas dagegen tun. Klar, eine einzelne Person richtet nicht viel aus, aber irgendwo muss man schließlich beginnen oder nicht?

Auf diese Art habe ich auch Kathy kennengelernt.

Naiv und selbstgerecht wie ich war, wollte ich die peinliche Aktion, die sie mit ihr abgezogen haben, beenden. Nur war sie überhaupt nicht begeistert. Wohl gemerkt von meiner Einmischung und nicht deren Spielchen – wie ich erst vermutet habe. Dabei sollte man meinen, dass eine Frau es nicht lustig findet, wenn man ihre Kleidung zerschneidet.

Innerlich muss ich die Augen verdrehen. Schon allein, wenn ich an diese Aktion denke, bin ich augenblicklich genervt von ihrem Niveau. Ich meine, mal im Ernst, wie kindisch kann man sich denn bitteschön verhalten? Es gibt Menschen mit echten Problemen.

Entgegen meiner Erwartung hat Kathy die Aufmerksamkeit geradezu genossen. Noch mehr, als sie hinterher mit ramponierter Kleidung zusammen mit Dennis verschwunden ist.

Bei dem Gedanken an diesen Idioten, könnte ich kotzen. Ein selbstgerechter, reicher, verzogener, kleiner Pisser, der meint, dass er sich mit Papas Geld alles kaufen kann. Was leider eine sehr verbreitete Ansicht an der Uni ist.

Während mein Herzschlag zunehmend schneller wird, versuche ich mich zu beruhigen. Vermutlich bin ich ein wenig empfindlich, wenn es darum geht, dass die Starken sich aufspielen und vermeintlich Schwächere unterdrücken. Genau das musste ich viel zu lang erdulden.

Still rolle ich mit den Augen. Schließlich bin ich nicht aus diesem Drecksloch herausgekommen, nur um dann bei dem gleichen Schwachsinn zu landen. Wobei ich fairerweise zugeben muss, mich da vielleicht ein wenig verrannt zu haben.

Ich habe meine Kindheit auf die Idioten aus der Uni projiziert und bin lange Zeit auf Konfrontation zu ihnen und Abstand zu allen anderen gegangen.

Dabei braucht es mich nicht zu wundern, dass ich gelinde gesagt nicht unbedingt beliebt bin. Ironisch, wenn man es genau bedenkt. Schließlich habe ich mich für andere eingesetzt. Ich wollte Kathy beschützen und sie mit ramponierter Kleidung vor den Blicken der anderen bewahren. In einem meiner Romance Büchern wären wir dadurch zu Freunden geworden. Die Außenseiter schließen sich zusammen, kehren das ganze System um und gehen schließlich als Sieger hervor. Naiv und selbstgerecht – wie ich schon sagte.

Leider habe ich einen wichtigen Punkt vergessen zu berücksichtigen: Den Druck der Mehrheit. Ein paar Wenige spielen sich als Prinzen an der Uni auf. Reiche Spinner, die leider eine Prise gutes Aussehen in die Wiege gelegt bekommen haben. Und was passiert? Die restlichen Bauern wackeln ihnen nur allzu gern hinterher.

Perfekt.

Man muss wohl nicht erwähnen, dass Kathy und ich von Anfang an nicht unbedingt beste Freundinnen waren.

Schnell haben wir so etwas wie eine stille Übereinkunft getroffen, was aus ihrer Sicht zweifelsfrei an meiner Stellung liegt.

Allein dabei muss ich die Augen verdrehen.

Keiner hier weiß, bei wem ich den Großteil meiner Kindheit verbracht habe, geschweige denn, wie weit dessen Einfluss reicht. Trotzdem haben sie gemerkt, dass mir an der Uni eine Sonderbehandlung zukommt.

Die Professoren sind vorsichtiger darin, mich zu tadeln. Einige Studenten sind bewusst dazu angehalten, sich von mir fernzuhalten, während wieder andere gezielt meine Nähe suchen. Selbst die sogenannten Prinzen der Elite, wie sie sich selbst nennen, machen mit ihren Spielchen einen Bogen um mich.

Dies ist auch der Grund dafür, dass ich inzwischen so vorsichtig bin. Nur wenige reagieren mir gegenüber meinetwegen so, wie sie reagieren. Sie bekommen es von ihren Eltern eingeschärft oder diejenigen, die involviert sind, sorgen dafür, dass die anderen sich daranhalten.

Kathy zähle ich zu einer der wenigen, die einen Dreck darauf geben, wie andere mich behandeln. Wegen so etwas nimmt sie keine Rücksicht auf mich oder schmiert mir Honig um den Mund. Sie ist ein Miststück, durch und durch. Doch ich weiß, dass sie sich von niemandem beeinflussen lässt. Vollkommen egal von wem.

Ihre Art ist nicht unbedingt die Freundlichste. Trotzdem hat sie ihre Vorteile. Zum einen hält sie viele unserer Kommilitonen auf Abstand – ein wesentlicher

Vorteil, wenn man schnell eine soziale Überdosis erreicht. Und zum anderen ist sie eine der wenigen, die sich traut, ihre Meinung zu sagen. Wohlbemerkt vor der Person und nicht dahinter.

Ein Platschen, gefolgt von einem leisen Wimmern lässt mich den Kopf heben und aus der Welt meiner Gedanken auftauchen. Ich stöhne, als das Shirt einer Erstsemesterin völlig durchnässt wird und sie sich panisch nach dem Übeltäter umdreht. Genervt verdrehe ich die Augen und ziehe mich mit einer gemurmelten Entschuldigung zurück.

So ironisch es klingt, manchmal wünsche ich mir, dass ich eine von ihnen bin. Eine derer, die geärgert und ausgelacht werden. Dass es mein größtes Problem ist, mein Shirt zu wechseln oder das erste Semester durchzustehen.

Ja ... Nein, ich glaube, der Zug ist abgefahren.

Zur Ablenkung ziehe ich mein Handy aus der Tasche und scrolle zur Beschäftigung durch meine Pinterest Pinnwand. Ich kenne das Mädchen nicht, das ihr heutiges Opfer ist. Niemanden wird es interessieren, wenn ich sie in Schutz nehme. Es sollte mich weder beschäftigen noch ablenken. Stattdessen müsste ich mich auf die Uni konzentrieren. Vor allem, wenn ich eine Chance auf eine Zukunft außerhalb von Diabolos 173 Wänden haben will.

Oder mich mit seinem Untergang beschäftigen. Mit einem Plan, wie ich meine Zwangsstörungen bekämpfe, genug Geld zusammenbekomme, um mich abzusetzen oder zumindest, wie ich meine Abschlussprüfungen bestehe.

Aber nein, lieber beschäftige ich mich mit der Planung einer Villa – die ich nie bauen werde, Hundespielzeug – obwohl ich keinen Hund habe oder Strickmustern – obwohl ich nicht stricken kann.

Prioritäten setzen kann ich.

Ich komme kaum ein paar Schritte weit, als zwei dunkle

Hosenbeine vor mir erscheinen. Obwohl ich mich automatisch versteife, lasse ich den Blick langsam nach oben gleiten. Über die graue Hose, das dunkelgrüne Sakko und die Krawatte, die ihm lediglich um den Nacken hängt. Bei seinem Anblick schlägt mein Herz einige Takte schneller. Mein ganzer Körper ist angespannt und ich muss die Finger in die Handinnenflächen krallen, um mich zu beherrschen. Auch wenn ich es besser hätte wissen müssen, verziehe ich das Gesicht zu einer Grimasse. »Carter, ist schon wieder Anwesenheitswoche? Wie nett.« Ich setze ein spitzes Lachen auf, welches Kathys in nichts nachsteht und drehe mich zur Seite.

Der Plan?

Schnellstmöglich das Weite suchen und diesem Typen so gut es geht aus dem Weg gehen. Neben meinen eben aufgezählten Baustellen – die ich großzügig verdränge oder grauenhaft vor den Baum fahre – habe ich nicht die leisesten Nerven für Blac Carter. Das einzig Positive an dem Idioten ist: Er ist gefühlt nur drei Wochen im Semester an der Uni. Wo er sich sonst herumtreibt? Keine Ahnung. Mir auch egal.

Noch bevor ich einen weiteren Schritt setzen kann, schließt sich seine Hand fest um meinen Arm.

»Maria.« Er kostet meinen Namen sanft aus. Zieht ihn in die Länge, während sich ein teuflisches Grinsen auf seine Lippen schiebt. Ein Schauer überläuft meine Haut und mein Rücken versteift sich. Mein ganzer Körper scheint unter Anspannung zu stehen. Für einen Moment bin ich beinah außer Atem und es gelingt mir nicht, etwas Schlagfertiges zu erwidern.

Deshalb setze ich ein möglichst ignorantes Grinsen auf, von dem ich hoffe, dass es so überzeugend aussieht, wie ich es mir vorstelle. »Blac«, äffe ich ihn gelangweilt nach und sehe, wie seine Lippen kurz zucken. Mein Blick geht an seinem Arm entlang. Hin zu der Stelle, an welcher er mich berührt. Bedächtig löst er die Finger, einen nach dem anderen und hinterlässt einen kühlen Hauch auf meiner Haut.

Herablassend verschränkt er die Arme vor der Brust und ich komme nicht umhin, das Spiel seiner Muskeln zu beobachten. Ich verdrehe nach außen hin lediglich genervt die Augen und spiegle seine Bewegung, auch wenn alles in mir danach schreit, ihn zu berühren.

Maria, rufe ich mich selbst zur Ordnung, *geht es noch?* Der Typ sieht gut aus. Schön. Willst du dich gleich sabbernd an seine Beine hängen? Wenn ja, Glückwunsch. Weiter so. Du bist auf dem besten Weg dahin.

Wenn du dich nicht vollständig zum Gespött machen willst – reiß dich gefälligst zusammen!

Sagte ich schon, wie gut ich darin bin, mir immer neue Baustellen aufzuladen, anstatt die alten abzuarbeiten?

Falls nicht: Verdammt gut.

»Wenn ich richtig informiert bin, hast du dich dieses Semester noch nicht bei uns angemeldet.« Seine Stimme rüttelt mich aus meiner innerlich gaffenden und äußerlich kühlen Schale heraus.

Ich hasse ihn.

Blac Carter.

Warum?

Weil er hier ist. Weil er mich anspricht. Weil seine beschissene Anwesenheit reicht, um mich nach seiner Zuneigung zu sehnen. Und verdammt nochmal, weil er aussieht, als könnte er jeden meiner Gedanken lesen.

Bemüht gelassen zucke ich mit den Schultern. »Wie jede Studentin habe ich mich in dem Immatrikulationsbüro gemeldet. Ich wüsste nicht, dass du dort arbeitest. Aber tut mir leid, wenn ich über deine finanzielle Lage nicht informiert gewesen bin und demnach nicht wusste, dass du inzwischen einem Job auf dem Unigelände nachgehst.« Biestig verziehe ich das Gesicht, nicke ihm gnädig zu und presse für einen Moment die Lippen zusammen.

Klang ich gut? Überzeugend? Selbstbewusst?

Oder gebe ich lediglich Schwachsinn von mir?

Bedauerlicherweise tippe ich auf Letzteres.

Sein Kiefer zuckt gefährlich, auch wenn ich unbedingt den Mund halten sollte, muss ich einen nachsetzten. »Tut mir leid. Aber hey, Glückwunsch zu deiner beruflichen Weiterentwicklung.«

Seine grünen Augen verdunkeln sich und sein ganzer Körper spannt sich an. Er schiebt die Ärmel seines Sakkos nach oben. Mir fallen die pochenden Adern an seinen Unterarmen ins Auge, als er diese beinah krampfhaft verschränkt. Scheiße, ich liebe es. Es erinnert mich daran, wie er mich fest gepackt und gegen die Wand gedrückt hat. Wie er ...

Okay, Maria. Wir bekommen wegen dem Typen nicht gleich ein feuchtes Höschen. Auch nicht, wenn die eine Nacht mit ihm, die verdammt nochmal beste meines Lebens war.

Und mein größter Fehler.

Erst jetzt fällt mir auf, wie still es geworden ist.

Mein Puls steigt in die Höhe, während ich mich bemüht lässig umsehe. Trotzdem sind meine Bewegungen stockend und ruckartig.

Noch mehr, als ich meine Kommilitonen wahrnehme.

Kathy, die mich giftig ansieht.

Alicia, die wirkt, als würde sie gleich der Länge nach umkippen.

Ein paar Erstsemester, inklusive der Brünetten mit dem nassen Shirt.

Sie scheint als einzige erleichtert, dass ich jetzt die volle Aufmerksamkeit genieße.

Wenigstens etwas.

Langsam gehen meine Augen weiter. Hin zu seiner Gang.

Unbewusst verdrehe ich die Augen. Sie beobachten mich mit neugieriger gehässiger Miene. Vermutlich sind sie es nicht gewohnt, dass jemand so mit ihrem Big Boss spricht.

Allein dieser Gedanke sorgt für ein zufriedenstellendes Gefühl in meinem Inneren. Wenn sie mich sprachlos angaffen, ist es die Konfrontation mit ihm allemal wert.

Dich zu sehen hat mich erschüttert.
Deine weiche Haut, von blassen Narben geschmückt.
Deine Rehaugen, so schreckhaft geweitet.
Deine zarten Lippen, die ich mir um meinen Schwanz wünsche.
Dabei sollte es mir egal sein. Genauso wie du.

KAPITEL 5

Blac

Das kann nicht ihr beschissener Ernst sein. Nicht einen einzigen Tag schafft sie es, mich nicht zu reizen?

Hat sie Todessehnsucht?

Scheiße, einmal habe ich dem Drang sie zu besitzen nachgegeben ...

Die Sache sollte für uns beide damit geklärt sein. Immerhin verschwindet der Appetit, sobald man den Eisbecher verschlungen hat. Mit Sicherheit war es nicht leicht für sie, das zu verstehen. In ihrer süßen rosa Mädchenwelt wird sie bereits unsere Miniaturen auf einer kitschig weißen Hochzeitstorte gesehen haben. Aus bloßer Rücksichtnahme habe ich mich zurückgehalten. Scheiße, ich war sogar eine Zeit lang auf einem anderen Kontinent. Gut, dass hatte wenig mit ihr zu tun.

Trotzdem habe ich gehofft, dass sie mir bei meiner Rückkehr wenigstens nicht auf den Sack geht.

Aber nein. Hier steht sie. Drückt ihre süßen Titten in meine Richtung und sieht mich aus großen Äuglein an.

Alles an ihr schreit beinah danach, dass ich sie packe und gegen die nächste Wand ficke.

Wie deutlich soll ich ihr noch zeigen, dass aus uns nicht mehr als ein kurzes Abenteuer wird.

Ich muss mich beherrschen, ihr nicht auf der Stelle den dürren Hals umzudrehen. Es wäre so leicht. Und inzwischen so gewohnt. Erst recht, als sie mich so selbstgefällig angrinst. Fast so, als wolle sie herausschreien: *Oh doch! Genau das habe ich gesagt.*

Beinah höre ich die Worte schon in meinen Ohren, was dafür sorgt, dass meine Nasenflügel beben. Harsch massiere ich mit der Hand mein Kinn, nur um mich im Griff zu halten.

»Du solltest dir überlegen, wie du mit mir sprichst.« Meine Stimme ist leise und unbewusst nehme ich wahr, wie uns die widerlichen Maden am Rand mustern. Sie beugen sich nach vorn, um jedes Wort zu verstehen.

Ich gönne ihnen die Genugtuung nicht.

Nebenbei weiß ich, wie weit wirkungsvoller das Ungewisse ist.

»Das weiß ich, Blaci.« Zuckersüß grinst sie mich an. Scheiße, was stimmt mit dieser Frau nicht? Sie weiß, wer ich bin. Besser als jeder andere.

Sie wusste es einmal, aber das ist lange her, erinnert mich eine leise Stimme in meinem Inneren.

Es ist verdammt lang her, dass Maria mich kannte.

Das war bevor Mord, Vergewaltigung und Leid meinen Weg pflasterten.

Damals, als wir noch Diabolos Ziehkinder waren.

Was meinen Zorn noch weiter in die Höhe treibt.

»Weißt du, Baby. Es braucht nicht viel, um deine zuckersüße Schale zu durchbrechen. Darunter wartet ein weicher, cremiger und nach mir gierender Kern.«

Als Erwiderung schnauft sie. »Träum weiter.«

»Das werde ich. Wovon soll meine nächste Fantasie denn handeln? Davon, wie du dich mir anbietest? Dich mir entgegendrängst und vor mir entblößt?« Ich schmunzle. Meine Worte sind leise.

Obwohl ihr vorlauter Mund mich dem Wahnsinn nahe bringt, komme ich nicht umhin, ihn mir um meinen zuckenden Schwanz vorzustellen.

Wie sie sich zunächst sträubt, während ich die Lust und das Verlangen in ihrem Blick sehen kann. Was wäre dagegen einzuwenden? Ein kurzes Hurra, bevor wir einander wieder hassen?

Kurz halte ich inne. Ich sollte gehen. Mir jemanden zum Ficken suchen und schauen, dass ich sie möglichst wenig treffe.

Das Problem dabei?

Ich bin ein Wichser ohne jegliche Selbstkontrolle und verdammt, ich will sie. Was mich sofort auf eine wundervolle Idee bringt. Langsam beuge ich mich nach vorn. Lasse meine Finger zart an ihrem Arm nach oben gleiten. Bereitwillig beugt sie sich mir entgegen. Ein paar Mal fährt sie mit der Zunge über ihre Lippen. »Wir wissen beide, wie sehr du mich willst.

Dein ›nein‹ glaubst du nicht einmal selbst. Ich habe Spuren auf dir hinterlassen. Schnitte, Narben und vor allem habe ich deine süße Seele auf ewig befleckt.« Sie hasst mich und trotzdem kann sie nicht widerstehen. Ich sauge ihren blumigen Duft ein und ein wissendes Grinsen schiebt sich auf meine Lippen. Langsam führen meine Berührungen ungehindert am Rande ihres Dekolletees entlang. Ein Schauer auf ihrer Haut folgt meiner Bewegung. Beinah sanft schließe ich die Finger um ihr Kinn und dirigiere sie näher an mich heran. »Du hast dich ordentlich in die

Scheiße geritten, Süße. Wenn du nicht willst, dass ich dich hier und jetzt auf die Knie zwinge und meinen Schwanz so lange in deinem Mund versenke bis du still bist, solltest du schnellstmöglich das Weite suchen.«

Ihre schokobraunen Rehäuglein sind unmittelbar vor mir. Ich beobachte, wie sie sich weiten und spüre ihren Puls unter meinem Griff anschwellen. Aus einem Impuls drücke ich fester zu und merke, wie sie sich versteift. Ihre Reaktion verpasst mir eine ungeheure Befriedigung. Noch mehr, als sie die Lippen zittrig öffnet und unter meinem Griff nach Luft schnappt. Ich halte sie noch einige Sekunden gepackt, dann öffne ich die Hand langsam. Eine Sekunde verstreicht, in der sie tief in meinen Blick versunken vor mir steht. Dann reißt sie sich von mir los.

Ich setze eine kalte und herablassende Maske auf. Bemüht lässig lehne ich mich zurück und versuche nicht daran zu denken, wie dringend ich sie besitzen will.

Es gibt nur drei Regeln.

Du willst etwas? Dann nimm es dir.

Dir gefällt etwas nicht? Dann ändere es.

Aber vor allem anderen: Gehorche mir, dann liegt dir die gottverdammte Welt zu Füßen.

Die Erinnerung an Diabolos Worte muss ich verdrängen. Ein halbes Leben lang hat er mir eingeredet, dass ich mir nehmen muss, was immer ich will. Dass, wenn sich jemand wehrt, ich es nur umso bestimmter fordern muss. Und trotz dessen, dass alles in mir darauf drängt Maria zu packen und mit mir zu schleifen, balle ich lediglich die Hände zur Faust. Spöttisch spitzt sie die Lippen. »Freak!« Sie spuckt mir das Wort entgegen. Ich kann nicht anders und muss laut lachen. Dabei genieße ich es, wie sie zurückzuckt. Ohne noch einen Moment zu zögern, dreht sie sich um und verschwindet.

Wenn auch mit etwas unsicherem Schritt. Für einen Moment folge ich ihrem wippenden Arsch, der in der langen Hose beinah um Befreiung bettelt.

Scheiße, meine Selbstbeherrschung ist bei drei Prozent angekommen.

»Mann, was soll das? Wir sollten der Kleinen eine Lektion erteilen.« Jos gieriges Grinsen schiebt sich vor meine himmlische Aussicht und sorgt dafür, dass sich mein Blick verdunkelt. Ironischerweise ist er vermutlich der einzige Grund, warum ich sie gehen lasse.

Ich gebe ein gelangweiltes Grunzen von mir. »Halt den Mund«, knurre ich lediglich als Antwort. Etwas, das ihn kaum interessiert.

»Was? Die Schlampe ist dran.« Er lacht. Zumindest kurz. Ich lasse ihn nicht weitersprechen und drehe mich zu ihm um.

»Und du auch gleich, wenn du nicht die Fresse hältst.«

»Chill. Die Kleine lässt dich ganz schön abgehen.« Er kichert wie ein beschissener Teenager, der nicht beim Wichsen erwischt wurde.

Ich verdrehe die Augen und werfe Jo einen knappen Blick zu. Für einen Moment weiß ich genau, was ich in den letzten Wochen nicht vermisst habe. Schließlich wissen die Pisser gut genug, dass Maria absolutes Sperrgebiet ist. Sie können ihre Spielchen mit Gott weiß wem betreiben aber von ihr haben sie sich fernzuhalten.

Etwas, was sie mir nebenbei bemerkt, ruhig etwas mehr danken könnte.

Ich schweife zurück aus meinen Gedanken in die Wirklichkeit und bemerke die angespannte Stimmung. Dann atme ich tief ein und aus. Das hier funktioniert nur, weil ich die Kontrolle habe. Weil ich diese Typen im Griff halte. Genauso wie Diabolo ihre Väter am Sack gepackt hat.

Deshalb darf ich mich nicht gehen lassen.

Versöhnlich schlage ich Jo auf den Rücken, sodass er für einen Moment unter meiner Berührung zusammenzuckt. Seine Reaktion sorgt dafür, dass sich ein kleines gehässiges Lächeln auf meine Lippen stiehlt. Auch wenn ich es vermeiden will. »Vergiss sie. Sie ist billiger Durchschnitt. Nichts, was ein paar geile Frauen nicht wegmachen können. Es gibt weit mehr willige Frauen auf diesem Gelände und es wird Zeit, dass wir uns mit ihnen befassen.« Meine Worte werden von dumpfem und zustimmendem Gelächter begleitet, während wir uns auf den Weg zu unserer Verbindung machen.

Nur Sekunden später ist Jo neben mir und grunzt unbeholfen. »Wirst du dich denn auch endlich wieder in den Ring werfen oder wieder nur zusehen?« Allein diese Aussage beweist, warum er nicht zu unserem inneren Kreis gehört.

Auch wenn er das nur zu gern herumposaunt.

Der Typ ist ein Poser und ein Wichser. Würde Diabolo nicht darauf bestehen, dass seine Familie nicht zu vernachlässigen ist, hätte ich ihm schon längst die Tür vor der Nase zugeworfen. Und das nicht nur sinnbildlich.

Deshalb gebe ich lediglich ein genervtes Brummen als Antwort. Wieso sollte ich ihm auch erklären, dass ich nicht jede Frau ficke, die sich mir anbietet?

Ich bin wählerisch. Absolut. Was nicht bedeutet, dass ich nicht auf meine Kosten komme.

Seufzend hänge ich meinen Gedanken nach.

Du glaubst, dass du gegangen wärst. Dass du es mir gezeigt hättest und stark warst.

Ich habe dich gehen lassen, Baby.

Und tief in deinem Inneren weißt du, dass es so ist.

Du wirst dich fragen, warum.

Tja, du bist wie eine kleine Maus, die eifrig herumrennt und denkt, dass sie selbstständig ist. Aber letzten Endes wirst du trotzdem von den Aussichten auf klebrig süßes Obst angelockt.

Du kannst nur darauf hoffen, dass keine Schlange auf dich lauert.

Schon wenige Stunden später bereue ich die Party. Mein Enthusiasmus ist endgültig verflogen, während ich gelangweilt an der Brüstung lehne. Mein Blick geht genervt über die unzähligen Köpfe, doch keiner von ihnen dringt wirklich zu mir durch. Sie sehen alle gleich für mich aus. Die gleichen langweiligen Menschen, die gleichen farblosen Gesichter. Es sind immer die elendig gleichen Gespräche, die sich in die Länge ziehen.

»Was ist los, Mann? Du bist noch beschissener drauf als heute Morgen.« Ich werfe Dean, meinem Kumpel, einen knappen Blick zu.

»Die Party ist beschissen.«

»Ist sie nicht. Es ist ein neues Semester und der Start einer neuen Jagdsaison.«

Aufgrund seiner Worte verdrehe ich die Augen. »Wow, wir ziehen ein paar neue Studentinnen auf, vögeln die Hälfte und werfen sie wieder weg. Es ist genau das gleiche wie jedes Jahr.« Meine Aussage ist unfair. Noch dazu trifft sie nur zur Hälfte zu. Dean ist nicht wie die anderen.

Und ich hätte nicht auf die letzte Line verzichten sollen.

Willkommen in der *Crash Phase.* Mit einem Schnauben denke ich an das Drogenseminar, was uns vor einigen

Monaten gehalten wurde. Schlafstörung, Müdigkeit, Ängste, Paranoia bis hin zur Depression. Als wüsste ich nicht selbst, wie es sich anfühlt herunterzukommen.

»Du bist beschissen drauf«, wiederholt er belustigt und drückt mir ein Glas in die Hand. Ohne hinzusehen, exe ich den Inhalt binnen weniger Schlucke und strecke ihm das leere Stück zurück.

»Ich bin nicht dein Diener, Blac.«

Belustigt erwidere ich seinen Blick. »Schade, dann würdest du dich endlich einmal nützlich machen.«

Lachend schüttelt er den Kopf, während ich die wenigen Schritte zur Bar überbrücke. Einige Sekunden später stehe ich erneut vor ihm und drücke ihm eines der frisch gefüllten Gläser in die Hand.

»Was ist dein Problem? Ist bei dir nichts mehr los, oder was?« Seine Worte sind nicht ernst gemeint. Schließlich weiß er weit mehr über mich als andere hier. Was auch daran liegt, dass er kein kleiner verzogener Bengel ist, der denkt, sich an der Uni ausleben zu müssen.

Während die anderen schon froh sind, dass sie das Geld ihrer Väter ausgeben können und ein ordentliches Maß an Alkohol vertragen, geht unsere Verantwortung und auch unsere Freundschaft tiefer.

»Das Angebot ist beschissen.« Ich nehme einen Schluck und der kühle Alkohol rinnt mir beruhigend die Kehle herab.

»Allein dort unten rennen vermutlich genug Frauen rum, die sich jederzeit von dir flachlegen lassen würden.« Er lehnt sich erneut neben mich. Seine Augen gehen über die Menge, die sich zu der Musik bewegt. Der Bass ist laut und dröhnend, doch das scheint kaum jemand von ihnen auch nur zu bemerken.

Natürlich weiß ich, was er bezwecken will. Er lenkt

mich ab. Verführt mich zu den positiven Seiten des Lebens. Das kann er verdammt gut. Leider will ich mich heute nicht fallenlassen.

»Das macht die Qualität nicht besser«, gebe ich versunken zurück. Meine Gedanken führen einige Stunden zurück und ich muss daran denken, dass es jemanden auf dem Campus gibt, bei der ich möglicherweise nicht abgeneigt wäre.

Scheiße, noch vor wenigen Stunden war sie mir völlig egal. Ich habe mich kaum an sie erinnert. Aber sie war die Einzige, die unsere Vorstellung weder genossen noch gefürchtet hat. Es war ihr schlichtweg egal. Und ich hasse es, wenn man mich ignoriert.

Vielleicht sollte ich zu ihrem Zimmer gehen, sie vor den Augen ihrer spießigen Zimmernachbarin hart gegen die Wand nehmen und mich dann wieder vom Acker machen. Der Gedanke gefällt mir. Wobei, was mache ich mir vor? Wollte ich es durchziehen, würde ich nicht hier sitzen und meinem Freund mit schlechter Laune auf den Sack gehen. Dann wäre ich längst zu ihr gegangen. Irgendwas hemmt mich, auch wenn ich nicht sicher bin, was. Seufzend ziehe ich mein Handy aus der Tasche. Mit einem missmutigen Blick auf die neue Nachricht schiebe ich es kurz darauf zurück. Ich spüre Deans wissenden Ausdruck auf mir.

Ich: Gibt es neue Anweisungen?

Diabolo: Nein. Vertreib dir die Zeit, mein Junge. Genieß ein wenig die Sünden des Lebens.

Inzwischen bin ich mir fast sicher, dass er mich provozieren will. Warum sonst sollte er mich zu dieser Uni schicken? Dorthin, wo mein einziger Fehler lauert.

»Manchmal kommt es nicht darauf an, wie gut das Angebot ist. Dann musst du das Beste daraus machen.« Dean zuckt mit den Schultern und ein spitzbübisches Grinsen, auf das die Frauen so abfahren, zeichnet sich auf seinen Lippen ab.

Erneut wandert mein Blick die Reihen entlang. Blonde Haare, dunkle Haare. Groß, klein. Das alles kümmert mich kaum. Ich nehme wenige von ihnen wirklich wahr. Damit habe ich schon vor einer ganzen Weile aufgehört. Mittlerweile muss eine Frau mir mehr bieten, als dass sie bereitwillig die Beine öffnet, damit ich mich auch nur im Ansatz für sie interessiere. Was ebenfalls seit einiger Zeit nicht mehr vorgekommen ist. Stattdessen gebe ich mich dem hin, was Diabolo mir präsentiert.

Namenlosen, Unbekannten und meistens zum Tode Bestimmten.

Ja, Sex hat schon seit einer ganzen Weile nichts mehr mit freiwilligem Vergnügen für mich zu tun.

»Danke. Heute nicht.« Ich klopfe ihm auf die Schulter, während er in sein Glas schmunzelt. Sein Blick führt hinunter auf die Menge und ich sehe die Gier darin aufflackern. Dean kann nie genug haben. Er ist ein verfluchter Jäger, wenn es darum geht jemanden flachzulegen. Nicht, dass ich ihm das verübeln würde. Schließlich war ich selbst so gewesen.

Das ist auch der Grund, warum er sich soviel besser für den ganzen Mist eignet. Selbst nach Jahren ist ihm nicht der Spaß daran vergangen. Er liebt es, andere leiden zu sehen. Alles aus ihnen herauszukitzeln und ihnen schlussendlich den letzten Stoß zu verpassen.

Kaum jemanden bringt er um.

Dafür behalten fast genauso wenige den Verstand, wenn sie ihm einmal in die Arme gelaufen sind.

»Dann werde ich mich vielleicht allein ein wenig umsehen.« Interessiert wandern seine Augen hin und her. Nur zu gern wüsste ich, was in seinem Schädel vor sich geht.

»Tu dir keinen Zwang an.«

»Gut, wenn du raus bist, ist die Auswahl umso besser. Dann rollen immerhin keine Köpfe.«

Ich bin unsicher, ob ich ihm für diese Aussage eine reinhauen sollte. Es würde sie nicht weniger wahr werden lassen.

Schließlich bin ich bereit, mich vom Acker zu machen.

Bis ich sie sehe.

Ein sanftes Rauschen setzt in meinem Kopf ein und ein Zucken durchstreift meine Lenden. In dem Moment nehme ich sie kaum wahr. Es geht nicht um ihren Körper, um sie, als Person. Sondern allein darum, dass sie mich abweist. Dass sie mich reizt, sich nach mir verzehrt und dem nicht nachgibt.

Nach unserem Treffen am Morgen hatte sie die Chance zu gehen.

Sie will nicht?

Auch gut.

Diabolo hat Recht. Er gibt mir selten frei und der Teufel weiß, ich habe schon genug Zeit verschwendet.

Herausfordernd steht sie da, mitten in der Tür, als würde ihr persönlich das Haus gehören. Ihre langen, karamellfarbenen Haare fächern sich weit an ihren Schultern herab. Betörend bedecken sie ihre Brüste. Vermutlich weit mehr als der lächerliche Fetzen, den sie trägt. Ihr Blick trifft meinen und langsam hebt sie das Kinn. So, als wolle sie mich herausfordern. Spöttisch zieht sie den Mundwinkel in die Höhe und mustert mich für einige Augenblick. Die Bewegungen um mich herum kommen zum Verstummen und alles, was ich sehe, ist sie.

»Wieso bist du so fixiert auf die Kleine?«

»Du bist immer noch da«, motze ich Dean an. Mein Puls ist hoch und allein ihr Anblick bringt mich zum Beben.

»Klar. Sollte ich mir das entgehen lassen? Sicher nicht.« Er lacht trocken und stellt sich an meine Seite. Sie verharrt noch immer an der gleichen Stelle, die Augen belustigt auf mir. Langsam wendet sie den Kopf. Nur einen kleinen Millimeter und schon verlässt mich ihr Blick. Sofort spüre ich eine innere Kälte und meine Gedanken verdunkeln sich. Als sie die Hand hebt und zuckersüß lächelt, bringt sie mein Blut zum Kochen.

Ihr Blick gilt nicht mir.

Sondern Dean, diesem Wichser.

Dabei kennt sie ihn nicht einmal. *Oder?*

Rasend drehe ich mich zu ihm um, während er belustigt ihren Blick erwidert. »Was soll die Scheiße?«

»Mir scheint, als wolle deine Kleine lieber auf anderen Wiesen spielen.« Schmunzelnd richtet er sich gerade auf. Wie von allein zuckt meine Faust. Ich kann mich geradeso beherrschen, ihm keine reinzuhauen. Stattdessen umgreife ich sein Shirt und kralle mich in den Stoff.

Er grinst mich mit irrem Ausdruck an. »Und genau das, mein Freund, ist der Beweis dafür, dass du dringend wieder vögeln solltest. Wenn du jedes Mal so abgehst, wenn die Kleine nur jemanden ansieht.«

Verdammte Scheiße, wie Recht er hat.

Weswegen ich die Hand von ihm löse.

An diesem Punkt halte ich inne. Vermutlich muss ich

eine Entscheidung treffen. Will ich mich von ihr fernhalten oder endlich holen, was mir gehört?

Ich halte mich selbst von dem ab, was ich will. Was mir zusteht. Und warum? Um sie zu schützen?

Dieser Zwischenzustand, in dem ich mich befinde, endet jetzt.

Maria geht nicht?

Gut.

Dann werde ich kommen.

Mit einem selbstgefälligen Grinsen sehe ich zurück über die

Brüstung. Sie steht noch immer da. Schön, wie eine beschissene Göttin. Wie ein Reh, dass stolz den Kopf reckt.

Dann hebt sie die Hand ein weiteres Mal.

Ich kann nicht anders.

Ein schallendes Lachen bricht aus meiner Kehle, als sie mir den Stinkefinger zeigt. Weniger belustigt bin ich, als sie auf dem Absatz kehrt macht, ihren Hintern verlockend schwingt und aus der geöffneten Tür verschwindet. Unbändige Wut braut sich in meinem Inneren zusammen und ich habe das Gefühl, dass mein Blick töten könnte. Mein Kiefer mahlt und mein Körper ist angespannt.

»Was soll die Scheiße?«, fluche ich herrisch.

»Wenn das keine Einladung war.« Gedankenversunken nicke ich einen Moment bei Deans Worte. Dann leere ich das Glas in einem Zug, drücke es ihm in die Hand und dieses Mal nimmt er es ohne zu zögern an.

Er weiß, dass ich an diesem Abend noch etwas vorhabe. Immer wieder wandern meine Augen durch den Raum. Es ist schlichtweg unmöglich, dass sie so schnell verschwunden ist. Und das mit den kurzen Beinchen. So wie ich sie kenne, ist selbst ein Kleinkind schneller im Abhauen.

Trotzdem kann ich sie nirgends erkennen.

Nicht an der Tür.

Nicht bei den Toiletten und nicht auf der Tanzfläche.

Verbissen presse ich die Zähne zusammen. Die Hände habe ich so fest zur Faust geballt, dass meine Knöchel weiß sind.

Ich ignoriere sie. Monatelang. Dann komme ich zurück und auch hier halte ich mich von ihr fern. Aber anstatt mein Entgegenkommen zu würdigen, kommt sie zu mir und zeigt mir den Mittelfinger? In meinem Haus? Meiner Verbindung? Vor meinen verdammten Freunden?

Mein Blick gleitet erneut langsam an den Menschen entlang, die in Gruppen zusammenstehen. Hin und wieder wirft mir einer von ihnen merkwürdige Blicke zu.

Am liebsten würde ich ihnen allen eine in die Fresse hauen.

Wieder gehe ich ein paar Schritte auf und ab.

Beinah ist es, als würde ich sie noch spüren. Ihre Anwesenheit, als lauere sie hinter der nächsten Säule.

Aus einem Impuls heraus drehe ich den Kopf herum. Hin zu einer kleinen Gruppe von Frauen.

»Kim«, belle ich aggressiver als notwendig. Die sonst selbstbewusste Blondine zuckt zusammen und dreht sich langsam zu mir um. Ich erwidere ihren starren Blick. Dann hebe ich den Mundwinkel leicht spöttisch an. Auch auf ihrem Gesicht bildet sich ein Lächeln und sie tritt näher.

»Blac, du bist wieder da.« Sie schlägt die Augen aufreizend nieder. Allein schon deswegen würde ich sie am liebsten wegschicken. Ich hasse billige Frauen.

Trotzdem ist in mir diese ungezügelte Wut, gepaart mit einer ordentlichen Portion Lust.

Irgendwer wird sich darum kümmern müssen und wenn

mein kleines Reh sich mir entzieht, wird es wohl eine andere sein.

Aus dem Grund ziehe ich Kim grob zu mir heran und presse meinen Mund auf ihren. Ich spüre nichts. Nicht, als sie mich küsst, sich mir entgegen drängt und mich beinah trockenvögelt. Alles, was ich wahrnehme, ist Leere und Hass.

Es ist ein trostloses und einsames Gefühl.

Fast bin ich mir sicher, kalt und erstarrt zu sein. So, als wäre ich nur ein Zuschauer.

Ein Idiot, der lachend auf dem Rücksitz sitzt und das Steuer seinem betrunkenen Freunden überlässt. Er fährt nicht selbst, kümmert sich um nichts, doch wenn der andere den Wagen gegen einen Baum setzt, wird auch er mit betroffen sein.

KAPITEL 6

Maria

14 Jahre zuvor

Es gab diesen einen Tag, den ich am liebsten aus meiner Erinnerung verbannen will. Einen, den ich trotzdem nicht vergessen kann.

Inzwischen ist es beinah ein Jahr her, dass uns dieser eigenartige Mann besucht hat. Bei der Erinnerung kommen mir beinah die Tränen. Er war boshaft, so grausam und alles an ihm schrie nach Gefahr. In jeder Nacht träume ich von ihm. Von seinen kalten, dunklen Augen und diesem Grinsen, das ich vermutlich nie wieder vergessen kann.

Jeden Morgen wache ich mit seinen Worten in den Ohren auf. Und jeden Abend höre ich sie als letztes.

Ich habe mir Hörspiele gewünscht, die ich jede Nacht laufen lasse. Aber inzwischen habe ich die Hoffnung aufgegeben, sie würden ihn vertreiben. An diesem Abend hat sich so vieles verändert.

Mami ist gegangen.

Zumindest hat das Daddy gesagt.

Mein Magen zieht sich zusammen, während mir die

Worte des Mannes wieder in Erinnerung kommen. Er hat nach Mami gefragt. Er wollte ...

Ich schlucke.

Ich habe Siri gefragt, was die Worte bedeuten. Sie gibt mir immer Antworten, wenn mein Dad es nicht tut.

Und auch wenn es ein Stück gebraucht hat, habe ich inzwischen verstanden, was er vor einem Jahr gesagt hat.

Es war nichts Gutes.

Nicht nur einmal habe ich meinen Dad angefleht, sie zurück zu uns zu holen. Jedes Mal hat er mich wie eine Fliege beiseite gewischt. Und mit jeder Frage von mir, hat er mehr Abstand gesucht, ist länger weggeblieben, hat weniger mit mir gesprochen und sich immer mehr in seinem Büro versteckt.

Manchmal verschwindet er für mehrere Tage.

Dann bin ich ganz allein in dem Haus.

Allein mit unzähligen Fremden, die für uns arbeiten.

Früher einmal kannte ich jeden von ihnen. Aber auch das hat sich geändert. Jedes bekannte Gesicht verschwand irgendwann und wurde durch einen namenlosen Fremden ausgetauscht.

Harsch wische ich mir mit der Hand über die Wange, während ich einen Fuß vor den anderen setze. In den Fingern halte ich einen Zettel. Einen wichtigen. *Eigentlich*.

Es ist mein Zeugnis.

Eines, worauf ich wirklich stolz sein kann, wenn man meiner Lehrerin glauben darf.

Alle meine Bewertungen sind ausgesprochen gut und sehr gut. Ich habe keinen einzigen Tadel.

Verbissen presse ich die Lippen zusammen, während ich die Stufen zum Haus hinaufgehe.

Eigentlich ist es ein Grund zur Freude.

Nicht nur wegen der Noten. Sondern auch, weil Daddy

mich jedes Mal lobt, wenn ich gut in der Schule bin oder einen Aufkleber mit nach Hause bringe. Bisher habe ich ausnahmslos lächelnde. Keinen einzigen traurigen.

Und trotzdem kann ich mich nicht richtig freuen.

Ich habe Angst, dass er mich zurückweisen könnte.

Deshalb schlage ich kurz den Weg zu meinem Zimmer ein. Dort prüfe ich meine Haare, richte die Schleife und streiche noch einmal über mein Kleid. Achtsam schaue ich mich im Spiegel an und konzentriere mich darauf, mein Lächeln glaubhaft aufzusetzen. Schon binnen Sekunden fällt es wieder in sich zusammen, weshalb ich es erneut versuche.

Schließlich senke ich die Lider und betrachte für einen Moment meine weißen Sandalen.

Sie sind unbequem und zu eng, aber Daddy meinte einmal, dass sie ihm gefallen.

Deshalb hebe ich tief einatmend erneut den Kopf und setze ein Lächeln auf, das besser aussieht.

Ich versuche es aufrecht zu halten, während ich die Treppe hinaufsteige, den Gang entlang gehe und vor der Tür zu seinem Büro innehalte.

Sie bereitet mir eine höllische Angst.

Türen allgemein. Seit einer Weile hasse ich es, sie öffnen zu müssen. Man weiß nie, was einen dahinter erwartet und wem man begegnet. Noch dazu habe ich das Gefühl, sie würden mich schützen. Als könnte mir nichts passieren, wenn ich sie nur nie öffne.

Bestimmt schüttle ich den Kopf, hebe die Hand an das Türblatt, klopfe und öffne beinah gleichzeitig die Tür. Wenn ich noch länger zögere, wird mein Lächeln verkrampft aussehen, ich werde wieder gehen oder nicht selbstbewusst genug sprechen.

»Daddy, ich habe es geschafft! Ich bin …«

»Ruhe!« Sein harter Ausruf lässt mich augenblicklich erstarren. Kälte breitet sich in mir aus. Mein Magen zieht sich zusammen und ich habe das Gefühl, als würde ich hart mit dem Hintern auf dem Boden landen.

Meine Lippen beben. Mir liegt bereits ein leises ›wieso‹ auf der Zunge. Dann sehe ich ihn.

Und alles in mir gefriert zu Eis.

Ich wage es nicht, mich zu bewegen. Gleichzeitig schreit mein ganzer Verstand danach, dass ich weglaufe. Weit weg und das verdammt schnell.

Er richtet sich in seinem Sessel auf und bringt meinen Vater mit einer kurzen Geste zum Verstummen. Dieser schließt sofort die Lippen und sinkt auf seinen Platz zurück.

»Nun, Kind. Was hast du Dringendes auf dem Herzen?« Seine eisigen Augen fixieren mich interessiert. Langsam fährt er sich mit der Hand über den Bart, abwägend, als müsste er darüber nachdenken, was er mit mir anfangen soll.

Ich fluche nie. Ich bin ein braves Mädchen und brave Mädchen sagen keine bösen Wörter. In diesem Moment wandern mir sämtliche schlimme Flüche durch den Kopf.

Währenddessen nimmt er mich genau in Augenschein. Er erhebt sich sogar, kommt ein paar Schritte auf mich zu und lässt seine Augen über jeden noch so kleinen Zentimeter meines Körpers wandern. Eine Gänsehaut überfällt mich.

Sein Ausdruck wird fordernder, weshalb ich hilfesuchend zu meinem Daddy sehe. Er betrachtet mich nicht einmal. Stattdessen sieht er starr aus dem Fenster, als wäre, was auch immer dort draußen ist, das Interessanteste in seinem Leben. Meine Augen huschen unruhig umher.

Hin zu meinem Vater. Sein Kopf ist knallrot und sein Gesicht verkniffen. Er sieht mich nicht an. Dafür ihn.

»Ich …« Unruhig schwanke ich hin und her. Kralle mich an das Stück Papier in meinen Händen fest, als wäre es mein Rettungsanker.

»Eine junge Dame deines Alters sollte sich besser ausdrücken können.« Mahnend schüttelt der Fremde den Kopf.

Inzwischen kann ich kaum etwas anderes hören als meinen Herzschlag. Er wummert laut und nervös in meinen Ohren. *Wumm Wumm*.

Trotzdem strecke ich den Rücken gerade durch und versuche mich aufzurichten. *Wumm Wumm*. Meine Augen huschen ein letztes Mal aufgeregt umher. Dann hefte ich den Blick auf die silbernen Strähnen des Mannes. »Ich habe ein sehr gutes Zeugnis bekommen.« Während dieser Worte schaffe ich es sogar, ein Lächeln aufzusetzen.

»Und ist das alles?« Sein Blick wird fordernd. Er sorgt dafür, dass mein Herz noch schneller schlägt.

Trotz dessen, dass ich eine verdammte Angst vor diesem Mann habe, weiß ich nicht, was er von mir will. Ich habe die besten Leistungen. Ausschließlich sehr gute Bewertungen und keinen einzigen Eintrag. Jeden einzelnen Tag habe ich versucht mein Bestes zu geben. Und genau das sage ich ihm auch. »Ich habe ausgezeichnete Noten in allen Fächern. Damit liege ich weit über dem Durchschnitt.«

»Der Durchschnitt ist nichts, womit man sich befassen sollte. So schiebt man sein eigenes Können stets in den Hintergrund.« Mahnend schüttelt er den Kopf. Trotzdem ist da dieses Funkeln in seinen Augen, das mir sagt, dass er noch nicht fertig mit mir ist.

»Welches ist dein bestes Fach?«

»Ich mag Kunst …«

»Danach habe ich nicht gefragt.« Ich zucke aufgrund seiner harten Worte ungewollt zusammen. Seine bloße Anwesenheit überfordert mich. Weder weiß ich, was er von mir will, noch wie ich reagieren soll. Deshalb versuche ich meine nervöse Atmung zu beruhigen und senke betroffen den Blick.

»Ich fragte, in welchem Fach du am besten bist.«

Am liebsten würde ich ihn fragen, was zur Hölle er von mir will. Was will dieser Mann in unserem Haus? Von mir? Von Daddy? *Von Mum.* Der letzte Gedanke bringt mich dazu, aufzusehen. Beinah vorwurfsvoll sehe ich meinen Dad an. Er ist schuld hieran. Er hat uns diesem Menschen ausgeliefert und obwohl er uns beschützen sollte, sitzt er lediglich da und wartet ab.

Worauf? Darauf, dass ich die falsche Antwort gebe.

Und dann?

Genau dieses ›und dann‹ macht mir eine gehörige Angst.

Im Augenwinkel nehme ich eine Bewegung wahr. Mein Dad tippt mit dem Finger auf seine Unterlagen und wirft mir dabei einen vielsagenden Blick zu.

Zuerst weiß ich nicht, was er mir dabei sagen will, aber dann schaltet etwas in meinem Kopf um. Vermutlich der Teil, der um sein Leben kämpfen will.

»Ich finde viele Fächer interessant. Noch spannender wird es meiner Meinung nach in der Oberschule. Ich denke, dass mich Wirtschaft sehr interessieren könnte.« In dem Moment weiß ich nicht, ob es das Richtige war. Ob meine Antwort ihnen gefällt. Daddy und dem kalten, grauen Mann.

»Wirtschaft also?« Der Fremde scheint für einen Moment zu überlegen. Seine Augen wandern ein letztes Mal an mir entlang. »Das ist wirklich interessant. Sie scheint mehr Schneid zu haben als du, mein Freund.«

Diese Worte richtet er nach hinten. Daddy reagiert nicht darauf. Währenddessen wirkt der Fremde amüsiert. Als hätte ich einen Witz erzählt. Zögernd trete ich von einem Bein aufs andere, weil mir die gerade Haltung mit der Zeit unangenehm wird.

»Ich gebe zu, dass du deine Sache in den letzten Monaten nicht schlecht gemacht hast. Du hast dich als weniger entbehrlich gezeigt, als ich erwartet habe.« Der graue Mann beginnt in dem Büro auf und ab zu gehen. Währenddessen werde ich zunehmend nervöser. Und ja, es gibt tatsächlich eine Steigerung, die ich selbst nicht für möglich gehalten habe. Trotzdem kommt in diesem Moment noch meine Verunsicherung darüber, ob ich gehen oder bleiben soll, hinzu.

Was erwartet er von mir?

»Trotzdem bist du so interessant und unterhaltsam wie eine abgelegte Schlangenhaut.« Der Mann lacht. Mein Blick sucht den von meinem Daddy. Er verzieht keine Miene, weshalb ich mich ebenfalls nicht rühre.

»Deine Tochter hingegen, verspricht schon eher Spaß.«

Meine Augen weiten sich. Seine Worte verstehe ich. Höre sie. Aber ich kann sie nicht begreifen. Er spricht über mich, als würde er mich kennen. Als wäre ich ... interessant für ihn. Auch wenn ich noch jung bin, weiß ich eins genau. Für diesen Menschen will ich nicht interessant sein. Ich will ihn nicht kennen, nicht noch einmal treffen und nicht, dass er mir zu nah kommt. Er soll verschwinden. Weit, weit weg.

» Gut. Ich will sie.«

Diese wenigen Worte jagen mir eine schreckliche Angst ein. Kälte jagt durch meinen Körper und Übelkeit steigt in mir auf. In diesem Moment habe ich keine Ahnung, was er damit meint, doch schon jetzt weiß ich, dass es nichts Gutes ist.

KAPITEL 7

Maria

Ich erschaudere. Im Stillen verachte ich mich selbst. Warum zur Hölle schaffe ich es nicht, einmal etwas durchzuziehen?

Vor wenigen Tagen habe ich den Entschluss gefasst, mein letztes Studienjahr zu nutzen, um Diabolo zu schaden. Ich habe einen halbgaren Plan aufgestellt und bin völlig überraschend – nicht – gescheitert.

Dann habe ich Blac wiedergetroffen. Diesen selbstgefälligen Arsch, der jahrelang versucht hat mich herumzubekommen. Und dann? Dann war ich dumm genug ihm nachzugeben. Nicht heute. Vor einigen Jahren. Überraschung: Er hat mich abserviert.

Gut, kein Problem. Ich habe mir vorgenommen, ihm keine Sekunde Aufmerksamkeit zu schenken. Wenn er mich anspricht, dann ignoriere ich ihn. Sollte er etwas von mir wollen, gehe ich einfach weiter.

Und bei der ersten Gelegenheit bin ich eingeknickt. Wie ein Ast im Wind.

Wütend balle ich die Hände zusammen.

Aber okay. Neuer Plan: Ich werde mich an ihm rächen.

Der Typ soll jede Sekunde seines Lebens bereuen. Er soll mich so dringend wollen, dass er wahnsinnig wird, keine andere ansehen kann und sich allein nach mir verzehrt.

Ich bin schließlich eine Frau, die einiges zu bieten hat. Erst recht, wenn es darum geht, mich an ihm zu rächen.

Ganze zwanzig Sekunden habe ich seinem Blick standgehalten. Dann habe ich den Schwanz eingezogen und das Weite gesucht. Und jetzt? Jetzt drücke ich mich seit über zwei Stunden auf dem Campus herum und versuche möglichst vielen Menschen aus dem Weg zu gehen.

Inzwischen kann ich nicht einmal mehr sagen, was ein stärkerer Auslöser für meine Panikanfälle ist. Blac oder die anderen 100 Menschen, die sich eng an eng drängen.

Wie konnte ich denken, dass ich dem gewachsen bin?

Vor Verzweiflung fluchend, hocke ich mich auf den Boden. Den Kopf lehne ich an die kühle Backsteinwand in meinem Rücken. Ich weiß, dass ich verpfuscht bin. Und verdammt, ich arbeite bereits daran. Aber bei jedem kleinen Versuch, den ich unternehme, werde ich gefühlt drei Meter zurückgeworfen.

›Das Ziel ist es, einen Alltag ohne Panik führen zu können. Es ist okay, bei angsteinflößenden Dingen Angst zu haben, aber wir sollten das ganz normale Tagwerk ohne Einschränkungen erledigen können.‹ Bei der Erinnerung an das TikTok Video der selbsternannten Psychologin kann ich nur die Augen verdrehen.

Wunderbar, als wüsste ich das nicht selbst.

Beim Scrollen stoße ich ständig auf dergleichen Videos. Jedes davon beschreibt wunderbar meine Probleme und ich denke mir: Ja, verdammt! Das bin ich. Nur präsentiert mir keins davon eine wirkliche Lösung für meine Schwierigkeiten. Es gibt zwar eine Menge, die sagen, man soll sich selbst Zeit geben und nicht unter Druck setzen.

Und trotzdem funktioniert es nicht auf diese Art.

Weder für mich noch mein Umfeld.

Dabei sollte man auch psychische Probleme ernstnehmen.

Immerhin kann man zu einem Blinden auch nicht sagen: Na, Mensch, lächle einfach ein bisschen, dann wird es schon besser. Oder denk an etwas Positives, sonst ist es kein Wunder, dass du nur schwarz ziehst.

Bei dem letzten Gedanken schmunzle ich leicht.

Mein Humor ist möglicherweise verbesserungswürdig.

Trotzdem habe ich seit einer Weile das Gefühl, einfach nicht voranzukommen. Zeit nehmen – alles schön und gut – aber irgendwann muss es weiter gehen. Ich will einen Fortschritt sehen und spüren. Endlich zu Partys gehen, ohne beinah durchzudrehen. Mit älteren Männern, wie auch den Professoren, sprechen können, ohne dass mir der Schweiß den Nacken herunterläuft. Ich will bedeutungslosen Sex haben, ohne mir den Schädel zu zermartern und dabei von finsteren Erinnerungen begleitet zu werden.

Ist das zu viel verlangt?

Ist es nicht.

Und trotzdem sitze ich hier. Allein, versteckt und in der Kälte.

Warum? Weil ich ein verdammter Feigling bin.

Was ist, wenn mich keiner beachtet? Wenn ich allein dastehe? Wenn die anderen mich anstarren? Wenn mein Outfit unpassend ist? Ich an den falschen Stellen lache oder einen Witz nicht verstehe?

Ja ... genau das ist das Problem.

Meine eigene Unsicherheit gepaart mit den Erfahrungen meiner Kindheit und der Zurückweisung durch den letzten Menschen, dem ich meinte, wichtig zu sein.

Blac – fucking – Carter.

Ich hasse meine eigene Unfähigkeit.

Das leise Vibrieren meines Handys lässt mich stöhnend den Kopf heben. Ich werfe einen flüchtigen Blick auf das Display. Zwei Nachrichten und beide beinah mit dem gleichen Inhalt, nur könnten sie nicht verschiedener sein.

Wo bist du?

Wann kommst du?

So ähnlich sie sich sind, so verschieden wird mein Abend laufen, wenn ich mich für eine der beiden entscheide. Alicia will sich mit mir einen schönen Abend machen. Ein paar DVDs, ein bisschen erzählen. Nichts Wildes. Beinah lache ich auf, denn das könnte ihr Motto sein. Nur nichts anstellen, nicht auffallen oder gar etwas erleben.

Missmutig wandert mein Blick zu der anderen Nachricht. Kathy. Sie hat einen Abend voll Ausschweifungen geplant. Alkohol, Männer und Spaß.

Das Problem dabei: Ich will beides. Und gleichzeitig auch nicht.

Einerseits will ich etwas erleben. Ich bin jung. Ja, ich will Fehler begehen, dumme Entscheidungen treffen und mich fallen lassen. Gleichzeitig will ich eine Zukunft. Einen Plan, heraus aus Diabolos Schlangennest.

Verbittert presse ich die Lippen aufeinander. Traurigerweise sind das nicht einmal die beiden Optionen. Wenn ich zu Alicia gehe, bedeutet das nicht, dass ich mich auf meine Ziele konzentriere. Es ist nur eine weitere Ablenkung. Davon, dass ich nicht einmal meine Unsicherheiten und Panikanfälle überwinden kann.

Fluchend lehne ich den Kopf zurück an die Wand.

Ein paar Mal atme ich tief ein und aus.

Dann sehe ich erneut auf das Display.

Keine der beiden Aktivitäten wird mich weiter bringen. Aber eine könnte – begleitet von ein paar Hilfsmitteln in flüssiger Form – dafür sorgen, dass ich mir nicht den ganzen Tag den Schädel zermartere. Nur muss ich mich dafür erst einmal hin trauen.

Und dann, nehme ich mir selbst vor, *dann konzentriere ich mich auf mein Ziel.* Ich werde es endlich angehen.

Und auf der Party bin ich näher bei Blac.

Näher an Blac bedeutet auch näher an Diabolo.

Wieder erschaudere ich. Dabei muss ich hart schlucken. *Das ist der einzige Grund, warum ich seine Nähe suche. Nur um etwas über ihn herauszufinden. Und ihm zu schaden,* füge ich verbissen hinzu.

Mit zittrigen Fingern antworte ich Kathy.

Die Frage ist, wo bist du?

Es bereitet mir eine gewisse Portion an Bauchschmerzen, die Nachricht zu lesen, während ich darauf warte, dass sie antwortet. Gleichzeitig schießen mir 100 Ausreden durch den Schädel, weshalb es eine soviel bessere Idee wäre, in mein Zimmer zu gehen. Statt einer Antwort erhalte ich ein Selfie. Ein paar Sekunden starre ich darauf. Kathy, die breit in die Kamera grinst, interessiert mich dabei wenig. Stattdessen konzentriere ich mich auf die Umgebung. Ich sehe eine männliche Schulter und einen nicht dazu passenden Arm. Eine weitere braune Kurzhaarfrisur auf der anderen Seite und einige Schnapsgläser.

Zusammengefasst: Die Party ist in vollem Gange.

Innerlich halte ich eine letzte kurze Diskussion mit mir selbst. Dann gebe ich mir einen Ruck und erhebe mich. An dem Bild gibt es genau zwei Dinge, die mich locken.

Der Hintergrund ist das eine. Auch wenn es auf dem Bild nicht danach aussieht: In der Bibliothek ist es für gewöhnlich ein wenig ruhiger. Die Leute ziehen sich dorthin zurück, wenn sie es etwas privater mögen. Der Vorteil für mich: Keiner beachtet mich.

Der zweite Grund ist klein, flüssig und sorgt dafür, dass ich den Rest meiner Zwangsneurosen und Ängste schnell überwinde. *Hoffentlich*.

Mit dieser Aussicht versenke ich das Handy in meinem Ausschnitt und erhebe mich. Für einen Moment strecke ich meine Beine, die sich ein wenig taub anfühlen.

Nervös gehe ich erneut ins Innere des zweistöckigen Gebäudes. Auch wenn es von außen altmodisch erscheint, gleicht es drinnen einem modernen Traum.

Nicht zum ersten Mal bereue ich meine Entscheidung, keiner Verbindung beigetreten zu sein. Andererseits, ich und ein Haufen hysterischer Frauen in einem Haus? Vermutlich hätte es schon nach der ersten Woche Verletzte gegeben. Nach der zweiten Woche Tote.

Nein ... da nehme ich lieber die Gemeinschaftsduschen und die abgewohnten Zimmer in Kauf. So muss ich lediglich eine andere Person in meiner direkten Nähe tolerieren.

Außerdem gibt es einen entscheidenden Vorteil an dem Wohnheim: Es ist günstig.

Auch wenn Diabolo mich großzügig mit Geld unterstützt, sehe ich zu, dass ich so wenig wie möglich davon ausgebe. Warum? Ganz einfach. Alles, was ich spare, habe ich als Rücklage. Einen Puffer, wenn ich schnell ... verschwinden werde.

Ja, richtig. Werde – nicht will.

Der Gedanke sorgt für ein Kribbeln in meinem Bauch.

Es gibt zwei Möglichkeiten für meine Zukunft.

Die eine ist, dass er mich gehen lässt. Ein Job im Ausland, eine eigene Wohnung, weg von seiner Kontrolle.

Die andere Möglichkeit benötigt ein bisschen Kleingeld, Kontakte und die richtigen Papiere.

Eins steht fest: Zurück in die Villa werden mich keine zehn Pferde bekommen. Und auch keine drei Diabolo-Lakaien.

Ich bahne mir den Weg durch die Studenten, von denen ich einigen Wenigen flüchtig zunicke. Noch weniger erwidern meine Geste. *Dann eben nicht.*

Schon von Weitem erhasche ich einen Blick auf den blonden Schopf und zögere einen Augenblick.

Stöhnend führt mein Blick über die Typen, die sie beinah wie eine Horde Fliegen umringen. *Mal im Ernst, geht es noch peinlicher?*

Es fehlt nur noch, dass Blac an ihren Hacken hängt. Beziehungsweise, sie an seinen. Verstohlen sehe ich mich um. Ich habe ihn noch nicht wieder gesehen. Vermutlich treibt er es mit irgendeiner Frau in einer dunklen Ecke. Schön niveaulos, wie wir ihn kennen.

Verbissen presse ich die Lippen aufeinander.

War der Plan des Abends nicht Spaß zu haben? Sich fallen zu lassen und Blac endlich zu vergessen? Soviel dazu.

Aus diesem Grund bediene ich mich sofort großzügig an den Getränken. Nüchtern könnte ich den Abend zwar überstehen – will es aber nicht.

Beinah zufrieden grinse ich kurz darauf in mein Glas und ziehe probehalber an dem Strohhalm. Ein fruchtiger Geschmack breitet sich auf meiner Zunge aus und rinnt kühl meine Kehle herab. Erst dann schlendere ich betont langsam zu der gut gefüllten Ecke hinüber. Dabei rede ich mir ein, dass ich stark, stolz und kein bisschen schüchtern bin. Geschweige denn panisch oder nervös.

Ich doch nicht.

»Maria!« Kathy untermalt ihren fröhlichen Ausruf, indem sie die Arme nach oben reißt. Wohlwollend lasse ich mich neben sie sinken. Freund Alkohol lässt nicht nur die Zurückhaltung fallen, sondern auch die Abneigung zu anderen Menschen. Nicht sofort, aber das kommt noch.

»Als du geschrieben hast, dass du los machst, dachte ich, du meinst aus deinem Zimmer. Nicht von dem Haus deines Alten.« Sie verdreht die Augen. »Wobei ich selbst aus Minnesota schneller hier wäre als du.« Ich fange die unterschiedlichen Blicke der anderen auf. Für die meisten bin ich nur ein Störfaktor. Manche können rechnen und erhoffen sich höhere Chancen für die Nacht, wenn nicht nur eine Frau anwesend ist. – Auch wenn diese ganz und gar nicht abgeneigt ist, mit allen gleichzeitig ins Bett zu gehen – soviel steht fest. Deshalb werfe ich schnell ein freundliches Lächeln in die Runde. Gut, vielleicht ist es auch eher eine gehässige Grimasse. Irgendwie muss ich meinen Ruf als Einzelgängerin aufrecht halten.

»Ich habe mich bemüht«, sage ich schließlich nickend. Vermutlich hätte ich mich entschuldigt, hätte sie sich wenigstens den richtigen Bundesstaat, aus welchem ich stamme, gemerkt. Was übrigens Massachusetts ist. Aber hey, 8 Staaten weiter und sie hätte es.

»Und …« sie zieht das Wort in die Länge und wackelt vielsagend mit einem Shot vor meinem Gesicht. Währenddessen schiebt sich noch ein weiterer Kopf in mein Blickfeld.

»Ja, Maria, feierst du heute mit oder siehst du nur zu? Ist ein seltener Anlass, dich hier zu sehen.« Brians breites Grinsen wird noch eine Spur größer, als ich das Glas nehme und in einem Zug leere.

An der Stelle möchte ich erwähnen, dass er einer der

wenigen ist, die ich leiden kann. Noch dazu derjenige, der mich am häufigsten zum Alkoholkonsum bringt. Deshalb habe ich spontan entschieden, mich erst gar nicht zu wehren.

Ich verdrehe die Augen, als mir die Flüssigkeit den Rachen hinab brennt und halte das Glas nach oben. Kathy wirkt zufrieden, während mich Brian mahnend ansieht. »Du hast nicht einmal mit uns angestoßen.« Er hält seinen Becher auffordernd nach vorn und wenig zimperlich ergreife ich diesen. Noch während er lacht, nehme ich ein zweites Glas hoch und drück ihm dieses in die Hand. Zufrieden grinsend lehne ich mich nach vorn, stütze die Hände auf und mustere ihn abwartend. »Na dann«, füge ich hinzu, als er sanft anstößt und dabei meinen Blick fest mit seinen Augen auffängt.

Und genauso überwindet man seine Probleme.

Wer braucht da schon eine Therapie, gesunde Beziehungen und Selbstliebe?

Ich hasse es, dich zu sehen.
Dich zu hören.
Deinen blumigen Duft zu riechen.
Dieses helle Lachen zu hören.
Und dich gleichzeitig nicht berühren zu können.

KAPITEL 8

Blac

»Hör mir gut zu, Baby. Es gibt ein paar Regeln, wenn du willst, dass ich dich ficke.« Ihre Augen weiten sich. Atemlos nickt sie mit geöffneten Lippen. Mein Gesicht verzieht sich zu einem Schmunzeln. *Perfekt.* Sie ist absolut perfekt für das, was ich mit ihr vorhabe.

»Gut, sehr gut. Zuerst will ich, dass du mich ansiehst. Schüchterne Frauen, die den Blick senken, sind nichts für mich.« Bei diesen Worten hebe ich selbst den Kopf ein Stück an. Ich sehe ihr direkt in die aufgerissenen grünen Äuglein. Sie sehen fad und langweilig aus, wie alles an ihr. Langsam lasse ich den Blick schweifen. Es ist eine zufällige Bewegung, die mich Sekunden später stocken lässt. Lachend lege ich den Kopf schräg. Meine Lippe kräuselt sich leicht.

Maria sitzt in einer Leseecke nur wenige Meter entfernt zusammengekauert. Sie hat die Knie angezogen und versucht sich zwischen den Regalen zu verbergen. Lediglich der schmale Schein des Mondlichts hat mich auf sie aufmerksam gemacht.

Hektisch sieht sie sich um.

Beinah kann ich ihr schlagendes Herz bis hierherhören.

Welch Ironie.

Tja, Kleines. Wie bist du nur hier gelandet?

Wolltest du mich sehen? War es Zufall? Oder Schicksal?

Berauscht wende ich mich wieder der Kleinen zu. Gebannt sieht sie weiterhin zu mir auf. Sie schwankt leicht, was ich dem Alkohol zuschreibe. »Das machst du sehr gut«, lobe ich sie leise. Wie ein Hund, dem man einen Knochen zugeworfen hat, drückt sie sich nach oben. Trotzdem wagt sie es nicht, sich großartig zu bewegen oder die Initiative zu ergreifen.

Sagte ich schon, wie perfekt sie ist?

»Du wirst weiterhin schweigen. Kein Ton kommt über diese zarten Lippen. Bekommst du das hin?« Abwägend betrachte ich sie. Dabei hebe ich die Hand an ihre Wange. Sanft streiche ich mit dem Daumen darüber und spüre, wie ein Schauer meiner Bewegung folgt. Sie öffnet die Lippen und schluckt. Mahnend schüttle ich den Kopf und stoße ein kurzes Schnalzen aus.

Sofort schließt sie den Mund, senkt für eine Sekunde demütig den Kopf, nur um ihn dann wieder anzuheben. Mit geröteten Wangen sieht sie mich an. Schließlich nickt sie.

»Gut. Das machst du gut«, wiederhole ich mich.

In dem Moment, in welchem ich Maria gesehen habe, hat der Abend eine erneute Wendung genommen. In Gedanken hebe ich den Kopf. Meine Augen fahren die Regalreihen entlang, bis ich an ihrem Körper hängenbleibe. Sie hat sich nicht bewegt. Keinen Millimeter. Wie eine Statue sitzt sie da.

Scheiße, allein dieser Anblick, dass sie zusieht, sorgt dafür, dass mein Penis augenblicklich hart wird.

»Ich werde sanft zu dir sein. So wie du es magst, wie du es verdienst.« Ich kann mir bei meinen Worten das Lächeln nicht ganz verkneifen. Das hier ist alles andere als normal für mich. Es ist beinah eine Premiere.

Ich bin nicht sanft.

Ich nehme auf niemanden Rücksicht.

Es ist mir egal, ob ich jemanden verletze, den dürren Hals herumdrehe oder töte. Noch weniger interessiert es mich, was sie verdient hat.

Aber ich weiß, dass die Worte wie zuckersüße Messerstiche für Maria sind.

Die Kleine vor mir schluckt schwer. Sie fährt sich mit der Zunge über die Lippen. Interessiert beobachte ich sie. Ihre Finger zucken. Zweimal stellt sie sich auf die Zehenspitzen, nur um dann zurückzusinken.

»Ja?«, frage ich abwartend. Dabei sehe ich wieder an ihr vorbei. Hin zu Maria. Meine Hose wird enger. Ich spüre eine Welle der Lust, die mich ergreift.

Was willst du tun?

Aufstehen und gehen? Dich verstecken?

Nein, wenn du das glaubst, machst du dir selbst etwas vor.

Du willst aufstehen und zu mir kommen. Du willst die Kleine wegschicken, mir eine reinhauen und mich verfluchen. Aber am allermeisten willst du ihren Platz einnehmen, Baby.

Eine Premiere ist nie perfekt, aber dafür umso aufregender.

Ich hoffe du genießt sie so sehr wie ich.

Mir fällt auf, dass die Kleine meine Aufmerksamkeit erregen will. Was ich daran besonders liebe, ist, wie sie sich bemüht, keinen Ton von sich zu geben. *Wundervoll.*

Gönnerhaft lehne ich mich gegen das Bücherregal in meinem Rücken. Die unebenen Kanten drücken in meine Schulterblätter, was ich großzügig ignoriere. Dann packe ich den Schopf der Kleinen und zerre sie dicht vor mein Gesicht. Leichte Panik mischt sich in ihre sonst neugierige Miene. »Ich will, dass du dich mit dem Gesicht gegen das

Regal stellst.« Noch einige Sekunden halte ich sie fest. Erst dann gebe ich sie frei. Hastig macht sie sich daran, meine Anweisung zu befolgen.

Ich trete ebenfalls nach vorn, während mein Blick Marias sucht.

»Zieh deine Unterhose aus.« Zufrieden stelle ich fest, wie Marias Körper bebt. Beinah, als wollte sie meiner Anweisung folgen. Nur am Rande merke ich, wie die Kleine mit zittrigen Fingern einen dunklen String abstreift und unter ihrem Rock hervorzaubert. »Jetzt lehn dich nach vorn.«

Sie streckt mir ihre ausladenden Hüften entgegen. Für einen Moment starre ich darauf. Dann schließe ich genießend die Augen. Sex ist für mich nur Lust und Befriedigung. Keine Gefühle, keine Reue. Deshalb fasse ich nach ihrem Arsch und schiebe den kurzen Rock nach oben. Kurz drücke ich die Finger fest in ihr Fleisch. Sie schnappt leise nach Luft. Kurz halte ich inne, sehe prüfend auf. Kein weiterer Ton kommt über ihre Lippen. Den Kopf hält sie weiterhin über die Schulter verdreht und bemüht sich, mich anzusehen.

Daraufhin senke ich den Blick. Beherrscht spreize ich ihre Arschbacken und fahre mit dem Daumen über ihren Eingang. Sie schreckt zusammen und windet sich in meinem Griff. Intuitiv führe ich die Hand an ihre Kehle und drücke zu. Ich habe mit genug Frauen gevögelt, um zu wissen, wann eine Frau mich will.

Sie will mich.

Aber nicht so.

Nachdenklich hebe ich den Kopf. Maria starrt mich weiterhin an. Lediglich ihre Hand liegt inzwischen an ihrer Kehle. Ein wissendes Grinsen erscheint auf meinen Lippen. Kurz koste ich den Moment aus. Drücke den zarten Hals ein Stück mehr zu und vernehme ein leises Röcheln. Meine Hüfte drücke ich nach vorn und fahre mit der freien Hand über die Beule in meiner Hose.

Gelassen merke ich, wie die Kleine sich zaghaft wehrt.

Während ich die Hand um ihren Hals langsam lockere, spreize ich ihre Beine ein Stück mehr. Ich fahre mit den Fingern dazwischen und spüre zu meiner Zufriedenheit die Feuchte. Es gibt kaum etwas Besseres, als eine vor Lust tropfende Frau. Erst recht, wenn sie mit gespreizten Beinen vor mir steht und mir ihren Körper auf wundervolle Weise darbietet.

Mit kontrollierten Bewegungen befreie ich meinen harten Schwanz aus meiner Hose. Seufzend reibe ich darüber, dann ziehe ich das Kondom aus meiner Tasche und streife es über.

Herausfordern platziere ich meine Eichel zwischen ihren Beinen. Während ich durch ihre Nässe gleite, entspannt sie sich zunehmend. Quälend langsam dränge ich ihr weiter entgegen und schiebe mich zwischen sie. Dabei hebe ich den Kopf. Mit den Augen fixiere ich Maria, während ich mich langsam zu bewegen beginne.

Siehst du, wie vorsichtig ich bin.

Ich kann es, dass merkst du spätestens jetzt.

Fragst du dich, warum ich es bei dir nicht war?

Oder sehnst du dich genau nach dieser Härte?

Nach meiner Dominanz?

Vor Anspannung seufzend lehne ich mich nach vorn. Ich stütze mich mit einer Hand an den Regalen ab, die bei jedem meiner Stöße ein leichtes Ächzen von sich geben. Mit der anderen Hand packe ich ihre Hüfte und drücke sie fest in meinen Schoß. Ihre Enge legt sich um meinen Schwanz und massiert mich mit einem verführerischen Druck.

Trotzdem ist das, was mich am meisten fesselt, der Blick aus den aufgerissenen Rehaugen. Ich konzentriere mich nur darauf, während ich mich mit immer heftigeren Stößen in der Kleinen versenke. Meine Finger grabe ich in ihr Fleisch. Vermutlich hinterlasse ich dabei Spuren. Es juckt mich nicht. Auch nicht, als ihr Blick flehend wird, sie den Kopf immer wieder senkt. Ihr Gesicht ist feuerrot. Die Nägel krallt sie in das Regal und ihre Beine beginnen zu zittern.

Ich bemerke ihre Mühen kaum.

An dem Punkt schalte ich auf ›Autopilot‹.

Sie ist eine willige und geile Frau. Ich habe Lust. Etwas anderes gibt es in dem Moment nicht.

Bestimmt greife ich in ihr Haar. Sie gibt ein Stöhnen von sich, als ich sie daran nach hinten ziehe. Meine Hand lege ich wieder um ihre Kehle. Dieses Mal drücke ich stärker zu. Die Kleine röchelt, öffnet den Mund, während ihre Augen hilfesuchend hin und her fahren.

Ich verstärke den Druck. Gerade genug, damit sie mir nicht auf den Sack geht und nicht so viel, dass ich hinterher ein Loch graben muss.

Trotzdem hasse ich es, wie willenlos sie ist. Ich will, dass sie sich wehrt, dass sie kämpft und sich windet. Scheiße, vielleicht bin ich inzwischen so kaputt, aber nur so kann ich dem Höhepunkt immer näherkommen, der sich langsam in mir aufbaut.

Nur das Klatschen unserer Körper ist zu hören. Das Rascheln des Stoffes. Das Klappern meines Gürtels, den ich nicht abgelegt habe. Und mit jedem Stoß komme ich der Erlösung ein Stück näher.

Sie flucht, ihr Körper zuckt und schlussendlich drückt sie mir ihren Arsch entgegen. Alles an ihr spannt sich an, nur um im nächsten Moment erschöpft nach vorn zu sinken. Ich schalte ab. Blende alles um mich herum aus, während ich mich stoisch weiter in sie schiebe. Nur Sekunden später komme auch ich und ziehe mich sofort aus ihr zurück.

Mit wenigen Bewegungen ziehe ich den Gummi ab, knote ihn zusammen und drücke ihn der Kleinen in die Hand. »Schaff das weg.« Dann lehne ich mich mit heruntergelassener Hose gegen das Bücherregal in meinem Rücken.

Die Kleine hat sich ebenfalls herumgedreht. Sie streicht mit den Fingern über ihren Rock. Ich spüre den Kampf in ihrem Inneren, als sie den Kopf hebt. Die Aufregung ist erloschen. Das Gefühl der Lust nicht. Trotzdem hebe ich abwehrend die Hand. »Sparen wir uns das Theater, in welchem du um mehr bettelst.«

Ihr Gesicht läuft noch eine Spur röter an. Verbissen presst sie die Lippen aufeinander. Mahnend schüttle ich den Kopf. Dann hebe ich ihr Kinn sanft mit den Fingern an. »Du warst ein braves Mädchen. Versau dir nicht alles, was du aufgebaut hast, indem du wie ein Kind anfängst du weinen.«

KAPITEL 9

Maria

S*cheiße.* Dieses eine Wort wiederholt sich in einer Endlosschleife und das schon seit einer ganzen Weile.

Seit bestimmt fünf Minuten kann ich an nichts anderes denken. Ich kann mich nicht rühren und erst recht keinen Ton hervorbringen. Worüber ich auch froh bin. Es würde nichts Sinnvolles dabei herauskommen.

Verdammt ...

Harsch schüttle ich den Kopf, um wieder klar denken zu können. Ich hasse Blac. Mehr als jeden anderen Menschen. Selbst mehr als Diabolo. Verbitterung erfüllt mich bei diesem Gedanken. Diabolo ist der grausamste Mensch, den ich kenne. Allein das Wort *Mensch* ist zu gut für ihn. Und trotzdem war es Blac, der mich gebrochen hat.

Weil ich ihm vertraut habe.

Und trotzdem kann ich nicht anders, als auf seine wieder beginnende Erektion zu starren. Ich schlucke, als er seine Hose nur notdürftig nach oben zieht und langsam näherkommt. Sophie, die er eben noch gevögelt hat, starrt ihm entgeistert hinterher. In meiner Leseecke werde ich immer kleiner und hoffe, dass sie mich nicht sieht. Was bedauerlicherweise eine lächerliche Wunschvorstellung bleibt. Sie schnaubt wütend, fixiert mich für einen Moment und dreht sich dann auf dem Absatz herum. Ihr kurzer Rock schwingt leicht beim Gehen. Wahrscheinlich hundertmal anmutiger als bei mir, wie ich nüchtern feststelle.

Wobei nüchtern das falsche Wort ist.

Immerhin habe ich mich hierher zurückgezogen, weil ich deutlich zu viel getrunken habe. Und allein, dass in dem Moment zwei Blacs vor mir auftauchen, zeigt mir nur allzu deutlich, dass diese Einschätzung keineswegs übertrieben war.

Er lässt sich gegenüber von mir auf die weichen Kissen fallen. Mit geöffneten Lippen starre ich ihn an. Blac wirkt so dermaßen falsch zwischen den ganzen Büchern, flauschigen Decken und Kissen.

»Du siehst aus wie ein verschrecktes Reh.« Seine Stimme klingt rau. Vielleicht bilde ich es mir auch nur ein. Immerhin setzen sich die beiden Blacs wieder zu einem zusammen.

»Und du bist der große, böse Wolf?« Habe ich das gesagt? Scheiße, das war nicht der Plan.

Blac lehnt sich ein Stück nach vorn. Er betrachtet mich interessiert, als wäre ich ein spannendes Kunstwerk. »Nein, ich bin die Schlange, die dich verführt und betört.«

Und dir dann in den Knöchel beißt, setze ich in Gedanken hinzu.

»Ganz genau.« Blac hebt langsam den Blick. Seine Augen scheinen tiefschwarz zu sein. Erschrocken fahre ich zurück. Habe ich laut gedacht? Oder kann er seit neuestem Gedanken lesen?

Ich schaffe es kaum, diesen Satz in meinem Kopf zu

Ende zu führen. Sein eindringlicher Blick sorgt dafür, dass beinah mein ganzer Körper seine Funktionen einstellt.

Nach einigen Sekunden schnappe ich heftig nach Luft.

Gott seis gedankt: Die Wichtigsten scheinen noch zu funktionieren.

Mein Herzschlag beschleunigt sich.

»Verdammt, warum starrst du mich so an?« Die Worte rutschen mir ungehalten über die Lippen. *Das war nicht der Plan* ... Nur kann ich mich in dem Moment weder an einen erinnern noch einen aufstellen.

Blac reagiert nicht. Er sitzt weiterhin da, starrt mich an, als würde er ... Die Wahrheit ist, ich weiß weder was er denkt noch was er machen will.

Das Problem ist: Mein Kopf ist im besten Fall im Standby. Im realistischsten schon langsam im schlechte-Entscheidungen-Modus angekommen.

Bisher habe ich so krampfhaft versucht ihn zu ignorieren und zu hassen, dass es beinah weh tut. Er ist ein grauenhafter Mensch und doch hat er so einen großen Einfluss auf mich.

Wieso nur?

Weil wir zusammen aufgewachsen sind?

Weil wir jahrelang unser Leid geteilt haben? Jedem schlechten Augenblick, so viele Bessere gefolgt sind? Weil er da war? Bei jedem einzelnen?

Eine Träne rollt über meine Wange. Ich wische sie zittrig zur Seite und senke verbissen den Blick.

Ich habe versucht mich von ihm fernzuhalten. Aber vielleicht geht es auch anders. Vielleicht sollte ich dem Verlangen einfach nachgeben.

Weil ich es nicht anders verdient habe. Weil jemand wie ich, nur bei jemandem wie ihm landen kann. Jemandem, der ebenfalls kaputt ist, der mich mit jedem einzelnen Tag zerstört.

Und ja, vielleicht habe ich auch den inneren Wunsch, dass ich mich dann wieder wie ich selbst fühle. So, wie ich gern wäre. Stark und stolz. Diese Gefühle hat er mir immer vermittelt. Jeden einzelnen Tag unserer Kindheit.

Aus diesem Grund erhebe ich mich mit zittrigen Knien. Fahrig setze ich wenige Schritte nach vorn. Zu seinen Füßen sinke ich auf die Knie. Den Kopf halte ich nach unten, schließe die Augen und versuche das Schaukeln um mich herum auszublenden. Zittrig falte ich die Hände in meinem Schoß. Atme tief ein und aus.

»Wir sind etwas Besonderes. Zerbrochene Seelen, die einander immer wieder finden.« Blacs Stimme ist rau. Gänsehaut überzieht meinen Körper. Leise räuspere ich mich.

»Es spielt keine Rolle, dass wir zerbrochen sind. Wir haben noch immer ein Herz, das für das Richtige schlägt.«

Eine Hand führt er an meine Schulter. Streicht sanft darüber. Ich erschaudere und kämpfe gegen den Drang aufzusehen. »Ich habe kein Herz.« Seine Hand fährt durch das Tal meiner Brüste, an dem Stoff meines Kleides entlang. So lang, bis er zwischen meinen Beinen angekommen ist. Bereitwillig spreize ich diese.

»Ich weiß es besser, Blac.« Ein Rauschen setzt in meinen Ohren ein. Mir ist übel und alles dreht sich.

Langsam zieht er sich zurück. Unruhig sehe ich auf, merke wie er seine Hose öffnet und die Beine spreizt. »Das ist lange her.«

Gedankenversunken fährt er mit der Hand über seinen Schritt. Die andere legt er an mein Kinn und dirigiert mich nach oben. Als seine zarte Eichel meine Lippen streift, lecke ich automatisch darüber. Scheiße, ich bin nervös.

Einige Sekunden starrt er mich an. Dann blinzelt er langsam. Schließlich sieht er auf. Der Blick seiner finsteren Augen durchsticht mich beinah.

»Weißt du, was das Beste an dem heutigen Abend ist, Baby? Du hast mir wieder einmal bewiesen, dass ich alles von dir haben kann. Dass ich nicht einmal darum bitten und lieb fragen brauche.« Mein Lächeln fällt in sich zusammen. Ich will mich herumdrehen. Er packt mein Kinn und drückt mich in seine Richtung. »Scheiße, du bist immer noch das gleiche verliebte Gör, was ich schon so oft zurückgewiesen habe.« Laut lachend lehnt er sich zurück.

»Du bist widerlich!« Ich spucke ihm die Worte entgegen. Bei jedem einzelnen drückt seine Hand in meinen Kiefer.

Plötzlich gibt er mich frei. Ich stolpere und habe zu tun, nicht umzufallen. Die Welt dreht sich um mich herum und reißt mich in einen tiefen Abgrund. Solange, bis es mit einem Mal diesen Schalter in meinem Inneren gibt. Er kippt und aus meiner Verzweiflung wird Wut. Wütend springe ich ihm entgegen, hebe die Hand und lasse sie in sein Gesicht klatschen. Es ist so ein verdammt befriedigendes Gefühl, dass ich am liebsten niemals damit aufhören würde. Statt mich zu tadeln, anzuschreien, sich zu wehren oder mich gar gegen die nächste Wand zu pressen, lehnt er sich lediglich lachend zurück. Fassungslos starre ich ihn an, während ich leicht schwanke. Mein Herz rast wie wild und ich muss mehrmals blinzeln, um klar zu sehen. Dann packt er seinen harten Penis und beginnt sich selbst zu befriedigen.

»Wundervoll. Gib mir gern mehr, Baby«, verhöhnt er mich amüsiert.

Mein Puls pocht. Die Ader auf meiner Stirn schwillt an, während ich die Zähne so fest aufeinanderpresse, dass es weh tut. Knapp öffne ich die Lippen und schließe sie im nächsten Moment wieder.

»Vergiss nicht dir den Mund abzuwischen, bevor du nach draußen gehst. Wir haben Schwarzlicht in manchen Räumen«, ruft er mir wohlwollend zu. Währenddessen geht ein kurzes Zucken durch seinen Penis. Scheiße nochmal, das hier macht ihn tatsächlich an.

Ich schnappe nach Luft. Meine Hand zuckt.

»Ah, erwischt«, gibt er grinsend von sich. Dann schließt er die Augen und lässt sich voll in seine eignen Bewegungen fallen.

Fuck.

Mein Schädel ist wie leergefegt.

Es gelingt mir nicht, etwas zu erwidern. Stattdessen stehe ich da, sehe zu, wie er sich genüsslich selbstbefriedigt und bin absolut fassungslos.

Er ist ein kleiner, selbstgerechter und boshafter Mistkerl. Ein erstklassiger Wichser, abstoßend und absolut ... heiß.

Scheiße. Was zur Hölle ist mit meinem Kopf schiefgelaufen? Habe ich als Kind zu nah an der Wand geschaukelt oder ein Schädeltrauma erlitten, an dass ich mich nicht erinnern kann?

Der Typ ist Müll. Absolut wertloser Müll.

Warum zur Hölle befasse ich mich mit ihm?

Weil dich die Zurückweisung anmacht?

Ich reagiere auf meine eigene Vermutung mit einem entschiedenen *Nein*.

Wem gefällt so etwas schon?

Verbitterung erfüllt mich. Betrunkene, quälende Verbitterung. Eine, die dafür sorgt, dass ich völlig irrationale Handlungen begehe. Wie zum Beispiel überhaupt wieder auf den Typen hereinzufallen.

Ich bin völlig überfordert.

Sollte ich ihn noch einmal schlagen? Würde wenig bringen, von einem gewissen befriedigenden Gefühl einmal abgesehen.

Ihn fotografieren? Das wäre absolut albern.

Aber scheiße nochmal, wie soll ich darauf reagieren?

In dem Moment fällt mir auf, wie er den Kopf genussvoll in den Nacken legt und seine Hand immer schneller zu bewegen beginnt. Es ist derselbe Augenblick, in dem mein Kopf aussetzt. Dieser Mensch dort vor mir, war einmal der Wichtigste in meinem Leben.

Aber Dinge ändern sich.

Genauso wie Menschen und ich will verdammt sein, wenn ich die Einzige bin, die in der gleichen Spirale gefangen ist.

Aus diesem Grund drehe ich mich auf dem Absatz um und gehe zielstrebig durch die Regale der Bibliothek. Mit jedem einzelnen werden die Stimmen der Partygäste lauter, die Musik dringt langsam zu mir durch und hin und wieder begegne ich den anderen.

Aber mit jedem Schritt werden meine Beine zittriger, mein Atem geht schneller und die Welt beginnt sich vor meinen Augen zu drehen. Etwas in meiner Brust zieht sich schmerzhaft zusammen. So viele Fragen geistern durch meinen Kopf. Auf keine einzige davon will ich mich konzentrieren.

Warum? Ganz einfach, weil ich sonst in aller Öffentlichkeit losheulen würde. Dieser Typ kommt seit Jahren mit dem durch, was er macht. Ich hänge noch immer an der Erinnerung an den kleinen Jungen, mit dem ich aufgewachsen bin. Aber seitdem ist eine Menge passiert und vielleicht sollte ich mir endlich eingestehen, dass er nicht mehr der ist, den ich kenne.

Und in den ich mich als Kind verliebt habe.

Ich fluche leise. *Nein, verdammt.* Das Wort ›Liebe‹ wird niemals in einem Zusammenhang mit Blac Carter stehen. Weder ist er dazu in der Lage etwas Derartiges zu fühlen, noch hat er es verdient.

Ich bin schwach. Schwach, dumm und naiv. Noch dazu ein hoffnungsloser Fall.

Dieser Typ vögelt eine andere. Vor meinen Augen. Und ich? Werfe mich ihm sofort wieder an den Hals.

Wie ich es hasse. Mich, besser gesagt.

Mit kochend heißem Gesicht habe ich inzwischen die Toiletten erreicht. Mit einem lauten Stöhnen schlage ich die Tür hinter mir zu. Dabei wage ich es nicht, mich selbst im Spiegel anzusehen.

Zu sehr schäme ich mich für das, was wenige Minuten zuvor passiert ist.

Verdammt, ich habe mich vor ihn hingekniet. Mich ihm dargeboten. Und wofür? Dass er mich wegwirft? Beleidigt? Auslacht?

Mit jeder Sekunde werde ich umso wütender. Mit einem wütenden Aufschrei drehe ich mich herum. Ohne darüber nachzudenken, schlage ich mit der Faust gegen die Wand. Lediglich ein kurzer dumpfer Schmerz breitet sich in meinem Handgelenk und den Fingerknöcheln aus. Ich fluche, schlage erneut zu und genieße das angenehme Ziepen, was meiner Bewegung folgt.

Einige Minuten vergehen, bis ich mich endgültig beruhigt habe. Immer wieder schlage ich auf die Gipskartonwand ein. Wenn auch inzwischen mit mäßiger Motivation. Immerhin will ich mir nicht die Hand brechen.

Trotzdem hilft jeder einzelne Schlag dabei, meine Aggressionen herauszulassen.

Und da sag noch einer, Gewalt sei keine Lösung.

Ich bin mir sicher, wenn Blacs Gesicht meine Zielscheibe gewesen wäre, wäre dies eine wundervolle Lösung gewesen.

Matt, erschöpft und inzwischen erstaunlich nüchtern, lasse ich mich irgendwann an der Wand nach unten sinken. Den Kopf stecke ich zwischen die Knie.

Blac will das Sagen haben? Mich rumkommandieren?

Bitte. Soll er machen.

Oder es zumindest versuchen.

Dafür ist es an der Zeit, dass auch ich langsam aktiv werde.

Ich hatte für dieses Jahr einen Plan. Erst wollte ich meine Panikattacken in den Griff bekommen und dann endlich Diabolo und seiner miesen Sippe den Stinkefinger zeigen.

Auch wenn der heutige Abend beschissen, peinlich und einfach grauenhaft lief, hat er mir eines ganz deutlich gezeigt: Ich werde mich nicht weiter von ihnen unterkriegen lassen. Es wird Zeit, dass ich endlich meinen Hintern hochbekomme.

Nachdem ich mich beruhigt und mir ein wenig kühles Wasser ins Gesicht gespritzt habe, öffne ich die Tür. Mein Herz pocht dabei wie verrückt, aber ich verdränge die Panik.

Es dauert keine Sekunde, da empfängt mich ein polterndes Lachen. »Wow, du scheinst Feuer zu haben. Wo ist der arme Typ, den du zerlegt hast?« Für einen Moment überfordert mich die Anrede. Hektisch drehe ich mich herum und starre in eine kleine Runde aus Kommilitonen. Es dauert ein paar Sekunden, bis ich weiß, was sie meinen. Innerlich fluche ich. Mein Gesicht erhitzt sich und mein Nacken beginnt zu kribbeln. Genau so etwas meine ich, wenn ich sage, dass ich nicht weiß, was mich auf der anderen Seite einer Tür erwartet.

»Äh«, bringe ich wenig intelligent hervor. Nervös fahre ich mit den Fingern über meinen Unterarm. Weiteres Gelächter bricht aus. Einer der Typen sieht sogar ins Innere des Klos. Sein Spott geht in dem Rauschen in meinen Ohren unter.

Schließlich atme ich ein paar Mal tief ein und aus. Dann hebe ich den Kopf und sehe die fünf der Reihe nach an. »Ihr wisst, was man sagt: Lasse niemals einen Mann den Job einer Frau übernehmen.« Dabei zwinkere ich und bemühe mich möglichst selbstsicher zu klingen.

Ich gebe den Typen keine Chance darauf zu reagieren, sondern drehe mich um und durchquere den Raum. Meine Beine zittern, meine Hände sind eisig kalt und mir ist übel. Aber ich habe reagiert. Ich bin nicht in einer Schockstarre verblieben. Auch wenn man meine matte Aussage noch lange nicht als ein: denen habe ich es gezeigt, werten kann, war es ein Anfang. Einer, auf den ich verdammt stolz bin.

Ein seltsames Kribbeln breitet sich in meinem Körper aus. Ich fühle mich eigenartig berauscht.

In der festen Absicht, diesen Zustand möglichst lange aufrecht zu halten und meine neu gewonnene Stärke zu nutzen, gehe ich zielstrebig bis zur Eingangstür und direkt über den Campus. Zwar habe ich immer noch das Gefühl, dass mich alle anstarren, aber ich ignoriere die Blicke, beziehungsweise das Gefühl der Unsicherheit. Denn sind wir ehrlich: keiner interessiert sich für mich. *Hoffe ich.*

In einem leichten Anflug von Zweifel werfe ich einen

schnellen Blick über die Schulter. Meine Augen treffen direkt auf ein Pärchen, das mit wenig Abstand hinter mir geht. Sofort sehe ich mich ablenkend auch zur anderen Seite um. Ich will nicht, dass sie denken, ich würde sie anstarren.

Andererseits könnte es mir vollkommen egal sein.

Was juckt es mich, wenn sie denken, ich beobachte sie?

Außerdem gehen sie hinter mir her ...

Okay, Stopp, rufe ich mich selbst zur Ordnung. Meine Paranoia verselbstständigt sich bereits wieder.

Mit wild schlagendem Herzen beschleunige ich meine Schritte.

Ich lasse den Campus hinter mir. Dabei merke ich kaum, wo ich mich befinde. Stattdessen laufe ich immer weiter. So lang, bis ich vor dem schäbigen Lokal mit der abgewetzten Holztür ankomme.

Nicht eine Sekunde des Zögerns erlaube ich mir. Schließlich kenne ich mich gut genug, um zu wissen, dass ich dann kneifen würde. *Wie ein Feigling.* Aber eben diesen Feigling habe ich hinter mir gelassen. Sinnbildlich und wortwörtlich.

Den ganzen Weg über habe ich darüber nachgedacht, wie ich es angehen werde. Der Plan ist einfach. Ich werde dort hineinmarschieren, diesem ekelhaften Typen zeigen wie der Hase läuft und hier arbeiten.

Alles, was ich tun muss, ist einen Beweis dafür zu finden, dass sie junge Frauen und Mädchen abhängig machen und verkaufen.

Mich schüttelt es bei diesem Gedanken.

Ich will mir nicht einmal vorstellen, wie viele Leben an einem Punkt wie diesem beendet wurden.

Mit einer harschen Bewegung schüttle ich diese Tatsache ab. Ein letztes Mal streiche ich mit zittrigen

Fingern an meinem absolut unpassenden Outfit herab. Dann endlich fasse ich nach der Klinke, drücke sie herunter und laufe energisch ins Innere der Bar – Nicht.

Stöhnend reibe ich mir die rechte Schulter, mit welcher ich gegen die Tür gestoßen bin. Dann betrachte ich stirnrunzelnd den geschlossenen Club. Frustriert schlage ich gegen das Holz. Bedauerlicherweise – und ja, wie erwartet – rührt sich das alte Stück deshalb kein bisschen.

Fluchend raufe ich mir die Haare. »Das kann doch nicht deren Ernst sein«, brumme ich leise. Bereits zum zweiten Mal stehe ich vor dieser Tür. Und bereits zum zweiten Mal scheitern meine schlecht durchdachten Pläne. Ich bin möglicherweise ein wenig undurchdacht vorgegangen, aber es ist ein Stripclub. Ein Bordell, wenn man es genau nimmt. Wobei, eigentlich ist es ein illegaler Schuppen, in dem jungen Frauen grauenhafte Dinge angetan werden.

Ich hebe die Hände an meine Schläfen und massiere diese seufzend, während ich mich versuche zu fokussieren.

Vollkommen egal, wie mies mein Plan bisher in der Ausführung war, ich werde das hier durchziehen. Ende.

Denn so schlecht ist dieser nicht.

Sollte ich erwischt und bedrängt werden, wird mir mein Name – beziehungsweise der von Diabolo, den Arsch retten. Vermutlich würde der Typ sich noch die gierigen Griffeln reiben, wenn er davon hört, dass ich Interesse an seinem Business entwickle.

Resignierend ziehe ich mein Handy aus meinem Ausschnitt. Im Internet scrolle ich durch die Öffnungszeiten des ›Black Diamond‹ - Ein grauenhafter Name, wenn mich jemand fragt. *Dienstag geschlossen.*

Herzlichen Glückwunsch. Habe ich bereits selbst festgestellt.

Gerade als ich das Handy wegpacken will, fällt mein

Blick auf das Bewertungsfeld. Nachdenklich sehe ich auf und starre für einige Sekunden in die mäßig erleuchtete Straße. Ein paar wenige Menschen sind unterwegs. Es starrt mich ein alter Mann in lumpigen Sachen an. Seine Blicke sorgen für ein merkwürdiges Gefühl in meiner Magengrube. Stolpernd drehe ich mich herum und laufe in die entgegengesetzte Richtung. Dabei muss ich hart mit mir kämpfen, mich nicht ständig umzudrehen. Nur irgendein Typ ... rede ich mir selbst die ganze Zeit über ein.

Nach einigen Metern kann ich dem Drang nicht länger standhalten. Nervös werfe ich einen Blick über die Schulter. Der Typ sitzt weiterhin am Straßenrand. Inzwischen starrt er auf eine kleine Gruppe betrunken wirkender Teenager.

Ich atme erleichtert aus.

Dann konzentriere ich mich wieder auf mein Handy. Besser gesagt die Seite der Bewertungen, die mir noch immer herausfordernd entgegenleuchtet.

Knapp scrolle ich durch die Texte, von denen einer ekelhafter ist als der andere.

Geile Titten.

Die wissen, was man bieten muss.

Habe die Mexican Pancakes genossen.

Bei dem letzten Kommentar stocke ich für einen Moment im Lesen. Irritiert runzle ich die Stirn. *Pancakes?* In diesem Schuppen gibt es so einiges, aber Pancakes ganz sicher nicht. Für einen Moment zögere ich. Abwägend tippe ich mit den kurzen Nägeln auf mein Display. Schließlich siegt meine Neugier und ich öffne ein weiteres Fenster. Kaum habe ich auf Enter gedrückt und die ersten Zeilen überflogen, verziehe ich stöhnend das Gesicht. Dabei schließe ich die Augen und lasse das Handy kurz sinken. »Was zur Hölle stimmt nicht mit den Leuten?«, murmle ich leise und wechsle zügig zurück zu der edler als notwendig wirkenden Seite des ›Black Diamond‹.

Schließlich gebe ich mir einen Ruck und drücke auf den dritten Stern.

Bei dem Öffnen des Feldes bekomme ich kurz Panik und ändere mit wenigen Klicks meinen Hauptaccount in einen unbedeutenden no-name-Mail-Account.

Es dauert einige Minuten, bis ich den passenden Text im Kopf habe. Dann beginne ich mit einem Grinsen zu tippen.

Ich durfte den ›private Room‹ in Etage zwei kennenlernen.

Ein spannendes Etablissement mit einer hervorragenden Aussicht. Leider ist die Ausstattung des Raumes ein wenig … klein, aber hey, wenn Mann damit umgehen kann, wieso nicht?

Den so angepriesenen ›Diamond‹ habe ich nicht zu sehen bekommen. Dafür habe ich auch ein paar Geheimnisse für mich behalten. Ein paar funkelnde Seiten, die noch zu entdecken sind.

Vielleicht am Samstag um Mitternacht? Ich freue mich auf den funkelnden Rohling und bin bereit ihn zu polieren.

Ein paar Mal überfliege ich die Zeilen. Entweder habe ich damit meine Einstellung unterschrieben oder meine letzte Chance versaut. Nach einem letzten Zögern drücke ich auf Senden. Ich starre auf meinen Kommentar. Maria Surreto, die den Beitrag verfasst hat, findet die Idee beschissen. Vor allem die morgige, wieder nüchterne

Version wird es hassen. Aber Lola Mallory, die den Post abgeschickt hat, findet die Umsetzung mehr als zufriedenstellend.

Und mit dieser Einsicht mache ich mich wieder auf den Weg in mein Zimmer. Begleitet von einem nervösen Kribbeln in meinem ganzen Körper.

KAPITEL 10

Maria

Ich bin so aufgeregt, dass ich zittere wie ein Vibrator auf voller Stärke.

»Reinkommen«, ertönt eine polternde Stimme von der anderen Seite der Tür. Ich erstarre. Für einen kurzen Moment blicke ich panisch auf die schwarze Wand des Flurs. Diese scheint in immer weitere Ferne zu rücken. Mein Herz pumpt wie verrückt. Der Typ klingt alles andere als begeistert.

Aber das habe ich mir bereits denken können.

Spätestens an diesem Punkt frage ich mich, wieso ich überhaupt hierhergekommen bin. Das war vermutlich eine noch dümmere Idee als die Bewertung, die ich abgeschickt habe.

Immerhin ist das einzige Zimmer in Etage zwei seins.

Und er damit die schlechte Ausstattung, von der ich in meiner Bewertung gesprochen habe.

Bei meinem letzten Besuch war er einigermaßen freundlich. Damals habe ich ihn aber auch noch nicht persönlich in seinem Ego gekränkt. Spätestens an diesem Punkt wird mir bewusst, dass ich mich mit einem Thema bisher absolut nicht beschäftigt habe: Was mache ich, wenn er mich zum Sex zwingen will? Wobei zwingen recht optimistisch ausgedrückt ist.

Schließlich habe ich genau das in meiner Bewertung in Aussicht gestellt.

Schweiß bricht auf meinem Rücken aus. Genau in dem Moment, in welchem die Tür ruckartig geöffnet wird.

Ich hebe den Blick. Dann fällt mir die Kinnlade herunter.

»Du hast um einen Termin gebeten?«

Völlig perplex nicke ich. Gerechnet hatte ich mit dem Mitte vierziger Typen vom letzten Mal. Dem, mit den wulstigen Fingern und zusammengekniffenen Augen. Nicht mit ...

»Dann schwing deinen flachen Arsch rein. Ich habe noch andere Dinge zu tun. Zum Beispiel an dem Umgang mit meiner Ausstattung arbeiten.« Für einen kurzen Augenblick glaube ich, er hätte einen Witz gemacht. Deshalb lache ich nervös. Allerdings geht er keine Sekunde darauf ein und starrt mich lediglich mit ausdrucksloser Miene an.

Schließlich durchquere ich die geöffnete Tür. Ich spüre einen Schauder, als er mir folgt und werfe einen sehnsüchtigen Blick in Richtung des Flurs.

Die gute Nachricht ist, dass ich keinem widerlichen alten Sack den Schwanz lutschen muss.

Die schlechte, dass Diabolos Schoßhündchen und erstklassiger Wichser – Damien Diabolo – höchstpersönlich vor mir steht.

Shit.

Wie konnte das nur passieren?

Ich wüsste nicht, seit wann er für den Club zuständig sein sollte. Geschweige denn, warum er sich um die Bewerbungen kümmert. Genau genommen ist er ...

»Ich höre.« Damien geht um den billigen Schreibtisch herum. Im Gegensatz zu meinem letzten Gespräch und dem Typen von damals, nimmt er nicht dahinter Platz. Er setzt sich auf die Kante des Tisches, der unter dem Gewicht wackelt und sieht mich auffordernd an.

Knapp hole ich tief Luft. Ich darf mich nicht von ihm aus dem Konzept bringen lassen. Das hier ist vermutlich meine letzte Chance. Leider ist ein gestottertes »Äh« das Einzige, was ich herausbekomme. Zu irritiert bin ich von Damiens Auftritt. Zuletzt habe ich gehört, dass er in Mexiko gewesen sein soll. Allerdings ist das auch über ein Jahr her, wie ich gedanklich hinzufüge.

»Willst du deine Bewerbung fortführen, den Club lediglich in ein schlechtes Licht rücken oder bettelst du um eine schnelle Nummer?«

»Ich wusste nicht, dass wir dieses Gespräch führen werden«, gehe ich über seine Frage hinweg. Ja, ich will diesen Job. Aber nach dem Satz werde ich ganz sicher nicht darum bitten.

»Das beantwortet nicht meine Frage.« Damien lässt den Blick langsam über meinen Körper schweifen. Ich habe mich wieder in die kurze Hose und eine Korsage gezwängt. Eine, die beim Sitzen derart unangenehm drückt, dass ich tatsächlich den Drang verspüre, mich auszuziehen. »Komm schon Kleines, ich habe nicht den ganzen Tag Zeit.«

Und schon ist der Drang verschwunden.

Seufzend hebe ich den Kopf. »Was willst du von mir hören? Ich brauche ein wenig Geld.« Bemüht locker verdrehe ich die Augen.

»Das brauchen einige. Wieso sollte ich eine Frau mit mittlerem Aussehen, einem flachen Arsch und zehn Pfund zu viel einstellen?«

Autsch. Zum Glück habe ich kein empfindliches Ego.

Oder so …

»Komm schon, was willst du von mir hören, damit ich den Job bekomme?«

Für einige Sekunden sieht er mich ausdruckslos an. Ich starre zurück und versuche irgendetwas in seinen Augen zu erkennen, das mir bekannt vorkommt.

Es gibt nichts.

Er wirkt wie eine verdammte Puppe aus Stein. Wie jemand, den man schonmal im Fernsehen gesehen hat, aus der Ferne anhimmelt und dann kaum erkennt, wenn er vor einem steht.

»Um Bewerbungen kümmern sich meine Angestellten. Wenn jemand allerdings um einen Fick mit dem Chef bettelt, schaue ich mir diejenige lieber selbst an.

Allerdings muss ich sagen, dass ich von dem Angebot wenig beeindruckt bin.« Bei diesen Worten neigt er sich mir entgegen. Mir wird schlagartig schlecht. Mit jedem Zentimeter, den er sich mir nähert, überschreitet er 100 Grenzen. Jede einzelne überquert er, tritt sie zur Seite, obwohl ich es nicht will. Damien platziert seine Hand dicht vor meinem Gesicht. Dann legt er die Finger unter mein Kinn. Panik befällt mich. Ich starre wie paralysiert auf sein Gesicht, das vor meinen Augen verschwimmt. Es setzt sich immer wieder neu zusammen. So lang, bis mich eine Welle der Vergangenheit einholt und überfällt.

»Ich …«, beginne ich, doch schon nach wenigen Silben stocken meine Worte. Nervös streiche ich über mein knappes Outfit.

»Ja?« Damiens Grinsen wird spöttisch. Herablassend sieht er an mir hinab. »Das Problem ist, dass ich keine Verwendung für unscheinbare Mauerblümchen habe.«

Ein Druck hat sich in meiner Kehle angesammelt. Am liebsten will ich mich räuspern, traue mich aber nicht.

Stattdessen kann ich nur weiterhin in seine dunklen Augen starren. Irgendwann gelingt es mir, den Kopf zu schütteln. Es ist weniger eine Antwort auf seine Aussage als viel mehr ein Versuch, mich ihm zu entziehen.

»Ich brauche Hilfe. Bitte Damien«, versuche ich an unsere gemeinsame Vergangenheit und seine gute Seite zu appellieren. Tränen steigen in mir auf. Dabei ist es genau diese Vergangenheit, die mich erst in die Panik treibt.

Scheiße, inzwischen wäre mir selbst der alte Sack lieber.

Sein Gesichtsausdruck verdunkelt sich bei diesen Worten. Die Augen verengt er, während die Vene an seiner Stirn zu pulsieren beginnt. »Jeder von uns braucht irgendwas.« Plötzlich packt er mein Kinn. Fest drückt er die Finger in meine Haut und zieht mich zu sich heran. Ich winde mich instinktiv in dem Griff. Natürlich habe ich keine Chance. Wenn Damien Diabolo etwas will, dann kann ihn niemand daran hindern.

Genauso ruckartig wie er mich gepackt hat, gibt er mich wieder frei. Langsam tritt er um den Schreibtisch herum und lässt sich endlich auf dem Stuhl dahinter nieder.

Zum ersten Mal seit gefühlt einer Ewigkeit atme ich erleichtert aus. Der Abstand sorgt dafür, dass mein Herzschlag wieder regelmäßig geht. Zwar viel zu schnell, aber immerhin habe ich wieder das Gefühl, dass mein Körper überhaupt noch am Leben hängt. »Und welche Art von Hilfe erwartest du von mir, Bellezza?«

Bei diesem Wort erstarre ich. Beinah hektisch hebe ich den Kopf. Mir fällt das arrogante Grinsen auf seinen Lippen sofort auf. *Dieser Wichser.* Der Abstand sorgt trotz seiner Ansprache dafür, dass ich mich ein gutes Stück sicherer fühle. So gut, dass ich es schaffe, ebenfalls ein falsches Lächeln aufzusetzen und ihn anzustarren. »Ich möchte einen Job«, sage ich schlicht. Erst als er nicht antwortet füge ich noch ein zuckersüßes »bitte« hinzu.

Nachdenklich lehnt er sich zurück und verschränkt die Arme. Der Stuhl knarzt bei der Bewegung, was ihn allerdings kaum stört. Stattdessen nimmt er ein bereitstehendes Glas, dessen Inhalt ich zwar nicht kenne, aber auf jeden Fall als hochprozentig deklarieren würde. »Mein Kommentar sollte lediglich ein erster Vorgeschmack sein. Männer lieben eine Herausforderung und ich glaube, dass ich genau diese in das ›Black Diamond‹ bringen kann.« Keine Ahnung, woher die Worte kommen. Mein Verstand durfte auf jeden Fall nicht mitbestimmen, bevor sie meine Lippen verlassen haben.

»Männer, lieben demütige Frauen. Devote Püppchen, die sich ficken lassen, wenn man es ihnen sagt.« Bei diesen Worten öffnet er die Arme und krempelt die Ärmel seines Hemdes nach oben. Ein Schauer überfällt mich. Ich muss mich darauf konzentrieren, weiterzuatmen.

»Sie mögen Frauen, die bereits die Kleidung fallen lassen, wenn sie nur die Ärmel hochkrempeln.« Bei diesen Worten erhebt er sich und kommt langsam wieder um den Schreibtisch zu mir. »Frauen, die in die Knie gehen, sobald sie die Hose öffnen.« Seine Finger fahren über den Gürtel an seiner Hose.

Schlagartig ist das wohlbekannte Rauschen in meinen Ohren zurück. Ich schlucke, sehe panisch auf und wieder nach unten. Währenddessen drücke ich mich hart in den Sitz.

»Bist du so eine Frau, Maria?«

Ich ringe um Worte, während meine Hände schwitzig werden. Mein Herzschlag wummert wie verrückt. »Ich bin mir sicher, dass wir uns einig werden können.«

»Das bin ich nicht«, folgt seine harte Antwort. Eine, die

mich ernüchtert zusammensinken lässt. »Geh nach Hause, Mädchen. Lass die Erwachsenen hier spielen.« Mit diesen Worten deutet er auf die Tür. Unbewusst folge ich seiner Bewegung. Dann sehe ich wieder zu ihm auf. Bewegt habe ich mich keinen Millimeter. Damien seufzt leise.

»Also willst du mich damit aus dem Familiengeschäft rausschmeißen?« Meine Frage ist ein absurd lächerlicher Versuch, das ist mir selbst bewusst.

»Du gehörst nicht zur Familie.«

Autsch. Schon wieder.

»Ich bin sicher, dass Diabolo das anders sieht«, wage ich einen weiteren Versuch. Der Typ verschachert auch noch seine Oma an die Prostitution, wenn es ihm irgendwie nützt.

Damien kommt erneut auf mich zu. Seine Augen verengen sich. Wie zuvor packt er mein Kinn. Ich versuche ruhig zu bleiben, ihn nicht weiter zu provozieren. Noch dazu kann ich mich allein aus Angst nicht rühren.

Dieses Mal gibt er mich nicht frei. Im Gegenteil. Er packt meinen Arm mit der anderen Hand und zerrt mich daran von dem Stuhl in die Höhe. Ich gebe einen spitzen Schrei von mir, den er mit einem Knurren kommentiert. Dann packt er mich im Genick. Endlich schaffe ich es, mich aus meiner Starre zu befreien und schlage wie wild um mich. Hin und wieder treffe ich ihn, was leider keinerlei Einfluss hat.

Damien wirft mich auf den Boden. Mein Bein knickt um und meine nackte Schulter landet schmerzhaft auf dem Holz. Ich wimmere leise. Dann ist er wieder über mir. Panisch krieche ich zurück. Er gibt mir den Hauch eines Hoffnungsschimmers und geht langsam hinterher. Schon nach wenigen Sekunden stoße ich an die Wand. Hektisch sehe ich mich um. Ein beschissen bekanntes Gefühl der

Hoffnungslosigkeit befällt mich. Damien beugt sich herunter, packt mich an der Kehle und zieht mich daran hinauf.

»Damien«, röchle ich leise, als er diese immer fester zudrückt. Mir wird schwindlig und mein Herz pocht wie verrückt. »Bitte«, hauche ich leise.

»Worum bittest du mich dieses Mal, Bellezza?« Ich versuche gegen den Widerstand zu schlucken, kralle meine Finger in seine Hände und versuche ihn von mir zu drücken. »Wir ...« Es fällt mir schwer zu denken. Noch weniger gelingt es mir, die Worte herauszubringen.

Noch einige Sekunden vergehen. Die Welt verschwimmt vor meinen Augen. Tränen rollen an meinen Wangen herab. Meine Bewegungen werden langsamer und meine Kehle brennt wie die Hölle.

Als Damien mich plötzlich freigibt, lande ich hart auf dem Hintern. Krächzend und nach Luft schnappend greife ich mir an den Hals. Langsam geht er in die Hocke und sieht mich einige Sekunden an. Es gelingt mir kaum zu sprechen. »Ich bin ein Teil der Familie«, ist das Einzige, was ich hervorbringe.

Damien starrt mich lediglich an. Irgendwann verzieht er spöttisch das Gesicht. »Welche Familie?« Mit diesen Worten erhebt er sich. »Wenn du wiederkommst, wird die Begegnung anders laufen. Dann fick ich deine verdammte Kehle, bis dir die Worte aus anderen Gründen fehlen und glaub mir, Bellezza, Diabolo wird hocherfreut daran teilnehmen, wenn ich ihm von deinem Besuch erzähle.« Ohne sich ein letztes Mal umzudrehen, verlässt er das Zimmer. Die Tür fällt hinter ihm ins Schloss. Die Tränen brechen endgültig aus mir hervor. Mein Kopf ist heiß und meine Kehle brennt. Mein ganzer Körper schmerzt. Ich fühle mich kraftlos und schwach.

Wie so oft.

Das Einzige, was immer zurückbleibt, bin ich.

Verlassen, verletzt und allein.

Dieses Mal nicht.

Mühsam rapple ich mich auf. Genau so ist es immer gelaufen. Wieder wurde ich verletzt, weggeworfen und war schlussendlich allein. Aber nicht dieses Mal. Das habe ich mir geschworen.

Keuchend fahre ich mir mit den Fingern über die Wangen. Dann reibe ich über meine schmerzende Schulter. Schließlich schwanke ich zur Tür. Ich fühle mich benommen vor Angst. Panisch, überfordert und verletzt. Aber nicht schwach. Ich bin nicht schwach. Das rede ich mir zumindest ein.

Heftig zerre ich an der Tür, die sofort aufgeht. Vor Überraschung rudere ich mit den Armen, dann habe ich mich wieder gefangen.

Ich bin bereit loszurennen, habe bereits Damiens Namen auf den Lippen, als ich plötzlich stoppe. Und zwar in dem Moment, als sein Gesicht dicht neben der Tür zu sehen ist. Überrumpelt verharre ich in meiner Position und sehe zwischen ihm und dem anderen Typen, der ihm gegenübersteht, hin und her. Dessen Blicke wandern knapp über meinen Körper. »Sie kann noch stehen«, spottet der Fremde. Für einige Sekunden starre ich ihn fassungslos an. Besser gesagt die hellrote Linie, die quer über seine Wange führt.

»Na los.« Damien nickt in Richtung des Ganges, der zur Treppe und damit nach draußen führt. »Renn davon, solang du noch kannst.« Er ignoriert den Typen, der genau wie er ganz in schwarz gekleidet ist.

»Sicher nicht.« Ich habe keine Ahnung, woher mein plötzlicher Mut kommt. Vielleicht bin ich nur überrumpelt oder dumm. Aber vielleicht liegt es auch daran, dass ich mich zum ersten Mal aufgerappelt habe. Das ist nach den Jahren der Flucht eine verdammt große Leistung für mich. Eine, die ich mir nicht von ihm kaputtmachen lasse.

Damien tritt mit einem arroganten Grinsen vor mich. Spöttisch sieht er mich von oben bis unten an. »Verschwinde. Hier spielen die Erwachsenen.«

Der andere lacht rau. Ich werfe ihm einen knappen Blick zu. Auf das schwarze Hemd, dass hauteng an seinem breiten Körper liegt, seine hohen Wangenknochen und die weißlichen Haare.

»Wie gut, dass ich erwachsen bin.« Meine Stimme klingt angriffslustig. Das ist gut. Sehr gut. Zwar fühle ich mich wesentlich weniger selbstbewusst, aber der äußere Eindruck ist immerhin ein Anfang.

»Ich habe dir nicht einmal einen Bruchteil von dem gezeigt, was dich erwartet. Und schon bist du weinend in der Ecke zusammengebrochen.« Bei diesen Worten deutet er vage auf mein Gesicht.

Ich widerstehe dem Drang, mit der Hand darüber zu fahren. »Ist mir egal, D.« Bei meiner Erwiderung spannt Damien seine Muskeln an. Den Kiefer presst er fest aufeinander. Für einen kurzen Moment bin ich sicher, dass er mir den Hals herumdrehen will. Wortwörtlich, bedauerlicherweise.

Dann schaltet sich der andere ein: »Wenn die Kleine um eine zweite Runde bettelt und du durch bist, kann ich gern übernehmen.« Dabei leckt er sich über die Lippen. Ich rümpfe die Nase und habe bereits eine Erwiderung auf der Zunge.

Damien kommt mir zuvor. »Sieh zu, dass du Land gewinnst.« Kurz denke ich, dass er mich erneut davonschicken will, dann packt er zu meiner Überraschung meinen Oberarm und zerrt mich hinter sich her. »Damien!«, stoße ich aus. Er ignoriert mich. Zieht mich weiter den Gang entlang. An der Treppe gibt er mir einen Stoß. Mein Herzschlag schießt in die Höhe. Gerade so schaffe ich es, mich an dem Geländer der gewendelten Treppe festzuhalten.

»Scheiße, willst du, dass ich mir das Genick breche?« Wieder erhalte ich keine Antwort. Was ich traurigerweise als ein ›Ja‹ einstufe. Kaum, dass ich die letzte Stufe hinter mir gelassen habe, packt er mich wieder am Oberarm. Dabei klemmt er meine Haut schmerzhaft ein.

Einige Sekunden später stößt er mich durch eine Tür. Durch den Schwung komme ich aus dem Gleichgewicht, stolpere noch ein paar Meter, werde aber von seinem plötzlichen Innehalten überrascht. Unsanft lande ich auf dem Holzboden. Schon wieder, wie ich feststelle.

»Damien, ich wollte einen verdammten Job. Als Kellnerin oder so. Behandelst du so alle deine Bewerberinnen?« Wieder keine Antwort. Ich habe ihn seit Jahren nicht gesehen. Den Jungen, mit dem ich aufgewachsen bin, erkenne ich längst nicht mehr. Aber eins war schon damals so: wenn Damien Diabolo schweigt, dann ist die Kacke am Dampfen.

Ein heftiger Ruck geht durch meinen Körper. Ich bin am Boden liegengeblieben, doch er reißt mich noch ein Stück nach vorn. Das Holz scheuert schmerzhaft an meinen Beinen, weshalb ich versuche auf die Füße zu kommen. Als er endlich innehält, zerrt er an einer Kette. Panik ergreift mich. Ich will mich wehren, da hat er die Ledermanschette bereits um mein Handgelenk gelegt.

Während er diese immer fester zieht, stoße ich einen spitzen Schrei aus.

Zum ersten Mal seit einigen Minuten sieht er auf. Ganz langsam zerrt er den Gurt noch ein Stück fester. Schmerzerfüllt öffne ich den Mund. Meine Augen sind verengt und mit der freien Hand versuche ich seine Finger von mir zu lösen. Ganz langsam schüttelt er den Kopf. Dabei liegt ein irres Lächeln auf seinen Lippen.

Dass er sich verändert hat, habe ich sofort gemerkt. Aber verdammt, ich habe nicht damit gerechnet, dass er ein völliger Psycho geworden ist.

Damien greift nach meiner freien Hand. Er verdreht meinen Arm schmerzhaft nach hinten. Ein Klimpern ertönt. »Nein«, stöhne ich leise. Immer wieder sage ich es.

Es interessiert ihn nicht im Geringsten.

Auch um diesen Arm zerrt er einen Gurt.

Ich trete nach ihm, will mich wehren und werde schon nach wenigen Zentimetern an meinen Armen zurückgerissen. Der Schmerz, der daraufhin durch meinen ganzen Körper schießt, raubt mir den Atem. Keuchend sinke ich in die Knie. Kurz bevor meine Beine den Boden berühren, sind die Gurte an meinen Armen gespannt. Gequält hebe ich den Kopf, folge den Ketten bis an die Wand. Dann richte ich mich mühsam auf.

»Was ist dein verdammtes Problem?«, rutscht es mir heraus. Damiens Gesichtsmuskeln zucken auf meine Frage hin. Vermutlich wäre es schlauer gewesen, ihn nicht weiter zu provozieren.

Zu spät ...

Er tritt näher. Aber nicht nah genug, dass ich ihm in die Eier treten könnte, wie ich mit einem Bedauern feststelle.

Meine Unterlippe beginnt zu beben. Mein Atem wird hektischer, als er ein Messer aus dem Bund seiner Hose zieht. Gelassen streift er die Schutzhülle ab. Ich will etwas sagen, bekomme aber kein Wort heraus. Immer wieder setze ich an, weiß aber nicht einmal, was ich sagen soll.

Damien umrundet mich langsam. »Dir scheinen endlich

die Worte zu fehlen. Wieso haben wir diesen Punkt nicht bereits eher erreicht?«

Wütend schnaube ich. »Was habe ich denn getan?« Ich klinge unsicher. Wo zur Hölle ist nochmal mein frisch gewonnener Mut hin?

Vermutlich irgendwo an der Ecke: ich will nicht gefoltert werden, zur Straße – kein Bock auf sexuellen Missbrauch.

Anstatt einer Antwort zieht er an den Ketten. Die Bewegung bringt mich sofort zum Verstummen. Schmerzerfüllt öffne ich den Mund. Erschrocken keuche ich, als er ein weiteres Mal zieht. Meine Arme werden in die Höhe gerissen. Die ersten Tränen laufen mir über die Wangen. Dann befestigt er die Ketten, sodass ich auf den Fußspitzen stehen muss. Hektisch strecke ich mich, um meine Arme, die inzwischen über meinem Kopf sind, zu entlasten.

Eine Zeit lang mustert er mich. Dabei kehrt er zurück an den Platz vor mir. Müde unternehme ich einen Versuch loszukommen. Er beachtet ihn kaum.

»Was willst du hier, Maria?« Damien fährt sich langsam mit den Fingern durch die Haare. Er wirkt genervt. Ich schnaube frustriert. Wenn ich ihn nerve, soll er mich nicht an die Wand ketten.

»Einen Job«, antworte ich lediglich. Endlich scheine ich die Definition von nicht reizen verstanden zu haben.

Damien schnalzt mit der Zunge. Tritt näher und drückt die flache Seite des Messers in meine Wange. Heftig atmend erstarre ich. Meine Augen weiten sich.

Möglicherweise war das mit dem ›nicht reizen‹ ein wenig zu spät.

»Erzähl mir keinen Scheiß. Was willst du hier?«, knurrt er leise.

»Einen Job«, wiederhole ich mit weinerlicher Stimme.

Ein Jammern, dass selbst ich als kläglich bezeichnen würde, folgt meiner Antwort.

Damien packt mich an den Haaren und zerrt meinen Kopf nach vorn. Mit Sicherheit reist er mir dabei einige Haare heraus, wie ich schmerzhaft stöhnend feststelle.

»Du hast genau noch eine Chance, um mir zu erzählen, was genau du hier willst.«

Sofort öffne ich den Mund. Sehe dann seine undurchdringliche Miene und schließe ihn Sekunden später wieder. Jegliches Blut scheint aus meinem Kopf zu weichen. Mir wird kalt und schlecht zugleich. »Diabolo …«

»Ja …«, setzt Damien nach. Dabei dreht er die Klinge an meinem Gesicht. Ich ringe nach Worten. Schnappe nach Luft, als ein spitzer Schmerz durch meine Wange schießt. Instinktiv will ich die Hand daranlegen, kann sie aber nicht sinken lassen. Meine Hände beginnen zu kribbeln. Ich brauche eine Lüge. Und eine verdammt gute noch dazu.

Tränen laufen an meinem Kinn herab und tropfen auf meinen Ausschnitt. »Vor euch war ich da und sollte all das hier führen. Und dann kamt ihr.« Bei jedem Wort zittere ich mehr. Ergibt irgendwas von dem, was ich sage, einen Sinn? *Vermutlich nicht.* Und ganz sicher hat er das bereits gemerkt.

»Und deshalb willst du Rache«, schlussfolgert er.

Panisch schüttle ich den Kopf. Mein Herz setzt für eine Sekunde aus. »Nein«, hauche ich fast flehend. Sofort sehe ich sein Unglaube. »Doch«, füge ich hinzu. Wieder schneidet die Klinge in meine Haut. Dieses Mal tiefer. Es ist nur ein kleiner Picks. Dafür direkt an meinem Hals. Ich werde hektischer. »Okay. Ich wollte, dass ihr verschwindet. Ich habe euch dafür gehasst, dass ihr mir das genommen habt, was mir zustehen sollte. Noch mehr habe ich nur mich …« Schmerzhaft schreie ich auf, als er das Messer über mein Schlüsselbein zieht. Es hält mich aber nicht davon ab, weiterzusprechen. »Mich selbst gehasst. Ich habe mich gehasst, weil ich dadurch so schwach und verängstigt geworden bin.« Mein ganzes Gesicht fühlt sich geschwollen und hitzig an. Alles dreht sich vor meinen Augen. Leise schluchze ich. Damien bleibt still. Weil er weiß, dass es stimmt. *Zumindest ein Teil davon.*

Eine Wahrheit für eine Wahrheit.

Und eine Lüge für eine Lüge.

Das haben wir damals immer gesagt.

Heftig atmend hebe ich den Kopf. Er sieht mich an, während ich darum kämpfe, aufrecht stehen zu bleiben. Da ist etwas in seinem Ausdruck, dass mein Herz schneller schlagen lässt, dass mir Hoffnung gibt.

Irgendwann senkt er den Blick.

Als er das nächste Mal zu mir sieht, ist jedes bisschen Erkennen und somit auch jedes bisschen Zuversicht verschwunden.

»Und jetzt? Nistest du dich ein, um was zu tun? Den Ruf unserer Clubs zu zerstören?«

Seine kalte Stimme legt einen Schalter in meinem Inneren um. Es ist, als wäre ich nicht mehr da. Zumindest nicht die unsichere Version von mir. Dafür immerfort der Autopilot. »Nein, ich wollte ihm verdammt nochmal zeigen, dass ich es drauf habe. Mich beweisen und mehr als diesen dreckigen Schuppen bekommen.« Die Worte spucke ich ihm entgegen.

Zu meiner Überraschung fällt das Messer daraufhin klappernd zu Boden. Er lehnt sich zurück, legt den Kopf in den Nacken und beginnt lauthals zu lachen. Fassungslos sehe ich ihn an. Mein linkes Auge beginnt zu Zucken und mein Mund steht offen.

»Frauen dienen lediglich einem Zweck. Aber wenn du

einmal so bereitwillig etwas beitragen willst, wie wäre es, wenn du diesen endlich erfüllst?« Damien sieht mich abfällig an. Ich erschaudere und sinke in mich zusammen. Für einen kurzen Augenblick habe ich gehofft, dass alles hier wäre lediglich ein makabrerer Scherz. Ein schlechter Witz.

Ist es nicht.

In meiner Verzweiflung sehe ich zu ihm auf. Ein Flehen liegt in meinem Ausdruck. Ich schaffe es nicht einmal, ein Wort hervorzubringen, da trifft mich seine flache Hand an meiner Wange. Ein heftiger Schmerz schießt durch meinen Schädel. Kaum das er sich zurückzieht, spüre ich, wie Blut aus dem Schnitt rinnt.

Damien wendet sich ab. Seine Bewegungen verschwimmen, von Tränen verschleiert, immer wieder vor meinen Augen. Schmerzhaft beiße ich mir auf die Unterlippe. »Damien«, setze ich in einem verzweifelten Versuch an.

»Maria«, echot er leise. Dabei geht er in die Knie, hebt das Messer auf und wiegt es bedächtig in der Hand.

Er erhebt sich wieder und bringt sein Gesicht dicht vor meins. »Zieh dich aus.« Seine Anweisung rauscht mehrfach durch meine Ohren. Begleitet von einem leisen Pfeifen.

Ich schlucke. »Was?«, frage ich entgeistert.

Meine Panik ist inzwischen Fassungslosigkeit gewichen. Er würde nicht ... Er würde mich nicht ...

Oder?

»Oh, entschuldige. Ich übernehme das für dich.« Da waren sie wieder. Zwei verdammte Sekunden Hoffnung. Zwei Sekunden, die gereicht haben, um alles Negative sofort zu vergessen, mich aufzurichten und ihm innerlich hundertmal zu vergeben. Wenn er mich nur gehen lassen würde.

Macht er natürlich nicht. Stattdessen ist es wieder nur

Spott gewesen. Mit diesen Worten packt er meine Korsage und reißt nacheinander die Verschlüsse auf.

Ich schlucke gegen die aufkommende Übelkeit an, die meine Kehle hinaufsteigt. Mein Magen rumort. Dabei versuche ich mich, wie schon so oft, in eine andere Welt zu fantasieren. Eine, in der ich nicht an die Wand gekettet und ausgezogen werde.

Dieser Gedanke lässt die Tränen nur unaufhaltlicher über meine Wangen laufen.

Achtlos landet die Korsage neben mir. Zum wiederholten Mal wird mir bewusst, wie sehr ich mich in ihm getäuscht habe.

Schon damals habe ich ihn nicht gemocht. Nach dem, was er mir vor Jahren angetan hat, habe ich ihn gehasst. Aber letzten Endes war er genau wie ich ein Opfer von Diabolo. Er musste gehorchen, wenn er nicht sterben wollte.

Dachte ich.

Jetzt und hier sind wir allein.

Keiner sieht uns.

Keiner gibt Befehle.

Ich schluchze leise. Am liebsten würde ich die Arme vor meiner Brust verschränken, um mich wenigstens ein Stück geschützt zu fühlen. Ich kann nicht. Und allein diese Ansicht bringt mich erneut zum Wimmern.

Währenddessen versuche ich Damien zu ignorieren.

Immer wieder rede ich mir ein, dass nicht er es ist, der mich mustert.

Dass keiner hier ist.

Deshalb presse ich die Lider fest zusammen. Meine Kehle fühlt sich kratzig an, als hätte ich geschrien. Kurz überlege ich, es tatsächlich zu tun.

Es würde mir nichts nützen.

Diesen rationalen Gedanken vergesse ich in dem Moment, in dem Damien meine Beine grob auseinanderzerrt und sich dazwischendrängt. Harsch ziehe ich die Luft ein, als er meine Kehle packt. Schockiert reiße ich die Augen auf, erstarre bei seinem kalten Blick. Er zerrt meinen Kopf zu sich heran und drückt die Finger schmerzhaft in meine Haut.

Es tut weh. Verdammt weh.

Und meine ausweglose Situation lässt mich beinah verzweifeln. »Damien, bitte«, krächze ich leise. Dabei lege ich alles Flehen in meinen Blick.

»Worum bittest du mich dieses Mal? Wieder um einen Job? Wir drehen uns im Kreis, Bellezza.« Schmunzelnd legt er den Kopf schief.

»Das ist ... lass mich.« Meine Worte werden stockend. Mein Hals fühlt sich heiß und pochend an.

»Ja?«, schnauzt er mich an. Dann packt er meinen einen Oberschenkel und schiebt ihn weiter zur Seite. Zur Unterstützung nimmt er sein Knie dazu. Dabei hält er die Beine fest zusammen, sodass ich mit meinen lächerlich wirkenden Tritten nur auf seinen Oberschenkel treffe. »Das ist was? Ein Missverständnis? Noch immer dein Wunsch? Du musst dich klarer ausdrücken.«

»Das war ein Fehler«, kreische ich hysterisch. Ich hole aus, winde mich und versuche den Schmerz in meinen Händen zu ignorieren. Dann trete ich so hart ich kann nach ihm.

»Dabei stimme ich dir ausnahmslos zu, Bellezza.« Routiniert starrt er an mir herab. Die Beine halte ich wieder fest zusammengepresst. Was ihm nichts auszumachen scheint. Er packt meine Oberschenkel und drückt mir die Knöchel fest in die Kniegelenke.

Ich schreie vor Schmerz.

Dann schiebt er mir die Hose herunter. Dicht gefolgt von meiner ausgeleierten Lieblingsunterhose.

»Lass mich gehen.« Flehend sehe ich auf. »Bitte«, schiebe ich verzweifelt nach.

Damien lässt sich davon nicht stören. Er schiebt meine Beine auseinander. Dabei drückt er weiterhin diesen verfluchten Punkt, der Schmerz durch meinen ganzen Körper schießen lässt und mich beinah lähmt. »Du bist nicht wie er. Du bist nicht so.« Zusammenhanglose Worte kommen über meine Lippen. Inzwischen ist nichts als Verzweiflung und Panik in mir übriggeblieben.

Damien sieht auf meine Mitte, die ich krampfhaft anspanne und zurückziehe. Dann hebt er den Kopf. Langsam sieht er mich an. Ausdruckslosigkeit ist alles, was ich darin finde.

»Ich bin schlimmer.«

KAPITEL 11

Maria

10 Jahre zuvor

»Diabolo?« Meine Stimme klingt brüchig. Genauso fühle ich mich auch. Klein und hilflos. Wie ein Kind. Schwach und allein.

Dabei trifft leider nur eines davon zu, denn bedauerlicherweise bin ich nicht allein.

»Maria, meine Liebe.« Er betrachtet mich mit einem beinah freundlichen Lächeln, dass alle Härchen auf meinem Körper aufstellt. Mein Atem stockt und ich muss schwer schlucken.

Eins habe ich in meinem Leben gelernt: Wenn dieser Typ lächelt, dann gibt es für mich keinen Grund zur Freude.

»Es freut mich zu sehen, wie gut du dich entwickelt hast.« Er stemmt die Hände in die Seiten. Ich folge der Bewegung mit meinen Augen und setze einen kurzen Schritt zurück. Sofort merke ich, dass es ein Fehler war.

Diabolos Augen werden eine Spur größer und sein

Lächeln breiter. Langsam geht er einen Schritt in mein Zimmer hinein. Dann schließt er die Tür hinter sich.

Mein Herz stolpert.

Normalerweise würde ich mich als einigermaßen taff bezeichnen. Immerhin habe ich beinah mein ganzes Leben in diesem Haus verbracht. Und es überlebt. Ganz offensichtlich. Aber in all den Jahren habe ich Diabolo nicht ein einziges Mal in meinem Zimmer gesehen. Und verdammt, ich würde alles dafür geben, dass es so bleibt. *Geblieben wäre,* korrigiere ich mich selbst, während ich den Mann mit großen Augen betrachte. Er tut es mir gleich. Sein Blick ruht auf mir. Auf meinem Gesicht, meinem Körper und meinen Händen, die ich nervös an meinem Rock reibe. Sofort höre ich damit auf und presse sie stattdessen fest an meine Beine.

»Du bist groß geworden.« Ich weiß nicht, was ich darauf erwidern soll. Menschen wachsen. Okay, und? Was will er mir damit sagen?

Deshalb antworte ich nichts. Stattdessen bleibe ich erstarrt stehen. Wie ein Häschen, das sich kurz vor Heiligabend über den Besuch freut und hofft, dass es gefüttert wird. Naiv und zum Tode verurteilt.

Der Vergleich lässt mich schlucken.

Diabolo ist inzwischen direkt vor mir angekommen. Er schenkt mir einen letzten Blick, dann lässt er sich auf mein Bett sinken. Gedankenversunken schaut er aus dem großen Panoramafenster. Ich bemühe mich, ihn nicht anzustarren. Noch mehr, kein Geräusch zu verursachen. Das ist das Zweite, was ich in meiner Zeit bei ihm gelernt habe: Geh mir verdammt nochmal nicht auf die Nerven. Dann bleibst du möglicherweise am Leben.

»Du bist inzwischen seit einigen Jahren bei uns. Fünf oder nicht?«

Auf den Tag genau. Das antworte ich allerdings nicht. Stattdessen nicke ich knapp. »Ja, Diabolo.« Ich erkenne ein zufriedenes Lächeln auf seinem Gesicht. Regel Nummer drei: Klare Antworten. Zügig, prägnant und auf den Punkt. Er hasst es, wenn ihn jemand ignoriert oder seine Zeit vergeudet. Was mich zurück zu der Frage bringt, was zur Hölle er bei mir will.

»Fünf Jahre. Verdammt, die Zeit ist schnell vergangen.« Er fährt sich mit den Fingern über den Bart. Dadurch lenkt er meine Aufmerksamkeit erneut zu ihm. Ich werfe einen kurzen Seitenblick herüber, dann starre ich ebenfalls weiter aus dem Fenster. Beinah muss ich mir ein Lachen verkneifen. Er wirkt so verdammt fehl am Platz.

Diabolo ist groß. Etwas, das neben mir sicher keine sonderliche Leistung ist. Trotzdem überragt er selbst die meisten Männer.

Um ehrlich zu sein, habe ich keine Ahnung, wie alt er ist. Nicht erst einmal habe ich versucht es zu schätzen. 40? Vielleicht 50 Jahre? Ungefähr so alt sind die Väter meiner Klassenkameraden. Er sieht ihnen ein wenig ähnlich. Mit der schwarzen Anzughose, den polierten Schuhen und dem hochgekrempelten Hemd. Gut, die meisten Erwachsenen, die ich kenne, tragen die Ärmel nach unten. Aber ansonsten könnte er genauso sein wie sie. *Könnte.* Das ist das entscheidende Wort bei der Sache.

Denn auch wenn er äußerlich maximal durch seine große Statur und das breite Kreuz auffällt, passt er nicht zu den anderen Vätern.

Zum einen ist er nicht mein Vater. Ich wohne bei ihm. Bin hier aufgewachsen und gebe die Adresse an, wenn jemand nach meinem Zuhause fragt. Trotzdem ist es das nicht. Genau genommen ist er nur der Typ, an den mich mein Vater als Kind verkauft hat.

Verschenkt, füge ich bitter hinzu. Er hat es zu seinem Vorteil gemacht, ganz sicher sogar. Aber Geld gab es dafür nicht. Ich war einfach nur ein nettes Extra zu einem guten Deal. Wie das Spielzeug im Happy Meal.

»Wie ich sehe, gibt es immer noch Dinge, die sich nicht geändert haben.« Seine plötzliche Stimme lässt mich aufsehen. Überrascht blinzle ich. Diabolo klopft neben sich auf das Bett. Für einen kurzen Augenblick zögere ich. Dabei verzieht er voller Missfallen das Gesicht.

Sofort lasse ich mich neben ihn sinken. Er betrachtet den Abstand zwischen uns. »Einiges ändert sich nie.«

Ich schlucke. Meine Kehle fühlt sich kratzig an. Nur zu gern würde ich mich räuspern, traue mich aber nicht. »Weißt du, ich denke, ich muss mich bei dir entschuldigen.« Mein Atem stockt. Ein hartes Husten dringt durch meine Lippen, auch wenn ich es versuche zu verbergen. Schockartig weite ich die Augen. Unbeholfen räuspere ich mich ein paar Mal. Diabolo grinst. »So überrascht? Das sollte mich nicht wundern. Immerhin habe ich dir in den letzten Jahren zu wenig Aufmerksamkeit entgegengebracht.« Nachdenklich wiegt er den Kopf.

Scheiße, ich habe nicht die leiseste Ahnung, in welche Richtung dieses Gespräch gehen soll, aber ich komme mir vor, als wäre ich in einer Parallelwelt. Eine, in der Diabolo ein völlig neuer Mensch ist. »Mir hat es nie an etwas gefehlt«, wage ich mich vorsichtig vor. Meine Worte klingen holprig. Insgeheim verfluche ich mich dafür. Wenn Diabolo einen Schritt auf mich zugeht, darf ich ihn nicht enttäuschen.

»Doch.« Seine harte Antwort lässt mich schlucken. Ich drücke meine Beine fest in das Bett und kralle die Nägel in meine rosa Decke. »Die Ankunft meiner Söhne hat einiges verändert. Zuvor gab es nur dich und mich. All meine

Aufmerksamkeit gehörte nur dir. Aber mit ihnen musste ich meine Zukunft überdenken. Ich hoffe, du nimmst mir das nicht übel?« In dem Moment kann ich nicht anders, als ihn anzustarren. Meine Augen sind geweitet und mein Mund steht leicht offen. Keine Ahnung, was mit ihm los ist, aber ich erkenne ihn nicht wieder. Diabolo ist kein Mensch für warme Worte oder unnötige Gespräche.

Bis zu diesem Moment hätte ich geschworen, dass er nicht einmal weiß, wie man das Wort *Entschuldigung* buchstabiert. Von Dingen wie Liebe und Zuneigung einmal abgesehen.

Die ersten Jahre meines Lebens habe ich bei meinen leiblichen Eltern verbracht. Meinen Erzeugern, wie ich sie eher betrachte. Dann haben sie mich an den berüchtigten, grausamen und gefühlskalten Mafiaboss verschachert. Eben der, der gerade neben mir auf der rosa Decke sitzt und mit mir über seine Gefühle sprechen will?

Was zur Hölle ...

»Bellezza?« Normalerweise hasse ich es, wenn er mich so nennt. Das Wort sorgt für eine Gänsehaut auf meinem Körper und Magenschmerzen, die sich in mir ausbreiten. Normalerweise.

Heute beginne ich lediglich eine Spur schneller zu atmen.

»Natürlich nicht«, stottere ich leise.

»Und trotzdem habe ich das Gefühl, dass du dich von mir abwendest. Hin zu jemand anderem.« Diabolo erhebt sich. Meine Augen fahren hektisch hin und her. Dann kniet er sich vor mir nieder. Er zieht einen zerknitterten Brief aus seiner Anzughose. Ich halte die Luft an. Immer wieder verschwimmt die Realität vor meinen Augen. Bei jeder seiner Bewegungen zucke ich zusammen. Hektisch blinzle ich. Den Blick halte ich wie erstarrt auf den Zettel zwischen seinen Fingern. »Zwei Jahre. Zwei Jahre, die wir uns kennen. Zwei Jahre, in denen …«

»Nein«, hauche ich atemlos. Mein Verstand hat sich ausgeschalten. Inzwischen zittert mein ganzer Körper. »Nein«, wiederhole ich leise. Hitze schießt in meine Wangen. Der Druck steigt in mir auf. Unkontrolliert springe ich auf die Beine. Meine Hand zuckt. Für einen kurzen Moment will ich ihm den Brief am liebsten aus den Händen reißen.

Ich schäme mich.

Dafür, dass ich meine Worte einem Brief anvertraut habe. Dass ich nicht vorsichtig genug war. Wie konnte er ihn in die Finger bekommen?

»Nicht doch, Bellezza. Du brauchst dich nicht zu schämen.« Diabolo legt den Kopf schräg. Mein Herz wummert wie verrückt. Noch immer stehe ich da. Schaue zu ihm herunter und beiße nervös auf meine Lippe. Genau das tue ich aber in diesem Moment. Hatte ich nicht aufgepasst? Oder könnte es sein, dass … *Nein,* unterbreche ich mich selbst. Das kann nicht sein. Niemals hätte er ihm diesen Brief gegeben. *Oder?*

»Komm, setz dich.« Diabolo weist mit der Hand auf das Bett. Er erhebt sich nicht. Stattdessen bleibt er weiter am Boden. Meine Augen gehen zu dem Brief in seinen Händen. Er folgt meinem Blick. Kurz zögert er, dann legt er den Zettel auf meine Decke. Sekundenlang starre ich ihn an. Dann greife ich ruckartig danach. Ich presse die Finger fest um das zerknitterte Papier. Meine Hände beginnen zu zittern, so fest drücke ich zu. Erst dann lasse ich mich auf das Bett sinken.

»Die erste Liebe ist etwas Magisches. Aber sie macht uns auch so verdammt angreifbar.« Diabolo wirkt nachdenklich. Ich schlucke. Meine Gedanken rasen, weswegen ich mich kaum auf seine Worte konzentrieren kann. »Wir begeben uns aus unserem Schutz heraus. Öffnen unser Herz und hoffen darauf, dass es die richtige Entscheidung war.« Bedächtig wiegt er den Kopf. »Leider ist es das manchmal nicht.« Bestürzt schlucke ich. »Manchmal, da schenken wir unsere Zuneigung jemandem, der sie nicht verdient hat. Dabei kann man niemanden vertrauen. Niemandem, außer der Familie.« Er senkt den Blick. Kurz ist er still. Ein seltsames Rauschen setzt in meinen Ohren ein. Dann hebt Diabolo den Kopf. Langsam legt er die Hand auf meinen Oberschenkel.

Ich erstarre.

»Du bist noch so jung, Bellezza. Es bleibt eine Menge Zeit im Leben. Dafür, deinen Gefühlen freien Lauf zu lassen. Die Freuden des Lebens zu genießen. Zu feiern, die Welt zu sehen und sich fallen zu lassen. Vielleicht auch sich zu verlieben. Aber schenke dein Vertrauen nicht jemandem, der es nicht verdient hat.« Diabolo schüttelt langsam den Kopf. Das Rauschen in meinen Ohren ist zu einem monotonen Summen geworden. Meine Lippen kribbeln und mein Hals fühlt sich eigenartig trocken an.

»Was?« Ich schaffe es nicht, ganze Sätze zu formulieren.

»Er ist ein guter Junge. Schlau, hübsch und fleißig. Aber du bist so viel mehr als das. Du bist nicht von jemandem abhängig, der dich verspottet. Der über dich lacht und deine intimsten Gedanken mit seinen Freunden teilt.« Diabolos Stimme nimmt einen wütenden Ton an. Er schüttelt mahnend den Kopf. Kurz ist er still. Ich kann mich inzwischen nicht rühren. Wage es nicht einmal zu atmen. Stattdessen klammere ich mich haltsuchend an den Zettel in meiner Hand.

»Er hat nicht …« Noch während ich zu reden beginne, breche ich ab.

Diabolo hat den Kopf gehoben und sieht mich einfach nur an. Verachtung und Missfallen liegen in seinem Blick. Allerdings gibt es nur eins, was es noch schlimmer macht. Das bittere Gefühl des Mitleids, was ich erkenne.

»Ich habe eine Weile darüber nachgedacht, weißt du. Darüber, ob ich es dir sagen soll. Vielleicht war es die falsche Entscheidung ...«

»Nein«, unterbreche ich ihn atemlos.

Er sieht mir direkt in die Augen. Dann auf den Brief in meiner Hand. »Weißt du mein Kind, es ist meine Schuld, dass es überhaupt soweit gekommen ist. Ich hätte schon viel eher eingreifen sollen.« Nervös sehe ich zu ihm herab. So viel Mitgefühl liegt in seinen Augen. Mein Herz beginnt wie wild zu schlagen. Hoffnung keimt in mir auf.

»Es ist okay«. Alles in mir schreit danach dass es das nicht ist.

»Nein, Bellezza. Genau das kommt dabei heraus, wenn ich dich vernachlässige, wenn ich mich nicht gut genug um dich kümmere. Aber trotz allem bist du meine Tochter. Ich bin für dich verantwortlich und ich werde meine Pflicht endlich annehmen.« In dem Moment kann ich nicht anders, springe auf die Beine und werfe mich in seine Arme. Tränen steigen aus meinen Augen hervor und laufen feucht an meinen Wangen herab. Mir ist übel und das einzige, woran ich denken kann, ist sein Verrat. Wieso zur Hölle hat er mir das angetan? Diabolo streicht sanft über meinen Rücken und zum ersten Mal in acht Jahren habe ich das Gefühl von Geborgenheit. Von zuhause und einer Familie.

»Wie?«, frage ich aufgelöst.

Diabolo schweigt für eine ganze Weile. Er hält mich weiter in seinem Arm und die Wärme breitet sich in meinem Körper aus. »Ich habe die Jungs damit spielen gesehen.« Seine Worte verpassen mir einen zusätzlichen Tritt.

Vor meinem inneren Auge sehe ich beinah, wie sie sich über mich lustig machen, wie sie lachen und mich verspotten. Fest presse ich die Augen zusammen, in der Hoffnung, die Bilder dadurch vertreiben zu können. Natürlich funktioniert es nicht. »Sie haben herumgealbert. Sie sind Jungs. So sind sie nun mal. Sie können ihre Gefühle nicht zeigen.«

Aufgelöst sehe ich zu ihm auf. »Sie sind Jungs? Das ist es? Das ist die ganze Erklärung und dann ist es okay, wenn sie auf meinen Gefühlen herumtrampeln?« Meine Lippen beben bei diesen Worten. Es gelingt mir kaum sie herauszubringen. Noch dazu hasse ich es. Ich hasse es, dass das die Begründung sein soll, mit der ich mich abfinden muss. *So ist es nun mal. Es sind Jungs.* Sie können sich nicht benehmen und sich trotzdem alles erlauben.

»Ja.« Seine schlichte Antwort sorgt dafür, dass ich die Lippen fest aufeinanderpresse. Zögernd löse ich mich von ihm. Erst in dem Moment wird mir bewusst, wie schräg es ist, dass ich ihn überhaupt umarmt habe. Er ist mein Vormund. Oder etwas in der Art. Aber trotzdem ist er meilenweit davon entfernt, so etwas wie ein Vater zu sein.

Schniefend atme ich ein und rapple mich langsam auf. Zögernd trete ich von einem Bein aufs andere, während Diabolo sich ebenfalls erhebt. »Jungs sind eben Jungs. Aber das eigentliche Problem ist ein ganz anderes.

Wenn du scheiterst, andere lachen oder spotten, dann bist du allein die Ursache dafür. Du, mein Schatz, musst an dir arbeiten, dann werden andere dich auch anders wahrnehmen.« Er seufzt leise, während mein Herz mit jedem Wort einen zusätzlichen Riss bekommt.

»Genau genommen gibt es nur zwei Sorten von Frauen auf dieser Welt. Die einen sind stark und stolz. Sie kennen ihren Platz in der Gesellschaft und wissen um ihre Stärken. Sie nutzen ihre Talente für ihre Familie, für deren Ziele und erreichen somit alles, was sie sich jemals vorgenommen haben.«

Sprachlos starre ich ihn an. Dieses ganze Gespräch ist so surreal. Trotzdem kann ich in dem Moment nicht anders als zu Fragen: »Und die anderen?«

Er sieht zu mir. »Die anderen sind nicht mehr wert als der Zweck, den sie in ihrem Leben erfüllen. Sie dienen und gehorchen, weil es das Einzige ist, was sie können.« Seinen Worten folgt ein kurzer Pfiff. Überrascht sehe ich auf. Meine Zimmertür wird geöffnet. Langsam bewegt sich das Türblatt und ich merke die Ungeduld, die von Diabolo ausgeht. »Los. Komm her.« Er schenkt der dünnen Frau kaum einen Blick. Ich tue es ihm gleich. Betroffen senke ich die Lider.

Mit schnellen Schritten kommt sie näher.

»Du triffst auf die ersten Unsicherheiten auf deinem Weg zum Erwachsenwerden? Zweifelst an dem, was ich sage? An dem, was du werden willst?

Gut.

Ich gebe dir einen kleinen Denkanstoß, in welche Richtung du dich entwickeln möchtest.«

Diabolos Worte sind an mich gerichtet. Trotzdem sehe ich überrascht zu der Frau. Ich weiß nicht, wie ich reagieren soll. Ob ich antworten soll.

Deshalb bin ich still.

Die Stimmung hat sich binnen weniger Sekunden verändert und das einzige, bei dem ich mir sicher bin, ist, dass es keine gute Richtung ist.

Diabolo lässt sich auf mein Bett sinken. Nur wenige Zentimeter trennen uns. Er stellt die Beine breit auf und stützt sich mit den Händen ab. Mein Herz rast. So viel ist in den letzten Minuten passiert. Mein Brief, die Zurückweisung, seine Freundlichkeit und sein plötzlich wieder so harscher Ton. Keine Ahnung, was hier passiert. »Hinknien.« Zuerst denke ich, dass er mich meint. Panisch halte ich die Luft an. Ich will zurück zu dem Moment vor einigen Minuten. Als ich in seinen Armen lag und den Hauch von Geborgenheit spürte.

Als die Frau seinen Worten folgt, atme ich stoßartig aus.

Im Augenwinkel sehe ich, wie sie sich an seiner Hose zu schaffen macht. Mein Herz schlägt so wild, dass ich mir sicher bin, dass es jeder im Raum hören kann. *Was passiert hier? Was macht sie da? Und wieso neben mir? In meinem Zimmer?*

»Sieh hin, Liebes.« Diabolos Stimme hat einen eigenartigen Klang angenommen.

Ich werfe einen schnellen Blick zur Seite, nur wenige Zentimeter weiter. Sofort wende ich den Kopf wieder ab. Sie hat seinen ... Sie hat seinen ... Ich schaffe es nicht den Gedanken zu Ende zu führen. Panisch sehe ich dabei zu, wie sie den Kopf senkt und ihn in den Mund nimmt.

Es ist nicht das erste Mal, dass ich so etwas sehe.

Diabolo hat viele ... Freundinnen.

Aber noch nie hat er eine von ihnen mit in mein Zimmer gebracht. Noch nie war er mir so nah. Und noch nie war ich dabei allein mit ihm.

Ich stoße einen spitzen Schrei aus, als er meinen Kopf packt. Meine Haare ziepen und meine Kopfhaut tut weh. Er dreht mein Gesicht herum und drückt es in seine Richtung. Panisch hebe ich die Hände, die er sofort umfasst. Bestimmt bringt er mich unmittelbar vor sich. Seine Augen sind so stechend, dass mir schlecht wird. »Sie hin.« Jede Silbe betont er. Aufgrund der Nähe spüre ich den warmen Hauch seines Atems. Mit verschwommenem Blick und tränenden Augen folge ich seiner Anweisung. Ich sehe, wie sie ihn aufnimmt und wieder herausgleiten lässt. Wie sie die Hand darunter legt und bewegt.

Krampfhaft versuche ich mich auf etwas anderes zu konzentrieren. Deshalb kauere ich mich zusammen und versuche auszublenden, was sich unmittelbar vor meinen Augen abspielt. Stattdessen denke ich an die Schule, meine Klamotten, meine Kuscheltiere.

Ein seltsames Summen erklingt in meinem Kopf.

Mr. Wiggel, Rex und Teddy. Sie sitzen da, nur wenige Zentimeter entfernt. Seit meiner Kindheit sind sie an meiner Seite. In jeder dunklen Nacht haben sie mich beschützt und auch wenn ich sie schon seit Jahren nicht mehr brauche und nur aus Bequemlichkeit noch in meinem Bett sitzen habe, kralle ich mich in diesem Moment an ihrer Anwesenheit fest.

Tränen rollen über meine Wangen. Ich versuche mich auf Rex zu konzentrieren. Auf sein abgerissenes Ohr, dass unter einem Wutanfall von mir leiden musste.

Auf Teddy, der auf der rechten Seite liegt, weil er nie aufrecht sitzen bleibt.

»Weißt du, Liebes. In all den Jahren habe ich mich darauf konzentriert, dich zu einer starken Frau zu erziehen. Zu einer, die man zu mehr als Sex gebrauchen kann.« Ich höre seine Worte, aber ich blende sie aus. Zumindest versuche ich es. Leider gelingt es mir nicht.

Er gibt meine Arme ruckartig frei. In einem Moment atme ich aus. Nur um im nächsten wieder zu erstarren. Diabolo lässt seine Hand in das Gesicht der Frau klatschen. Ich verziehe das Gesicht als ich sehe, wie ihr Kopf zur Seite geworfen wird. Sie zuckt nicht einmal. Auch nicht, als ihr eine Träne die Wangen herunterläuft. Stattdessen beugt sie sich erneut nach vorn und nimmt ihn wieder in den Mund. »Ich dachte, dass du mehr bist als das hier. Lag ich falsch damit?« Um seine Worte zu untermalen, packt er ihren Hinterkopf und drückt ihn fest in seinen Schoß. Die Frau stößt ein Röcheln aus. Sie beginnt sich zu winden bewegt sich stockend. Fassungslos sehe ich zu. Am liebsten würde ich wegrennen. Weit weg. Dorthin, wo er mich nicht mehr finden kann.

Panisch schließe ich die Augen. Ich kann nicht hinsehen. Es ist zu viel. Er tut ihr weh. Ich will das nicht sehen. Ich will nicht hier sein. Ich ...

»Sieh hin!« Diabolos polternde Stimme lässt mich einen leisen Schrei ausstoßen. Sofort presse ich die Hand auf die Lippen. Diese drücke ich genauso fest wie meine Lider zusammen.

Ein Schrei ertönt. Dieses Mal ist es nicht meiner.

Ihm voraus geht ein Klatschen. Ich wage es kaum die Augen zu öffnen. »Sieh hin.« Diabolos Finger krallen sich so fest in meine Kopfhaut, dass ich zu weinen beginne. Jetzt kann ich die Flut an Tränen nicht mehr zurückhalten. Meine Wangen werden nass. Ich versuche seine Hand von mir zu lösen und rücke so weit weg, wie es nur geht.

»Du enttäuschst mich, Bellezza.« Diabolos Worte gleichen einem Knurren. Er löst die Hand und packt mich nur eine Sekunde später an der Kehle. Schockiert reiße ich die Augen auf. Blinzelnd kralle ich mich in seinen Arm. Dann stößt er mich so hart von sich, dass ich schnappend nach Luft hechle. Fluchend lande ich auf dem Boden und krabble panisch weg. Unkontrolliert stoße ich mit dem Hintern gegen die Sockelleiste meiner Wand. Mit den Fingern taste ich mich zur Seite und versuche so viel Abstand wie möglich zwischen mich und ihn zu bringen.

Diabolo hat sich nicht bewegt. Er drückt die Frau weiter zwischen seine Beine. Ich sehe ihren Körper zucken. Sehe, wie sie die Hände in den Teppich krallt. Wie sie kämpft und sich gleichzeitig keinen Millimeter bewegt.

»Das ist wirklich sehr enttäuschend.« Diabolo greift mit der freien Hand zu dem Gurt um seine Brust.

Mein Herz setzt aus, als er die Waffe hervorzieht.

Alles verschwimmt vor meinen Augen.

Das Einzige, was ich sehen kann, ist die Pistole in seiner Hand.

»Schau dir Cami an.« Hektisch schüttle ich den Kopf. Ich hebe die Knie und will den Kopf dazwischen stecken. Einfach nur weg. Ich muss weg.

»Schau sie dir an.« Seine Stimme wird leise. Beinah ruhig. Dann höre ich das Klicken. Schwer atmend hebe ich den Kopf. Tränen verschleiern meine Sicht. Es gelingt mir kaum etwas zu erkennen. »Schau, wie brav sie ist. Wie gut sie mir gehorcht.« Er tätschelt ihr leicht den Kopf. »Sie ist eine der Frauen, die man gebrauchen kann. Die mir nützen und die deshalb leben dürfen.

Du hingegen hast keinen Zweck, den du für mich erfüllst. Du bist nicht nützlich. Nicht wichtig.« Er spuckt mir die Worte entgegen. Jedes einzelne ist ein Stich mit einem Messer. Erst recht, nachdem noch immer das Gefühl der klebrig süßen Hoffnung von vorhin in mir ist.

»Du hättest an meiner Seite stehen können. Ich wollte dich ausbilden. Aber wie soll ich das? Wie soll ich dir vertrauen, wenn du selbst einfachste Anweisungen nicht umsetzen kannst? Wenn du dich von mir abwendest und deine Aufmerksamkeit anderen schenken willst? Anderen, die sie nicht verdienen?«

Etwas in meinem Körper schaltet aus. Plötzlich werde ich ruhig. Alles erstarrt für eine Sekunde. Es ist still. Ich höre nichts und nehme nichts um mich herum wahr. In dem Moment erkenne ich, dass es um mein Leben geht. Das ich vermutlich keine zweite Chance bekommen kann. Ruckartig setzt das Leben um mich herum wieder ein.

Mit dieser Einsicht laufen die Tränen unaufhörlich an meinen Wangen herab. »Ich werde es besser machen«, schluchze ich aufgelöst.

»Besser? Was willst du besser machen?« Mit einer kleinen Bewegung gibt er die Frau frei. Sie taumelt zurück, röchelt und schluckt schwer. Ihr Gesicht ist von Tränen verquollen. Vermutlich wie meins. Deshalb traue ich mich kaum, sie anzusehen.

»Dir gehört meine Loyalität. Ich werde tun, was du sagst. Mich von dir ausbilden lassen.« In diese Worte versuche ich all meine Überzeugung zu legen. Das ist meine einzige Chance.

»Wozu sollte ich dich ausbilden?« Er klingt herablassend. Dabei lehnt er sich nach vorn und schließt mit langsamen Bewegungen seine Hose. Diabolo erhebt sich, tritt ein, zwei Schritte auf mich zu.

Am liebsten würde ich weiter zurückkriechen, aber die Wand in meinem Rücken stoppt mich. »Zu ...« Ich beginne zu stottern.

»Zu?« Ahmt er meine schwache Stimme nach.

»Zu dem, was dir nützt.« Panisch nicke ich. Währenddessen konzentriere ich mich auf Mr. Wiggel, der von dem Kopfteil meines Bettes heruntergefallen ist.

»Zu dem, was mir nützt? Ich bin nicht sicher, ob ich noch eine Verwendung für dich habe.« Diabolo kommt noch einen Schritt näher. Jetzt steht er unmittelbar vor der Frau. Sie hat sich auf die Knie gesetzt und sieht demütig auf den Boden.

»Sie nützt mir. Sie gehorcht mir.« Er sieht auf die Frau herab. Dann zieht er ein Messer hervor und sticht es in ihren Hals.

Mein Verstand setzt aus. Ich bin noch immer da. Starre geradeaus. Sehen kann ich nichts mehr. Alles ist schwarz.

Da ist dieses monotone Pfeifen in meinen Ohren. Meine Umgebung ist verschwommen. Mir ist speiübel. Diabolo tritt näher. Er packt mich an den Haaren und zieht mich nach oben. »Ich habe ein Imperium erbaut. Eine verdammte Dynastie. Und ich habe keine Verwendung für Gefühlsduseleien. Für Ablenkung und Gefühle. Sie genau hin. Das hat sie allein dir zu verdanken, Liebes. Du allein bist dafür verantwortlich, was geschehen ist. Weil du nicht gut genug warst. Weil du dich hast ablenken lassen. Überdenke, welchen Weg du gehen willst.« In dem Moment, in dem er mich loslässt, sacke ich zusammen. Meine Knie biegen sich durch und ich schlage hart auf dem Teppichboden auf. Während er sich entfernt und ich immer weiter auf die größer werdende Blutlache starre, dreht sich mein Magen herum. Ich schiebe mich gerade noch rechtzeitig auf die Seite, bevor der Schwall von warmen Erbrochenen über meine Lippen kommt. Immer wieder muss ich würgen. Spucke, weine und schreie. Dabei kann ich nicht den Anblick der glasigen Augen vergessen, die in weite Ferne starren.

Zwei Jahre. Zwei Jahre, die wir uns kennen.

Zwei Jahre, in denen ich immer wieder darüber nachdenke, wie ich es dir sagen kann.

Ich liebe dich! Ich liebe dich?

Alles klingt falsch, weil es nicht ausreicht.

Weil alles erst eine Bedeutung bekommt, wenn du da bist.

Weil die schlimmen Dinge dann aushaltbar sind.

Weil es ein Ziel gibt. Ein Ende. Ein Wir.

So wird es für immer sein.

Für immer.

Meinetwegen. Das allein ist meine Schuld.

Und ich werde sie nie wieder begleichen können.

Du fragst dich, warum du immer scheiterst?
Immer wieder fällst du, obwohl du so verzweifelt versuchst, dich aufzurappeln? Warum andere, schlechte Menschen immer beschissen gut durchs Leben kommen?
Ganz einfach Baby: der Teufel greift seine eigenen Kinder nicht an.

KAPITEL 12

Blac

»Nicht sein verdammter ernst«, knurre ich leise. Mit einer kurzen Bewegung spule ich die Videos der Überwachungskamera zurück. Wieder sehe ich die gleichen Bilder und wieder kann ich sie kaum glauben.

Ohne zu zögern, zerre ich mein Handy aus der Hosentasche und tippe eine der vier Nummern ein, die ich auswendig kann.

»Ich habe mit deinem Anruf gerechnet.« Seine monotone Stimme bringt das Blut in meinen Adern erneut zum Kochen. Er hat damit gerechnet? Will er mich komplett verarschen? Noch ehe ich Luft holen kann, spricht er weiter: »In zwei Stunden im Diamond, ich bin noch beschäftigt.«

»Jetzt«, füge ich lediglich hinzu. Dann lege ich auf.

Den kurzen Weg bis zu dem Club nehme ich kaum wahr. Meine Gedanken schweifen immer wieder ab und drehen sich einzig und allein darum, wie ich diesem kleinen Pisser die Fresse polieren kann.

Scheiße, ich habe schon vor einer Weile gemerkt, dass

er nicht ganz sauber ist. Aber das, das ist etwas völlig anderes.

Es gibt nur wenige Regeln, die ich selbst aufstelle.

Die meisten davon beim Sex.

Für meine Freunde gibt es so gut wie keine.

Verarsch mich nicht.

Belüg mich nicht.

Und die Wichtigste: fick verdammt nochmal nicht mein Mädchen.

Minuten später geht mein Atem schwer. Ich habe die wenigen Meter mit einem Sprint zurückgelegt und stoße die Holztür des Clubs mit dem Fuß auf. Sie donnert schwungvoll an die Wand. Keinen der aufschreckenden Gäste dahinter beachte ich. Viele schauen zu mir und wenden nur Sekunden später den Blick ab. Scheiße, die Hälfte hier weiß wer ich bin und die andere Hälfte wird es bald mitbekommen.

»Snake ...« Ich unterbreche die Stripperin mit einer knappen Bewegung. Mindestens genauso knapp, wie ihr beschissener String – wie ich verbissen feststelle. Dabei drängen sich mir Bilder in den Schädel, die ich dort nicht haben will.

Bilder, in denen Maria in dem gleichen Fetzen vor mir steht. Wie sie für mich tanzt. Für mich und die anderen gierigen Wichser, die ihre Griffeln nicht bei sich lassen können.

Impulsiv trete ich gegen die erstbeste Tür. Die geht mit einem Krachen auf. Darauf folgt ein spitzer – absolut unmännlicher – Schrei von einem fettbäuchigen Typen. Die Frau, die er an die Wand gekettet hat, gibt keinen Laut von sich. Sie hat den drogenverhangenen Blick weiter starr auf den Boden gerichtet.

Abfällig betrachte ich die Peitsche in der Hand des Mannes und zerre sie ihm mit einem Ruck aus der Hand. Wieder kreischt er. *Was für ein widerlicher Lappen.* Das Ding lasse ich kurz durch die Luft rasen und mehrmals auf seinen nackten Körper klatschen. Warum?

Weil ich es kann und weil ich es will.

Weil ich kurz davor bin, einem meiner besten Freunde den Kopf abzureißen und ein wenig Frust loswerden muss.

Kurz darauf trete ich die klapprige Tür mit dem Fuß zur Seite und halte auf die nächste zu. »Wow, mein Guter. Das ist nicht gut fürs Geschäft«, hält mich eine raue Stimme davon ab, die nächste Tür einzutreten.

Stoisch drehe ich mich herum und starre in Silvers grinsende Visage. »Wie viele Türen muss ich eintreten, um unserem Kumpel den Arsch aufzureißen?« Meine Worte klingen nicht halb so bedrohlich wie ich es gern wollte. Dafür fehlt mir die Selbstbeherrschung.

»Drei.« Seine Antwort kommt sofort. Dann legt er die Hand auf meine Brust, was ich mit einem argwöhnischen Blick bemerke. »Vorher solltest du dich beruhigen, Kumpel.« Das letzte Wort setzt er langsam hinterher. Dieser Typ ist für mich kein Kumpel. Alle, aus dem engsten Kreis von Diabolo werden als Schlange bezeichnet. Er lebt das Konzept allerdings voll und ganz aus.

Stöhnend lege ich den Kopf in den Nacken und atme für einen kurzen Moment tief durch. Dann lasse ich Silver hinter mir stehen.

Die wenigen Meter bis zur Tür haben gereicht, um

mich erneut in Rage zu versetzen. Trotzdem stoße ich die Tür mit der Hand auf. Wenn auch nicht unbedingt sanft.

Dann bleibe ich wie erstarrt stehen.

Keine Ahnung, was ich erwartet habe.

Eine schreiende, weinende und völlig aufgelöste Maria. I*m besten Fall.* Im schlechtesten ein Blutbad.

Aber ich habe verdammt nochmal nicht damit gerechnet, dass ich die beiden in friedlicher Harmonie vorfinde. Sie, wie sie sich an einer Stange räkelt und ihn, wie er genüsslich grinsend – wohlgemerkt mit genug Abstand – davor auf einem Sofa sitzt.

»Scheiße, was zur Hölle ist hier los?« Mein Blick geht sofort zu Maria. Zuerst fällt mir der frische Cut an ihrer Wange auf. Dann der an ihrem Schlüsselbein. Auch auf ihrem Hals ist eine frische Wunde zu sehen. Allein diese drei Dinge zeigen mir, dass das, was ich vorhin auf den Bildern gesehen habe, keine Fata Morgana waren.

»Snake, du störst.« Damien macht eine abweisende Handbewegung, ohne überhaupt in meine Richtung zu sehen.

»Ist das dein verschissener Ernst?« Ich überquere die wenigen Meter bis zur Mitte des Raumes. Dann bleibe ich direkt vor Maria stehen. Sie zuckt merklich zusammen, auch wenn sie es zu verbergen versucht. Mit der Hand greife ich unter ihr Kinn. Dann bringe ich ihr Gesicht dicht vor meins. Maria stößt einen überraschten Laut aus. Sie legt die Hände an meine Brust, drückt mich aber nicht von sich. Ich verenge die Augen.

»Normalerweise teile ich gern, mein Freund. Aber die Kleine hat sich für einen Job beworben. Da wir unseren Kunden den besten Service bieten wollen, werde ich zunächst genau in Augenschein nehmen müssen, bevor ich sie dir zur Verfügung stellen kann.«

Fassungslos drehe ich mich um. Am liebsten würde ich ihn fragen, was in seinem Schädel falsch gelaufen ist.

Eine Menge, ist in dem Moment die einzige Antwort, die mir darauf einfällt.

Damien hat sich zurückgelehnt. Er nickt Silver, der in der Tür stehen geblieben ist, entspannt zu. Dann sehe ich zurück zu Maria. Sie bemüht sich um ein sichereres Grinsen und eine gerade Haltung. Mir macht sie damit nichts vor. Ich kenne den Unterschied zwischen einer Frau, die das hier genießt und einer, die sich dazu zwingt.

Unbewusst wandern meine Augen zu ihren Armen. Sofort krallt sie die Finger fest zusammen. Dann nehme ich ihr knappes Outfit in Betracht. Weder der glitzernde String noch die Nippelpads sind ihre. Soviel steht fest. Zuletzt halte ich an ihren Augen inne. Sie sind nicht geweitet, nicht glasig und auch nicht sonderlich getrübt. Nichts deutet darauf hin, dass er sie angefixt hat. *Ich hoffe es für ihn.*

»Snake, du störst meinen Termin. Setz dich hin oder geh. Beides ist mir recht. Dort stehen bleiben und die Show behindern, stellt allerdings ein Problem dar.« Ich spüre eine Spur Anspannung in Damiens Stimme. Das bringt mich dazu, mich umzudrehen. Aus diesem Grund sehe ich nur im Augenwinkel, wie Maria bei seinen nächsten Worten das Gleichgewicht verliert und für einen Moment schwankt. »Die Kleine ist vielleicht nicht mehr frisch und unberührt, aber immer noch eng genug. Ich habe es selbst getestet.«

Auch mein Herz setzt für einen Moment zum Sprung an. Damiens Augen verharren auf mir. Herausfordernd sieht er mich an und löst damit eine Erinnerung in mir aus.

Scheiße, dass war genau das, was ich in dem Moment gebraucht habe.

Um wieder klar zu sehen.

Um zu erkennen, wo meine Prioritäten liegen.

Trotzdem verfolgen mich seine Worte wie in einer Endlosschleife. *Nicht mehr unberührt*. Stockend gehe ich zu dem Sofa. *Selbst getestet.* Ich lasse mich sinken. *Nicht mehr frisch.* Lehne mich zurück. *Immer noch eng genug.* Hebe den Blick. *Getestet.* Und sehe sie an.

»Ich glaube, dieses Vorstellungsgespräch ist ein wenig aus dem Ruder gelaufen.« Silver tritt mit einem geschmeidigen Grinsen nach vorn. Er geht direkt zu Maria, deren Beine zittern wie kurz vor dem Orgasmus. Nur hat dieser Gefühlsausbruch nichts mit einem Höhepunkt zu tun. Eher mit einem Tiefpunkt.

»Möglicherweise werden wir unsere Gesprächskriterien überdenken müssen.« Silver legt seine Hand an ihre Wange. Maria zuckt zurück. Echte Angst liegt in ihrem Blick. Tatsächliche Panik, die sie nicht vortäuscht. Nicht wie die Ignoranz zuvor.

Sie schreckt zurück. Silver schnalzt leise mit der Zunge. Langsam schüttelt er den Kopf und bringt seine Hand an ihren Nacken. Beruhigend streicht er darüber. »Nicht doch, meine Schöne. Willst du wirklich das kaputtmachen, was du dir so mühsam erarbeitet hast? Die letzten Stunden waren hart, dass weiß ich.« Zu meinem eigenen Missfallen bemerke ich, wie sich ihre Schultern immer langsamer heben und senken. Damien an meiner Seite nehme ich dafür kaum wahr.

»Du warst so mutig. Ein mutiges kleines Ding.« Silver tätschelt ihr beinah liebevoll den Kopf. Dann nimmt er ihre Hände. Sanft streicht er über die Rötungen an den Handgelenken. »Unser Härtetest hat dich verstört, oder?« Fragend sieht er auf. Währenddessen habe ich das Gefühl, im falschen Film zu sitzen. Maria war schon bei Diabolo, bevor ich überhaupt seinen Namen buchstabieren konnte.

Irgendwann kamen Lucien und Damien. *Seine wirklichen Kinder.* Besser gesagt: ihre Mutter hat sie nicht mehr gut genug vor ihm versteckt, weswegen er sie zu uns geschafft und ihr entrissen hat.

Wir sind zusammen aufgewachsen.

Dann trennten sich unsere Wege.

Maria ging studieren und ich ... auch. Auf eine gewisse Art. Dass wir einmal in so einer Situation wie dieser landen, damit hätte wohl niemand gerechnet. Und auch wenn Silver erst seit wenigen Jahren ein Teil von Diabolos Schlangennest ist, wird ihm mit Sicherheit nicht entgangenen sein, wer sie ist. Umso absurder ist es, dass wir uns nicht nur in dieser Lage befinden, sondern er auch weiterhin den beschissenen Puffbesitzer spielt.

Eben dieser nickt langsam. »Ja, aber du willst noch immer ein Teil von uns werden? Ein schwarzer Diamant, der wunderschön in der Nacht funkelt, oder nicht?« Nur zu gern würde ich ihr sagen, dass sie an diesem Punkt entweder den Mund halten oder zusehen soll, dass sie verschwindet.

Nichts davon mache ich.

Stattdessen sitze ich da, schaue zu und bin wie versteinert.

Marias Blick sucht meinen. Damien meidet sie dabei bewusst. Missmutig schnaufe ich. Von uns dreien denkt sie, dass sie mich am ehesten einschätzen kann.

Kann sie nicht.

So wie ich das sehe, hat sie bereits herausgefunden, wie sehr Damien sich verändert hat. Und mit Sicherheit wird ihr nicht gefallen haben, was sie gesehen hat.

Schließlich entscheidet sie sich dafür, dass absolut Dümmste zu tun. Sie nickt. Kurz wende ich den Blick ab. Sehe hoch an die Decke. Schließe für einen Moment die

Augen und verfluche sie innerlich in sämtlichen mir bekannten Sprachen. Dann blicke ich wieder zu den beiden. Silver wirkt äußerst zufrieden. »Gut, das ist gut. Lass mich dir ein gutes Willkommen bereiten. Ein kleines Geschenk zum Start.« Verführerisch sieht er sie an. Ihre Augen sind schockgeweitet. Keinen Millimeter rührt sie sich. Vermutlich ist sie vor Angst erstarrt.

Silver fährt sich durch das graue Haar, als müsste er nachdenken. Beinah muss ich lachen. Alles an diesem Typen ist so aalglatt und kalkuliert, dass es beinah schmierig wirkt. *Zumindest auf mich.*

Er schiebt ihren String zur Seite und die Finger darunter. Schlagartig kehrt meine Wut zurück. Am liebsten würde ich aufstehen und ihm eine in die Fresse hauen. Das Einzige, was mich daran hindert, ist Damiens Hand, die er in dem Moment auf mein Bein legt. Seinen mahnenden Blick spüre ich auf meiner Haut. Deshalb belasse ich es dabei, die beiden starr zu beobachten.

Scheiße, keiner von ihnen hat eine Ahnung, was mir in diesem Moment alles durch den Schädel geht.

Ich selbst bekomme kaum etwas davon zu fassen. Alles verschwimmt zu einem Ball aus Wut.

Silver führt ihre rechte Hand nach oben. Er hebt sie an die Stange, während Maria weiterhin starr geradeaus sieht. Ich würde schwören, sie hat in den letzten Minuten nicht ein einziges Mal geblinzelt.

»Daran solltest du arbeiten.« Silver zieht seine Finger aus ihrem String. Bedächtig sieht er sie an.

Mehrere Sekunden ist es still. Maria erwacht endlich aus ihrer Starre. Sie stolpert zurück, dabei beinah gegen die Stange und entzieht sich seinem Griff. Silver gibt sie frei, wenn auch mit einer kleinen Verzögerung.

»Was?«, keucht sie leise.

»Du bist noch ganz trocken, Liebes. Aber keine Sorge. Daran können wir arbeiten.«

Ich muss mir ein wütendes Knurren verkneifen. Mindestens genauso sehr, wie aufzuspringen. Damien tippt derweil bedächtig auf meinen Oberschenkel. »Das werden wir. Jetzt verschwinde.«

Beinah synchron starren wir ihn an. Ich schätze in diesem Moment ist sich keiner sicher, wer gemeint ist. Eins steht fest: Keinen der beiden werde ich mit Maria allein lassen, noch weniger, beide zusammen. Deshalb verschränke ich die Arme vor der Brust, starre Maria an und nicke zur Tür.

Sie sieht sich panisch um, streift meinen Blick und verspannt sich. Dann endlich löst sie sich von ihrer Position und geht mit holprigen Schritten durch den Raum. Immer wieder dreht sie sich um, bis sie endlich die Tür erreicht hat.

Nachdenklich sehe ich ihr hinterher.

Wen von uns hasst du in diesem Moment am meisten, Baby?

Ich würde auf mich tippen.

Schließlich hattest du in mich die größte Hoffnung gesetzt. Das meiste Vertrauen.

Aber mit Sicherheit ist selbst dir inzwischen klargeworden, dass es ein Fehler war. Oder nicht?

»Ich glaube nicht, dass sie ein großer Gewinn für das ›Black Diamond‹ ist«, sagt Silver in Gedanken versunken.

Als würde es darum gehen und seine Meinung irgendwen interessieren.

»Seit wann fallen Einstellungen in einem beliebigen Schuppen unter deine Zuständigkeit?« Meine eigentliche Frage, was die beiden hier machen, behalte ich für mich. Zumindest so lang, bis Silver noch bei uns ist. Den Kommentar kann ich mir nicht verkneifen. Nicht bei Silver und nicht, nachdem er uns vor wenigen Wochen einen Vortrag über die Rollenverteilung gehalten hat. Auch wenn er Diabolos neuster Speichellecker ist, hat er in der kurzen Zeit verdammt viel geschafft.

Den Platz seines Vaters, Diabolos engstem Vertrauten, eingenommen. Die halbe Westküste aufgewühlt, Chaos losgetreten und das Feuer dann wieder als der große Held gelöscht. Ich weiß ganz genau, wie er sich hochgeschlichen hat. *Wie eine Schlange.*

Wie passend, dass er jetzt eine davon ist.

»Und ich glaube, dass ich einen Drink brauche.« Damien erhebt sich. Er nickt uns beiden zu. »Los, ich zahle.« Als würde das jemanden kümmern.

Trotzdem folge ich ihn hinaus in den Gang. Es ist ein surreales Bild. Die erste Tür ist eingetreten und hängt schräg in den Angeln. Trotzdem interessiert sich keiner dafür. Alle machen weiter. Tanzen, saufen und vögeln, als wäre nichts passiert.

Mit gesenktem Blick lasse ich mich an den Tresen sinken. Die Hände balle ich zur Faust.

Wieder ist es das gleiche. Wie in der Uni und dem ganzen Rest der Welt. Andere Leute, anderes Drama, aber die gleiche Ignoranz. Alles bleibt gleich.

Wie kann es sein, dass sich nichts um mich herum zu ändern scheint? Dass niemand merkt, was passiert ist?

Wie es mir geht. Was ich durchgemacht habe.

Und wozu ich geworden bin.

In dem Moment muss ich die angestaute Wut einfach herauslassen. Sie hat sich zu lang in mir angestaut, als dass ich sie weiter zurückhalten kann.

Ohne zu zögern, drehe ich mich um und haue Damien eine rein. Anstatt darauf zu reagieren, lacht er lediglich und nickt mir zu. »Den habe ich nicht verdient.«

»Hast du«, antworte ich leise. »Und das weißt du auch.« Mit diesen Worten lasse ich mich auf einem Hocker nieder. Ich werfe einen schnellen Blick über die Schulter. Silver betrachtet uns zwar, reagiert aber nicht auf meinen Schlag. Erstaunlicherweise geht es mir damit tatsächlich besser. Dabei habe ich nicht einmal sonderlich viel Kraft hineingelegt.

»Gut, vielleicht ein wenig. Aber hey, Silver, danke fürs Daddy anrufen.« Damien lässt sich neben mich fallen und schlägt Silver auf den Rücken.

»Hätte ich ihn angerufen, hättest du andere Probleme, als dass dir Snake einen Fick versaut hat und deine Wange rot wird, wie bei einem nervösen Teenager.«

Auch wieder wahr. Wobei es mich nicht gewundert hätte, wenn er das Überwachungsvideo ihm, statt mir, geschickt hätte. Was mir eine weitere drängende Frage auf die Lippen legt: Warum hat er es getan?

Wollte er mich provozieren? Testen? Oder war es Diabolos Anweisung?

Scheiße, ich kann den Typen schlichtweg nicht einschätzen und ich hasse genau diese Einsicht mehr als alles andere.

»Was hat die Kleine? Eine verzauberte Perle? Oder warum sind alle hier so geil auf sie?«

Ich spanne meine Muskeln an. Mein Kiefer gibt ein ungutes Knacken von sich. Silvers Worte sollen vermutlich locker klingen, aber ich spüre die unterschwellige Herausforderung darin.

»Vorsicht, mein Freund. Snake wird dir auch noch eine in die Fresse hauen, wenn du so weiter machst.«

Silver lehnt sich auf dem Hocker nach hinten. Für einen kurzen Moment stelle ich mir – begleitet von einem befriedigenden Lächeln – vor, wie er umkippt, auf den Boden aufschlägt und eine hübsche Blutlache um seinen Kopf erscheint. Passiert bedauerlicherweise nicht. »Ihr habt mich beide weggeschickt, wie einen dummen Jungen. Da kann ich wohl nach dem Grund fragen oder nicht?«

Damien schüttelt gelöst den Kopf. »Also kam unsere Botschaft endlich an.« Interessiert verenge ich die Augen. Es ist nicht Damiens Art, Fragen auszuweichen. Vermutlich hat er trotz alldem freundlichen Gehabe die gleiche Skepsis ihm gegenüber, wie ich.

Silver hebt als Antwort den Mittelfinger. Währenddessen kann ich den beiden nur zuschauen. Ich höre, was sie sagen, nehme an der Unterhaltung teil, doch in Wirklichkeit bin ich an einem völlig anderen Ort.

Gar nicht weit in der Vergangenheit.

Es war ein unbedeutender Ausflug. Nichts Wichtiges. Und trotzdem hat er so einiges in mir ausgelöst. Denn in den wenigen Tagen habe ich eins ganz deutlich verstanden:

Etwas hat sich verändert.

Spürst du es, Baby?
Wie ihre rauen Schuppen über deine zuckersüße Haut kratzen?
Sie werden dich verschlingen, bis du dich nicht mehr daran erinnern kannst, woher du eigentlich kamst.

KAPITEL 13

Blac

Zwei Monate zuvor

»Seht ihr, was ich sehe?«

Gedankenversunken hebe ich den Kopf. Das Glas habe ich noch an den Lippen. Fragend sehe ich zu Lucien, der ein zufriedenes Lächeln auf dem Gesicht trägt.

Anstatt einer Antwort deutet er ins Hintere der Bar. Wobei Bar ein wenig vorsichtig ausgedrückt ist. Es ist ein billiger Stripclub. Dreckig, schäbig, aber verfügbar.

»Lecker«, murmelt Damien. Seine Stimme klingt belustigt. Dafür sehe ich keine Freude in seinem Blick.

Erst ist es mir egal, wen oder was sie entdeckt haben. Irgendwann werde ich neugierig. Schließlich wende ich den Kopf zurück in die schummrige Dunkelheit. Ich erkenne eine Frau. Unscheinbar und unbedeutend. Sie sagt mir nichts. »Sollte ich wissen, wer das ist?«

Damien zuckt die Achseln. »Vermutlich eine weitere Nutte, die die Rechnung nicht mehr bezahlen kann und dafür die Beine breit machen will.« Aufgrund seiner Worte verdrehe ich die Augen. Mit Sicherheit hat er Recht. Umso weniger kann ich ihr Interesse verstehen.

»Und ausgerechnet sie weckt eure Aufmerksamkeit?« Zweifelnd sehe ich zwischen den Brüdern hin und her. Seit drei Tagen sind wir gemeinsam in Italien unterwegs. Wir warten auf Anweisungen von Diabolo, wie es weitergehen soll. Entweder wird er entscheiden, dass wir den Auftrag durchziehen, oder uns an einen neuen Ort schicken.

Aber an allen drei Tagen, haben Damien und Lucien keiner einzigen Frau nachgesehen. Sie haben nicht das leiseste Interesse gezeigt. Überhaupt ist es eine Seltenheit, sie gemeinsam an einem Ort zu sehen.

Bis jetzt.

Ein weiteres Mal nehme ich die Frau genau in Augenschein.

Sie ist klein und dünn. Beinah dürr.

Ihre Brüste sind flach, genauso wie ihr Arsch.

Ihre roten, kinnlangen Haare sehen selbst über die Entfernung falsch aus, passen aber zu ihrer hitzigen Gesichtsfarbe.

Sie trägt einen kurzen Rock und Nippelpads, die sie sich hätte sparen können. Immer wieder versucht sie den Stoff über ihren Arsch zu ziehen oder verschränkt die Arme vor der Brust.

»Sucht ihr noch Gesellschaft?« Eine raue Stimme lässt mich aufsehen und schmunzeln. Die Blondine, welche direkt neben unserem Tisch steht, ist schon eher mein Fall. Breite Hüften, eine einladend aussehende Oberweite und funkelnde, braune Augen.

»Natürlich, Liebes.« Lucien lehnt sich nach vorn. Die Blonde beugt sich ihm begeistert entgegen. Kann ich gut nachvollziehen. Ich würde an ihrer Stelle auch lieber auf seinem Schoß landen, als auf dem von einem der widerwärtigen Typen, die sich ansonsten in der Bar sehen lassen.

Lucien hebt die Hand an ihre Wange. Langsam streicht er darüber, um dann kontrolliert zuzupacken. Ihre Augen weiten sich. Begeistert, wenn ich mich nicht täusche. »Mach dich nützlich und schick uns deine Kollegin her.« Er deutet mit der freien Hand an ihr vorbei. Ein paar Sekunden hält er sie weiter fest, dann gibt er ihr Gesicht schließlich frei. Tief einatmend erhebt sie sich. Unmut spiegelt sich auf ihrem Gesicht wider. Offenbar ist sie niemand, der gern teilt. Oder das Trinkgeld abgibt.

Als sie die Wahl der Brüder sieht, schnaubt sie entrüstet. »Die Neue? Die ist ...« Weiter kommt sie nicht. Damien hat sich erhoben. Er steht dicht vor ihr. Den Kopf senkt er leicht.

»Wirst du meinen Bruder in Verlegenheit bringen, indem du seine Entscheidung anzweifelst?« Ein bedrohlicher Unterton schwingt in seiner Stimme mit. Trotzdem zögert sie.

Da stellt sich die Frage, warum?

Spätestens an diesem Punkt hätte jede Frau mit Verstand das Weite gesucht. Wir riechen förmlich nach Ärger. Schließlich dreht sie sich um und marschiert zu der Kleinen. Kurz redet sie mit ihr. Interessiert lege ich den Kopf schief. Die Rothaarige schüttelt den Kopf. Ihre Augen weiten sich. Schließlich lehnt sich die andere nach hinten und zuckt mit den Schultern.

Wenige Sekunden später kommt sie zurück zu uns. »Wie schade. Meine Kollegin ist im Moment leider nicht verfügbar. Darf ich euch dafür irgendwie behilflich sein?« Sie bemüht sich, aber ihr Englisch ist schlecht.

Trotzdem antwortet Lucien nicht in Italienisch. »Mach es möglich.« Mit diesen Worten legt er ein Bündel Geld auf den Tisch, welches ich abfällig betrachte. Niemals würde ich für Sex Geld bezahlen. Warum auch? Keiner von uns hat das nötig. Gleichzeitig kommt die Frage in mir auf, warum er sie so unbedingt besitzen will.

Die Blondine schnappt nach Luft. Dann stöckelt sie wieder davon.

»Es ist unser gemeinsamer Abend und ihr wollt ausgerechnet das graue Entlein?« Stöhnend lehne ich mich zurück.

»Sie wird uns wollen«, murmelt Damien.

Ich verdrehe die Augen. Es ist eine ganze Weile her, dass wir gemeinsam Frauen aufgerissen haben, aber an diesem Abend bin ich einfach nicht in der Stimmung dafür. Währenddessen beobachte ich die beiden Frauen. Sie sind inzwischen nähergekommen, sodass ich sie besser in Augenschein nehmen kann. Die Rothaarige hat ein spitzes Kinn. Eine hohe Nase und stechend grüne Augen. Ihr Blick ist aufmüpfig und …

In meiner Überlegung stocke ich.

»Fuck. Sie sieht aus wie er.«

Meiner Aussage folgt keine Reaktion. Deshalb sehe ich zwischen Damien und Lucien hin und her. Sie haben kein bisschen das Gesicht verzogen. »Wer ist sie?«

»Seine Tochter«, gibt Damien schließlich von sich. Er sieht mich nicht einmal an.

»Was wollt ihr mit ihr?« Ein ungutes Gefühl breitet sich in meinem Magen aus. Jeffrey Gilard. Ein kleines Licht aus dem Süden. Er hat ein paar Schulden, mehr nicht. Wir sollten ihn, wenn Diabolo den Plan fortführen will, am Ende der Woche treffen. Mit ein wenig Druck sollte er seine Geldschulden in Gefälligkeiten umwandeln.

Insiderinfos gegen seine eigenen Leute.

»Spielen.«

Irritiert sehe ich zu Lucien. Auch seine Miene ist ausdruckslos. »Gibt es einen neuen Plan?«

»Muss es denn immer einen Plan geben?« Damien richtet sich auf.

»Wir mussten uns schließlich ein wenig die Zeit vertreiben, bis du kommst.«

Überrascht sehe ich zwischen den Brüdern hin und her. Erst dann begreife ich, was sie sagen.

Mein Blick führt zurück zu den Frauen. Die Rothaarige sieht beinah panisch aus. Ich kann ihre Nervosität bis hierher spüren. Mit zittrigen Beinen tritt sie näher. »Sir?« Vermutlich kann sie kein Englisch. Noch weniger wird sie wissen, was sie sagen soll.

»Buona serata.« Ein zufriedenes Lächeln liegt auf Luciens Lippen.

Die nächsten Stunden ziehen an mir vorbei.

Komplimente. Geschmeichelte Bemerkungen, scheue Berührungen.

Mit jedem einzelnen davon entspannt sich die Rothaarige mehr.

Und mit jedem einzelnen davon verstärkt sich das ungute Gefühl in meinem Inneren. Ich weiß, dass das hier falsch ist. Es ist etwas anderes als das, was wir sonst tun.

Sie ist unschuldig. Ein Kind. Beinah.

Das hier hat nichts mit ihr zu tun. Nur mit ihrem Vater.

Vermutlich hat sie nicht die leiseste Ahnung, wer er ist. Wie so viele andere versucht sie leidglich zu überleben.

Oder?

Gegenwart Blac

Auch später ist der Hass nicht verschwunden. Es liegt nicht an Maria, nicht an Damien oder Silver. Sondern nur an mir.

In einem seltenen Anfall von Besinnung bin ich zurück zur Uni gegangen. An dem Abend kann ich für nichts garantieren. Nicht einmal dafür, dass jeder, der mir begegnet, nicht mit dem Gesicht nach unten im See endet.

Ich habe schlimme Dinge in den letzten Monaten getan und aus irgendeinem Grund habe ich gehofft, all das hinter mir lassen zu können, sobald ich nur an die Uni zurückkehre.

Als wären die grausamen Dinge dann nicht geschehen.

Als wäre auf einmal alles gut.

Als wäre meine Rückkehr an die Uni eine Art Urlaub, in dem man den Alltagsstress der Arbeit hinter sich lassen kann.

Im Gegensatz zu den meisten Wichsern, die von neun bis fünf im Büro sitzen, wäre dieser Alltagsstress bei mir ein Berg aus Leichen. Müde seufze ich.

Ich kann nicht einmal sagen, wann ich angefangen habe, meine Entscheidungen zu bereuen.

Bis heute war es mir nicht bewusst.

Niemals habe ich mich selbst infrage gestellt.

Wieso dann jetzt?

Stöhnend lehne ich mich auf meinem Sofa in unserer Verbindung an.

Wegen Maria? *Wohl kaum.*

Sie hat eine Menge Einfluss auf mich, aber diese Stimmungsschwankungen begleiten mich schon seit einigen Wochen. Seitdem ich meine Brüder in Italien wiedergesehen habe.

Damien und Lucien.

Die beiden sind wie mein eigen Fleisch und Blut, auch wenn wir nicht wirklich miteinander verwandt sind. Und doch habe ich sie nach einigen Monaten der Abwesenheit kaum wiedererkannt. *Scheiße nochmal,* sie waren schon immer Diabolos Ebenbild, aber dort kam es mir vor, als würde ich ihm persönlich gegenüberstehen.

Das hat mir, um ehrlich zu sein, eine verdammte Angst eingejagt.

Stumm fahre ich mir durch die Haare.

Dieses Treffen hat einiges in mir ausgelöst. Ich habe sie im Spaß gefragt, was sie denn so verändert hat. Sie verzogen kaum eine Miene.

Beinah synchron haben sie lediglich abfällig mit den Schultern gezuckt.

Dass Damien dann noch hier aufgetaucht ist, kann kein Zufall sein.

Damals habe ich es noch als einen Tag der schlechten Laune abgetan. Aber mit jeder Stunde, die wir verbachten, jeden Tag, an dem ich ihnen zusah, breitete sich das üble Gefühl weiter in meinem Magen aus.

Zuerst ihretwegen.

Irgendwann meinetwegen.

Hatte ich mich genauso verändert?

Die Antwort kannte ich damals schon, aber mit meiner Rückkehr ist sie umso deutlicher geworden.

In Diabolos Namen haben wir seine Geschäfte abgewickelt. Leute umgebracht, bedroht und gefoltert. Für mich war es mehr als ein Job. Es war meine Verpflichtung. Immerhin ist er so etwas wie mein Vater. Ich bin bei ihm aufgewachsen und ihm gehört meine Loyalität.

Zumindest dachte ich das, bis ich auf Damien und Lucien getroffen bin.

Mit einem Schauer auf dem Rücken denke ich an den Abend in Italien zurück. Damien und Lucien sind zehn Tage vor mir angekommen.

Zwei Tage hat es gedauert, bis sie gelangweilt waren.

Drei weitere, um sich ein Ziel zu suchen.

Nach sechs Tagen hatten sie einen Plan und binnen zehn Tagen haben sie das Leben der jungen Frau auf den Kopf gestellt. Sie haben ihr alles genommen. Ihre Familie hingerichtet, die Wohnung entrissen und sie schlussendlich in die Prostitution getrieben.

Sie haben sie mit Drogen versorgt, abhängig gemacht und schließlich mit zu sich genommen. Als wäre sie nicht da, haben sie über sie gesprochen. Darüber, wie sie sie wohl am besten benutzen könnten. Haben ihren Geist gebrochen und dafür gesorgt, dass kaum etwas von ihr übrig geblieben ist.

Stöhnend richte ich mich ein Stück weit auf.

Scheiße, sie war fast noch ein Kind.

Nicht einmal achtzehn Jahre alt.

Und warum?

Weil Diabolo entschieden hat, dass er ihren Vater nicht mehr braucht.

Er hat den Brüdern freie Hand gegeben und das ist dabei rausgekommen.

Das war der Punkt, an dem ich mich gefragt habe, wie ich mich wohl verändert habe. Wie ich wohl auf andere wirken muss. Wie ich reagieren würde.

Wäre ich bereit das Gleiche zu tun?

Freiwillig?

Unter Zwang?

Aus Spaß?

Es war ein kurzer und hitziger Moment, der die sonst reglose Kühle in mir durchbrochen hat. Ich kann nicht einmal sagen warum. Vielleicht, weil es unnötig war. Weil sie schutzlos und unschuldig war. Sie hatte nichts damit zu tun. Ihr Vater hatte die Schulden gemacht. Nicht sie.

Und verdammt nochmal, es war lediglich Geld.

Aber darum ging es nicht.

Die Brüder haben sie nicht fertig gemacht, weil sie etwas getan hat. Es gab keinen Grund. Keinen wirklichen Auslöser.

Trotzdem musste sie darunter leiden.

Sie war einfach da.

Und deshalb bin ich wieder hier.

Diabolo hat mich nach Italien gefragt, wie ich mir die nächsten Jahre vorstelle. Ich habe ihn davon überzeugt, dass ich mein Studium fertig mache. Dass ich ihm dann umso nützlicher bin.

Dabei hatte es nichts damit zu tun.

Keine Ahnung, was ich erwartet habe, wenn ich zurückkehre.

Ich war weg.

Habe Leid und Schmerz gesehen.

Genauso viel vermutlich selbst verursacht.

Dort habe ich gemordet und so viel Blut an den Händen gehabt, dass es für drei Leben in der Hölle reicht.

Umso wütender macht es mich, wie gleich alles geblieben ist. Meine Freunde feiern die gleichen Partys. Es sind die gleichen Frauen. Genauso willig und billig.

Die gleichen unbedeutenden Spielchen.

Selbst Maria hasst mich noch immer auf die gleiche Weise. Dabei merkt niemand, wie ich mich verändert habe. Dass etwas geschehen ist, was ich nicht mehr rückgängig machen kann.

Manchmal frage ich mich, ob ich genau das wollte.

Vielleicht brauchte ich nur einen Beweis, dass es gut ist, wie ich geworden bin.

Dass es in Ordnung ist, nichts zu fühlen, nicht zu lieben und nur Teil eines großen Ganzen zu sein.

Ein Teil von Diabolos Puzzle.

Gefangen in seinem verfluchten Schlangennest.

Bei diesem Gedanken lehne ich mich nach vorn und inhaliere die Line auf dem Tisch. Es ist nicht meine Erste an diesem Abend.

Warum ich zunächst gezögert habe?

Vermutlich habe ich gehofft, dass es etwas ändert.

Lächerlich.

Ich spüle sie gemeinsam mit den finsteren Erinnerungen und einem Shot herunter.

KAPITEL 14

Maria

Meine Beine zittern, als ich fluchtartig den Club verlasse. Ach, was sage ich da. Mein ganzer verdammter Körper.

Schluchzend breche ich unmittelbar neben der Tür zusammen.

Ich fühle mich völlig überrumpelt, wie verdaut und ausgespuckt. Schlichtweg … verzweifelt.

Nein, entscheide ich im Stillen.

Ich bin fertig.

Das alles, mein ganzes Leben ist so verdammt anstrengend. Jeder einzelne Tag davon. Es ist anstrengend, ständig vor Diabolo in Angst zu leben. Meine Zukunft zu befürchten und in der Gegenwart zu viele Ängste zu haben. Noch dazu hasse ich es, immer alles zu versuchen, nur um wieder auf die Fresse zu fliegen, sobald ich mich ein wenig aufrappeln möchte.

In welcher Welt ist das fair?

»Das Leben ist nicht fair.«

Die nüchterne Stimme lässt mich aufsehen. Ich erschrecke nicht einmal, als eine halbnackte Frau hinter mir steht und auf meine Gedanken antwortet. Vielleicht habe ich laut gedacht. Vielleicht sieht man mir auch jeden einzelnen davon an. Ist auch vollkommen egal.

Deshalb reagiere ich mit einem Schnauben.

»Hier Schätzchen.« Die Fremde reicht mir ihren Mantel. Zuerst bewege ich mich nicht. Dann legt sie ihn mir über die Schultern. Kaum, dass mich der warme Stoff berührt, ergreift mich ein Schauder.

Verwirrt und überfordert starre ich sie an.

Sie nickt langsam. »Tu dir selbst einen Gefallen und verschwinde von hier. Nicht nur heute. Geh raus aus dieser Welt, sie ist nichts für dich.« Ihre Worte klingen nüchtern und kein Stück herablassend. Trotzdem schmerzen sie höllisch.

Missmutig verziehe ich das Gesicht. »Diese Welt will mich aber offenbar nicht gehen lassen«, murmle ich leise.

Sie sieht mich mitleidig an. Dann wiegt sie den Kopf, sodass die hellblonden Strähnen ihr Gesicht streifen. »In dem Fall hast du keine Wahl.«

Still schnaube ich. Es ist ernüchternd, wie aussichtslos mein Leben in diesem Moment wirkt. Wenn ich weglaufe, wird mich Diabolo töten. *Hoffe ich.* Insgeheim weiß ich längst, dass er mich nicht so glimpflich davonkommen lassen würde. Es ist nicht seine Art, einfach jemanden zu töten. Eine kurze Kugel und Schluss. *Nein,* dieser Typ würde mich persönlich durch alle sieben Höllenpforten jagen.

»Lass mich das korrigieren.« Eine zweite Frau mit ähnlich knappem Outfit kommt um die Hausecke herum. Sie steckt sich eine Zigarette an und atmet tief ein. Dann bläst sie den Rauch in meine Richtung. »Du hast immer eine Wahl. Die, wie ein Kind davonzulaufen und zu hoffen, dass jemand deine Probleme löst, oder deinen knackigen

Arsch hochzubekommen und das zu ändern, was dir nicht passt.«

Die Erste sieht mich vielsagend an, zuckt die Achseln und nickt.

Ich starre beide lediglich kopfschüttelnd an.

»Das habe ich versucht«, antworte ich leise.

»Und du bist gescheitert.« Das ist mehr eine Feststellung als eine Frage. Trotzdem nicke ich. »Und? Was hast du dabei verloren? Deinen Stolz? Ein wenig Blut? Fuck it. Die Frage ist, was du dabei gewonnen hast, Süße.« Wieder bläst sie mir den Rauch ins Gesicht. Ich wende kurz den Blick ab, während meine Augen tränen. Wäre das nicht seit Monaten das beste Gespräch, was ich geführt habe, hätte ich ihr längst die blöde Zigarette aus der Hand gerissen.

»Mein letzter Versuch, meinen nicht ansatzweise knackigen Hintern hochzubekommen, könnte mich den Hals kosten.«

»Besser als den Kopf«, erwidert meine neue Raucherfreundin grinsend.

In dem Moment muss ich lachen. »Die ganze Situation ist so ... absurd.«

»Weil du dich mit ein paar Nutten unterhältst?« Die erste verzieht bei diesen Worten das Gesicht. Offenbar passt ihr das Wort genauso wenig wie mir.

»Weil das hier mit Abstand das beste Gespräch nach dem mit Abstand übelsten Abend ist.«

Die Erste grinst. Dann steckt auch sie sich eine Zigarette an. »Das ›Black Diamond‹ – hier werden ihre Wünsche nicht nur erfüllt, sondern übertroffen.«

»Klingt nach einem guten Slogan«, antworte ich holprig. Stöhnend lasse ich mich gegen die Wand sinken. Den Kopf lege ich an die kühlen Steine. »Ich hatte noch gar keine Zeit, über all das nachzudenken.«

»Wenn ich dir einen Rat geben darf: lass es.« Die Zweite dreht sich zu mir herum. Sie legt die Hand unter mein Kinn und zieht mein Gesicht nach oben.

»Wird das hier meine erste lesbische Erfahrung?«, frage ich nervös. Im gleichen Moment hasse ich mich dafür. Die beiden sind nett. Wenn auch auf eine schräge Art. Und ich? Versaue es aufgrund meiner Unsicherheit.

»Oh, Süße, dafür bist du noch nicht bereit. Aber wenn du es bist, wird es die beste Nacht deines Lebens.« Sie zwinkert mir zu, nimmt mich ein letztes Mal in Augenschein, bevor sie den Kippenstummel wegschnippt und sich umdreht. Kurz bevor sie um die Hausecke verschwindet, sieht sie sich noch einmal um. »Bleib am Leben. Deine hübschen Rehäuglein sind zu schade, um in einem Sarg zu vergammeln.«

Sie nickt mir zu, dann schließt sich auch die andere an und nur Sekunden später, nachdem das Klackern ihrer Absätze leiser geworden ist, bin ich wieder allein.

Nur ich, die dunkle Gasse, in die man mich durch den Hinterausgang gelotst hat und die vermutlich hundert Ratten zwischen den Müllcontainern.

Seufzend reibe ich mir übers Gesicht.

Meine Wange brennt höllisch. Meine Handgelenke fühlen sich wund und rau an. Am schlimmsten ist der Schnitt an meinem Schlüsselbein.

Gott, wie ich Damien dafür hasse.

Sofort versuche ich den Gedanken an ihn zu verdrängen.

Es funktioniert nur leider nicht.

Das Problem ist nicht einmal er. Sondern, dass es dort draußen noch so viele mehr von ihm gibt. Schmierige Typen, die machen, was sie wollen. Für die ein ›Nein‹ lediglich eine Empfehlung darstellt. Und ich bin nur eine weitere

Frau, die sich versteckt, wenn ihr etwas Schlechtes widerfahren ist.

So muss es nicht sein, erinnere ich mich selbst.

Muss es nicht.

Ist es aber.

Stöhnend ziehe ich den Mantel eng um meinen Körper. Ich bin der Frau dankbar dafür. Auch wenn ich ihr das vermutlich nicht ansatzweise gezeigt habe. Erst recht, wenn man die knappen Sachen bedenkt, in die Damien mich gezwungen hat.

Nein, sage ich entschieden zu mir selbst.

Das D-Wort wird ab sofort aus meinem Wortschatz verdrängt.

Für immer.

Seufzend mache ich mich endlich auf den Weg zurück zum Campus.

Nach einigen Minuten stelle ich fest, dass mir weder die Dunkelheit noch die Menschen, die ich getroffen habe, etwas ausmachen.

Vermutlich haben mir die letzten Stunden einen Realitätscheck darüber gegeben, worüber man sich Sorgen machen sollte und über was nicht.

Missmutig gebe ich ein Schnauben von mir.

Jetzt gerade befinde ich mich in einem absolut fragilen Zustand der Leugnung. Ich will mich nicht mit dem beschäftigen, was passiert ist. Auch nicht damit, was morgen passiert. Geschweige denn am Ende des Semesters.

Vermutlich hat sich mein Körper auf die notwendigsten Dinge heruntergefahren.

Laufen. Atmen. Herzschlag.

Wobei ich mir bei den beiden Letzteren nicht sicher bin, ob diese immer voll funktionieren.

Nachdem ich endlich auf dem Campus und in meinem Zimmer angekommen bin, läuft mir kalter Schweiß den Rücken herunter. Ich bin völlig sprachlos. Mir ist übel und obwohl ich das Gefühl habe, dass meine Gedanken wie ein Flummi von einem zum nächsten schießen, kann ich mich auf nichts konzentrieren.

»Maria?« Alicias überraschte Stimme lässt mich aufsehen.

Wo wir gerade beim Thema Konzentration sind.

Ich habe völlig vergessen, dass ich eine Zimmernachbarin habe.

Mist.

Mit einer gemurmelten Entschuldigung gehe ich direkt ins Badezimmer und schließe die Tür hinter mir. Schwer atmend sinke ich auf den Boden und starre für einige Zeit gegen die weißen Fließen. Das Klo ist winzig. Es gibt lediglich ein Waschbecken und eine Toilette, bei der man mit den Knien an die Wand stößt, wenn man sich denn hinsetzt.

»Maria?« Ich sehe nicht einmal auf, als Alicia gegen die Tür klopf. Sie klingt, als müsste sie ihre Verärgerung verbergen. Kann ich verstehen.

Zumindest den Teil mit der Verärgerung. Nur würde ich

sie vermutlich weder verstecken können, noch anständig hinter der Tür warten.

Allerdings ist sie zu gern Miss Heiligenschein, weswegen sie meine Privatsphäre respektiert. Seufzend lege ich den Kopf gegen die Wand. Ironischerweise würde ich mir wünschen, dass sie hereinkommt und mich in den Arm nimmt.

Allerdings will ich sie nicht darum bitten.

Sie soll es von allein wissen.

Ich gebe ein leises Stöhnen von mir.

Ja, vermutlich bin ich ein wenig kompliziert. Aber ich würde wetten, dass mindestens die Hälfte aller Frauen meine Situation nachvollziehen kann.

Ein leises Bing lässt mich aufsehen. Mit zittrigen Fingern blicke ich auf mein Handy.

Mir entweicht ein hysterisches Lachen.

Ich sehe dich in 10 Minuten in meinem Zimmer. - Blac

Keine Ahnung, was mich an dieser Nachricht am meisten ankotzt. Dass er mich herumkommandiert, als wäre ich sein Hündchen? Oder wie er seinen Namen daruntersetzt, als wüsste ich nicht, wer er ist?

Als wären wir nur Fremde.

Wieder schnaufe ich.

Und wieder ignoriere ich Alicias leise Stimme.

Das Handy werfe ich lustlos auf den Teppich. Ich habe keine Sekunde darüber nachgedacht, aber es ist ein verdammt zufriedenstellendes Gefühl.

Das Problem dabei ist, dass ich weder Alicias noch Blacs Stimme ausschalten kann. Der einzige Unterschied ist, dass Alicia nur wenige Meter vor der Tür steht und Blacs Stimme durch meinen Schädel geistert.

Um zumindest eine zum Verstummen zu bekommen, erhebe ich mich und reiße Sekunden später die Tür auf. Dabei kommt mir Alicia beinah entgegengeflogen. Ich werfe ihr lediglich einen knappen Blick zu.

»Was?«

Zuerst ist sie still. Mehrmals öffnet sie die Lippen, lacht schließlich irritiert und fährt sich durch die verstrubbelten Haare.

»Wie was? Willst du mir vielleicht verraten, was hier los ist?«

Ich folge ihrem Blick. Er führt über den engen Mantel, den ich leider nicht ganz zubekommen habe, das knappe Outfit darunter und hin zu den hohen Schuhen.

Diesen Blick kann ich nur zurückgeben und sehe meinerseits auf ihren perfekten, seidig schimmernden Schlafanzug. Leise schnaube ich.

Alicia schüttelt den Kopf. »Maria, was ist nur in diesem Semester los mit dir? Wir sollten uns auf die Kurse konzentrieren und nicht von einer Party zur anderen rennen. Nebenbei bemerkt, wo warst du in diesem Outfit?« Die Verachtung trieft aus jedem ihrer Worte. Sie stemmt die Hände in die Seiten und verzieht die Mundwinkel.

Unbewusst imitiere ich ihre Bewegung, bleibe, nachdem es mir aufgefallen ist, aber trotzdem so stehen. Ich verenge lediglich leicht die Augen. »Pass auf: das hier sind meine Probleme. Mein Leben, meine Entscheidungen, meine Partys.« Herausfordernd bringe ich mein Kinn nach vorn.

Vielleicht hat sie es nicht verdient, dass ich so mit ihr rede. Nur muss ich meine Aggression an jemandem auslassen und Überraschung: Sie hat sich quasi dafür angeboten.

»Jetzt passt du auf.« Alicia tritt einen Schritt nach vorn. Dann steht sie unmittelbar vor mir. »Und das hier ist mein

Leben. Mein Abschluss und meine Zukunft. Die lasse ich mir nicht von dir versauen. Wenn du der Meinung bist, im letzten Semester noch einmal alles mitzunehmen, was das Unileben zu bieten hat: Bitte. Aber störe dabei weder meinen Schlaf noch mein Lernverhalten.«

Sprachlos starre ich sie an. Mit dieser Ansage habe ich tatsächlich nicht gerechnet.

Dann bückt sie sich neben mir, hebt mein Handy auf und drückt es gegen meine Brust. »Hier. Das kannst du direkt mitnehmen und dich zum Teufel scheren.«

»Ich …« setze ich an.

Sie hebt abwehrend die Hand und dreht den Kopf zur Seite. »Ist mir egal und will ich nicht hören. Bekomm deine Launen in den Griff.«

»Meine Launen?«, sage ich fassungslos. Sie hat nicht die leiseste Ahnung, was zur Hölle meine Launen sind. Zum Beispiel angekettet und aufgeschlitzt zu werden. Sorry, die Laune werde ich demnächst in den Griff bekommen.

»Deine Entschuldigung erwarte ich morgen früh. Dann bekommst du vielleicht auch ein Pflaster für dein Gesicht.« Mit diesen Worten dreht sie sich auf dem Absatz um, marschiert zurück zu ihrem Bett und verschwindet unter der Decke.

Aus einem Gefühl der Überforderung heraus gehe ich tatsächlich. Ich verlasse das Zimmer, ziehe die Tür hinter mir zu und stehe nur kurze Zeit später mitten im Gang.

Alicias Worte haben mir mehr als eine Sache bewusst gemacht.

Zum einen: Ich blute. Immer noch.

Zum anderen: Ich sollte endlich etwas in den Griff bekommen. Zwar nicht meine Launen, dafür aber mein Leben.

Schritt eins: Diese ganze verdammte Diabolo Sippe aus

meinem Leben verdammen. Sie haben mir weiß Gott genug angetan. Genug ...

»Scheiße«, murmle ich leise.

Mir entweicht ein Lachen. Ich raufe mir die Haare, lache erneut und beginne dann auf dem Gang auf und ab zu gehen. »Scheiße, bin ich dumm«, murmle ich leise. Knapp lege ich den Kopf in den Nacken, schüttle ihn kurz und stöhne dann. »Wie kann ich nur so dumm sein.«

Knapp halte ich inne. Meine Gedanken rasen. Genauso wie mein Puls. Diabolo hat mich als Kind Gewalt, Sex und jeder Menge Blut ausgeliefert. Seine Söhne und Blac scheinen offenbar genau dort ansetzen zu wollen, wo er aufgehört hat. Ich habe keine Chance auf ein normales Leben, solange diese Menschen mich als Spielball benutzen.

Meine Idee war es, sie auffliegen zu lassen.

Sie haben viele Freunde und Kontakte, aber was wäre, wenn das ganze verdammte Land von ihnen erfährt?

Von dem, was sie getan haben und noch immer jeden Tag machen?

Von den Morden, den Folterungen, Entführungen und Co?

Das könnten sie nicht unter den Teppich kehren. Nicht, wenn es bereits in allen Medien ist.

Wieder lache ich.

Wieso habe ich mir die Mühe machen wollen, einen Zeugen zu finden? Oder Unterlagen? Der verdammt nochmal beste Beweis bin ich selbst.

Sie haben mir allein in den letzten Stunden genug angetan.

Und warum? Weil sie der Meinung sind, dass sie machen können, was immer sie wollen. Weil niemand sie aufhält und sich keiner traut, sich ihnen in den Weg zu stellen.

Damit ist jetzt Schluss.

Endlich habe ich einen Plan.

Einen, mit dem ich zufrieden bin.

Ich werde nicht nach irgendwelchen Dokumenten in einem drittklassigen Puff suchen.

Nein, ich werde mich selbst als Beweis nutzen.

Alles, was sie mir antun, werde ich ab sofort aufzeichnen. Ich werde alles mitfilmen, aufnehmen oder dokumentieren. Jede kleine Verletzung, jeden spöttischen Kommentar.

Kurz halte ich in meinen Überlegungen inne.

Mir wird heiß und gleichzeitig übel.

Wenn ich das mache, dann wird ein gigantisches Kartenhaus über mir einstürzen. Eines, das mich vermutlich unter sich begräbt.

Mein Herz beginnt immer schneller zu schlagen.

Ja, was dann?

Das ist die entscheidende Frage.

Was ist, wenn ich keine Rücksicht mehr nehme. Nicht auf Diabolo, nicht auf Blac und nicht auf mein eigenes verdammtes Leben.

Wahrscheinlich muss ich mich selbst in die Flammen stürzen, wenn ich ihre Welt zum Brennen bringen will.

Der Gedanke bereitet mir zugegebenermaßen unfassbare Bauchschmerzen.

Andererseits, was habe ich zu verlieren?

Ein Leben, in dem es immer so sein wird? In welchem ich ihnen ausgeliefert bin? Tue, was sie sagen? Mich anketten und foltern lasse, wenn sie Lust darauf haben? Dabei bin ich noch nicht einmal zurück in seiner Villa. Was wird erst nach meinem Studium passieren? Wenn ich Diabolo wieder vollständig ausgeliefert bin?

Wird er mich als Sexsklavin verkaufen?

An die Börse schicken und seine krummen Dinger

drehen lassen?Genau wie Blac losschicken, um Leid und Elend zu verursachen? Um die zu töten, die sich ihm in den Weg stellen?

Gänsehaut überfällt meinen Körper.

Vermutlich alles davon.

Zwar würde ich gern behaupten, dass vor allem der letzte Punkt mir große Angst bereitet. Dass ich nicht so werden will wie sie und auf keinen Fall zu Diabolos Waffe werden will.

Das Problem dabei: Ich würde sie alle opfern.

Jeden dort draußen würde ich töten.

Klar würde ich mich dagegen wehren, sagen, dass es unter Zwang passiert wäre. Nur weiß ich tief in mir drin, dass ich für mich selbst andere ans Messer liefern würde. Buchstäblich.

Ich könnte behaupten, dass es meine Erziehung ist, die mich zu genau dieser Einstellung gebracht hat. Vielleicht stimmt es sogar. Es ändert nur nichts an dem Ergebnis.

Genau wie sie würde ich verletzen, entführen und morden.

Um meinen eigenen Arsch zu retten.

Was mich keinen Deut besser macht als Blac, Damien oder Lucien. Ich hasse diesen Gedanken. Schließlich will ich nicht wie die Menschen sein, die ich verachte. Zwar kann ich mich verstecken, abhauen oder in Tagträume flüchten, nur weiß ich, dass es alles nichts bringt.

Beinah täglich spüre ich, wie sich Diabolos Netz um mich zuzieht.

Er wird mich zurückholen.

Dabei bin ich mir sicher. Und es wird Zeit, dass ich aus diesem Kreislauf herauskomme.

KAPITEL 15

Maria

Zwei Stunden und einen spontanen Einkaufstrip später fahre ich mit den Fingern über meinen BH. Dank des 24/7 Shops nicht weit von hier befindet sich inzwischen ein Mikrofon in dem Futter und ich fühle mich wie eine Spionin.

Ja, ich war sehr aktiv in den letzten Stunden.

Ich habe einen viel zu großen Push up gekauft und leicht angepasst. Einen Typen von der Straße angesprochen, damit er mir ein Aufnahmegerät kauft und eine Stunde damit verbracht, beides zusammenzubringen.

Und im Zuge meines frühmorgendlichen Einkaufsbummels habe ich mein nuttiges, viel zu freizügiges Outfit gegen etwas Normales getauscht. Noch nie in meinem Leben haben sich ein einfacher Pullover und eine Leggins so gut angefühlt.

Inzwischen sind nicht nur zwei Stunden vergangen, Blacs Nachrichten haben ebenfalls einen interessanten Eskalationsverlauf angenommen.

Knapp scrolle ich durch die Nachrichten, wie von einem einfachem *Wo bist du* schnell zu einem *Ich bin in meinem Zimmer. Du auch in 10 Minuten. Ansonsten bekommen wir beide Probleme miteinander* übergegangen wird.

Traurigerweise hat er sich nicht genug aufgeregt, um mir tatsächliche Drohungen über das Telefon zu schicken. Oder er ist zu schlau dafür.

Schade.

So oder so muss ich darauf reagieren.

Deshalb tippe ich nervös:

Bitte lass mich in Ruhe.

Seine Antwort kommt prompt.

Schwing deinen Arsch hierher.

Ich zögere, bevor ich zurückschreibe.

Ich möchte keinen Kontakt mehr zu dir und bitte dich, das zu respektieren.

Sofort erscheinen die drei Punkte und das ironische Schreibt.

Ich atme stockend ein, während ich nervös gegen das Handy tippe. Meine knappe Recherche zum Thema Stalking – die ich durchgeführt habe, während mir ein fremder Typ ein Aufnahmegerät gekauft hat – hat ergeben, dass das Opfer klar und deutlich formulieren muss, dass es den Kontakt nicht mehr möchte.

Kurz überfliege ich meine Nachricht. Die sollte meinen Standpunkt mehr als deutlich machen. Als nächstes blockiere ich seinen Kontakt. Was mir um ehrlich zu sein schwerer fällt, als ich erwartet habe.

Mir entweicht ein Gähnen, während ich auf mein Handy starre. Keine neuen Nachrichten. Natürlich nicht.

Schließlich habe ich ihn blockiert. *Und keine Freunde.* Den letzten Satz füge ich verbissen in meinen Gedanken hinzu. Trotzdem habe ich irgendwie erwartet, dass er es trotzdem schafft, mich anzurufen.

Innerlich verdrehe ich die Augen.

Ich sollte den Typen auf den Mond schicken und nicht auf seine Nachrichten warten.

Kopfschüttelnd kann ich mir selbst dabei nur zustimmen.

Deshalb mache ich mich schließlich auf den Weg zu meinem Zimmer. Immerhin ist es der einzige Ort, an den ich gehen kann. Nach einer Entschuldigung bei Alicia, wie ich verbissen feststelle.

Insgeheim frage ich mich, wie viel sie in den letzten Tagen mitbekommen hat. Oder in den letzten Jahren.

Mit Sicherheit ist nicht alles von meiner Vergangenheit einfach an ihr vorbeigegangen. Und normalerweise hätte ich es gehasst, wenn sie auch nur eine Silbe davon ahnt.

Heute nicht.

Schließlich ist Alicia O´Hero niemand anderes als die Tochter des vorsitzenden Richters in San Francisco. Oder so. Ehrlich gesagt habe ich nie besonders gut zugehört, wenn sie von ihrer Familie erzählt hat. Der Gedanke daran, wie anders ihre Kindheit verlaufen ist, hat mich bisher immer frustriert.

Mit einem Schnaufen stoße ich die Wohnheimtür auf.

Inzwischen sehe ich das anders.

Okay, sehe ich nicht.

Ich hasse es noch immer, dass all meine kleine-Mädchen-Träume lediglich das bleiben: Träume. Familienausflüge, ein Picknick im Garten oder ein Haustier stehen nicht auf meiner Liste von Dingen, die ich bei meiner Rückkehr erwarten kann.

Missmutig gehe ich den Gang entlang und die Treppe hinauf.

Und auch wenn ich – egoistisch wie ich bin – Alicia ein wenig dafür hasse, dass sie all das bekommen hat, will ich sie trotzdem nicht in Gefahr bringen. Nur leider werde ich genau das tun müssen.

Bei ihr bin ich mir verdammt sicher, dass sie nicht auf Diabolos Gehaltsliste steht. Warum? Keine Ahnung. Ganz ehrlich. Ich weiß es nicht. Zu gern würde ich behaupten, ich hätte eine gute Menschenkenntnis. Habe ich nicht. Sie könnte in Wahrheit eine ganz andere sein. Von ihm bezahlt und auf mich angesetzt. Ehrlich gesagt würde es mich nicht einmal wundern.

Und trotzdem glaube ich es nicht.

Alicia ist zwangsneurotisch, anstrengend und kleinlich. Aber ich kann sie mir schlichtweg nicht als Lügnerin vorstellen.

Und deshalb schätze ich meine Chancen bei ihr um Längen besser ein, als bei einer beliebigen Polizeibehörde, die sich möglicherweise schmieren lässt.

Vor unserer Zimmertür halte ich kurz inne. Ich atme tief durch und lasse mir die ganzen verrückten Dinge durch den Kopf gehen, die mir bereits passiert sind. Immer wieder denke ich an die zahlreichen Straftaten, die ich bereits miterlebt habe. Dann steigere ich mich erneut in die Situation vor einigen Stunden herein.

Bedauerlicherweise kommt keine einzige Träne aus mir hervor.

Ich fluche leise.

Beinah kommt es mir so vor, als hätte ich für ein Leben genug geweint. Vielleicht ist mein Vorrat an Tränen schlichtweg aufgebraucht.

Während ich zu den Gemeinschaftsduschen gehe,

schweifen meine Gedanken ab. Ich habe Mühe mich zu konzentrieren, auch wenn ich weiß, dass ich das hier durchziehen muss.

Trotzdem ist mir bedauerlicherweise bewusst, dass noch ein gewaltiges Stück Arbeit vor mir liegt.

Zuerst muss ich Alicia dazu bringen, dass sie mich davon überzeugt, ihr meine Probleme anzuvertrauen. Es muss auf ihr Drängen hin aus mir herausplatzen, damit es ehrlich genug wirkt. Und da haben wir schon die erste Herausforderung: Alicia bohrt nicht in meinen privaten Angelegenheiten herum.

Mit den Fingern fahre ich über den Schnitt an meiner Wange. Dabei sehe ich in den Spiegel. Schließlich betupfe ich meine Augen und Wangen mit Wasser, blinzle mehrmals und setze einen gequälten Ausdruck auf. Diesen muss ich weder üben noch vorspielen.

In meiner Vorstellung werde ich Alicia ein paar Brocken vor die Füße werfen und schließlich anflehen, es für sich zu behalten. Was sie nicht wird. Sie wird es ihrem Vater erzählen. Wie absolut jeden kleinen Scheiß, der in ihrem Leben passiert.

Glaubt mir.

Ich war bei einigen ihrer schrägen Telefonate dabei.

Der Inhalt geht von: Ich hatte zum Mittag Suppe bis hin zu: Die Suppe ist mir nicht bekommen und ich saß zwanzig Minuten auf dem Klo.

Mega merkwürdig.

Wer erzählt so etwas? Egal. Ich nicke mir selbst zu.

Schließlich spekuliere ich genau darauf. Und darauf, dass ihr Vater reagieren wird. Zwar weiß ich nicht, wie ernst ihr Vater das ganze nehmen wird, ich tippe aber zunächst auf wenig. Schließlich will ich ihr auch nicht direkt alle meine Probleme erzählen.

Meine Hoffnung wäre es, in den nächsten Wochen immer mehr durchblicken zu lassen und darauf zu spekulieren, dass sie eine direkte Konfrontation mit Blac mitbekommt. Etwas, dass sie erschüttert. Und vielleicht schaffe ich es, dass sie mich in den Semesterferien zu sich einlädt.

Kam bisher zwar noch nicht vor, allerdings habe ich ihr auch wenig Grund dafür gegeben.

Und wenn ich dann einmal weg von Diabolos Einfluss bin. In einem anderen Haus, mit Menschen, die genauso viel zu sagen haben, wie er ...

Tief durchatmend stecke ich den Schlüssel in meine Tür, vor der ich erneut angekommen bin.

Wenn ich diesen Punkt erreiche, dann werde ich einen massiven Zusammenbruch erleiden und ihnen einfach alles erzählen.

Und dann?

Tja, ich hoffe, dass Richter O´Hero mir diese Frage beantworten kann.

Kurz nachdem ich die Tür geöffnet habe, werde ich völlig überrumpelt. Ich werde gepackt, herumgerissen und ... umarmt?

Schockiert bleibe ich stehen. Mein ganzer Körper ist wie erstarrt. Langsam hebe ich den Kopf und sehe in Blacs Gesicht. »Maria! Ich bin so froh, dass du da bist.« Hektisch drücke ich ihn von mir weg. Blac lässt mich zu meiner eigenen Überraschung los und ich entferne mich einige Schritte. Seine Worte klingen besorgt und würde ich nicht sein boshaftes Grinsen sehen, hätte ich ihm das beinah abgenommen.

»Maria.« Alicia hat sich ebenfalls erhoben. Inzwischen trägt sie ein Set unserer Uniform und steht zwei Schritte hinter Blac. Vermutlich ist er der Grund, warum sie sich umgezogen hat. Sie sieht knapp an mir herab, hat die

Arme vor der Brust verschränkt und beißt sich auf die Lippe.

»Wir haben uns Gedanken um dich gemacht. Was ist denn passiert?« Blac legt den Kopf schief. Süffisant spitzt er die Lippen und blinzelt mir zu.

Währenddessen stehe ich fassungslos da. »Was passiert ist? Willst du mich verarschen?«

Blac schüttelt den Kopf und geht einen Schritt auf mich zu. Sofort hebe ich abwehrend die Hände, was ihn dazu bringt, innezuhalten.

»Stimmt es?« Alicia klingt zynisch. Sie tritt nach vorn und stellt sich an Blacs Seite. Abwartend sehe ich sie an. »Blac hat dich in einem ...« Das Wort bringt sie beinah nicht heraus. Ich sehe, wie sie mit sich ringt. Schließlich verdreht sie ausweichend die Augen. »Dass er dich in so einem Etablissement gefunden hat?«

»In einem ...« Ich breche ab. Mir entweicht ein fassungsloses Lachen. »Er hat mich gefunden?« Inzwischen weiß ich nicht mehr, was ich sagen soll.

»Maria, ich habe Alicia von unserer Vergangenheit erzählt. Davon, dass du für mich wie eine Schwester bist und ich mir Gedanken um dich mache.« Irgendwas an Blacs Stimme klingt verdammt falsch. Noch dazu diese Worte, von denen jedes einzelne eine Ohrfeige ist.

»Du hast ihr von unserer Vergangenheit erzählt.« Mir fehlen die Worte.

»Natürlich.« Blac legt den Arm für eine Sekunde auf Alicias Schulter und sieht sie wohlwollend an. Ihr Blick bleibt distanziert. Wenigstens etwas. »Immerhin wollen wir beide nur dein Bestes. Ich hasse es zu sehen, wie schlecht es dir geht. Maria, Drogen und dieser Umgang sind keine Lösung.« Er klingt beinah verzweifelt. Dieser miese ...

Völlig überfordert schüttle ich den Kopf. Bis es mit

einem Mal Klick macht. Endlich verstehe ich, was hier gespielt wird.

Blac ist mir zuvorgekommen und versucht sich bei Alicia einzukratzen. Wenn ich ihren skeptischen Blick richtig deute, riecht sie den Braten. Oder hat zumindest genug Zweifel.

Aus diesem Grund hebe ich die Hände und schüttle stoisch den Kopf. Was dann aus mir hervorbricht, brauche ich nicht zu spielen. »Du warst es, der mir wehgetan hat. Du und deine Freunde! Ihr habt mich dorthin geschleift, angekettet und aufgeschlitzt.« Meine Worte werden lauter. Ich deute auf die Wunde an meiner Wange. Blacs Blick verdunkelt sich. Er tritt nach vorn und versperrt mir so die Aussicht auf Alicia. Deshalb schenke ich ihm einen knappen, bitchigen Blick. Was er kann, kann ich auch.

Blac seufzt. »Was hast du dir eingeworfen? LSD? Koks? Vermutlich eher etwas Chemisches.«

»Du scheinst dich gut damit auszukennen.«

»Bedauerlicherweise ja. Immerhin ist es nicht dein erster Rückfall. Aber keine Sorge, wir helfen dir.« Blac sieht über die Schulter und gibt den Blick auf Alicia frei. Sie hat inzwischen ebenfalls eine abwehrende Haltung eingenommen. Die Frage ist nur, wegen wem von uns.

»Ich habe noch nie in meinem Leben Drogen genommen und ein Test wird das beweisen.« Meine Antwort klingt gepresst, weil ich so verdammt wütend auf ihn bin. Wie kann er es wagen, so etwas abzuziehen. Vor allem nachdem was gewesen ist. »Du sagst etwas anderes? Gut. Testen wir es. Ich lege gern Beweise für meine Schuld vor. Die Frage ist nur, was du dann machst?«

Blac ist einer der wenigen Menschen auf diesem Planeten, der es schafft, mich gleichzeitig sprachlos und so wütend zu machen, dass ich nicht still sein kann.

Klingt nach einem Widerspruch?

Führt eine Diskussion mit Blac Carter und ihr werdet es verstehen.

Eben dieser starrt mich lediglich an. Er rührt sich nicht und erwidert auch nichts. Vermutlich hat er nicht damit gerechnet, dass ich mich gegen ihn stelle. *Was für ein Idiot.* Allerdings kann ich es ihm nicht einmal verübeln. Er geht davon aus, dass ich reagiere wie immer. Schwach und demütig.

Aber das endet jetzt und hier.

Deshalb drehe ich mich zu Alicia und gehe mit stockenden Bewegungen auf sie zu.

Ich habe nicht einmal richtig Luft geholt, da gibt Blac ein belustigtes Schnauben von sich. »Willst du jetzt auch noch eine Freundin angreifen? Maria, lass dir helfen.«

»Nein!« Im Augenwinkel sehe ich, wie Alicia zusammenzuckt und Blac ein kurzes Schmunzeln nicht verbergen kann. Dann hebe ich die Hände. »Nein. Es kommt viel zu oft vor, dass Männer glauben, über Frauen bestimmen zu können. Und warum? Weil sie schwächer sind?

Das ist armselig. Und jeder, der die körperliche Schwäche von jemandem ausnutzt, ist genauso armselig. Ich habe weder etwas getan, noch eingeworfen und auch wenn die Umstände vermutlich absolut nicht für mich sprechen, weiß ich, dass Alicia hinter mir steht. Sie wird mich nicht verurteilen und vorschnell beschuldigen, nur weil du es sagst. Sie ist bei Weitem intelligent genug, um dich und dieses Spiel zu durchschauen. Also geh.« Nach diesen Worten atme ich schwer und schnaufe kurz. Vermutlich habe ich dazwischen nicht einmal Luft geholt.

Scheiß egal.

Es ist nicht nur die Wahrheit, sondern auch ein deutliches Zeichen an Alicia. Noch dazu hoffe ich, dass sie weder auf seine schmeichelnden Worte oder Gott weiß welche Versuche hereinfällt, mich schlecht dastehen zu lassen. Allgemein sein ganzer Auftritt hier ist ein einziger Witz. Ich kann kaum glauben, dass er nicht einmal vernünftig darüber nachgedacht hat.

Andererseits hat Blac zwar schon immer feste Prinzipien und nichts geht über seine eigene Meinung, aber er besitzt auch die Impulskontrolle von einer Nähnadel.

»Entschuldigt, aber was ist hier los?« Alicia sieht zwischen uns hin und her. »Es ist …« Sie sieht auf ihre Uhr. »Drei Uhr nachts. Erst kommst du blutend und in fragwürdigem Outfit ins Zimmer und wenig später steht er vor der Tür und erzählt mir etwas von Drogen, Strip…« Sie bricht ab. »Das ist einfach zu viel!« Beinah hätte ich gelacht. Wenn ihr das zu viel ist, sollte sie sich für die nächsten Wochen warm anziehen.

Mein Plan war es, mir ihre Hilfe langsam und vorsichtig zu sichern. Blac hat sie stattdessen mitten in Diabolos Schlangennest geworfen.

Meine Zimmernachbarin steht für einige Sekunden starr da. Dann sieht sie zu mir. Flehend blicke ich zurück, bis sie irgendwann den Kopf senkt. »Ich möchte, dass du gehst.« Überrascht sehe ich auf. Das kann nicht ihr Ernst sein. *Oder?*

Sie hebt ebenfalls den Blick, hält die Arme weiter vor der Brust verschränkt. »Bitte Blac. Geh.«

Ein Stein fällt mir vom Herzen. Andererseits heißt sein Rausschmiss nicht, dass sie mir glaubt.

»Alicia …«

»Nein«, unterbricht sie ihn überraschend stark. »Du möchtest mich überzeugen und Maria helfen? Dann bitte ich dich meine Meinung zu berücksichtigen.«

Shit, denke ich im Stillen. Sie hat mehr drauf, als ich

erwartet habe. Deshalb sehe ich umso begeisterter zu, wie Blac langsam die Segel streicht, einen letzten Versuch unternimmt und schließlich von Alicia vor die Tür gesetzt wird.

Nur zu gern würde ich ihm meinen Triumph unter die Nase reiben.

Allerdings bin ich kein Idiot.

Und Alicias Blick, als wir allein sind, erinnert mich nur zu gut daran, dass ich noch lang nichts gewonnen habe.

KAPITEL 16

Maria

»Alicia …«

»Spar es dir.« Sie hebt abwehrend die Hand. »Ich will es nicht wissen. Ich will mich nicht damit beschäftigen und am allerwenigsten will ich da hineingezogen werden.« Mit diesen Worten dreht sie sich um, packt ihre Schlafsachen und verschwindet im Badezimmer.

Als sie wenige Minuten später umgezogen herauskommt, stehe ich noch mindestens genauso sprachlos da, wie zuvor.

»Alicia«, unternehme ich einen weiteren halbstarken Versuch. Dieses Mal unterbricht sie mich nicht. Stattdessen bleibt sie stehen, verschränkt die Arme vor der Brust und sieht mich herausfordernd an. Um ehrlich zu sein, habe ich fest damit gerechnet, dass sie mich nicht zu Wort kommen lässt, weshalb ich nicht weiß, was ich sagen soll.

Sie nickt schließlich und legt sich unter die flauschige Decke.

Es dauert noch einige Momente. Dann gebe ich mir einen Ruck und gehe zu ihr. Ich knie mich neben das Bett. Meine Beine zittern leicht. Schließlich stütze ich das Kinn auf die Matratze auf. »Das …« Knapp seufze ich. »Keine Ahnung, wie ich das erklären soll.«

Alicia sieht mich auffordernd an. Auch wenn sie sich nicht bewegt hat, hat sie mich bisher auch noch nicht unterbrochen. Deshalb wiege ich leicht den Kopf. »Mein Leben … ziemlich kompliziert.« Eine Untertreibung. Trotzdem weiß ich nicht, wo ich am besten beginnen soll. Deshalb fange ich einfach mit Reden an, ohne groß darüber nachzudenken. »Blac und ich sind zusammen aufgewachsen. Aber unsere Kindheit war kompliziert. Gelinde gesagt. Vermutlich klingt das alles auch absolut verrückt. Du musst glauben, wir sind völlig durchgedreht. Erst recht, weil ich mich in letzter Zeit auch genau so verhalten habe. Nicht, dass ich wirklich labil wäre. Gut, wobei …«

»Okay, was möchtest du mir sagen, Maria?«, bringt Alicia die Sache schließlich auf den Punkt und stoppt somit meinen Redeschwall.

Kurz zögere ich. Dann gebe ich mir einen Ruck. »Da war dieser Typ. Unser Adoptivvater, sozusagen. Er war … ein Arsch. Kurzgesagt.« Ich seufze und stütze den Arm auf dem Bett ab. »Er war grausam. Hat uns das Leben zur Hölle gemacht.«

»Und jetzt ist Blac wie er geworden.« Alicias Stimme ist leise. Überrascht sehe ich auf, woraufhin sie meinen Blick erwidert. »Kinder wiederholen die Fehler ihrer Eltern nur zu oft.« Sie klingt verbissen. Als wüsste sie, wovon sie spricht.

Kurz öffne ich die Lippen. Am liebsten würde ich nachfragen, traue es mich dann aber nicht. Deshalb fahre ich lediglich mit der Zunge über die Lippe. »Ich kenne solche Menschen. Gut genug, um ehrlich zu sein.« Nachdenklich hebt sie die Hand an ihre Schulter und streicht darüber. Es ist nur eine kurze Bewegung, doch sie bringt mein Herz dazu, schneller zu schlagen. Dunkel erinnere ich mich an eine Narbe, die sich dort an ihrer sonst makellosen Haut befindet.

»Irgendwie schon«, murmle ich leise. »Das alles ist so wirr und unfassbar schwer zu erklären. Ich selbst verstehe nicht einmal die Hälfte davon aber noch viel weniger weiß ich, wie ich da rauskommen soll.«

»Das kann ich mir vorstellen.«

Überrascht sehe ich auf. Ein Funken Hoffnung keimt in mir auf. Ich kann es nicht glauben, aber es scheint mir fast so, als würde sie verstehen, wie es mir geht. Und das ohne, dass ich alles erzählen muss. »Also verstehst du mich?«

»Sogar sehr gut«

Ich zögere. Sie klingt abweisend, trotz ihrer Worte. »Aber ...?«

Alicia richtet sich auf. Sie sieht mich eine Zeit lang an. Schließlich seufzt sie. »Ich habe keine Ahnung, was bei dir passiert ist. Wie er war oder was Blac macht. Aber sein ganzer Auftritt hier erinnert mich sehr stark an einen Freund, den ich einmal hatte.«

Verbitterung klingt in ihren Worten mit.

»Was ist passiert?«, frage ich leise.

»Das spielt keine Rolle.

Nein«, korrigiert sie sich. »Es ist sogar sehr wichtig, aber ich möchte nicht näher darauf eingehen. Das Endergebnis ist das Entscheidende. Irgendwann wurde er von seiner Vergangenheit eingeholt und das war das Beste, was mir passieren konnte.« Ich runzle überrascht die Stirn. Sie zuckt mit den Schultern und lässt sich zurück auf die Matratze sinken.

Dieses Mal starrt sie geradewegs an die Decke. »Mit ihm hätte ich keine Zukunft gehabt. Das habe ich inzwischen verstanden.«

Alicia dreht den Kopf zu mir. »Und auch wenn es verdammt hart war, musste ich es allein da raus schaffen. Genau wie du.

Aktuell bist du nicht bereit dir helfen zu lassen, weswegen ich dir auch keine Hilfe anbiete. Du bist verzweifelt und denkst die Lage wäre aussichtslos. Ich kann dir sagen warum. Weil du dich noch immer nicht endgültig von ihm getrennt hast. Du hasst Blac zwar für das, was er geworden ist.

Korrigiere mich, wenn ich falsch liege, aber du liebst noch immer den, der er einmal war.« Sie greift nach meiner Hand. Im ersten Moment zucke ich zurück, dann ergreife ich ihre kalten Finger. Alicia sieht mich mit einem schrägen Lächeln an. »Die bösen Jungs können verdammt verlockend sein.«

Ich kann nicht anders als zu lachen.

»Das sind sie.«

Eine Zeit lang sitzen wir einfach so da. Halten einander fest und schweigen. Ich genieße die Ruhe. Die gemeinsame Einsamkeit. In meine Gedanken versunken zu sein, Ruhe zu haben und gleichzeitig nicht allein sein zu müssen. Irgendwann räuspere ich mich leise. »Aber du hast recht damit, dass ich weiterkommen muss. Es ist immer der gleiche Kreislauf, in welchem ich kein Happy End für mich sehe.«

»Dann schreib dein eigenes.« Alicia schmunzelt.

Mein Herz schlägt schneller. In dem Moment wird mir bewusst, dass ich zum ersten Mal jemandem etwas über mich anvertraut habe. Mehr als meinen Namen und mein Alter. »Wo kommen diese unerkannten Weisheiten mit einem Mal her?«, antworte ich ausweichend.

»Die waren schon immer da. Du musstest sie dir erst verdienen.« Mit diesen Worten zieht sie ihre Hand zaghaft aus meiner und bettet sie auf ihre Decke. »Geh schlafen. Denk darüber nach, was du wirklich willst und dann nimm es in Angriff.«

»Klingt leichter, als es ist.«

»So ist es immer.« Sie schließt bei diesen Worten die Augen.

Sei mutig. Sei stark. Zieh es durch.

Diese Worte sage ich mir in den nächsten Tagen immer wieder. Sie sind zu einer Art Mantra geworden, dass mich in beinah jeder Sekunde begleitet.

Helfen tun sie nicht. Natürlich nicht.

Als könnten ein paar lächerliche Wortfetzen dafür sorgen, dass alles wieder gut wird.

Sei mutig. Trau dich, etwas zu unternehmen. Geh hin, das wird reichen, um eine Reaktion zu bekommen. Etwas, das du verwenden kannst.

Sei stark. Lass dich nicht unterkriegen, auch wenn er dir weh tut. Wenn er dich wieder ankettet, dir droht und Dinge macht, die dir nicht gefallen.

Zieh es durch. Du musst. Anders wirst du niemals aus dieser Sache herauskommen.

Ich presse meine bebenden Lippen aufeinander, während ich der Vorlesung folge.

Leider bekomme ich kaum etwas mit. Dafür bin ich zu abgelenkt. Manchmal merke ich nicht einmal, in welcher Vorlesung ich mich befinde und muss immer wieder auf meine Unterlagen sehen, um mich an das Thema zu erinnern.

Zwar bin ich anwesend, beteilige mich hin und wieder und schreibe mit, doch es ist armselig und ein lächerlicher Abklatsch meiner Leistungen der letzten Jahre.

Alicia spricht mit mir. Wir essen gemeinsam, lachen und reden. Und trotzdem kommt es mir vor, als wäre sie endlos weit weg. Es sind banale Themen. Wir tun so, als hätte es diese eine Nacht nie gegeben.

Ich habe meine Schnitte verborgen, sie überschminkt oder mich herausgeredet, wenn sie jemandem aufgefallen sind. Habe an den Vorlesungen teilgenommen, gelernt und war in der Stadt.

Trotzdem fühle ich mich wie ein Zombie.

»Huch«, sage ich überrascht, als ich beinah in jemanden hineinlaufe. Zwei starke Oberarme kesseln mich ein und sorgen dafür, dass ich nicht in aller Öffentlichkeit auf meinem Arsch lande.

»So stürmisch unterwegs?«

Ich spanne mich an, drehe mich herum und sinke zeitgleich wieder in mich zusammen. Dabei fühle ich mich so sprunghaft wie ein Knicklicht, das hin und her gebogen wird.

»Brian!«

»Ja.« Er sieht mich schmunzelnd an, während ich laut ausatme. »Mit dir habe ich nicht gerechnet.«

»Will ich wissen, mit wem dann?« Er legt den Kopf schräg und den Arm wie von selbst um meine Schultern.

»Goldmann«, sage ich schnappend. Währenddessen spielt eine Endlosstimme in meinem Kopf immer wieder Blacs Namen ab und straft mich damit als Lügnerin ab.

»Ist der nicht nur am Donnerstag in der Uni?«

Zu Blacs Namen gesellt sich ein leises *Fuck* in meinem Kopf. »Und das erklärt auch, warum ich ihn nicht finden kann.« Bei meinen Worten erröte ich leicht. Ich erzähle

Blödsinn und benehme mich peinlich. Spätestens an diesem Punkt wundert es selbst mich nicht mehr, dass ich keine Freunde habe.

»Okay ...« Brian nickt mir irritiert zu. Als er einen knappen Blick über die Schulter wirft, kommt mir ein Gedanke.

»Sag, hast du heut schon etwas vor?«

Wenn sein Blick zuvor leicht verunsichert war, wirkt er inzwischen völlig überrumpelt. Fragend sieht er mich an, kratzt sich dann nervös am Kopf und schüttelt diesen. »Grundsätzlich nicht.«

»Wollen wir vielleicht etwas machen?« Geht es noch peinlicher? Vermutlich schon. Muss aber nicht sein, dass ich diese Stufe auch noch erreiche. Deshalb schiebe ich zügig nach: »Wir haben uns auf der Party zum Semesterbeginn schnell aus den Augen verloren. Vielleicht hast du Lust unser Gespräch wieder aufzunehmen?« Dabei lege ich alles an Überzeugungskunst in meine Worte, was mir möglich ist. Währenddessen versuche ich, keine Würgegeräusche von mir zu geben.

Als sich ein begeistertes Grinsen auf seine Lippen schiebt unterdrücke ich zusätzlich ein Augenverdrehen. Immerhin bin ich bei der Party vor ihm und seinen grabschenden Händen geflohen. Ganz im Ernst. Scheinbar ist es ihm nicht möglich, auch nur einen Satz mit einer Frau zu wechseln, ohne sie zu betatschen.

»Klar. Wann passt es dir gut? Heute Abend oder gleich jetzt nach der Vorlesung?« *Peinlich*. Er hofft auf eine schnelle Nummer. Ich darauf, in sein Verbindungshaus zu kommen. *Und in Blacs.*

»Jetzt sofort klingt super.« Außer Blac ist noch nicht da, dann wird mir spontan einfallen, dass ich noch etwas vorhabe.

»Wunderbar.« Er breitet die Arme begeistert aus. *Oberpeinlich.*

Wohlwollend nicke ich. »Schön. Immerhin ist es unser letztes Jahr, da wäre es schade, sich aufs Ende zu noch aus den Augen zu verlieren.« Ich labere so dermaßen Schwachsinn, dass es ihm auffallen muss.

»Ja, unbedingt!« Oder auch nicht.

Deshalb laufe ich hibbelig neben ihm über den Campus.

Ich hatte zwar geplant, Blac zu konfrontieren, allerdings nicht gewusst wie. Brian erscheint mir deshalb wie ein lauter Schrei meines Schicksals, der mich in die richtige Richtung lenken will.

Oder es ist mein innerer Teufel, der mich in den Abgrund ziehen wird.

Diesen Gedanken versuche ich zu verdrängen.

Hätte sowieso nichts genutzt, da ich in diesem Moment hinter Brian durch die Tür des Verbindungshauses gehe. Wie von selbst ziehe ich mein Handy heraus, als wir dahinter auf ein paar Studenten treffen.

»Ist viel los hier.« Brians Kommentar lässt mich aufsehen. Verlegen stecke ich mein Handy weg. Ich habe nicht einmal eine Nachricht bekommen. Es war lediglich ein Impuls darauf, dass wir auf Menschen getroffen sind.

Wie man merkt, habe ich meine Nervosität gepaart mit einer ordentlichen Portion Unsicherheit noch nicht abgelegt.

»Wollen wir in mein Zimmer gehen?« Normalerweise hätte ich ihm spätestens bei diesem rüpelhaften Versuch den Laufpass gegeben. Aber in diesem Moment spricht er mir damit aus der Seele.

»Klar.« Ich schenke ihm ein *hoffentlich* freundliches Lächeln. »Würdest du uns noch etwas zu trinken holen? Dann geh ich schon einmal hoch.«

Brian starrt mich für eine Sekunde an. Dann nickt er. Vermutlich ist er es nicht gewohnt, wenn eine Frau ihm Ansagen macht. Oder sieht sich bereits mit mir im Bett und hat seinen Verstand ausgeschalten.

Vollkommen egal, er dreht sich auf dem Absatz um und verschwindet.

Ich verdrehe die Augen und gehe zügig auf die Treppe zu. Er hat mir nicht einmal gesagt, welches sein Zimmer ist. Mal im Ernst. Was erwartet er? Dass ich es einfach selbst finde? Zwischen 15 anderen Zimmern? Und dann? Liege ich nackt auf dem Bett und warte auf ihn?

Allein der Gedanke lässt mich erschaudern.

»Träum weiter, mein Freund«, murmle ich leise. Glücklicherweise weiß ich von einem anderen Zimmer sehr genau, wo es sich befindet. Was natürlich nichts mit Stalking zu tun hat.

In der zweiten Etage rücke ich meinen BH zurecht, ziehe mein Handy aus der Tasche und zögere für einen kurzen Moment. Schließlich öffne ich den Chat, suche nach Brian und beginne eine Sprachnachricht. »Ich geh schonmal in dein Zimmer ...

Dann öffne ich die Tür und scheiße nochmal, ich muss mir ein Grinsen unterdrücken. Besser hätte es nicht laufen können.

Blac – lediglich in Unterhose bekleidet – dreht sich überrascht um und erstarrt beinah zeitgleich in der Bewegung. »Oh. Sorry«, gebe ich mit gespielter Entrüstung in der Stimme von mir. »Ich muss mich im Zimmer geirrt haben«, füge ich für die Aufnahme hinzu und stecke mein Handy weg.

Blac fängt sich überraschend schnell, richtet sich auf und wirft die Jeans, die er in der Hand hat, auf den Boden. »Richtiges Zimmer, Baby.« Mit diesen Worten kommt er auf mich zu. Bei jedem Schritt verdunkelt sich sein Blick ein Stück mehr. »Und richtiger Moment.« Nur wenige Zentimeter bleibt er vor mir stehen. Ich zwinge mich dazu, nicht zurückzuweichen. »Nur leider trägst du das falsche Outfit.«

Abwehrend hebe ich die Hände. »Blac, bitte lass mich in Ruhe. Es war ein Missverständnis ...«

Weiter komme ich nicht. Er packt mich an der Kehle und gleichzeitig an der Hüfte. Mit einer schnellen Bewegung zieht er mich zu sich und drückt mich gegen den Türrahmen. Heftig atmend schnappe ich nach Luft. »Blac! Ich möchte das nicht. Lass mich bitte in Ruhe.« Diese Worte sage ich so laut, dass man sie einige Meter weit hören muss.

Etwas, dass Blac nicht zu stören scheint. Er lässt sich nicht aus der Ruhe bringen, neigt sich nach vorn und streift mit seinem Bart mein Ohr. »Du willst nicht deine Ruhe.« Er verstärkt den Druck an meiner Kehle, sodass ich die Augen panisch weite. »Du ...«

»Hey!« Brians Stimme lässt mich zurückzucken – und damit gegen die Wand knallen. Schmerzhaft fluchend versuche ich mich von Blac loszumachen, den eine dritte Person neben uns allerdings nur wenig interessiert.

»Blac ...«, setze ich an.

Dieser hebt abwehrend die Hand. »Zieh Leine«, knurrt er leise in Richtung Brian. Dann schiebt er mich endgültig in das Zimmer und schlägt die Tür hinter uns zu. Für einige Sekunden starren wir beide auf die geschlossene Tür. Als sie sich nicht bewegt, juble ich innerlich. Gleichzeitig schüttelt mein inneres Ich den Kopf. Zum einen, weil ich mich wunderbar in eine besonders beschissene Situation gebracht habe, zum anderen, weil Brian ein riesiger Lappen ist.

Blac hätte niemals zugelassen, dass ein anderer Mann mich packt und von ihm wegzieht.

Innerlich schüttelt es mich. Wen interessiert es, was Blac gemacht hätte?

Richtig.

Niemanden.

»Also, Prinzessin. Was führt dich in meine heiligen Hallen der Sünde?«

Blac gibt mich frei. Er zieht sich ein paar Zentimeter zurück und mustert mich interessiert.

»Prinzessin?« Scheiße, ich kann mein Lachen nicht unterdrücken. »Du denkst, du kannst mich einfach in das Zimmer zerren, versuchst mir zwei Minuten Honig ums Maul zu schmieren und schon fall ich vor dir auf die Knie?«

Und zurück ist das hämische Grinsen auf seinen Lippen. »Wäre nicht das erste Mal.«

»Das geht zu weit.«

»Wäre nicht das erste Mal«, wiederholt er matt.

»Und du hoffst darauf, dass ich so nicht sofort davonlaufe? Das ich was? Dir verzeihe? Warum? Weil ich dumm und naiv bin?«

Blac hebt nicht einmal den Blick. »Weil du es bisher jedes Mal getan hast.«

»Dieses Mal nicht.« Abfällig verziehe ich das Gesicht. In dem Moment empfinde ich nichts als Verachtung für ihn.

»Weißt du was, nein. Inzwischen habe ich genug von dir. Genug von deinen Spielchen, genug von der Gewalt und genug davon, ein Opfer zu sein. Es reicht. Ich gehe.« Übermütig drehe ich mich um. Und wie erwartet werde ich gestoppt, noch ehe ich mich auch nur einen Schritt entfernt habe.

Seine Hand liegt auf meiner Schulter und direkt darauf

spüre ich seinen Körper dicht an meinem. *Alle* seine Körperteile, wenn ich das betonen darf.

»Blac, du kommst mir zu nah. Das möchte ich nicht. Bitte lass mich gehen.«

Er lacht mich aus. Dieser Typ lacht mich allen Ernstes aus. Gut, für einen Moment habe ich bei meinem schwachen Versuch ebenfalls innerlich gelacht. Das ist allerdings etwas völlig anderes.

»Nach allem, was du mir angetan hast, bin ich durch mit dir! Du und deine Freunde, ihr habt mich angekettet und verletzt. Dann besitzt du die Dreistigkeit, mich von ihnen betatschen zu lassen, siehst zu und verhöhnst mich dabei?«

»Verhöhnt habe ich dich nicht. Ich habe dich lediglich genau in Augenschein genommen.« Er raunt mir die Worte ins Ohr. »Deinen wundervollen Körper.« Dabei streicht er an meiner Seite abwärts. »Dein hübsches Lächeln.« Er hebt die Hand an meine Wange.

Für einen kurzen Moment bin ich von seinem Charme eingenommen. Dann schüttle ich harsch den Kopf. »Was für ein Lächeln? Das Nasse in meinem Gesicht, das sind Tränen! Welche, die du verursacht hast.«

»Hm«, raunt er leise und platziert seine Hand auf meinem Schlüsselbein. Dieses hebt und senkt sich hektisch, auch wenn ich es zu verbergen versuche. »Deine Tränen gefallen mir auch gut, Baby.«

»Nenn mich nicht so«, knurre ich leise.

»Wie dann, meine Schöne? Meine Liebste?«

»Wie wäre es mit Maria? Schließlich ist das mein Name.«

Blac drückt meinen Körper nach hinten und somit an sich heran. Die Beule unter seiner engen Boxershorts drückt mir gegen die Wirbelsäule, was meine Atmung nur noch mehr beschleunigt. Alicia hatte recht. Ich habe den Typen immer noch nicht hinter mir gelassen.

Leise fluche ich, was ihm lediglich ein Lachen entlockt. Dieses kitzelt leicht an meinem Nacken. »Du weißt, dass du es willst.«

»Gehen?«, frage ich atemlos. »Da hast du recht.«

Wieder lacht er. »In mein Bett? Gut, wenn du es unbedingt willst.« Mit diesen Worten packt er meine Oberschenkel und wirft mich über seine Schulter. Kurz bleibt mir die Luft weg, dann entweicht ein leichter Schrei meiner Kehle.

Blac wirft mich auf das Bett und setzt sich noch ehe ich mich gefangen habe, auf mich drauf. »Blac! Runter von mir. Du kannst mich nicht einfach in dein Bett werfen. Noch dazu halb nackt.«

»Deine Definition von halb nackt ist sehr vage. Immerhin bist du beinah vollständig bekleidet.«

»Du weißt verdammt nochmal sehr gut, was ich meine!« Meine Stimme ist spitz und laut. Die Panik darin muss ich nicht vortäuschen. Und trotzdem gibt es diesen Teil in mir, der beinah so etwas wie Erregung empfindet.

Ich habe auf jeden Fall nicht alle Tassen im Schrank.

»Lass mich los«, fauche ich, als er meine Hände über meinen Kopf führt.

»Nein«, erwidert er gelassen.

»Nein? Einfach nein? Das ist Freiheitsberaubung, Blac! Was kommt als nächstes? Kettest du mich an dein Bett, wenn ich nicht freiwillig bleibe?«

Er gibt ein leises Knurren von sich, dass ich leider alles andere als abturnend finde. Dann beugt er sich über mich drüber und zaubert ein paar Riemen aus dem Nachttisch hervor. »Ich hatte einen miesen Tag. Eine beschissene

Woche, um genau zu sein. Und das klingt nach einer verdammt guten Idee, Baby.«

»Spinnst du jetzt völlig?« direkt danach rutscht mir ein Schrei heraus, als er meine Arme fester packt und Handschellen, welche an den Riemen hängen, um meine Arme legt. »Blac, ich warne dich! Hör auf damit.«

Er schüttelt lediglich den Kopf. Dann erklingt das leise Klicken und meine Arme treffen auf festen Widerstand, als ich sie versuche zu bewegen. Ich fluche und schimpfe. Sämtliche abstoßende Bezeichnungen, die mir einfallen, werfe ich ihm an den Kopf.

»Irgendwann wirst du es verstehen, Baby.« Ich verstumme. »Aber auch wenn es mich unfassbar scharf macht, dich so zu sehen, habe ich heute noch etwas vor.« Für einen Moment wird sein Gesichtsausdruck finster. Er geht zurück zu seinen Sachen, zieht sich langsam an und holt dann etwas aus seinem Nachttisch. Verbissen presst er die Lippen aufeinander, dann sieht er endlich wieder auf. Mein Herz schlägt einige Takte schneller. Er kommt auf mich zu, packt mein Kinn und hebt meinen Kopf an. Dann zieht er eine Spritze hervor, in der sich eine milchige Flüssigkeit befindet. »Schlafenszeit, Baby. Wir unterhalten uns ein anders Mal.«

»Was?«, hauche ich mit zittriger Stimme. Mein Blick ist dabei auf die Spritze in seiner Hand gerichtet. Gleichzeitig versuche ich mich ihm zu entziehen, was lediglich dafür sorgt, dass er mich noch fester packt.

Blac sieht auf. Sein Blick ist ernüchtert und traurig. Beinah mitleidig. Er zieht die Kappe mit den Zähnen von der Spritze, dann greift er nach meinem Arm. Ich zucke zusammen, als ich einen leichten Stich spüre. »Lass mich los.« Meine Stimme klingt tonlos. Ich versuche mich daran zu erinnern, warum ich das hier mache.

Dass es einen Plan gibt. Ein Ziel. Und dass er mir für dieses Ziel wehtun muss.

Was ist mit mir falschgelaufen?

Mit Sicherheit bin ich als Kind wirklich auf den Kopf gefallen. Anders kann ich es mir nicht erklären, so einen masochistischen Plan aufgestellt zu haben.

Alles mit Blac ist ein Einziges auf und ab.

Einerseits meine ich in seinem Blick den Blac zu erkennen, mit dem ich aufgewachsen bin. Der, dem ich wichtiger bin als alles andere. Und gleichzeitig ist da dieser kalte Psychopath mit der Spritze in der Hand.

»Blac! Ist das dein verdammter ernst? Du gibst mir was? Deinen neusten Stoff? Willst du mich abhängig machen?« Die Worte sprudeln nur so aus mir heraus. Ich koche vor Wut. Wütend zerre ich an den Handschellen, die in meine bereits geschundenen Arme einschneiden. Außerdem erinnere ich mich immer wieder daran, dass ich reden muss. Das Mikrofon zeichnet leider keine Bilder auf.

Er lehnt sich nach vorn, packt meine Schultern und sieht mir in die Augen. Er drückt mir einen Kuss auf die Stirn. Ich versuche ihm eine Kopfnuss zu verpassen, aber er ist zu schnell. Mit einem Lachen zieht er sich zurück. »Nur eine kleine Beruhigung. Betrachten wir es als Time out von unserem Gespräch.«

»Gespräch?« unterbreche ich ihn mit einem hysterischen Lachen. »Das war kein Gespräch! Du hast mich entführt und …«

»Du bist freiwillig zu mir gekommen, Baby.«

»Entführt, verarscht und festgekettet. Ich bin kein verdammter Hund, den man an die Leine nimmt, wenn es einem passt!«

»Ein Hund hätte gehorcht.«

Ich schnaube wütend.

»Aber deine Idee, von dir an einer Leine.« Stöhnend legt er den Kopf in den Nacken. Anstatt einer Antwort trete ich schwungvoll nach ihm. Gierig nickt er, setzt ein widerliches Grinsen auf und packt sich selbst zwischen die Beine. »Die gefällt mir verdammt gut, Baby.«

»Nenn mich nicht so«, zische ich zwischen zusammengepresstes Zähnen. Währenddessen beginnt Blac langsam vor meinen Augen zu verschwimmen. Hektisch blinzle ich und versuche mich zu konzentrieren.

»Wie dann, meine Schöne?« O´Hero

Ich öffne die Lippen und bin sicher, etwas zu erwidern. Leider ist da dieses Summen in meinen Ohren, aufgrund dessen ich nichts hören kann.

Dann, mit einem Mal, kippt die Realität vor meinen Augen und ich schlage mit dem Gesicht auf dem Bett auf.

Für einen Moment habe ich das Gefühl, mich noch zu bewegen. Die Welt dreht sich um mich und kommt dann endlich zum Stillstand.

Mein Herzschlag wird langsamer. Ich atme tief ein und aus. Dann wird alles um mich herum schwarz.

KAPITEL 17

Maria

Ich seufze leise. Zufrieden kuschle ich mich tiefer in die Decke und schiebe meine kühle Nasenspitze darunter. Es gibt kein schöneres Gefühl, als an einem verschneiten Morgen unter einer seidig weichen Bettdecke zu liegen, die ersten winterlichen Sonnenstrahlen auf der Nase zu spüren und sich an jemanden heranzukuscheln.

Schlagartig erstarre ich. Heftig atmend öffne ich die Augen. Mein Körper versteift sich, während ich es nicht wage, mich zu bewegen.

Der Hauch eines warmen Atems streift meinen Nacken. Das Gewicht eines Armes, der auf meinem Arsch liegt, wird mir bewusst.

Sofort breitet sich von dort eine Welle der Gänsehaut auf meinem Körper aus.

Hektisch schießen meine Augen nach rechts und links.

Scheiße. Es ist nicht Winter.

Das hier ist nicht mein Zimmer.

Und verdammt, wessen Arm liegt auf meinem Körper?

Meine Hände beginnen zu zittern, während ich langsam zur Seite rücke.

»Wurdest du schon einmal in den Arsch gefickt?«

Schlagartig höre ich auf mich zu bewegen, schließe die Augen und halte die Luft an. Als würde mir das etwas nützen.

Nach diesem Satz bleibt es still. Die Hand ruht weiterhin auf meinem Arsch, drückt die Haut zusammen und entspannt sich dann wieder. »Was?«, stottere ich leise. Meine Zunge fühlt sich schwer und beschlagen an. Meine Augen brennen, als hätte ich zu lang geweint.

»Du hast mich schon verstanden, Bellezza.« Die Frage lässt mich endgültig aus meiner Starre erwachen. Hektisch stoße ich ihn zur Seite. Werfe die Decke von mir und richte mich auf. Binnen Sekunden werde ich schmerzhaft an meine gefesselten Hände erinnert und zurückgerissen. Ein raues Lachen folgt meinem leisen Jaulen.

Damien hat sich aufgerichtet. Mit der Hand fährt er sich durch die Haare, die danach an die offensichtlich perfekte Stelle zurückfallen. Unnötig zu erwähnen, wie sehr ich diesen Typen hasse. Seine beschissen perfekten Haare, sein scheiß Grinsen und der herablassend kalte Ausdruck in seinen Augen. So weit wie möglich rutsche ich von ihm weg. Schon nach wenigen Sekunden stoße ich dabei an meine Grenzen. Beziehungsweise die der Fesseln. Mit einem frustrierten Seufzen folge ich den Ketten mit meinem Blick bis zum Bettgestell.

»Stellst du dir so deinen ersten Arbeitstag vor?« Damiens Frage irritiert mich. Ich ziehe die Decke hinter mir her, um meinen Körper zu bedecken. Er registriert meine Bewegung mit einem kurzen Zucken der Augenbraue.

»Was um Gottes Willen machst du hier?«

»Gott hat damit wenig zu tun. Oder meintest du damit mich?«

Ich seufze leise. Die letzten Tage waren hart und zermürbend. Endlich habe ich mir vorgenommen meine Probleme anzugehen und bin jedes verdammte Mal gescheitert. Alles, was ich jetzt noch will, ist, mich in meinem Zimmer zu verkriechen und vor mich hinzuvegetieren. Ist das zu viel verlangt?

»Ich bin im Zimmer meines Kumpels. Meines Bruders. In meinem Zimmer, wenn man es so sehen will.«

Darauf schnaube ich genervt.

»Die Frage ist eher, was du hier machst? Hast du mich nicht letzte Woche noch um einen Job angefleht? Deine Schicht beginnt um zehn.« Damien runzelt die Stirn. Abwägend blickt er auf die Uhr an der Wand. »Es ist inzwischen elf oder täusche ich mich?«

Ich folge seinem Blick und fluche leise. Er hat recht. *Dieser Wichser.* Stöhnend reibe ich mir über die Stirn, während mich die Erinnerungen des letzten Tages einholen. Besser gesagt der letzten Wochen. Die Uni hat gerade erst wieder begonnen. Erst wenige Tage sind vergangen und am Montag begannen die Vorlesungen. Und ich? Ich wurde inzwischen verspottet, verarscht, angekettet, begrabscht, angekettet – erneut – nur um mit diesem Idioten in einem Bett aufzuwachen?

Ganz sicher nicht.

Noch dazu hat Blac mir Gott weiß welche Drogen verabreicht und mir schon wieder einen verfluchten Tag meines Lebens gestohlen.

»Du antwortest nicht, Bellezza. Stellst du dir so deine Arbeit vor?« Damien neigt sich nach vorn. Automatisch weiche ich zurück, komme aber nicht weit. Was er natürlich mit einem zufriedenen Grinsen bemerkt. »Soll ich dich dafür bezahlen, dass du hier faul herumliegst?«

»Falls es dir nicht aufgefallen sein sollte, ich bin an ein

verdammtes Bett gefesselt.« Meine Worte sind lediglich ein wütendes Zischen. Ungefähr an diesem Punkt erinnere ich mich wieder an das Mikrofon, weswegen ich die Worte mit Absicht betone. Weder habe ich mit dieser Entwicklung gerechnet, noch etwas derartiges provozieren wollen. Und trotzdem spielt es mir ausgezeichnet in die Karten.

»Und das stellt inwiefern ein Problem dar?« Ich hasse diesen Typen. Ich hasse einfach alles an ihm. Seine Visage, seine bloße Anwesenheit und erst recht, wenn er so mit mir spricht.

»Vielleicht weil ich es überhaupt nicht geil finde, gegen meinen Willen unter Drogen gesetzt und angekettet zu werden?«, schimpfe ich zurück. »Aber natürlich hauptsächlich, dass ich so nicht für dich arbeiten kann!« Dabei zerre ich an den Ketten und gebe ein leises Fauchen von mir.

»Ich sehe darin kein Problem.« Damien kommt auf die Knie. Mein Herz beginnt wie wild zu rasen, als er sich mir nähert. Abwehrend hebe ich die Hände.

»Bleib weg von mir.«

Er ignoriert meinen Einwand völlig. Stattdessen bringt er seinen Körper dicht vor meinen, richtet sich auf und stemmt eine Hand gegen die Wand. »Alle deine wichtigen Körperteile sind noch vollständig einsetzbar.«

Meinen Mund presse ich zu einer schmalen Linie zusammen. Ich starre auf seine Hüfte, die unmittelbar vor meinem Gesicht schwebt.

Verpiss dich«, spucke ich ihm entgegen.

»Wir sollten wirklich darüber reden, wie du mit unseren Kunden zu sprechen hast.« Nachdenklich wiegt er den Körper. Dabei kommt er mir noch ein Stück näher. Viel zu nah.

»Deine Kunden sind nicht mein Problem.«

»Genau das sind sie, Maria.«

Meinen Namen aus seinem Mund zu hören, bereitet mir eine zusätzliche Gänsehaut. Allgemein finde ich es unheimlich, wenn Leute mich im Gespräch – wohlgemerkt unter uns – mit meinem Namen ansprechen. Wer soll sonst gemeint sein?

»Schließlich soll ich dich bezahlen. Hast du über deine Preisgestaltung nachgedacht? Wie viel willst du für einen einfachen Blowjob? 200? Das ist möglicherweise ein wenig hoch angesetzt, aber du solltest nicht zu tief in die Verhandlung starten.« Er drückt seine Hüfte in mein Gesicht. Mein Kopf ist wie leergefegt. Ich gebe einen erstickten Schrei von mir. Dann endlich schaltet sich mein Hirn ein und ich beiße zu. Sein dunkles Lachen sagt mir, dass ich lediglich Stoff erwischt habe. *Oder der kranke Wichser steht genau auf sowas.*

Wundern würde es mich nicht.

»Nicht doch. Du solltest immer erst nach den Wünschen des Kunden fragen. Das üben wir noch.«

»Und wer hat nach meinen Wünschen gefragt?«, feuere ich zurück.

»Keiner«, ist seine schlichte Antwort.

Ich schnaube wütend. Dann hebe ich den Kopf und fange seinen spöttischen Blick auf. Für ihn ist das alles hier nur ein weiterer Spaß. Ein Zeitvertreib, weil so etwas in seinem kranken Schädel normal ist. Während andere auf der Konsole spielen, sich mit Freunden treffen oder feiern gehen, nötigt er eben eine Frau. Klassischer Sonntagabend.

»Keine Ahnung, was in deinem Schädel vor sich geht. Aber du und ich, wir sind fertig miteinander.«

»Das glaube ich nicht, Baby.« Er betont das letzte Wort besonders.

Verdammt, ich hasse es, wenn Blac mich so nennt. Bei ihm hingegen dreht sich mir der Magen um.

»Immerhin haben wir uns so wunderbar geeinigt.« Damien legt den Kopf schief.

Bei der Erinnerung muss ich beinah lachen. Nicht, weil ich sie lustig finde. Eher vor Frustration und Verzweiflung.

Nachdem er mich angekettet und mit einem verdammten Messer wie einen Sonntagsbraten bearbeitet hat, lehnte er sich ganz entspannt zurück, zog sein Handy aus der Tasche und begann vorzulesen. »Wie komme ich ins Gefängnis? Welche Straftaten muss ich begehen, um lebenslang zu bekommen? Seit wann ist Menschenhandel illegal?« Die Fragen gingen scheinbar endlos weiter. Mit jeder von ihnen wurde ich blasser. Eine davon geisterte immer wieder in meinem Schädel herum:

Wie kam Damien an meinen Google-Verlauf?

»Du scheinst dich wieder zu erinnern«, summt Damien leise und unterbricht damit meine Gedanken. Ich blinzle ein paar Mal, bis ich ihn wieder klar vor meinen Augen sehe. »Dass Blac letzte Woche aufgetaucht ist, sollte dir zeigen, dass ich nicht bluffe. Du entscheidest, wer die Aufnahmen meiner Kameras, deines Verlaufes und selbst die Liveübertragung deiner Handykamera sieht. Jedes kleine Detail. Wie gut, dass die Jugend ihr Handy überall dabei hat.« Er zwinkert mir spaßhaft zu. Trotzdem liegt nichts als kalte Berechnung in seinen Augen. Ich spanne meinen Kiefer an, als er weiterspricht. »Ich. Blac. Deine Mitschüler. Diabolo.« Mit jedem Wort wird er leiser und beugt sich ein Stück weiter zu mir herab. Den letzten Namen haucht er mir unmittelbar entgegen und verpasst mir eine Gänsehaut.

»Also willst du mich wieder damit erpressen, dass du ein verfluchter Stalker bist?« Die Frage kann ich mir nicht verkneifen. Genauso wenig das verzweifelte Lachen, was diese begleitet.

»Klar, wieso nicht?«

»Du bist widerlich.« Mehr fällt mir dazu nicht mehr ein.

Beinah genüsslich grinsend lehnt er sich zurück. »Ansichtssache. Und jetzt, an die Arbeit.«

Ich verdrehe die Augen, während mein Herz wie wild rast. Nach außen hin versuche ich mir meine Panik und Unsicherheit nicht anmerken zu lassen. »Gern erkläre ich es dir nochmal. Scheint, als verstehst du es sonst nicht. Ganz sicher werde ich nicht mit dir schlafen ...«

»Das wird auch nicht notwendig sein. Wenn ich auf mittelmäßige Frauen stehen würde, wärst du trotzdem nicht meine erste Wahl.«

Seine Worte bringen mein Blut erneut zum Kochen. Andererseits beruhigen sie mich. *Irgendwie.*

»Schön, dass wir das klären konnten. Aber um es noch abzuschließen: Ich bin bereit, im ›Black Diamond‹ zu arbeiten. An der Bar.« Bei meinem letzten Satz betone ich jedes einzelne Wort. »Wobei ich nach dem kranken und übergriffigen Verhalten von ein paar anderen Angestellten eine Gehaltserhöhung fordern werde.«

Damien lehnt sich laut lachend zurück in das Kissen. Dabei ist er mir noch immer viel zu nah, wie ich missmutig feststelle. Auch schlägt mir mein Herz bis zum Hals. Meine Kehle ist trocken und meine Finger zittern. Trotzdem halte ich den Blick weiterhin auf ihn gerichtet. »Klar soweit?«

»Klar. Allerdings wüsste ich zu gern, welche Angestellten sich unangemessen verhalten haben.«

»Willst du mich verarschen?«

»Mandy nicht etwa? Sie hat dir immerhin großzügig ihren Mantel überlassen, damit du nicht halb nackt zurück zur Uni laufen musst«, überlegt er laut. »Allerdings würde ich selbstverständlich die Bestrafung übernehmen.«

Ein boshaftes Lächeln schiebt sich auf seine Lippen.

Währenddessen kann ich ihn nur fassungslos anstarren. Der Typ ist nicht ganz sauber im Schädel.

»Oder Frank? Er hat dein erstes Gespräch geführt. Allerdings …«

»Du weißt verdammt nochmal genau, dass ich dich meine«, platzt es irgendwann aus mir heraus.

Damien legt den Kopf schief und betrachtet mich knapp. »Hm«, bringt er gedehnt hervor. »Ich bin unsicher, was eine größere Beleidigung darstellt. Dass du meinst ich wäre anmaßend oder ein Angestellter.«

Stöhnend lasse ich mich zurückfallen. Dabei behalte ich Damien weiter im Auge. Wie er auf Blacs Bett sitzt, während ich daran gefesselt bin. Diese Welt ist einfach völlig verrückt.

»Ich glaube, ich weiß es.«

»Dass du ein Vollidiot bist?«

»Die Sache mit dem Angestellten, definitiv«, sagt er abwägend und übergeht meinen Einwand völlig.

»Das größte Problem hier bist du.« Meine Antwort klingt lahm. Mir ist schlecht, meine Kehle fühlt sich eigenartig an und ich bin völlig erschöpft. Eine Diskussion mit Damien Diabolo steht in diesem Zustand – oder irgendeinem anderen – nicht auf meinem Plan.

»Das wage ich stark zu bezweifeln. Sonst würdest du nicht mehr neben mir im Bett liegen.« Mit diesen Worten dreht er sich auf die Seite und mustert mich von oben bis unten. Unruhig presse ich die Decke fest an meinen Körper heran. Dann zerre ich zur Antwort an den Ketten an meinen Handgelenken.

Damien kommt auf die Beine. Das Bett knarzt unter seinem Gewicht. Den zuletzt eingetretenen Zustand, den man beinah als Entspannung bezeichnen könnte, verliere ich binnen einer Sekunde. »Damien«, warne ich.

Er kommt auf mich zu, steht direkt vor mir auf dem Bett. Gerade als ich die Lippen erneut öffne, holt er mit dem Fuß aus und verpasst dem Holzgestell einen heftigen Tritt. Ich gebe einen spitzen Schrei von mir, als meine Hände herumgerissen werden. Panisch springe ich zurück, taumle und werde von Damien an der Hand gepackt. Grinsend zieht er mich zurück auf das Bett, während mein halber Körper bereits in der Luft hängt. Heftig atmend sehe ich mich um. Wie von selbst fahre ich mit der Hand durch meine Haare. »Bist du völlig irre?«

»Danke, ist das Wort, nach dem du suchst.« Wohlwollend packt er meine Hand mitsamt der Handschelle daran ein letztes Mal. Dann gibt er mich frei. Ich sinke für einen kurzen Moment zusammen und betrachte meine wunden Handgelenke. Die Splitter haben ein paar kleinere Kratzwunden verursacht und an meinem linken Knöchel zeichnet sich ein schmerzhafter roter Fleck ab.

»Ich werde dir den Tag frei geben. Ab nächstem Wochenende sehe ich dich im ›Black Diamond‹. Arbeitskleidung wird gestellt.« Mit diesen Worten springt er vom Bett. Der harte Ton seines Aufpralls lässt mich völlig perplex aufsehen. An der Tür dreht er sich ein letztes Mal herum. »Bis dahin solltest du deine privaten Angelegenheiten geklärt haben.« Mit einem entspannten Nicken – als wäre er nicht völlig durchgedreht und die letzten Minuten allein zehn Anzeigen wert – dreht er sich um und verschwindet.

Ganze acht Minuten starre ich ihm hinterher. In der Zeit schaffe ich es nicht, mich zu bewegen. Irgendwann sinke ich auf die Bettkante. Meine Beine fühlen sich taub an. Meine Arme schmerzen. Mein Schädel pocht.

Mir entweicht ein irres Lachen.

Dann treten die ersten Tränen in meine Augen.

KAPITEL 18

Maria

Drei Jahre zuvor

»Diabolo?«

»Maria, meine Liebe. Wir haben uns in der letzten Zeit viel zu selten gesehen.« Ein Schauer kriecht mir über den Rücken. Diabolo war erst ein einziges Mal in meinem Zimmer und das endete für keinen gut.

Mit Ausnahme von ihm.

Umso mehr Gedanken bereitet es mir, ihn wieder hier zu sehen. »Du hast eine Menge zu tun.«

»Das stimmt. Du allerdings auch, wie mir zu Ohren gekommen ist.« Nervös sehe ich auf.

Ein eigenartig bekanntes Gefühl beschleicht mich, als ich auf meinem Bett sitzend zu ihm aufsehe. »Mein Abschluss ist in wenigen Tagen und die Prüfungen nehmen mich sehr in Anspruch.«

»Die Prüfungen, also?« *Shit*. Spätestens an diesem Punkt weiß ich, dass die Kacke am Dampfen ist. Diabolo ist mit Sicherheit nicht bei mir, um über meine Prüfungen zu sprechen.

»Natürlich. Meine Noten waren in allen Schuljahren ausgezeichnet und ich bin stark daran interessiert, daran anzuknüpfen.« Klinge ich selbstbewusst? Oder nervös und unsicher? Ich tippe stark auf Zweiteres, hoffe allerdings auf das Gegenteil.

»Deine Noten waren tatsächlich ausgezeichnet. Noch dazu hast du mich stehts in meiner Arbeit unterstützt. Du warst immer ein Teil der Familie. Ein wichtiger Teil. Oder hast du ein anderes Gefühl?« Mein Gefühl sagt mir, dass ich von diesem Typen wegkommen will. Weit weg. Sofort. Und auf keinen Fall will ich zu seiner verdammten Familie gehören.

Allerdings sind es nur noch ein paar Wochen. Wenige Tage, bis ich hier raus komme. *Wenn er mich gehen lässt.*

Der letzte Satz schmeckt bitter, weswegen ich leicht das Gesicht verziehe. »Du hast mich bei dir aufgenommen, wofür ich dir sehr dankbar bin. Du hast mir ein Zuhause gegeben und ich habe stets gehofft, dir mit meinem Verhalten meine Dankbarkeit zu zeigen.« Leise räuspere ich mich. Es geht nicht anders, auch wenn ich es vermeiden will.

»Stimmt, du warst stets ein artiges Kind.« Er legt den Kopf schräg, betrachtet mich einen Moment. »Und doch komme ich nicht umhin festzustellen, dass du zu einer Frau geworden bist.«

Alle Alarmglocken in meinem Kopf beginnen laut zu schrillen. Diabolo lässt seinen Blick ein letztes Mal über meinen Körper wandern. Über jeden noch so kleinen Zentimeter davon. Dann nickt er mir zu, dreht sich um und hält auf die Tür zu. Dort dreht er sich um. »Komm, Bellezza. Ich möchte dir etwas zeigen.« Dieses Wort ist inzwischen zu meinem persönlichen Albtraum geworden. Es verfolgt mich bei Tag und bei jedem Schritt. Nachts ist es, als würde seine monotone Stimme es mir immer wieder in den Nacken raunen. *Bellezza.*

Irgendwann einmal, das schwöre ich mir, werde ich ihm entgegenschleudern, dass er sich *seine Schöne* sonst wohin schmieren kann.

Aber noch nicht heute.

Und weil ich an meinem Leben hänge, erhebe ich mich und folge dem Mann nach draußen. Auf dem Weg durch die große Villa fallen mir dutzende Beschimpfungen ein, die ich für ihn habe. Er ist ein Schuft. Ein Mörder, ein Verbrecher, ein gewalttätiges Schwein. Ich hasse ihn mit jeder Pore meines Lebens.

Jahrelang hat er mir eingeredet, dass er mich gerettet hat. Und wovor? Meiner wirklichen Familie? Ja, mein Erzeuger ist ein feiger Hund, das habe ich nie vergessen. Aber er hat mir niemals etwas angetan.

Während ich Diabolo stumm folge, fahre ich nervös mit der Hand über meinen Arm. Keine einzige Wunde ist daran. Kein blauer Fleck. Diabolo hinterlässt seine Spuren tief in der Seele, nicht auf dem Körper.

Nach einigen Minuten kommen wir in seinem Büro an.

Ein weiteres Zimmer, das ich hasse.

Es stinkt nach altem Qualm. Die Fenster sind verschlossen und dichte, schwarze Gardinen versperren den Weg des Sonnenlichts. Das Zimmer passt zu ihm. Zu ihm und seiner verdorbenen Seele.

»Setz dich, damit wir uns unterhalten können.« Diabolo schließt die Tür hinter mir. Ich schlucke schwer. Wie in einem Zeitraffer ziehen die letzten Jahre an mir vorbei. Bei jeder Demütigung und bei jeder Strafe, die er sich für mich überlegt hat, habe ich mir geschworen, dass es die letzte ist. Bei jedem Gespräch habe ich ihn gehasst.

Jedes Mal habe ich mir vorgenommen, einfach aufzustehen. Ihm die Meinung zu sagen und mich ihm entgegenzustellen.

Jedes Mal habe ich versagt und es nicht getan.

Damals aus Angst, aus Scham oder Schwäche.

Heute nehme ich aus einem anderen Grund Platz.

Ich bin stärker als das hier. Ich bin mehr als das, was er aus mir machen wollte. Verdammt nochmal, ich habe jahrelang in Diabolos teuflischem Schlangennest überlebt und ich will verdammt sein, wenn ich so kurz vor meiner Freiheit aufgebe.

Deshalb lasse ich mich auf das Polster vor seinem Schreibtisch sinken. Falte die Hände im Schoß und sehe mit neutraler Miene zu ihm auf.

»Du wirkst so demütig. So gehorsam. So brav.

Es reizt mich beinah noch mehr, weil ich weiß, wie du wirklich bist.«

Seine Worte versuche ich zu ignorieren. Ich stelle mir vor, wie sie durch meinen Kopf hindurchrauschen und ich sie nicht einmal wirklich wahrnehme. Es funktioniert nicht ganz.

Dafür beginne ich eine weitere Fantasie in meinem Kopf zu spinnen. Viele, um genau zu sein. Einmal renne ich hinaus. Ein anderes Mal schreie ich ihn an, fluche und schimpfe. Manchmal habe ich sogar ein Messer, dass ich ihm zwischen die Rippen jage.

»Sag, was geht in deinem hübschen Köpfchen vor?« Er hat sich breitbeinig vor mich aufgestellt. Die Ärmel seines schwarzen Hemdes krempelt er nach oben. Mein Körper verspannt sich, auch wenn ich versuche, mir nach außen hin nichts anmerken zu lassen.

»Ich möchte deine Zeit nicht unnötig verschwenden und warte darauf, was du mir zu sagen hast.«

Diabolo tritt nach vorn. Er legt die Hand unter mein Kinn und hebt es leicht an. Dann tätschelt er meine Wange. Ich lasse es geschehen, als wäre ich ein Vieh auf dem Markt. »So viel Demut und Intelligenz.« Er verpasst mir eine Ohrfeige, die meine Lippen zum Beben bringt. Trotzdem hebe ich weder den Blick, noch erwidere ich etwas. »Und auch so viel Dummheit.«

Diabolo entfernt sich ein paar Schritte. Auf dem Gang höre ich ein Geräusch und kann es mir nicht verkneifen, dass mein Kopf kurz in Richtung des Polterns geht. Diabolo erwidert meine Bewegung. Dann geht er zur Tür und öffnet sie. »Blac, mein Junge.« Etwas Boshaftes klingt in seiner Stimme mit.

Ich wäre ein Lügner, würde ich behaupten, dass ich keine Angst hätte.

»Du wolltest mich sehen.« Ich hasse es, wenn er so spricht. Dann klingt er beinah wie Diabolo.

»Komm herein. Schließlich wolltest du mich sprechen.« Er betont jedes Wort besonders. Wie gern ich ihm dieses Grinsen aus seiner Visage prügeln würde.

Blac und Diabolo kommen zu mir. Während Diabolo stehen bleibt, lässt sich Blac neben mich sinken. Ich bedenke ihn mit einem kurzen Nicken, reagiere sonst aber nicht weiter auf seine Anwesenheit.

Äußerlich.

Innerlich bebe ich. Mein ganzer Körper ist unter Anspannung und meinen Atem habe ich angehalten. Einige Sekunden vergehen, dann dreht Diabolo den einen Monitor auf seinem Schreibtisch herum. »Wer möchte mir das hier erklären?«

Fuck.

Das ist der einzige Gedanke, zu dem ich fähig bin. Dafür wiederholt er sich unendlich oft in meinem verdammten Schädel.

Ich starre auf das Bild. Auf mich, genauer gesagt. Auf mich, wie ich die Beine spreize, den Kopf in den Nacken lege und die Augen geschlossen habe. Auf mich und den Mann zwischen meinen Beinen.

»Was erwartest du von mir?« Die Frage rutscht mir heraus. Sie ist dumm und unüberlegt, aber ich kann die Worte nicht zurücknehmen. Deshalb sehe ich lediglich auf, direkt zu Diabolo und warte ab.

»Was ich erwarte?« Er spricht leise. Dabei nähert er sich mehr, als mir lieb ist. »Ich habe erwartet, dass ich keine Schlampe großgezogen habe.«

»Hast du nicht.« *Gehirn? Verstand? Jemand zuhause? Nein? Schade.*

Beinah zeitgleich mit meinem inneren Monolog packt Diabolo meine Haare. Er gräbt die Hand fest in meine Locken und reißt mich daran in die Höhe. Ich muss einen Schrei unterdrücken und beiße dabei so hart auf meine Lippe, dass ich Blut schmecken kann.

»Der Auffassung war ich ebenfalls. Erkläre mir gern, warum Blac mir diese überraschenden Bilder zeigen musste? Du solltest wissen, dass meinen Schlangen nichts entgeht.«

Mein Atem wird schneller. Ich schlucke schwer. Meine Augen suchen Blac. Dieser sieht uns lediglich gelassen an. Überstürzt öffne ich die Lippen, schlucke und starre dann wieder zu Diabolo. Im Augenwinkel sehe ich, wie Blac sich erhebt. Langsam tritt er neben uns und dreht mein Kinn in seine Richtung. »Sag mir Maria, welchen Mann muss ich dafür töten, dass er zwischen deine Beine gefunden hat?« Mir entweicht ein Lachen. Es geht nicht anders. Dann starre ich ihn fassungslos an. Wen er dafür töten muss?

Fuck, dieser Vollidiot will sich als der große Bruder aufspielen und jeden Typen töten, der mir zu nahekommt?

Großartig.

Er kann mit seinem Spiegelbild beginnen. Schließlich ist er der einzige Typ, der mir bisher nähergekommen ist.

Ein einziges Mal.

Dieses Mal.

Und es war der größte Fehler meines Lebens.

Vor Verzweiflung steigen mir Tränen in die Augen. Ich wische sie harsch zur Seite, während ich die Zähne fest aufeinanderpresse.

»Bist du erzürnt darüber, dass du erwischt wurdest oder trauerst du bereits um deinen Geliebten?« Diabolo grinst hämisch. Dann gibt er mich mit einem Ruck frei.

Ich stolpere und schaffe es geradeso, nicht zu fallen. Es fällt mir schwer, nicht wegzurennen oder mich zumindest zu entfernen. Das Problem dabei wäre nur, dass er es mir nicht durchgehen lassen würde.

Die Wahrheit ist, mir kommen die Tränen, weil ich ihn nicht umbringen kann und diese Einsicht mich so verdammt wütend macht. »Ich wüsste nicht, dass wir in diesem Haus der Sexualität abgeneigt sind.« Meine Worte klingen weniger zuversichtlich als ich es geplant habe. Dafür aber sehr wütend.

Diabolo schnalzt leise mit der Zunge. Mahnend schüttelt er den Kopf. »Soll das ein Angebot sein, Bellezza?«

»Nein.« Ich halte die Luft an. Er kann nicht ... Er wird nicht ... Mir wird schlecht. »Es war ein missliches Zusammentreffen. Es endete an dem Punkt, den ihr seht.«

Diabolo wiegt den Kopf hin und her. »Du willst mir sagen, dass das alles war?«

»Ja.« Ich atme aus.

»Und damit ist es in Ordnung? Das soll dein Verhalten rechtfertigen?« Er schüttelt den Kopf und hebt die Hand, als ich die Lippen öffne. Sofort schließe ich sie wieder. Inzwischen rotieren die Gedanken in meinem Schädel. Diabolo hat mir verdammt viel angetan. Jedes Mal war Blac an meiner Seite. Auf meiner Seite, genauer gesagt. Er war für mich da, hat gemeinsam mit mir gelitten und Schläge eingesteckt, die für mich bestimmt waren.

Er war mein Held.

Innerlich fluche ich.

Diabolo hat recht. Ich bin erwachsen geworden und irgendwann war da mehr zwischen uns. Mehr als das, was wir sein sollten.

Wir haben es jahrelang verborgen. Ich habe mich nie getraut, etwas zu sagen. Und doch wusste ich immer, dass er genauso fühlt.

Das mag ironisch, dumm und naiv klingen. Wie ein Kind, das sich sicher ist, einen Nachtisch zu bekommen. Aber ich wusste, dass er da ist.

Es war ein stilles Versprechen, das wir nie ausgesprochen haben. Was auch nicht notwendig war.

Dieses Bild, das war der einzige Moment der Schwäche.

Er ist Wochen her.

An diesem Tag ist so viel passiert.

Zum ersten Mal seit Jahren waren wir außerhalb von Diabolos Kontrolle. Weit weg. Im Ausland auf Abschlussfahrt. Alles war gut. Alles war anders.

Scheinbar nicht.

»Weißt du, meine Liebe. Ich habe dir einmal eine Lektion erteilt. Eine Lehre fürs Leben, wie ich dachte.

Scheinbar muss ich diese ein wenig Auffrischen.« Alles in mir zieht sich zusammen. Natürlich weiß ich sofort, wovon er spricht.

Von dem Tag, als er das erste Mal einen Menschen vor meinen Augen umgebracht hat.

Auch jetzt noch wird mir übel, wenn ich daran denke. Bittere Galle steigt in meiner Kehle auf und ich muss beinah würgen.

»Ich habe dir einmal erzählt, dass es auf dieser Welt nur zwei Arten von Frauen gibt.

Die, die die Beine spreizen, wenn man es ihnen befielt. Billiges Fleisch, nicht mehr wert als das Schwein, das ich vom Schlachter hole. Sie sind verdorben und minderwertig.«

Das Zimmer beginnt sich vor meinen Augen zu drehen.

»Ich dachte immer, ich hätte dich zu mehr als das erzogen.« Diabolo packt meinen Arm. Ich unterdrücke ein Wimmern, als er mich auf die Beine zieht.

Blac stellt sich hinter mich und legt die Hände auf meine Schultern. Auch wenn mein Herz einen Hüpfer macht, zieht sich der Rest meines Körpers zusammen. Mein Verstand weiß längst, dass er mich verraten hat.

»Lag ich falsch?«

»Nein.« Ich spucke ihm das Wort entgegen. Währenddessen geht eine eisige Kälte von Blacs warmen Händen auf meinen Schultern aus. Warum zur Hölle macht er nichts? Wieso nimmt er mich nicht in Schutz? Wieso sagt er nicht, dass er es ist? Scheiße, vermutlich würde Diabolo ihn sogar dafür feiern.

»Bedauerlicherweise sieht es nicht danach aus.« Diabolo schließt seine Finger noch ein Stück fester um meinen Arm.

Ich fluche leise. »Es ist nicht einmal etwas passiert.«

Dabei kann ich es mir fast nicht verkneifen, die Augen zu verdrehen. Die ganze Situation ist einfach absurd. Er und die Jungs vögeln sich durch die halbe Welt. Nicht erst einmal lag eine nackte Frau auf dem Tisch, während ich versucht habe, mich auf mein Müsli zu konzentrieren. Und gerade er will mir was vorwerfen? Ein paar flüchtige Berührungen auf meiner Abschlussfahrt? Mit seinem verdammten Liebling?

»Ich würde dir nur zu gern vertrauen.« Diabolo seufzt leise.

»Blac, mein Junge, glaubst du ihr?« Ich versteife mich zusätzlich und werfe einen schnellen Blick über meine Schulter. Er sieht mich kaum an. Abfällig mustert er mich.

»Frauen sind nicht halb so scheinheilig wie sie sich geben. Aber wenn ich meinen Schwanz in einer Pussy versenken will, dann würde ich mir eine Reizvollere suchen.«

»Also meinst du, dass sich die Angelegenheit nach diesem Bild verlaufen hat?«

Ich starre zwischen den beiden hin und her. Inzwischen fühle ich mich völlig verarscht. Weiß Diabolo, dass es Blac war? Reden die beiden um den heißen Brei herum? Oder versucht Blac Diabolo abzulenken? Aber warum hat er ihm das Bild überhaupt gezeigt? Immerhin beschäftigt er sich mit der Überwachung des Anwesens. Und offenbar auch mit der Aufzeichnung von Aktivitäten außerhalb des Hauses.

Er hätte das Bild löschen können. Andererseits stellt sich die Frage, wer das Bild überhaupt gemacht hat. Schließlich waren wir dabei in Mexiko. Nicht in Amerika. Und nicht in seiner Villa.

»Es gibt für alles Abnehmer.«

Ich versuche Blacs Worte auszublenden. Er meint es

nicht so. Mit Sicherheit verteidigt er mich oder versucht uns beiden den Kopf zu retten.

»Wie wäre es, wenn wir es auf einen Versuch ankommen lassen?« Verdutzt runzle ich die Stirn. Keine Ahnung, was der Typ meint, aber gut wird es nicht sein.

»Was für einen Versuch?«, frage ich zögernd und sehe auf. Meine Beine fühlen sich taub und schlapp an. Blacs Hände auf meinen Schultern scheinen immer schwerer zu werden.

»Bitte verschone mich«, bringt Blac heraus. Seine Stimme klingt gepresst. »Sie ist meine Schwester. Das Bild von ihrem Fleisch werde ich mit Sicherheit nicht mehr aus dem Kopf bekommen.«

Ich halte die Luft an. Irgendetwas muss mir entgangen sein. Welches Fleisch? Welcher Versuch? Worüber zur Hölle reden die beiden?

Während Diabolo zufrieden wirkt, versuche ich mich zurück in meine Fantasien zu begeben. Die, in welchen ich ihn erwürge, ersteche und von einer Brücke stoße.

»Gut, ich glaube Lucien ist dafür tatsächlich besser geeignet.«

»Lucien ist noch in Marokko.«

»Wollte er nicht am Morgen zurückfliegen?«

»Er hat den Flug auf Dienstag verschoben. Vermutlich hat etwas sein Interesse geweckt.« Blac lacht. Diabolo stimmt herzhaft ein. Die beiden unterhalten sich wie normale Menschen. Als würden sie mich nicht festhalten und auf ein Bild von mir starren. Als hätten sie nicht eben noch spöttisch und abfällig über mich gesprochen.

Es ist einfach absurd.

»Dann werde ich nach Damien sehen. Macht es euch inzwischen gemütlich.« Diabolos Hand verschwindet von meinem Arm.

Sekunden später hat er das Zimmer verlassen. Ich schüttle meinen linken Arm aus, damit endlich wieder Blut hindurchfließen kann. Stöhnend lasse ich den Kopf kreisen und werde dann durch einen Druck an Blac erinnert.

Langsam entziehe ich mich ihm. Er lässt es geschehen, bleibt aber dicht neben mir stehen.

»Du schaust, als hättest du eine bissige Viper gesehen.« Nervös ziehe ich die Augenbraue in die Höhe. Beinah muss ich lachen. Eher vor Aufregung, statt aus Spaß. *Bissige Viper.* Das war immer einer unserer Codes. Er hat sich über die Jahre entwickelt und ist irgendwann zum Zeichen dessen geworden, dass wir lügen, um Diabolo zu überleben.

Irgendwann wird mir bewusst, dass Blac sich nicht geregt hat. Er antwortet nicht, starrt mich schlichtweg an. Irgendwann befeuchtet er seine Lippen. »Noch immer in der Lage Späße zu machen? Wenn das deine Art ist, mit der Scheiße umzugehen, in die du dich geritten hast, hoffe ich für dich, dass es funktioniert.«

»Was?« Das Wort rutscht mir heraus, bevor ich es verhindern kann. Mir ist übel und leicht benommen sehe ich zu Blac auf. Inzwischen fehlen mir die Worte.

Ich weiß nicht mehr, wie ich reagieren soll. Die Situation überfordert mich. Schon oft waren wir in ähnlichen Gesprächen mit Diabolo, aber Blac hat mir immer das Gefühl gegeben, auf meiner Seite zu sein. Wieso dann heute nicht?

Während mir die ersten Tränen kommen, drehe ich mich um und gehe auf die Tür zu. Noch ehe ich drei Schritte gemacht habe, werde ich von Blac an der Schulter gepackt. »Diabolo rechnet mit deiner Anwesenheit, wenn er zurückkommt.«

Ich gebe ein leises Zischen von mir. Wenn Diabolo beschissen zu mir ist, kann ich das wegstecken. Bei Blac ist es nochmal etwas völlig anderes. Er ist nicht nur mein Bruder. Er ist mein bester Freund, der einzige, dem ich wirklich vertraue. Er ist wie meine zweite Hälfte, jemand, der mich immer bedingungslos unterstützt.

»Sei ein braves Mädchen. Setz dich und warte ab.« Bei diesen Worten verdreht er die Augen, als spräche er mit einem ungeduldigen Kind. Mir klappt die Kinnlade herunter. Ein kleines bisschen Restverstand sagt mir, dass es äußerst dumm wäre, mich mit Blac anzulegen. Hier in Diabolos Büro, wenn er bereits verärgert ist.

Demonstrativ laufe ich zu dem Sofa zurück. Während ich Blac anstarre, lasse ich mich langsam sinken. Auch danach nehme ich den Blick nicht von ihm. Zwar kann ich ihm die ganzen hasserfüllten Worte nicht entgegenschleudern, aber ich lege alle Abneigung in meinen Blick.

Die Minuten vergehen. Es ist still in dem Büro. Alle möglichen Gedanken spielen sich in meinem Kopf ab. Ich bin panisch, ängstlich, aber vor allem bin ich wütend.

Zumindest so lang, bis die Tür geöffnet wird und Diabolo, dicht gefolgt von Lucien und Damien den Raum betritt. Sie lachen, reden, amüsieren sich. Blac begrüßt Lucien freundschaftlich und schlägt ihm auf den Rücken. Er fragt ihn, wie der Ausflug war und wieso er bereits zurückgekehrt ist.

Mich beachtet keiner.

Fast keiner.

Damien steht im Türrahmen, starrt mich an und bewegt

sich keinen Millimeter. Für einen kurzen Moment kommt es mir vor, als wäre er genauso außen vor wie ich.

Schon kurz darauf bricht die kurze Verbindung in sich zusammen. »Damien.« Diabolo schlägt ihm auf den Rücken. Anschließend kommt er zu mir, packt meinen Arm und zerrt mich in die Höhe. Ich wimmere leise. Dann stößt er mich zurück und presst meinen Rücken auf den harten Schreibtisch. Wie von selbst sucht mein Blick Blac. Dieser geht auf Damien zu und sieht ihn für einen Moment an. Dann verlässt er das Zimmer mit einer letzten lächerlichen Verabschiedung.

Ich sehe ihm nach und die Panik beginnt überhand zu nehmen. Blac geht und mit ihm jede Selbstkontrolle, die ich so mühsam versucht habe, aufrecht zu halten.

Tränen rinnen an meinen Wangen herab. Vor Verzweiflung und Angst. Am liebsten würde ich schreien. Stattdessen schüttle ich hektisch den Kopf. »Was soll das? Ich habe nichts getan. Ich habe nichts getan, wirklich.« Als würde es mir etwas bringen, meine Worte zu wiederholen.

Diabolos Stimme klingt kalt und berechnend. Dann drückt er mich nach hinten. »Ich schätze, in diesem Fall müssen wir es auf einen Beweis ankommen lassen.«

Mein Herz setzt aus. Kurz bin ich wie erstarrt.

Dann endlich wehre ich mich. Trete um mich, schimpfe und weine. Diabolo packt mich umso heftiger, dreht mich herum und reißt meinen Rock in die Höhe. Ich gebe einen spitzen Schrei von mir, als er heftig auf meinen Hintern schlägt.

»Eine letzte Warnung, Maria. Das hier kann unangenehm werden oder tödlich. Die zwei Möglichkeiten hast du.« Seine Stimme ist ernst. Ich glaube ihm. Scheiße nochmal, ich glaube ihm jedes Wort.

»Bitte«, flehe ich. Er geht nicht einmal darauf ein.

»Damien.« Diabolo drückt mich weiter auf den kalten Schreibtisch. Mein Hintern ist lediglich von meiner viel zu dünnen Unterhose bedeckt. *Weiße Spitze.* Für ihn habe ich sie angezogen. *Blac.* Scheiße, jeden einzelnen Tag habe ich mich seither in unbequeme Unterwäsche gezwängt, mich rasiert und hübsch gemacht. Warum? Weil ich die Hoffnung hatte, dass er es merkt. Dass ich mich damit schöner und begehrenswerter fühle. Und weil ein verdammt dummer Teil meines Hirns dachte, dass sich unser flüchtiger Moment wiederholen könnte.

Wimmernd winde ich mich, als ich sehe, wie Damien an mich herantritt. Sein Gesicht ist verschlossen. Vielleicht ein wenig gequält.

Tränen steigen mir in die Augen. »Nicht er«, stoße ich gepresst heraus. Verbissen sieht Damien weiter an mir vorbei. Ich fixiere ihn währenddessen mit meinem Blick.

»Nicht er? Wer dann, Bellezza? Du willst zur Frau werden? Aber nicht durch ihn? Gut. Wieso nicht. Man soll mir nicht vorwerfen, ich würde meine Familie nicht unterstützen.« Diabolo grinst hämisch. Wie ich es hasse, wenn er mich so nennt. Ich hasse ihn. Diesen geisteskranken Wichser. Er ist ein Monster und ich verfluche ihn jeden einzelnen Tag.

Gerade will ich die Lippen öffnen und ihm meine Flüche entgegenschreien, da wird mein Kopf gepackt und nach unten gedreht. Lucien drückt die Hand auf meine Lippen und sieht mich eindringlich an. »Können wir uns ihr Gelaber nicht ersparen und es hinter uns bringen? Ich habe noch etwas zu tun.« Er spricht emotionslos. Dabei senkt er den Kopf. Sein Blick bringt mein Herz zum Rasen. Ein stummes Flehen liegt darin.

»Lucien.« Diabolo klingt wütend. Sein eigener Sohn hat

ihm den Spaß an dem Spiel genommen. Und mir vermutlich das Leben gerettet.

Jedes einzelne Wort könnte eins zu viel sein. Bei irgendeinem hätte er mich umgebracht.

»Wen interessiert es, wenn sie herumgehurt hat?« Luciens Worte versetzen mir einen Stich. Hartnäckig drückt er seine Hand auf meine Lippen. Ich winde mich in seinem Griff, schiele immer wieder über die Schulter. Damien hat sich nicht bewegt. Noch nicht.

»Mich interessiert es.« Diabolo packt meine Hüfte. Dann dreht er mich auf den Rücken. Lucien greift im selben Moment nach meinen Armen, mit denen ich um mich schlagen will. Ich lande unbequem auf dem Kram, der auf dem Schreibtisch lag.

»Gut, dann finden wir es heraus. Soll ich oder willst du, Bruder?« Lucien klingt gelassen. Lediglich seine Hände zittern leicht auf meiner Haut. *Ja, wen interessiert es, ob ich mit jemandem geschlafen habe?* Niemanden. Zumindest sollte es das nicht.

Es wäre meine Entscheidung. Meine allein.

Das Problem ist nur, das ich kein Mann bin.

Dann würden mir alle Möglichkeiten offenstehen. Vermutlich hätte er mich sogar beglückwünscht. Oder mir höchstpersönlich jemanden zum Vögeln gebracht.

Tränen laufen an meinen Wangen herab. Diabolo sieht inzwischen unzufrieden auf mich herab. Lucien hat das Sagen übernommen und das passt ihm überhaupt nicht. Das bekomme ich in dem Moment zu spüren.

Er drückt meine Beine brutal auseinander. Sie beginnen zu zittern, als ich mich halb dagegen wehre. Dabei schenkt er mir einen eindringlichen Blick. *Elend oder Tod.* Was ist in dem Moment die bessere Wahl? Bisher habe ich mich für das Leben entschieden. Mich gefügt und abgewartet. Darauf, dass ich irgendwann entkommen kann.

An dieser Hoffnung halte ich fest, während Damien seine Finger zwischen meine Beine schiebt. Es ist erniedrigend, schmerzhaft und ein so widerliches Gefühl, dass ich mich beinah übergeben muss. Er dringt mit den Fingern in mich ein, tastet sich an meinen Innenwänden entlang. Ich beiße mir auf die Lippe, um nicht zu schreien. Währenddessen laufen stumme Tränen an meinen Wangen herab. In diesem Moment kann ich nur an Blac denken. Daran, wie er mich zart, aber bestimmt berührt hat. Wie ich es genossen habe, bei ihm zu sein. Und wie er mich dann an Diabolo und Damien ausgeliefert hat.

Wie Vieh.

In dem Moment habe ich das Gefühl, als würde etwas in meiner Seele zerbrechen. Etwas, das man nicht wieder reparieren kann. Blac hätte das hier verhindern können. Er hätte es mir ersparen können. Oder zumindest hätte er an meiner Seite bleiben können.

»Nichts Besonderes und trocken. Nichts, was jemand freiwillig ficken will.«

Ich will sterben.

Mich aus dem Fenster stürzen und hart auf dem Boden aufschlagen.

Einfach raus.

Weg von ihnen.

Egal, ob in die Hölle oder einen anderen Ort.

»Schön. Sie ist nichts Besonderes. Warum dann das Drama? Können wir uns endlich ein paar richtige Frauen suchen?« Lucien klingt gelangweilt. Beinah zeitgleich zieht Damien seine Finger aus mir heraus und lässt ein ekelerregendes Gefühl der Leere zurück. Stoisch weiche ich zurück, zerre meinen Rock herunter und die Unterhose nach oben.

Damien reicht mir allen Ernstes seine Hand. Ich schlage sie weg, ziehe die Beine an und klammere mich haltsuchend daran fest. Diabolo sieht mich mit einem hämischen Grinsen an.

Lucien hat sich an die Wand gelehnt und eine Zigarette angesteckt. Mir rinnen die Tränen über die Wangen. Ein gigantischer Kloß scheint in meinem Hals zu stecken und mein ganzer Körper bebt.

Diabolo kommt auf mich zu. Langsam beugt er sich zu mir herunter. Es ist ein Kampf, ihm nicht sofort eine reinzuhauen.

Dieser widerwärtige Mistkerl. Ich verabscheue ihn. Ich hasse ihn. Er ist der Teufel und ich hoffe, dass er irgendwann in der Hölle verrotten wird.

»Sag, wie hat es sich angefühlt, mich zu verraten? Hast du es wenigstens genossen.«

»Fick. Dich.« In dem Moment kann ich nicht anders. Ich kann den Hass nicht weiter zurückhalten. Noch während ich die Lippen geöffnet habe, holt Diabolo aus. Er schlägt mir mit der flachen Hand ins Gesicht. Mein Kopf wird zur Seite geworfen und Schmerz schießt durch meinen Schädel.

»So spricht man nicht mit seinem Vater, Liebes. Aber meine Jungs werden dir schon noch das richtige Benehmen beibringen.«

Im Hintergrund nehme ich wahr, wie er geht. Sie alle verlassen das Zimmer und ich bleibe allein zurück. Ein Dröhnen setzt in meinem Kopf ein. Dann kippt die Realität vor meinen Augen, meine Arme brechen zusammen und ich schlage hart auf dem Schreibtisch auf. Alles, was ich wahrnehme, ist ein leises Summen, begleitet von einer rauen Erinnerung aus meiner Vergangenheit.

»Versprichst du es?«

»Für immer!«

»Das sagt jeder und irgendwann ist das ›für immer‹ nur noch eine blasse Erinnerung.«

Blac greift nach meiner Hand. Ich zittere, während mir die Tränen über die Wangen laufen. »Für immer, Maria. Für immer du und ich. Für immer und noch ein Jahr.«

»Für immer und noch ein Jahr?«

»Ein weiteres Jahr, das wir gemeinsam bei Diabolo überstehen. Und mit jedem Jahr werden wir stärker und kommen der Freiheit näher.«

»Für immer und noch ein Jahr«, hauche ich leise.

Hast du schon einmal solche Dinge gesagt, wie: pass auf dich auf?
Fahr vorsichtig! Ich wünsche dir alles gute?
Es sind Floskeln.
Mehr nicht.
Sie sind bedeutungslos. Was zählt, sind nur unsere Taten.

KAPITEL 19

Blac

Ich hole erneut aus und jage das Messer in das Fleisch. Ein drittes Mal steche ich zu und treffe auf den harten Widerstand von Knochen. Ein Stöhnen folgt meiner Bewegung, dicht gefolgt von einem wehleidigen Wimmern.

Es sorgt dafür, dass ich das Messer von mir werfe. Klimpernd kommt es auf dem Steinboden zum Liegen.

Ich sollte an dieser Stelle aufhören.

Genau genommen schon vor zwei Messerstichen.

Er hat genug.

Bedauerlicherweise ist meine Aggression noch lange nicht erloschen.

Aus diesem Grund hole ich mit der Faust aus und schlage seitlich von unten gegen seinen Kiefer. Das zufriedenstellende Geräusch von knackenden Knochen treibt mir ein Lächeln auf die Lippen. Diesem folgen röchelnde Schreie, die eher einem armseligen Keuchen gleichen.

Als nächstes ziele ich auf seinen Magen.

Verdammt, mir gefällt es viel zu sehr, wie er sich krümmt. Für einige Sekunden starre ich auf den Mann am Boden. Auf seinen gekrümmten Körper, die zitternden

Schultern und die zum Schrei geöffneten Lippen. Sein Gesicht ist blau. Blut fließt aus seinem Oberkörper und sickert in den steinigen Untergrund.

Seine Lider flattern und schließen sich schließlich. Dann sackt er endgültig zusammen.

Angespannt trete ich einen Schritt zurück. Mein Kiefer mahlt hörbar und gibt ein Knacken von sich. Gedankenversunken fahre ich mir über den Oberkörper, dehne den Saum meines schwarzen Shirts, das mir am Körper klebt. Dabei fällt mir das Blut an meinen Fingern auf, welches ich für einige Sekunden betrachte.

»Sieht … interessant aus.« Ich sehe nicht einmal auf. Stattdessen verpasse ich dem Mann am Boden einen Tritt.

»Scheint, als wärst du immer noch wütend.« Damien kommt zu mir. Mit verschränkten Armen lehnt er sich an die Wand des Kellers. »Mit Sicherheit finden wir eine bessere Möglichkeit, wie du dich abreagieren kannst.« Bei diesen Worten deutet er mit einem Glas in der Hand nach oben. Dorthin, wo sich das ›Black Diamond‹ befindet.

»Weißt du, wie gepflegt mir deine Meinung am Arsch vorbei geht?«, knurre ich wütend.

»Wenn ich mich um deine Puppe kümmern soll, scheint das anders zu sein.« Damien nickt gelassen, nippt an seinem Glas und lehnt den Kopf dann gegen die Wand. Seine Augen sind eng zusammengekniffen, während die Pupillen geweitet sind. Mir fällt der Schweiß auf seinem Körper auf.

»Rede nicht so von ihr.« Dass er sich etwas eingeworfen hat, habe ich schon vorhin gemerkt und ich hasse es. Es macht ihn gewissenlos, grausam und verdammt nochmal, wie seinen scheiß Vater.

»Warum sollte mich die kleine Slut kümmern?« Abfällig verzieht er das Gesicht. Er hebt das Glas an die Lippen und kippt den Bourbon in einem Schluck herunter.

Meine Hände zittern. Mein Verstand setzt aus. Drei Schritte reichen, dann stehe ich vor ihm und schlage ihm das Glas aus der Hand. »Weil sie mich kümmert.« Dann packe ich seinen Kragen und zerre ihn dicht vor mein Gesicht. Für wenige Sekunden starre ich direkt in seine Augen. »Und weil sie auch dich kümmert. Weil du, auch wenn unser Vater alles dafür getan hat, noch lange nicht wie er geworden bist. Weil du ein verficktes Herz besitzt, das sich nur daran erinnern muss, wer ihm wichtig ist.

Und scheiße nochmal, weil du mein bester Freund bist.« Er hat lediglich versucht mich zu provozieren, das ist mir bewusst. Ein ganz so großer Wichser ist er nicht. Das Problem ist, dass er Recht hat. Ich bin zu impulsiv.

Meine Finger zittern.

Damiens Gesicht ist nur wenige Millimeter vor meinem. Ich atme schwer und ich muss mit mir kämpfen, ihn wieder loszulassen. Zur Ablenkung balle ich die Hände zur Faust. »Also sag mir, warum bist du hier? Kettest mein Mädchen an die Wand und vergreifst dich an ihr?«

Damien sieht mich für einige Sekunden an. Dann folgt er verspätet dem zerbrochenen Glas mit seinem Blick. »Das wollte ich noch benutzen, mein Freund.«

Vor Wut schlage ich gegen die Wand. Begleitet von einem dumpfen Schrei. Dann entferne ich mich einige Meter von ihm. Nur zur Sicherheit. Schließlich will ich ihm nicht seinen Schädel einschlagen. *Nein,* korrigiere ich mich selbst. Wollen tue ich es sehr wohl. Ich sollte es lediglich nicht machen.

»Du scheinst verärgert.« Damien deutet beinah irritiert auf mich. Stumm schüttle ich den Kopf. Ist er so hinüber, dass er tatsächlich nichts mehr mitschneidet? »Dabei habe ich mich vorzüglich um die kleine Slut gekümmert. So wie du es wolltest.« Bei diesen Worten sieht er vielsagend zu mir auf. Die Vene an meinem Hals beginnt zu pulsieren. Ich knirsche mit den Zähnen. »Deine Impulskontrolle ist nicht besser geworden. Daran solltest du arbeiten.«

»Ich habe dir noch nicht deinen verfickten Hals umgedreht. Betrachte es als Fortschritt.«

Er prostet mir mit dem Finger zu und tippt sich dann wissend an die Schläfe. Dann wird sein Blick mit einem Mal klarer, er richtet sich auf und sieht mich wissend an. »Du hältst mir keine drei Sekunden stand. Wie lang ist es her, dass du Diabolo gesehen hast?«

Verbissen presse ich die Lippen zusammen. Scheiße, dieser Wichser hat recht. »Vierzehn Monate.«

Damien nickt beeindruckt. »Eine lange Zeit.«

»Und ich gebe mein Bestes, damit die Zahl höher wird.«

Damien nickt. Dann kommt er nachdenklich auf mich zu. Dabei steigt er mit einem großen Schritt über den Arm des Mannes am Boden. »Lange wirst du dich ihm nicht mehr entziehen können.«

»Ich weiß.«

»Deine Aufträge sind vorbei.«

»Ich weiß.«

»Er will dich sehen und dass er dir freie Hand gibt, ist lediglich ein Test.«

Verkrampft hebe ich den Kopf. »Ich. Weiß.«

Damien schnauft leise. »Er wird auch Maria bald zu sich zurückholen. Und wenn du jetzt mit einem *ich weiß* antwortest, hau ich dir eine in die Frese.«

Mir entweicht ein dünnes Lachen. Dann endlich atme ich erleichtert aus und nehme meinen Bruder in den Arm. Versöhnlich schlage ich ihm auf den Rücken und löse mich schließlich wieder von ihm. »Ich habe dich vermisst, mein Freund.«

»Ich weiß«, erwidert der kleine Wichser grinsend.

Seine Stimme hat inzwischen einen völlig anderen Ton angenommen. Einen versöhnlichen, ehrlichen.

»Können wir uns hier unterhalten?« Misstrauisch sehe ich mich um.

Damien nickt knapp.

»Also, was führt dich zu mir?«

Langsam lässt er sich an der Wand nieder und auf den Boden sinken. »Ich rette deinen zarten Arsch und versuche mich dabei nicht selbst in die Scheiße zu reiten.«

Langsam lasse ich mich neben ihn sinken.

»Sie hält dich gut auf Trab, schätze ich?«

»Du hast keine Ahnung.« Meine Antwort ist ein Stöhnen.

»Dabei bist du erst seit wenigen Tagen zurück.«

»Und schon spielt Maria ein Solo mit meinen Geduldsfäden.«

Damien grinst mich schräg von der Seite an. »Sie ist heiß.«

»Sie ist völlig verrückt«, knurre ich leise.

»Das macht sie nur noch heißer.«

Statt einer Antwort zeige ich ihm den Stinkefinger.

»Also hasst sie dich noch immer.«

»Ich würde behaupten, dich mag sie gleichermaßen.«

Damien gibt ein zufriedenes Stöhnen von sich. »Shit, dann muss ich der kleinen Raubkatze unbedingt noch einen Besuch abstatten. Hass-Sex ist so verdammt befreiend.«

»Muss ich dazu etwas sagen?«

»Musst du? Muss ich etwas beachten? Bestimmte Vorlieben?«

»Ach, fick dich«, murmle ich leise. Einige Momente ist es still zwischen uns. Ich atme tief ein und aus, um mich endgültig zu beruhigen. Damien ist mein Freund. Daran muss ich mich zwar immer wieder erinnern. Auch wenn er nach außen hin Diabolos perfekter Lakai ist, beweisen mir seine Taten immer wieder, dass ich mich auf ihn verlassen kann.

»Wie ist die Lage?«, frage ich irgendwann.

Er zuckt mit den Schultern. »Beschissen. Der Deal ist durch. Diabolo ist in Hochstimmung. Lucien wird immer mehr wie er und Silver scheint genauso irre zu sein, wie sein Vater.«

Ich atme laut aus. »Klingt nach keiner guten Zusammenfassung.«

»Ist es auch nicht. Er hat sich dem neuen Projekt völlig verschrieben.«

»Also läuft es?« Bei diesen Worten wird mir übel. Ich kenne die Antwort schon, bevor er sie ausspricht.

»Besser als gedacht.«

»Fuck«, fluche ich leise. »Und jetzt?«

Damien legt den Kopf in den Nacken und starrt an die unebene Decke. »Machen wir das, was wir schon immer machen.«

»Wir schützen die, die uns am wichtigsten sind«, führe ich verbissen fort.

»Irgendwann wird sie dir verzeihen.«

Ich schnaufe angespannt. »Sie wäre dumm, wenn sie es macht.«

»Maria kennt Diabolo länger als wir alle. Scheiße nochmal, keine Ahnung, wie sie die Jahre bei ihm überlebt hat, aber allein dafür hat sie meinen tiefsten Respekt.

Aber sie hat inzwischen weiß Gott genug mitbekommen, um zu wissen, dass unsere Taten nicht immer unseren Willen widerspiegeln.«

»Hat er sie auf dem Schirm?« Die Frage liegt mir bereits auf der Zunge, seit ich ihn wiedergesehen habe. Jetzt kann ich sie nicht mehr zurückhalten.

»Ja«, antwortet er schlicht. Ich fluche als Antwort, was er mit einem kurzen Blick zur Kenntnis nimmt. »In den letzten Wochen hat er ihren Namen ein paar Mal fallen gelassen. Deshalb habe ich euch im Auge behalten. Zum Glück. Sonst hätte ich ihren Kommentar auf der Website möglicherweise nicht als erster gesehen.« Ich sehe ihn vielsagend an. Für Damien waren das nicht nur verdammt viele Worte, sondern auch erstaunlich positive.

Er verdreht die Augen. »Für mich ist sie wie eine Schwester, auch wenn sie mir das, was geschehen ist, niemals verzeihen wird.«

In Gedanken stimme ich ihm zu. »Wir tun das, was wir tun müssen«, wiederhole ich seine Worte.

»Und wohin wird uns das führen?« Ich schnaube.

»Sehr wahrscheinlich in die Leichenhalle.«

Damien lacht nüchtern. »Hoffentlich sehen wir den alten Sack nicht in der Hölle.«

»Genau darauf hoffe ich. Auch wenn ich ewig in den Höllenfeuern brenne, solang er irgendwann bekommt, was er verdient, geht mir alles andere am Arsch vorbei.«

»Nicht alles, nehme ich an.«

»Nein, nicht alles«, stimme ich zu. Einige Sekunden zögere ich noch. Dann endlich stelle ich die Frage, die mir die ganze Zeit auf der Zunge brennt. »Was hat er mit Maria vor?«

Damien wiegt den Kopf, dann schließt er die Augen, als müsste er sich erinnern. »Weiß ich nicht. Sie ist jung, sie ist hübsch und eine Frau. Seit dem neuen Projekt ist sie genau das, was er sucht. Biegbar, demütig und ein klein wenig widerspenstig.«

Ich balle meine Finger erneut zur Faust. »Er hat sie nicht jahrelang aufgezogen, um sie an die Sexsklaverei zu verkaufen.«

Hoffe ich. Was heißt hoffen. Scheiße, ich bete zu jedem Gott dafür.

»Mit Sicherheit nicht.«

Ich atme hörbar aus.

»Aber du weißt genau, dass es bei seinem neusten Hobby nicht darum geht, Frauen einfach nur zu verkaufen. Er will sie zähmen, gefügig machen und brechen. Scheiße, genau das ist es, was dem Wichser so eine Freude macht.«

Verbissen senke ich den Kopf. »Ich habe von Diabolos Projekt nur wenig mitbekommen, aber das weiß selbst ich. Deshalb ist er mit Silvers Vater in Kontakt getreten. Dieser Typ betreibt seine sadistischen Spielchen auf einem völlig neuen Niveau.«

»Betrieb«, verbessert mich Damien.

Überrascht sehe ich auf.

Vielsagend sieht er mich an. »Silver hat seinen Alten umgebracht und den Platz eingenommen.«

Vor Überraschung lasse ich die Luft geräuschvoll entweichen. »Shit. Wann ist das passiert?«

»Vor zwei Wochen ungefähr.«

Mein Hirn rotiert. »Das bedeutet?«

»Keine Ahnung.« Damien klingt angespannt.

»Können wir ihm vertrauen?«

»Kein Schimmer.« Er sieht mich an. »Ich würde dir nicht dazu raten.«

Langsam nicke ich. »Warum hat er mir das Überwachungsvideo geschickt?«

Damien zuckt lediglich mit den Schultern.

»Warum ist er überhaupt hier?« Wieder ernte ich lediglich einen unwissenden Blick. Ich fluche und schlage mit der flachen Hand auf den Boden. Eine leichte Staubwolke folgt meiner Bewegung.

»Der Typ ist für mich ein Schloss mit sieben Siegeln.«

Damien schüttelt abwägend den Kopf. »Ich kann ihn nicht einschätzen und weiß nicht, auf wessen Seite er stehen wird.«

»Und Lucien?«

Damiens Gesicht nimmt einen verbissenen Ausdruck an. »Auf meinen Bruder trifft leider das Gleiche zu.«

»Also sind es wieder du und ich.«

Er grinst mich schräg an. »Gegen den Rest der Welt.«

»Und für die wenigen Menschen, die uns wichtig sind.«

Damien nickt. »Für die wir bereit sind, alles zu geben.«

Ich reiche ihm die Hand, welche er ohne zu zögern ergreift.

»Und wie geht es weiter?«

Damien drückt meine Hand fest, dann lässt er sie los. »Diabolos Schlangen werden uns folgen, wenn wir seinen Kopf einmal abgeschnitten haben.«

»So lang er ihm nicht nachwächst«, füge ich verbissen hinzu.

»Wenn wir ihn gründlich genug entfernen, nicht.«

»Denkst du, wir können die anderen überzeugen?«

»Ich werde mein Bestes versuchen, sobald ich nach Hause zurückkehre. Hältst du mir den Rücken frei?«

Mit einem dumpfen Schnauben verdrehe ich die Augen. »Du weißt, dass du diese Frage nicht stellen musst.«

»Stimmt. Aber ich höre es so gern.« Damien rappelt sich langsam auf.

»Ich werde sehen, wer auf unserer Seite steht und wer Diabolo treu ergeben ist. Inzwischen sorgst du dafür, dass es noch etwas gibt, wofür es sich zu kämpfen lohnt.«

Verbissen nicke ich und stehe ebenfalls auf. Mein Blick fällt auf den Mann am Boden. »Er ist ein einfacher Dealer, der seine Nase zu sehr in unsere Angelegenheiten gesteckt hat.

Und ich war wütend«, füge ich hinzu.

»Klar.« Damien stellt mich nicht infrage. Wäre auch heuchlerisch. Bei seinem letzten Wutanfall haben bei weitem mehr Leute darunter gelitten.

Was mich daran erinnert, dass auch er jemanden hat, für den er all das auf sich nimmt.

»Wie geht es ihr?« Er weiß sofort, dass ich nicht Maria meine. Die er hoffentlich nicht angerührt und lediglich ein wenig eingeschüchtert hat. Genug, um ihr Material zu liefern, mit dem sie arbeiten kann.

»Sie lebt«, ist seine schlichte Antwort.

Mit diesen Worten wendet er sich ab, geht zur Tür und lässt mich in den kalten Katakomben zurück.

Seine Worte begleiten mich dafür noch eine Weile.

Sorg dafür, dass es noch etwas gibt, wofür es sich zu kämpfen lohnt.

Scheiße, ich habe keine Ahnung, wie ich das schaffen soll.

Diabolo beobachtet Maria auf Schritt und Tritt. Wenn ich Zugang zu ihrem Handy und einer Kamera in ihrem Zimmer habe, will ich nicht wissen, was er alles hat. *Und wobei er sie alles beobachten konnte.* Diesen Gedanken versuche ich sofort in den Hintergrund zu schieben.

Ein Mal habe ich mir bisher erlaubt, Schwäche zu zeigen. Für einen kurzen Moment habe ich mich ihr hingegeben.

Und es seitdem an jedem einzelnen Tag bereut.

Damien hat mich gewarnt, dass Diabolo von uns weiß. Von dem, was zwischen uns passiert ist. Deshalb habe ich die Initiative ergriffen, bevor wir beide keine Wahl mehr hatten. Alles zieht sich in mir zusammen, wenn ich daran denke, was Damien ihr antun musste. Ich hätte es nicht über mich gebracht, es selbst zu erledigen. Und auch wenn wir uns nicht vorher darüber unterhalten konnten, wusste ich, dass er es für mich tun würde. Für sie. Dafür, dass sie leben wird.

Und zwar nicht mit der Gewissheit, dass sich Diabolo an ihr vergangen hat.

Scheiße, ehrlich gesagt habe ich keine Ahnung, ob das, was wir getan haben, besser ist. Wir haben sie gegen ihren Willen missbraucht. Sie gedemütigt und verletzt.

Wir sind nicht besser als Diabolo.

Nur zu gern würde ich behaupten, dass ich mich von ihr fernhalten werde. Dass sie ohne mich besser dran ist und mit einem guten Mann glücklich werden soll.

Aber scheiße, allein der Gedanke, dass ein anderer sie auch nur ansehen könnte, sorgt dafür, dass sich alles in mir zusammenzieht.

Vermutlich macht es mich zum größten Lügner, Heuchler und Wichser von allen, aber ich will auf keinen Fall zulassen, dass ihr jemand anderes zu nahekommt.

Ich werde den Mist hier durchziehen. Und irgendwann wird Diabolo leiden. Er wird seinen mickrigen Hals einziehen und unter der Erde mit den Maden verrotten.

Und dann hole ich mir mein Mädchen.

KAPITEL 20

Maria

Ich fühle mich benutzt. Wie einen Schwamm, den man zu oft verwendet und dann weggeworfen hat.

Aber gleichzeitig auch wie eine verdammte Göttin. Wie eine Geheimagentin auf Mission. Meine Finger kribbeln nervös, während ich aus der Vorlesung nach draußen trete. Bereits nach wenigen Metern treffe ich auf Alicia. Mir brennt es unter den Fingern, ihr von meiner Errungenschaft – wenn man einen kurzen Drogen-Knock-Out und Nötigung so bezeichnen kann – zu erzählen. Trotzdem verdrücke ich mir die Worte. Schließlich ist der Flur nicht der richtige Zeitpunkt für ein solches Gespräch. »Ich hasse Wirtschaft«, brumme ich deshalb anstatt einer Begrüßung. Dabei senke ich den Blick und sehe nervös auf.

Alicia schenkt mir einen knappen, irritierten Blick. »Selbstgewähltes Leid ist immer das Beste.« Sie winkt mir knapp zu, als wir uns an der Biegung im Treppenhaus verabschieden. Sie will zurück in die Hölle namens Vorlesung, während ich glücklicherweise fertig bin.

Zumindest für heute.

Auch so habe ich genug.

Ich lasse meine Schultern kreisen und spüre einen unangenehmen Druck in meinem Nacken. Vermutlich ein Nebeneffekt, wenn man die ganze Nacht an ein Bett gefesselt ist. Außerdem schmerzen meine Handgelenke, was ich ebenfalls auf diesen Vorfall schiebe.

Innerlich verdrehe ich die Augen, während ich daran denke. Blac ist einfach ein Arsch.

Und von Damien will ich gar nicht erst reden. Und trotzdem fühle ich mich an diesem Tag eigenartig beschwingt. Am Abend werde ich Alicia davon erzählen und schon bald heißt es dann: bye bye Blac. Und hoffentlich auch Diabolo. Mit diesem Gedanken hole mir schnell ein paar Handtücher und mein Waschzeug. Es ist ein Albtraum, dass wir keine eigenen Duschen haben. Wir haben ein Klo. Meinetwegen hätte ich auch in einer winzigen Kabine mit Schimmelflecken geduscht, wenn ich dann die Gemeinschaftsduschen hätte meiden können.

Kann ich aber nicht.

Und auch dieser Umstand kann nichts an meiner guten Stimmung ändern.

So stoße ich die Tür zu dem Badezimmer auf und werde von einem warmen Schwall angenehm duftender Luft empfangen. Dieser bringt mich zum Seufzen. Leider nicht vor Freude. Nicht ohne Grund gehe ich extra um diese Zeit duschen. Direkt nach den Vorlesungen. Normalerweise habe ich dann meine Ruhe, auch wenn die Zeit Mist ist. Ich meine, wofür duscht man Nachmittags? Da fühle ich mich weder im Bett noch am Morgen frisch.

Das Rauschen des Wassers lässt mich für einen Moment zögern. *Würde es sich lohnen später noch einmal wieder zu kommen?*

Noch ehe ich mich entschieden habe, vernehme ich das leichte Platschen von nackten Füßen. Dann klappt mir die

Kinnlade herunter und ich starre in funkelnde, grüne Augen. Knapp öffne ich den Mund. Schließe ihn wieder und verenge meinen Blick.

Einige Sekunden verstreichen, in denen ich mich nicht rühre, dann nehme ich undeutlich wahr, wie Blac aus der Dusche tritt, den Blick spitzbübisch auf mir. »Schön, du bist da.« Ein teuflisches Grinsen schleicht sich über sein Gesicht, während seine Augen an mir herabwandern. »Wir wurden beim letzten Mal leider unterbrochen.«

Ich gebe ein hysterisches Lachen von mir. Wie von selbst wandert meine Hand zu meiner Brust, was Blac ein dreckiges Grinsen entlockt. Mir allerdings auch, denn ich trage noch immer meinen speziellen BH. Und allein dieser Umstand lässt mich innerlich jubeln. Gleichzeitig gibt er mir ein ungeahntes Gefühl der Stärke.

»Du meinst, als du mich in dein Zimmer entführt hast …«

»Du kamst freiwillig zu mir Baby.«

»Mich entführt und angekettet hast?«, übergehe ich seinen Einwand.

Blac macht eine wegwerfende Handbewegung. »Kleinscheißerei.«

»Als du mich zurückgelassen hast. Betäubt und mit deinem widerlichen Freund?«

»Ah.« Er nickt geduldig, nimmt sein Handtuch von den Hüften und wirft es sich stattdessen über die Schulter. »Da liegt das eigentliche Problem. Ich habe dich zurückgelassen.« Einladend breitet er die Arme aus. »Zu deinem Glück bin ich wieder da, Baby. Und dieses Mal gehöre ich nur dir.«

Es ist wie eine Aufforderung, der mein Körper, ohne darüber nachzudenken, nachkommt. Quälend langsam wandert mein Blick an ihm herab. An den schwarzen Linien, welche sich um seinen Hals schlingen. Sie führen zu seiner Brust, schließen ein düsteres D wie Schlangen ein, die sich um ihre Beute winden.

Ich schlucke schwer, als sich die Wassertropfen an seinem Körper entlangbewegen. Sehe ihnen hinterher, wie sie über seinen lächerlich perfekten Körper laufen.

Mein Mund wird trocken und mein Bauch zieht sich zusammen, als ich an der Mitte seines Körpers hängen bleibe. Wohl bemerkt seiner nackten Mitte.

Gott ...

Nie im Leben war ich glücklicher, dass er meine Gedanken nicht lesen kann.

»Du scheinst zufrieden mit dem Ausblick.« Dieser verflucht selbstgefällige Ton reißt mich aus meiner Starre heraus. Ich zwinge mich, den Kopf zu heben, auch wenn eine Stimme in meinem Inneren ganz andere Pläne hat. Dann verdrehe ich die Augen und blinzle schnell.

»Nichts, was ich nicht schon gesehen habe.«

»Aber es ist eine Weile her. Wenn du noch ein paar Momente brauchst, um die Erinnerung aufzufrischen. Nur zu.« Lachend reißt er die Arme erneut nach oben und ich kann nicht anders, als das Spiel seiner Muskeln zu beobachten. Das verschmitzte Lächeln auf seinen Lippen bringt mich endlich zurück in die Wirklichkeit.

»Ja ... Eher nicht.« Gespielt fasse ich mir an die Lippe. »In meiner Erinnerung war er größer. Scheint, als würde im Alter nicht nur die Körpergröße schwinden. Aber danke für die Vorlage.« Ich setze ein wohlwollendes Lächeln auf. »Schätze das passiert den Besten.« Diese Worte werde ich aus der Aufnahme herausschneiden müssen. Und auch wenn ich noch unsicher bin, wie ich das bewerkstellige, waren sie es trotzdem wert. Bedauerlicherweise scheinen ihn meine Worte kaum zu jucken.

Er nickt großzügig, während er langsam nähertritt.

Mein Herz beginnt zu rasen und ich muss mich ordentlich konzentrieren, um keinen Mist zu erzählen. »Oder fühlst du dich inzwischen als Frau und benutzt deshalb die Frauendusche?«

Sagte ich, ich würde keinen Mist erzählen? Schätze diese Aussage war verfrüht.

Blac zuckt die Achseln. »Ach Baby, lass mich dich am besten selbst überzeugen, als was ich mich fühle.« Ich hasse diesen Spitznamen. Er klingt herabwürdigend und beschissen. Aber vielleicht liegt es auch nur an demjenigen, der ihn benutzt.

»Danke, kein Bedarf. Allerdings würde ich mich freuen, wenn du mich nicht weiter belästigst und ich endlich in Ruhe duschen kann.«

»Das war noch keine Belästigung.« Inzwischen ist er vor mir angekommen und ich muss hart mit mir kämpfen, ihm nicht aus Reflex eine reinzuhauen. Allein für die Drogen. Oder die Fesseln – die nebenbei bemerkt verdammt schwer abzubekommen waren. Blac nutzt meinen gedankenversunkenen Moment, um meine Hand zu packen und an seinen Penis zu führen.

»Das ist sexuelle Belästigung.« Harsch reiße ich mich von ihm los.

»Aber weil du es bist, lasse ich es dir durchgehen.«

»Spinnst du?« Ich bin beinah fassungslos.

»Findest du? Eigentlich war mein Angebot dich nicht anzuzeigen recht entgegenkommend.« Er runzelt die Stirn, als dächte er über sein Verhalten nach.

Die Reaktion entlockt mir ein entrüstetes Schnauben, während ich zwei Meter zwischen uns bringe. »Du bist in der Dusche der Frauen. Und du bist keine Frau. Offensichtlich.«

»Wie schön, dass das offensichtlich ist.«

Dieser Typ treibt mich in den Wahnsinn. »Wieso zur Hölle pickst du dir aus all meinen Aussagen dieses eine Wort heraus und machst etwas völlig anderes draus?«

»Ist ein Talent.« Grinsend verschränkt er die Arme vor der Brust.

Ich schüttle den Kopf. »Verschwinde, Blac.«

»Was macht dich so sicher, dass du in der richtigen Dusche bist? Vielleicht stalkst du mich. Sollte ich mir Gedanken machen?« Für eine Sekunde schafft er es tatsächlich mich aus dem Konzept zu bringen. Ich werfe einen schnellen Blick zur Seite. Zu den Spiegeln, an denen Makeup Spiegel kleben. Zu den unzähligen – sehr damenhaften – Waschbeuteln und Schminksachen. Dann sehe ich zurück zu Blac. Dieser beugt sich inzwischen verschwörerisch in meine Richtung. »Sag mir nur eins. Bist du eher ein Psychostalker oder ein harmloser Crushstalker?«

Irritiert schließe ich den Mund und starre ihn an. »Ein was?«

»Muss ich damit rechnen, dass du mir nachts ein Messer an die Kehle hälst, wenn ich dich nicht heirate oder himmelst du mich nur aus weiter Ferne an?« Er macht eine wegwerfende Handbewegung. »Warte, du bist bereits hier. Also bleibt nur noch der Psycho. Aber mit denen hat man sowieso mehr Spaß.«

»Stopp.« Ich hebe abwehrend die Hände, als er erneut näherkommt. »Blac, du gehst zu weit. Lass mich in Ruhe. Hör auf, mir nachzustellen, mich zu bedrängen, zu betatschen oder dich vor mir auszuziehen.«

»Ich war schon nackt, als du hereingekommen bist.«

»In der Damendusche!« Rufe ich entnervt.

»Haarspalterei.« Er zuckt die Achseln und verschwindet für einige Sekunden in die Kabine. Dann kommt er in Boxershorts wieder heraus. Dabei versuche ich krampfhaft den Blick auf seinem Gesicht zu belassen und nicht die starke Wölbung anzustarren.

»Grundsätzlich würde ich mir etwas anziehen. Nur als rücksichtsvoller Gentleman nehme ich natürlich auch deine Interessen wahr.«

»Meine Interessen sind, dass du dich verpisst. Angezogen oder nicht.« Weiterhin starre ich in seine Augen. Dabei wechsle ich immer zwischen dem rechten und linken hin und her. Mal im Ernst. Fällt es noch jemandem so schwer Augenkontakt zu halten? Welches Auge starrt man an? Beide? Abwechselnd?

»Und dennoch sagt mir dein Körper etwas anderes.« Blac kommt wieder näher an mich heran und ich widerstehe dem Drang, zurückzuweichen. »Deine nervösen Blicke.« Er lächelt wissend. Dabei ahnt er nicht, was in meinem Schädel vor sich geht. »Deine hitzigen Wangen.« Ja, ich schwitze schnell. Und meine Zwangsneurosen haben wenig mit ihm zu tun.

»Verschwinde«, erwidere ich schlicht.

»Oder die Tatsache, dass du bei meinem Anblick beinah ausläufst.« Vielsagend sieht er an mir herab. In einer flüssigen Bewegung beugt er sich nach vorn und platziert seine Hand zwischen meinen Oberschenkeln.

»Blac!« Dieses Mal reagiere ich sofort und gehe einen schnellen Schritt zurück und drehe mich von ihm weg.

»Lola ...« Dunkel haucht er meinen Namen leise in den Raum. Ein letztes Mal drehe ich mich um, fange seinen gequälten Blick auf. Er frisst mich von Innen auf und wirbelt alle Emotionen in mir auf. Schlagartig fühle ich mich von ihm eingenommen. Es kommt nicht häufig vor, dass ich sprachlos bin, doch Blac schafft dies mit nur einem Fingerschnippen.

Allerdings habe ich mir geschworen, mich nicht wieder

zu einem Opfer machen zu lassen. Weder von ihm noch sonst wem. Und wenn ich für den Rest meines Lebens Jungfrau bleibe, ist das besser, als mich ihm wieder anzubieten.

»Nenn mich nicht so. Nie wieder.« Ich fixiere ihn und der Klang meines Zweitnamens hallt in mir wider. Hitze schießt durch meinen Körper, vor Wut und der angestauten Gefühle.

»Früher einmal mochtest du es ...« Ich kann seinen Blick nicht deuten. Selbst nach all der Zeit nicht. Trotzdem hat er etwas an sich, das mich dazu bringen will, ihn in den Arm zu nehmen und nie wieder loszulassen.

Diesen Gedanken verdränge ich. Das ist nicht das, was ich will. Es ist lediglich meine Prägung – sagen meine Selbsthilfebücher. Ich bin daran gewöhnt, ihn zu mögen, um mich zu haben und gutzuheißen, was auch immer er macht. Aber es ist nicht gut für mich.

Und deshalb erwidere ich das einzig sinnvolle: »Fick dich!« Ich bin impulsiv und stur. Noch dazu nachtragend und zwangsneurotisch. Aber das bin ich. Ich habe gelernt, mich selbst zu lieben. Für mich einzustehen, auch wenn es ein langer Weg war. Auch wenn er gefährlich an diesen Vorsätzen rüttelt. »Nie wieder werde ich mich von dir so behandeln lassen. Nie wieder werde ich mich deinetwegen so fühlen. Und nie wieder lasse ich dich mit mir spielen.« Ich schnappe nach Luft und kralle die Finger in meine Hand. Meine Worte sind poltrig und unbewusst bin ich ihm entgegen gegangen. Ein letztes Mal lasse ich den Blick an ihm hinabwandern. Abfällig, auch wenn ich mich selbst beherrschen muss. Dann drehe ich mich auf dem Absatz um und sehe zu, dass ich Land gewinne.

KAPITEL 21

Maria

Einige Stunden später sitze ich auf meinem Bett. Nach der Dusch-Eskalation muss ich Alicia umso dringender sprechen.

Deshalb bin ich bereits hibbelig, als sie endlich zur Tür hereinkommt. Mit einem argwöhnischen Blick nimmt sie mich zur Kenntnis. Ich senke sofort den Kopf und beiße mir auf die Lippe.

»Will ich wissen, was du dieses Mal angestellt hast?«, fragt sie stöhnend und legt ihre Tasche zur Seite.

»Vermutlich nicht«, antworte ich ehrlich.

Kurz ist es still und ich bete zu wem auch immer, dass sie trotzdem nachfragt. Schließlich gibt sie sich einen Ruck, seufzt und lässt sich auf ihr eigenes Bett nieder. »Erzähl«, fordert sie mich schlicht auf.

»Ich will dich da nicht mit hineinziehen …«, setze ich bemüht rücksichtvoll an.

»Wirst du aber trotzdem. Also los. Bringen wir es hinter uns.« Ihre Worte klingen hart und bringen mich dazu, die Lippen aufeinander zu pressen. Normalerweise würde ich spätestens nach dieser Ansage nichts mehr sagen.

Aber mein Verstand redet gut genug auf meine Sturheit ein, dass wir gemeinschaftlich beschließen, es trotzdem zu machen.

»Ich bin Blac begegnet.«

»Lässt sich vermutlich nicht vermeiden.«

Mit geöffneten Lippen sehe ich auf. Sie hat die Arme vor der Brust verschränkt und sieht mich auffordernd an. Ich räuspere mich leise. »Kannst du es mir vielleicht ein bisschen leichter machen? Das hier ist wirklich schwer für mich.«

»Nein«, erwidert sie schlicht.

Danach muss ich tatsächlich einige Minuten mit mir ringen, um weiterzusprechen. »Ich habe versucht ihn wegzustoßen, aber er war aufdringlich wie immer.

Aber weißt du was. Du hast schon recht. Das muss ich allein hinbekommen.« Verbissen presse ich die Lippen aufeinander, greife nach meinem Handy und tippe sinnlos darauf herum.

»Hör auf zu schmollen und erzähl endlich. Sonst platzt du noch.« Alicias Worte sorgen dafür, dass mein Kopf sich immer heißer anfühlt. Trotzdem kann ich mich schlichtweg nicht dazu überwinden, etwas zu sagen. Etwas in Bezug auf Blac. »Passt schon. Ich will dich nicht mit meinen Problemen nerven. Wie war die Vorlesung?«

Sie seufzt leise. »Gut. Redest du jetzt?«

Ich gebe ein bockiges »hmpf« von mir und rolle mit den Augen. Nervös und zugegeben auch ein klein wenig beleidigt, tippe ich weiter auf meinem Handy herum. Schließlich seufze ich leise. »Er hat mir wehgetan. Mal wieder«, erwidere ich verbissen.

Sie nickt beinah gelassen. »Und hast du dich dieses Mal gewehrt?«

»Weißt du, wie schwer es ist, dir etwas zu erzählen?«,

frage ich statt einer Antwort.

Alicia bedenkt dies lediglich mit einer wegwerfenden Geste. »Spuckst du jetzt endlich aus, was passiert ist?«

Mit einem Seufzen starre ich auf mein neues Handy. Immerhin bin ich nicht so dumm, meins nach Damiens Drohungen zu behalten. Stattdessen besitze ich jetzt ein altes, hoffentlich abhörfreies Gerät. »Ich wollte mich mit Brian treffen ...«

»Brian treffen?« erwidert sie spitz.

Den Einwand übergehe ich. »Jedenfalls sollte ich schonmal in sein Zimmer gehen, habe mich aber im Zimmer getäuscht.«

»Du hast dich im Zimmer getäuscht?«

Bei ihren Worten erröte ich leicht. »Okay, willst du, dass ich dir erzähle, was passiert ist oder nicht?«

Alicia zieht zwar die Augenbrauen beinah bis an den Haaransatz, bleibt aber still. Deshalb spreche ich nach einer erneuten Überwindungsphase weiter: »Jedenfalls hat mich Blac in sein Zimmer gezerrt und die Tür zugeschlossen.«

»Mit Brian?«

»Nein, ohne ihn. Jedenfalls hat er mich einfach an sein Bett gekettet!« Meine Stimme klingt entrüstet. Alicia verzieht währenddessen keine Miene.

»Und Brian war dabei wo?«

»Vergiss Brian. Was zählt ist Blac. Anderer Typ, gleicher Buchstabe.«

Alicia verdreht die Augen. »Du scheinst es überlebt zu haben.«

Ernsthaft?

Das ist ihr Maßstab?

Ich habe es überlebt? Schwer atmend tippe ich auf meinem Handy herum. »Ich wollte Brian – der nebenbei bemerkt in der Küche war – eine Sprachnachricht schicken und das ist dabei herausgekommen.« Dann sehe ich sie vielsagend an und drücke auf Abspielen der angelegten Datei. Internet sowie einen Chat besitzt das gute Stück nicht. Reine Sicherheitsmaßnahme. Allerdings klingt es möglicherweise ein wenig verrückt, wenn ich ihr erzähle, dass ich Blac abgehört habe. Und damit auch sie, die Uni und alles, was mir und meinem BH begegnet ist. Deshalb die Sprachnachricht-Ausrede.

Nach einigen Minuten haucht Blac ein paar letzte Worte in das Mikrofon. »Süße Träume, Baby.«

»Das ist ...«

Abwehrend hebe ich die Hände. »Noch lange nicht alles.« Mit dem Finger spule ich einige Zeit vor. Es dauert ein Stück, bis ich den richtigen Punkt gefunden habe und Damien zu hören ist. Auch das Gespräch mit ihm hört sich Alicia an.

Als die Nachricht beendet ist, sehe ich zum ersten Mal wieder direkt zu ihr. Sie sieht ein wenig blass aus und hat das Kinn auf die Arme gestützt. »Das ist ein Scherz. Richtig?« Meine Zimmernachbarin klingt unsicher. Ich lache anstatt einer Antwort.

Nervös steht sie auf, sieht sich um und wippt dann von einem Fuß auf den anderen. »Das kann nicht dein Ernst sein. Drogen? Wirklich?«

Beinah belustigt schnaufe ich. »Dachtest du die Kratzer in meinem Gesicht waren ein Scherz? Oder der Schnitt an meinem Schlüsselbein?«

»Ja«, antwortet sie leise.

»Jetzt machst du Witze.«

Sie dreht sich ruckartig zu mir um, hebt die Hand und lässt sie dann wieder sinken. »Das ... Was ...« Offenbar braucht Alicia einige Momente, um sich zu sammeln.

Schließlich schüttelt sie den Kopf. »Das geht weit über das ich-bin-ein-böser-Junge-Klischee hinaus!«

Sie wirkt geradewegs entsetzt. Etwas, das mir zugegeben eine gewisse Befriedigung verschafft. »Was hast du erwartet? Dachtest du, ich lüge?«

»Ja.« Kurze Antworten sind offenbar ihr Ding. Noch dazu welche, bei denen sie nicht unbedingt darauf achtet, ob sie mich verletzt.

»Danke dafür«, erwidere ich ironisch.

»Was hättest du denn getan? Ihr kommt hierher, erzählt mitten in der Nacht etwas von Drogen und bösen Typen? Von irgendwelchen Clubs, Entführungen und ...« Sie fasst sich an die Stirn. »Ich will nicht einmal darüber nachdenken!« Schnaufend lässt sie sich auf den Boden fallen, hebt die Hände an die Stirn und stiert für einige Sekunden ins Leere. Irgendwann lässt sie die Arme sinken, hebt den Kopf und starrt mich an. Dann schüttelt sie den Kopf, stöhnt leise und lässt ihn wieder sinken.

»Alicia ...«

»Gib mir wenigstens einen Moment, um zu verarbeiten, dass ich einen Kriminellen in meinem Zimmer hatte!«

Etwas in mir atmet erleichtert auf, weil sie in der Vergangenheitsform spricht. Ich kann nur hoffen, dass sie damit auf Blac anspielt.

»Und du bist ...« Sie hebt den Blick.

Leider bin ich mir nicht sicher, was sie als Antwort hören will. »Deine Zimmernachbarin«, versuche ich es deshalb humorvoll.

Sie schnaubt lediglich.

»Und noch immer der gleiche neurotisch verschlossene und unsichere Mensch, den du kennst.«

Jetzt lacht sie. »Unsicher? Du?«

»Das ist ein Scherz, oder?«

»Scheint eine Menge potenzielle Scherze hier zu geben, aber nein.« Alicia schmunzelt leicht. »Du wirkst alles andere als unsicher.«

Ich schüttle den Kopf. »Was denkst du, warum ich mich von allen fernhalte und oft mit zynischen Kommentaren reagiere?«

»Wenn sie deine Unsicherheit überdecken sollen, klappt es auf jeden Fall unfassbar gut.«

Mit geröteten Wangen senke ich den Blick. Ich will nicht einmal darüber nachdenken, wofür sie mich sonst gehalten hat. Das Wortspektrum, was mir dazu einfällt ist groß und reicht von zickig, bis zu Miststück. Allerdings klingt keines der Worte sonderlich verlockend.

Alicia rauft sich die Haare. »Okay, ich habe meine Zeit zum Verdauen bekommen und bin bereit für den Hauptgang. Erzähl es mir und ich werde versuchen dir zu helfen.«

»Wo soll ich da nur anfangen?« Ich klinge nicht halb so verzweifelt, wie ich mich fühle.

»Am Anfang. Oder etwas Einfachem. Wer ist dieser Vater, von dem du gesprochen hast?«

»Einfach?«, gebe ich hustend von mir. »Das ist nicht einfach.«

»Versuch es.«

Ergebens seufze ich. Dann beginne ich endlich zu reden. Und auch wenn es mir mit jedem Satz leichter fällt und die Worte nur so aus mir herauskommen, gelingt es mir nicht, ihr alles zu erzählen. Ich lasse eine Menge aus. Über Diabolo, meine Kindheit und Blac. Und trotzdem habe ich nach einigen Minuten des Redens das Gefühl, viel zu viel erzählt zu haben.

Deshalb presse ich irgendwann die Lippen fest aufeinander, kralle die Hände ineinander und warte still ab. Während Alicia ebenfalls schweigt, gehen mir unzählige

Gedanken durch den Kopf. Nicht zuletzt, dass sie zu Diabolo gehören könnte. Oder von ihm bezahlt wird. Oder erpresst. Oder sonst etwas.

Ich versuche das flaue Gefühl in meinem Magen zu verdrängen. Es wäre ... unlogisch. Schließlich hat sie in all den Jahren hier keinen einzigen Versuch unternommen, mir näher zu kommen. Oder mir etwas zu entlocken.

Was bedauerlicherweise trotzdem nicht ausschließt, dass sie nicht meine Freundin ist.

Genau genommen ist sie auch so nicht meine Freundin, stelle ich verbissen fest.

Okay, rufe ich mich innerlich selbst zur Ordnung. Meine Gedanken arten wieder aus.

»Das ist ... schwer zu verdauen«, murmelt sie leise.

»Es zu leben ist auch nicht unbedingt leicht.« Ich spreche ebenfalls leise. Warum auch immer. Es fühlt sich in dem Moment richtig an.

Alicia kommt auf die Beine, zu mir herüber und kniet sich vor mich auf den Boden. Dann ergreift sie meine Hände. Es ist seltsam, dass sie mir so nah kommt. Wir haben jahrelang in einem Zimmer übernachtet und trotzdem kann ich mich nicht daran erinnern, sie jemals tatsächlich berührt zu haben.

Merkwürdig, ich weiß. »Du kannst das nicht weiterlaufen lassen. Wenn das, was du sagst, stimmt ...« Sie sieht mich sofort vielsagen an. »Und ich glaube dir, dass du die Wahrheit sagst, dann gehören diese Menschen ins Gefängnis.«

Ich schlucke hart. Genau darauf wollte ich die ganze Zeit hinaus. Gut, mir hätte es auch genügt, wenn sie den Löffel abgeben, aber genau das war mein Ziel. Dass sie verschwinden. Allerdings wird mir ein wenig übel, wenn Alicia es laut ausspricht. »Du meinst sie alle?«

Zu meiner Überraschung zögert sie einen Moment. »Nenn mich verrückt, aber mir tut es so unendlich leid, dass du das erleben musstest. Ich kann mir nicht einmal vorstellen, wie es ist. So aufwachsen zu müssen. Natürlich hat jeder von uns einmal Probleme mit seinen Eltern, nervige Geschwister oder einen aggressiven Stalker ...«

»Du hast einen Stalker?« Ich kann meine Überraschung nicht verbergen.

Alicia winkt lediglich ab. »Den bin ich mit meinem Umzug an die Uni losgeworden.«

»Kein besonders hartnäckiger Stalker.«

Alicia schmunzelt und stöhnt gleichzeitig. »Sag ihm das bloß nicht.« Dann schüttelt sie den Kopf, drückt meine Hände fest und gibt sie dann frei. »Irgendwie, sind mit deinen Enthüllungen auch einige Ausrufezeichen in meinem Kopf aufgeleuchtet.«

»Ausrufezeichen? Wie bei einer Comicfigur?«

Sie verdreht die Augen. »Wie bei jemandem, der endlich versteht, warum ihre Zimmernachbarin so eigenartig ist.«

»Autsch. Wenn das nicht meine Gefühle verletzt.«

»Sorry. Irgendwie.« Gemeinsam lachen wir. Die Situation ist absurd, merkwürdig und nie hätte ich gedacht, einmal mit Alicia an so einem Punkt zu sein. Und doch ist es ein gutes Gefühl, ihr alles erzählen zu können. Oder zumindest einen Teil.

»Aber um ehrlich zu sein habe ich auch ein wenig Mitleid mit Blac. Er ist ebenfalls ein Opfer dieses Typen.«

»Blac ist kein Opfer.«

Alicia sieht mich vielsagend an. Ich zucke mit den Schultern, lasse es aber damit auf sich beruhen. »So oder so weiß ich nicht, was ich jetzt machen soll.«

»Du kannst das so nicht weiterlaufen lassen. Ich bin dir wirklich dankbar für dein Vertrauen, aber das können wir nicht für uns behalten. Menschenhandel? Drogen? Sexsklaven? Allein bei diesen Worten wird mir speiübel. Diese Informationen müssen an die Polizei.«

»Ich weiß.«

»Das können wir nicht verheimlichen! Weißt du, wie viele Menschen jeden Tag wegen dieser Person in Gefahr geraten? Und wenn wir schweigen, sind wir kein Stück besser. Okay, gut, vielleicht ein bisschen. Immerhin halte ich mir keinen Sklaven im Keller.«

Alicia wirkt entrüstet. Deshalb spare ich mir ein weiteres *ich weiß*.

»Und erst die armen Frauen!«

Und die Kinder, von denen sie noch nicht einmal etwas weiß, setze ich in Gedanken hinzu.

»Wir gehen zur Polizei.« Alicia springt auf die Beine, dreht sich herum und eilt auf die Tür zu.

Ich brauche einige Sekunden, um zu reagieren. Dann laufe ich ihr zügig hinterher. An der Tür hole ich sie ein, drücke diese wieder zu und stelle mich davor. »Warte.« Sie öffnet bereits die Lippen, aber ich schüttle herrisch den Kopf. »Nein, warte. Ich bin ganz deiner Meinung, aber du hast keine Ahnung, wie weit Diabolos Netz reicht. Er hat Freunde und Verbündete überall. Jemand wird uns verraten, erwischen und an ihn ausliefern.« Bei den letzten Worten zögere ich zunächst. Erst wollte ich sagen, dass sie uns töten. Allerdings wollte ich ihr keine Angst machen. Okay, nicht noch mehr Angst.

»Außerdem habe ich vorhin erst eine Kamera in unserem Zimmer gefunden!«

Ihre Augen weiten sich. Hektisch sieht sie sich um. »Eine Kamera? Du meinst, die haben uns aufgezeichnet? Alles, was wir hier gemacht haben?«

»Alles«, bestätige ich schlicht.

Alicia wird immer panischer. »Was ist, wenn da noch mehr sind?« Sie versucht zu flüstern, aber ihre Stimme bricht.

»Sind es nicht.« Missmutig deute ich auf ein Gerät, welches auf meinem Bett liegt. »Ich habe ein Funkwellenmessgerät besorgt. Damit habe ich das Ding überhaupt erst gefunden.«

»Fuck.« Mit großen Augen sehe ich sie an. Das war ihr erster Fluch, den ich in drei Jahren gehört habe. »Nicht jeder Polizist auf dieser Welt kann bestochen sein!«

Zweifelnd sehe ich sie an. »Gut, dann finde die, die es nicht sind.«

Sie schnaubt entrüstet und stemmt die Arme in die Seiten. »Gut. Dann überspringen wir die Polizei und zünden direkt die nächste Eskalationsstufe. Wir gehen zu meinem Dad. Er ist Richter, mit Sicherheit nicht bestochen und weiß was zu tun ist.«

Ich stehe für einen kurzen Moment sprachlos da, starre sie an und schließe dann wieder die Lippen.

»Fährst du?«

»Ich habe kein Auto«, erinnere ich sie matt.

Alicia scheint meinen Einwand kaum wahrzunehmen. Sie wirkt weiterhin wild entschlossen. »Wir haben bereits genug Zeit verloren!«

»Und die holen wir auch nicht mehr auf. Erst recht nicht, wenn wir unüberlegt handeln.« Mit meinen Worten setzt auch mein Verstand immer mehr ein. »Alicia, warte einen Moment. Bitte.«

Sie dreht sich ungeduldig zu mir um. Nervös wirft sie einen Blick in jede Richtung, als würde ein Schatten hinter mir lauern. »Wo ist dein Dad?«

Mir fällt es erstaunlich leicht sie darauf anzusprechen. Vielleicht weil mein Verstand endlich Prioritäten setzt.

»Zuhause.«

»In San Francisco?«

»San José«, verbessert sie mich.

Ich verdrehe die Augen. »Trotzdem am anderen Ende des Landes.«

»Und?«

»Was und? Weißt du, wie lange wir dorthin mit dem Auto brauchen? Einem Auto, was wir nicht haben – nebenbei bemerkt.«

Auch dieser Einwand bringt sie kaum zum Innehalten. Noch immer liegt ihre Hand auf der Türklinke und sie sieht aus, als würde sie die am liebsten aufreißen wollen. Mit oder ohne mich davor. »Deshalb fliegen wir.«

Ich gebe ein dumpfes Lachen von mir. »Damien hat mein Handy überwacht. Mein verdammtes Handy! Das hatte er nicht einmal in den Fingern. Wenn ich grundlos an die Westküste fliege – noch dazu mitten im Semester und ohne Ankündigung – leuchten vermutlich zehn rote Lampen in Diabolos Kontrollzentrum auf.«

»Seinem Kontrollzentrum?«

»Das war wohl der unwichtigste Teil meiner Aussage.« Inzwischen werde ich auch wieder lauter. Mein Puls schlägt wie verrückt und mir ist übel. Alicia von meinen Problemen zu erzählen, klang nach einer kleinen Sache. Nichts Wildes. Und obwohl sie genau so reagiert hat, wie ich es gehofft habe, gerate ich inzwischen leicht in Panik. Ich habe das Gefühl, als würde mir die Sache binnen Sekunden über den Kopf wachsen.

»Und jetzt? Sollen wir einfach weiter abwarten?«

»Nein«, wehre ich ab. »Aber können wir deinen Vater nicht erstmal anrufen?«

»Anrufen? Und dann? Hört am besten noch jemand mit! Wir müssen hier allgemein raus! Wer weiß, wie viel sie schon mitbekommen haben.« Alicias Atmung geht immer schneller. Ihre Augen sind panisch geweitet. Wieder sieht sie sich um.

Merkwürdigerweise bin ich beinah ruhig. Auch ich habe Angst vor Diabolo oder davor, dass er etwas von unserem Gespräch mitbekommen könnte. Und trotzdem ist mein Puls normal. Meine Atmung ebenfalls. »Wir müssen jetzt in Ruhe darüber nachdenken, wie wir weiter vorgehen. Pass auf, ich habe eine Idee.« Mit diesen Worten ziehe ich mein Handy aus der Tasche. Ich tippe eine Nummer ein, die ich schon ewig auswendig kenne. Während es das erste Mal klingelt, werfe ich einen schnellen Blick auf die Uhrzeit. Kurz nach sieben. Das sollte ...

»Ja?« Die freundliche Stimme am anderen Ende der Leitung lässt mein Herz schneller schlagen.

»Sellina.« Wie von selbst zaubert mir dieses Wort ein Lächeln auf die Lippen.

»Oh, Maria, petite amie, wie geht es dir?« Ihre herzlichen Worte lassen mich seufzen. Verdammt, wie ich sie vermisst habe.

»Sehr gut. Es ist sehr lang her, dass wir uns gesprochen haben.«

»Ja, die letzten Monate waren turbulent.« Ich spüre den Schmerz in ihrer Stimme. Vermutlich ist turbulent eine wahnsinnig positive Umschreibung dafür, mit Diabolo zusammenleben zu müssen. Umso mehr verletzt es mich, das Gespräch direkt auf ihn lenken zu müssen.

»Das verstehe ich. Das Studium nimmt mich ebenfalls sehr in Anspruch.« Alicia wirft mir inzwischen einen fragenden und gleichermaßen auffordernden Blick zu. Diesen ignoriere ich gekonnt. »Sag, wann sehen wir uns wieder?«

»Mit Sicherheit nach deinem Abschluss. Bis dahin wirst du mit Lernen beschäftigt sein oder nicht?«

»Vermutlich.« Ich seufze dramatisch. »Wird mich die ganze Familie erwarten?« Dabei zittert meine Stimme ein wenig.

Kurz ist es still.

Sellina ist nicht dumm. Sie ist lediglich dem falschen Mann zum Opfer gefallen. »Natürlich, Liebes. Aktuell sind die Männer alle ausgeflogen, aber bis dahin werden sie mit Sicherheit zurück sein. Wahrscheinlich sogar schnell genug, um dir eine große Party zu bereiten.«

Ich presse die Lippen fest aufeinander. Dann atme ich tief ein. »Habe ich den Familienausflug nach Mexiko verpasst oder warum sind alle unterwegs?« Diese Frage ist mehr als gewagt und kann uns beide den Kopf kosten. Und trotzdem muss ich sie stellen.

»Du weißt, wie sie sind. Und für neue Hobbys muss man eben weit reisen. Wobei wenigstens Damien hin und wieder nach Hause kommt.«

»Der kleine Schleimer«, erwidere ich angespannt.

»Maria!«

Ich verdrehe die Augen. »Grüß ihn von mir, wenn du ihn siehst. Jetzt werde ich aufhören, mich weiter vor dem Lernen zu drücken.«

»Ich bin stolz auf dich, mein Schatz.«

»Danke«, hauche ich leise. Meine Stimmt klingt belegt und ich muss mich vor diesem einzelnen Wort drei Mal Räuspern. Dann lege ich auf.

»Familienurlaub? Haben wir im Moment nicht andere Probleme?« Alicia wedelt mit der Hand in der Luft.

Und schon ist der Moment der Rührung vorbei. »Haben wir. Aber dank Sellina wissen wir jetzt, dass Diabolo außerhalb des Landes ist.«

»Und?«

»Das bedeutet, dass er nicht in unserem Schrank sitzt und das Messer bereits gezückt hat.«

Alicia wirft einen schnellen Blick zu eben diesem Schrank. »Und Sellina ist wer?«

Ich seufze leise. »Das ist ebenfalls eine lange Geschichte. Die Kurzfassung ist, dass sie Damiens und Luciens Mum ist.«

Alicia sieht mich mit großen Augen an. »Sie ist die Frau von diesem Diabolo?«

»Nein«, sage ich entschieden. »Sie hat die Kinder aus Amerika geschafft, sobald sie wusste, dass sie schwanger ist. Diabolo hat von ihnen erfahren, als sie zehn waren und sie, samt Sellina, zurückgeschleift.« Ich gebe ein missmutiges Grunzen von mir. Auch wenn Sellina einer der wenigen Menschen ist, die mir am Herzen liegen, finde ich es umso schlimmer, dass sie seitdem auch bei Diabolo leben muss.

»Und jetzt?«, bringt Alicia das Gespräch wieder auf den Punkt.

»Jetzt rufst du deinen Vater an.« Ein eigenartiges Kribbeln ist in meinen Fingern zu spüren.

»Und dann?«

»Warten wir ab, was er sagt.«

»Sollten wir nicht lieber über eine gesicherte Leitung mit ihm sprechen?«

Mit gerunzelter Stirn sehe ich sie an. Innerhalb weniger Sekunden scheint sie zur Geheimagentin zu werden. »Weißt du denn, wie das funktioniert?« Und schon ist sie wieder meine zwar intelligente, aber eben nicht allwissende Zimmernachbarin.

»Nein.«

»Okay, schreib ihm eine Nachricht.«

»Eine Nachricht? Kann die nicht erst recht jeder mitlesen?«

»Schreib ihm eine Nachricht«, wiederhole ich eindringlich. Zögerlich holt sie ihr Handy, öffnet den Chat und sieht mich fragend an. Ich überlege für einen Moment. »Gibt es einen geheimen Code zwischen euch?«

Sie schnaubt. »Sowas brauchen normale Menschen nicht.«

Ich verkneife mir eine spitze Erwiderung. »Etwas, das nur ihr wisst? Einen Insider?« Alicia schüttelt den Kopf. »Vielleicht ein Erlebnis aus deiner Kindheit? Einen Prozess von ihm, über den ihr gesprochen habt?«

»Er spricht mit mir nicht über die Arbeit!« Sie wirkt entrüstet. »Natürlich muss er sich an die Geheimhaltung ...«

»Schon gut« unterbreche ich sie knapp. »Sonst irgendwas? Ein Verwandter in der Nähe? Jemand, über den ihr immer gelästert habt?«

Pikiert zieht sie die Nase hoch, spart sich aber zum Glück eine Belehrung darüber, dass man nicht lästern sollte. »Ich hatte einmal einen Hund, der immer bitterlich gejault hat, wenn man ihm denn eine Rüge erteilen musste.«

»Okay. Wie hieß der Hund?«

»Toffee.«

»Süß«, kommentiere ich. »Gut. Dann schreib ihm folgendes: Hey, ich brauche deine Hilfe bei den Prüfungen. So wie du Toffee geholfen hast. Ruf mich nachher an, aber ohne, dass Mum etwas mitbekommt.«

Alicia hat nicht einen Buchstaben getippt. Sie sieht mich lediglich unzufrieden an. »In diesem Text sind so unfassbar viele Dinge falsch.«

Ich verdrehe die Augen. »Der Wurm muss dem Fisch schmecken. Nicht dem Angler.«

»Was?«

Erschöpft winke ich ab. Dieses ganze hin und her ist unglaublich kräftezehrend. Es wäre ein Traum, sich ein paar Monate lang keine Sorgen machen zu müssen. Oder Tage. Oder eine Stunde. Wäre zumindest ein Anfang. Alicia seufzt schließlich tief und beginnt, wie wild auf ihrem Handy zu tippen. Hin und wieder sieht sie fragend in die Höhe, überlegt kurz und tippt dann wieder. Irgendwann trete ich an ihre Seite und überfliege den Text.

> Hallo Dad, tut mir leid, dass ich mich gestern nicht gemeldet habe. In der Uni war viel los. Professor Schmidt hat uns zwei neue Themengebiete aufgezählt, die für die Prüfungen relevant sind. Außerdem habe ich ein Lob in Sozialwissenschaften bekommen. :) Auch ansonsten komme ich gut zurecht und denke, dass ich den Stoff rechtzeitig verinnerlichen kann. Unser letztes Telefonat ist schon wieder zwei Tage her. Würde es dir passen, wenn wir heute Abend kurz reden? Ich würde dich gern wieder hören und habe schon wieder ein wenig Heimweh. ☹ Außerdem brauche ich deine Hilfe bei einem Geschenk für Mami. Vielleicht könnten wir darüber ebenfalls sprechen. Allerdings muss das Gespräch unter uns bleiben. Jimmy ist in den letzten Wochen wieder sehr aktiv geworden und wenn er hört, dass ich in ein paar Wochen nach Hause komme, wird er mich mit Sicherheit erwarten. Ich habe ein wenig Angst, dass er mein Handy abhören kann. Denkst du, dass so etwas möglich ist? Bitte melde dich bald. Ich habe dich lieb.

Diverse Ideen gehen mir durch den Kopf, um auf ihre ausufernde Nachricht zu reagieren. Ich verdrücke mir jede einzelne davon. Stattdessen frage ich lediglich: »Jimmy ist dein Ex?«

»Nicht mein Ex. Dafür mein Ex-Stalker.« Alicia geht zu ihrem Bett, lässt sich darauf fallen und breitet die Arme aus. »Ich bin fertig. Ganz im Ernst. Es fühlt sich an, als wäre ich mit der Achterbahn gefahren und hätte gleichzeitig versucht meine Prüfungen zu schreiben.«

Irritiert sehe ich sie an. »Der Vergleich ist eigenartig, aber ich weiß, was du meinst.« Bei einem leisen Klingeln schauen wir beide synchron auf.

Hektisch greift Alicia nach ihrem Telefon und lässt es vor lauter Aufregung zwei Mal fallen. Dann wandern ihre Augen über das Display.

»Lies vor!«, fordere ich sie impulsiv auf.

»Ich ruf dich in 15 Minuten an. Bei meinem einkommenden Anruf musst du ein Passwort bestätigen. Das Datum, als du deinen ersten Zahn verloren hast.«

»So etwas weißt du noch?«

Sie verdreht die Augen, sieht sich um und deutet statt einer Antwort in den Raum. »Mir egal, ob du das Zimmer geprüft hast. Ich will hier raus.«

»Hast du eine Idee, wo wir hingehen können?« Fragend sehe ich sie an.

Alicia zögert einige Sekunden, dann nickt sie. »Nimm deine Jacke mit.«

Mit diesen Worten erhebt sie sich. Ich folge ihr durch die Tür und vom Campus herunter. Schweigend folge ich ihr im Stechschritt die Straße entlang und zu einem kleinen Park, den ich zwar schon gesehen, aber noch nie betreten habe. Immer wieder werfe ich einen schnellen Blick auf die Uhr. Die Minuten scheinen mit jedem Mal schneller zu vergehen. Inzwischen sind bereits 12 Minuten weg.

»Huch«, murmle ich leise, als Alicia abrupt stehenbleibt

und ich beinahe in die hineinlaufe. Überrascht hebe ich den Kopf und sehe mich um. Wir befinden uns direkt vor einer kleinen Bank, die umgeben ist von dichten Sträuchern.

»Hier?«

»Hier«, bestätigt sie.

»Was ist, wenn uns jemand hört?«

»Dann müsste er durch fünf Meter dichte, dornenbesetzte Büsche klettern. Außerdem kommt niemand hierher.«

Argwöhnisch mustere ich sie. »Und das weißt du woher?«

»Ich habe einen ruhigen Platz gesucht.« Achselzuckend sieht sie auf ihr Handy. Dabei errötet sie leicht.

»Nicht dein Ernst?« Ich bin sprachlos. Sprachlos-begeistert, um genau zu sein.

Sie verdreht die Augen. »Auch ich habe ein Privatleben. Nur stirbt deshalb keiner.«

Ihre Worte werden von ihrem brummenden Handy begleitet. Hektisch zieht sie die Kopfhörer heraus, reicht mir einen und nimmt den Anruf entgegen. Nachdem sie mit zitternden Fingern einige Zahlen eingetippt hat, ist die Stimme ihres Vaters zu hören.

»Alicia, mein Schatz? Geht es dir gut?«

Ein nervöses Kribbeln schießt durch meinen ganzen Körper.

Alicia schüttelt den Kopf. Dann räuspert sie sich. »Nein, Daddy. Es ist etwas passiert.«

»Mit Jimmy?«

»Nein, nicht mit Jimmy. Ich ...« Sie bricht ab und zum ersten Mal drängen Tränen aus ihren Augen. »Ich weiß nicht, was ich machen soll, Daddy.« Ihre Stimme zittert. Wieder räuspert sie sich. Aber als sie die Lippen öffnet, kommt kein Ton heraus.

»Schatz, bitte sprich mit mir. Ich mache mir große Sorgen!« Seine dunkle Stimme, die weichen Worte und die Sorge, die ich überdeutlich spüre, verpassen mir einen ordentlichen Stich. Ungefähr so hätte es sich anfühlen können, einen normalen Vater zu haben.

Verbissen senke ich den Blick. »Hallo, hier ist Maria. Alicias Zimmernachbarin.«

Alicia sieht mich überrascht an. Ihr Vater schnappt nach Luft. »Wo ist meine Tochter? Geht es ihr gut?«

»Ja«, antworte ich leise. Dann sehe ich mich um. Die Bank wird tatsächlich von beinah allen Seiten von dichtem Gestrüpp umringt. Trotzdem senke ich zusätzlich die Stimme. »Mein Name ist Maria Surreto und ich bin bei Stefano Diabolo aufgewachsen. Mein Vater hat mich an ihn verschenkt, als wäre ich ein Tier. Oder eine Vase.

Diabolo ist einer der größten Kriminellen, die ich kenne. Er verkauft Drogen, Frauen und Kinder.« bei dem letzten Wort schnappt Alicia nach Luft. »Er bedroht und verletzt mich und ich weiß nicht, wie ich es aus diesem irren Hamsterrad herausschaffen soll. Es tut mir unfassbar leid, Sie und Ihre Tochter in mein Leben hineinziehen zu müssen, aber auch wenn Sie mich nicht kennen, bitte ich Sie, mir zu helfen.« Bei den letzten Worten wird meine Stimme immer leiser. Ich stoße ein schwaches Wimmern aus, das ich nicht unterdrücken kann.

Alicias Vater ist während meiner ganzen Rede still. Am anderen Ende der Leitung ist es so ruhig, dass ich denke, er wäre weg. Trotzdem rede ich weiter. Weil ich nicht aufhören kann. Jetzt, wo ich einmal damit begonnen habe.

Am Ende bin ich atemlos.

Dafür findet Alicia die richtigen Worte. »Daddy, ich glaube ihr.«

Ich würde zu gern behaupten, dass es nur wenig gibt, was ich verachte.
Aber was soll ich sagen?
Ich bin kein besonders toleranter Mensch.

KAPITEL 22

Blac

Ich stütze die Arme auf, um das schummrige Gefühl in meinem Schädel zu vertreiben. Möglicherweise waren die letzten beiden Kurzen etwas zu viel des Guten ...

»Blac, komm schon, was ist los? Seit wann verlässt du die Party vor dem Höhepunkt?« Das laute Lachen unseres Geschäftspartners mischt sich in das von Damien. Ich schüttle lediglich knapp den Kopf, während mein Blick zu den beiden geht. Sie sehen beschissen aus. Noch schlimmer als ich. Was allerdings auch kein Wunder ist, bedenkt man, was sie sich heute schon alles in die Birne geknallt haben.

Ein glockenklares und gleichzeitig nervtötend hohes Lachen ertönt und lässt mich das nächste Glas unbewusst füllen.

Wo Georgina ist, kann ich nicht nüchtern sein. Diese Frau ist eine Zumutung. Früher einmal haben die Brüder einen guten Bogen um die alte Giftspritze gemacht. Dass sie uns hier erwartet, habe ich ehrlich nicht erwartet. Auch wenn es im Moment nicht danach aussieht, sind wir nicht zum Spaß hier. Ganz im Gegenteil. Scheiße, eigentlich sollte ich in der Uni sein und auf mein Mädchen aufpassen.

Oder bei Diabolo, um ihm den Arsch aufzureißen.

Stattdessen bin ich hier.

Und warum? Weil er es so will.

Wie der brave Soldat habe ich mich gefügt …

Nicht.

»Können wir?« Selbst ich höre die Ungeduld in meiner Stimme. Fuck, ich hasse es, wie wenig ich mich in den letzten Wochen im Griff habe.

»Entspann dich, Snake. Wir wollen die Gesellschaft nutzen und auf unsere Zusammenarbeit anstoßen.« Damiens Worte sind beinah nüchtern trocken. Sie jagen mir eine leichte Gänsehaut über den Rücken, auch wenn ich es nur ungern zugeben will. Er nickt in die Runde, aus welcher zustimmende Laute kommen.

Knapp sehe ich die Männer der Reihe nach an. Einer ekelt mich mehr an als der andere. Sie sind der letzte Dreck. Widerwärtige Menschenhändler, die sich einen drauf runterholen, wie viele Frauen sie besitzen. Scheiße, in welcher Zeit leben wir hier?

Nur zu gern würde ich den Typen erklären, dass wir die Zeiten der Sklaverei seit langem hinter uns gelassen haben.

Nur würde keiner von ihnen auch nur ein Wort von dem, was ich sage, verstehen.

Ich öffne den Mund, um noch etwas zu erwidern, doch da wird meine Aufmerksamkeit von etwas anderem angezogen. Wobei jemand, es wohl besser trifft. Ich muss zugeben, dass sie verdammt heiß ist. Alles andere wäre eine Lüge.

Und ja, sie sorgt dafür, dass sich etwas in mir regt. Allerdings nicht ihretwegen, sondern deshalb, weil sie mich an jemand anderen erinnert. Nicht, weil sie ihr besonders ähnelt.

Vermutlich eher deshalb, weil ich seit verdammten zwei

Wochen niemanden gefickt habe und meine Gedanken sich inzwischen rund um die Uhr nur darum drehen.

Georgina wirft mir darauf ein herausforderndes Grinsen zu. Sie sitzt dicht neben einem unserer Partner. Wobei, auf ihm, trifft es besser. Sie hat die Beine über seine Schenkel geschlagen und lehnt sich schräg an dem Polster an.

Jemand anderen würde es irritieren, die einzige Frau zu sein. Sie nicht. Georgina liebt es, im Mittelpunkt zu stehen. Und je mehr Schwänze ihr zur Verfügung stehen, umso besser. Was sie hier macht? Davon abgesehen, dass sie mir auf den Sack geht – sehr viel. Bedauerlicherweise.

Zähneknirschend sehe ich zu Damien. Er sitzt im Halbdunklen des ›Lumiels‹. Luciens persönlicher Spielwiese. Es ist ein Club der Extreme und Exzesse. In einer stillen Ecke zu ficken, gehört beinah zum guten Ton. Dass nicht alle damit einverstanden sind, bedauerlicherweise auch.

Damien nickt mir warnend zu. Ich weiß, was mir sein Blick sagen soll. *Halt die Fresse und verkack es nicht.* Im Anschluss senkt er mit einem süffisanten Grinsen die Augen.

Schließlich schnalzt er leise mit der Zunge. Er fährt sich mit den Fingern über den Bart und entlockt mir damit ein leichtes Stöhnen. Ob absichtlich oder nicht, aber mit der Geste ähnelt er seinem verdammten Vater immer mehr. »Meine Freunde, das Geschäftliche ist geregelt. Es wird Zeit, die angespannte Stimmung ein wenig aufzulockern. Findet ihr nicht?« Entspannt dehnt er seinen Nacken und winkt dann eine der Tänzerinnen zu sich heran. Sie wird durch den dichten Nebel immer deutlicher, bis sie schließlich direkt vor uns steht.

»Schicke Einrichtung«, höhnt einer der Männer am Tisch. Ich sehe nicht hin. Es interessiert mich nicht, wer es war.

»Da hat sich die Anreise gelohnt«, lacht ein zweiter.

Georgina schlägt die nackten Beine aufreizend herunter, erhebt sich und umrundet die Frau. Diese wirft ihr einen unsicheren Blick zu, als Georgina ihre langen Krallennägel über ihre Schulter zieht. »Sie ist hübsch. Gut gekleidet und noch recht frisch.« Georgina wirft uns einen vielsagenden Blick zu. »Zumindest für ihr Alter.«

Fuck. Ich muss mich beherrschen, ihr nicht sofort die dürre Kehle herumzudrehen.

»Das Alter, das du inzwischen überschritten hast, Babe?« Damien grinst genüsslich. Ein paar stimmen ein, wenn auch wenig authentisch. Sie wissen, wer hier das Sagen hat. Trotzdem will es sich keiner von ihnen mit der kleinen Bitch verderben.

»Nicht doch, D. Hast du so große Sehnsucht nach mir, dass du schon wieder fies werden musst?« Damien verdreht die Augen. Vermutlich denkt er dasselbe wie ich. Lucien wäre für diesen Scheiß hier soviel besser geeignet als wir.

Aber er ist nicht hier.

Und das ist auch gut so.

Damien scheint sich einen Ruck zu geben. »Du stehst darauf, wenn ich fies bin.« Georgina kommentiert seinen Einwand mit einem spitzen Lachen. Dann schlägt sie der Frau gegen die Wange. »Na dann, los. Jünger werden sie nicht mehr.«

»Dafür werden wir schon sorgen«, kommt es von meiner linken Seite. Inzwischen rauscht es vor Wut in meinen Ohren. Ich muss die Hände fest zusammenkrallen, um nicht sofort aufzustehen. Jeden von ihnen würde ich am liebsten zu Brei schlagen. Sie feiern, dass sie ab sofort über die Grenzen hinweg mit Minderjährigen handeln.

Wahrlich eine Leistung, für die man sich bejubeln kann …

Verbissen senke ich den Blick. Um mich herum kommt Bewegung in die Leute. Unsere kleine Gruppe erhebt sich, erzählt, trinkt und beginnt sich mit *der Einrichtung* zu beschäftigen.

Ich dagegen sinke immer tiefer in das Polster und genehmige mir einen zusätzlichen Shot.

»Was ist los, Snake? Es gab Zeiten, in denen du nicht derart abgeneigt warst.« Georgina neigt sich mir entgegen. Sie kommt an mich heran, setzt sich neben mich und fährt mit den Fingernägeln über meinen Arm.

Zu nah. Mein Puls beginnt schneller zu schlagen und meine Muskeln spannen sich wie von selbst an. Am liebsten würde ich die kleine Viper packen und über den Tisch werfen. Ihren dünnen Hals mit dem Rest der Flasche aufschlitzen, bis sie elendig verreckt.

Leise seufze ich. So reizvoll diese Fantasie auch ist, so dringend muss ich sie verwerfen. Bedauerlicherweise würde ich einen Krieg vom Zaun brechen, dem wir nicht gewachsen wären.

Nicht hier.

Nicht jetzt.

Sie scheint mein Seufzen völlig falsch zu interpretieren und schnurrt leise: »Ich wusste, dass ich dir nicht egal bin.« Statt einer Antwort ignoriere ich sie. Dabei fange ich Damiens warnenden Blick auf. Als wüsste ich nicht selbst, dass ich mit dem Feuer spiele.

Georgina scheint meine Ablehnung nicht zu verstehen. Oder getrost zu ignorieren. »Sag mir, wonach sehnst du dich? Einem kurzen Vergnügen?« Ihre spitzen Krallen bewegen sich an meinem Arm hinauf. »Oder ein längeres Unterfangen? Ich bin beidem nicht abgeneigt.« Sie spricht leise und haucht mir die Worte entgegen. Ihre Lippen streifen meine Wange. Dann nimmt sie die Hand und fährt mit dem Finger über meine Lippe.

Damit sorgt sie endgültig für einen Kurzschluss in meinem Schädel. Meine Hand schießt herum und umfasst ihre dürren Finger. Ich drücke fest zu. Mein Kiefer verhärtet sich, als meine Augen ihre treffen und ich das genussvolle Grinsen darin sehe. Dieses verfluchte, kranke Miststück genießt es, wenn ich ihr weh tue. Sie ist eine derer, die sich von mir schlagen und misshandeln lassen würden und noch immer um mehr flehen.

Als hätte ich mich an ihr verbrannt, öffne ich ruckartig die Faust und erhebe mich. Ein paar Blicke folgen meiner Bewegung. »Du hast früher einmal mehr vertragen, mein Freund.« Damien hat sich ebenfalls erhoben.

Ich atme tief ein und langsam wieder aus. »Früher waren auch wir jünger.« Die Worte schmecken wie bitteres Gift auf meiner Zunge. Sie sorgen aber dafür, dass sich Damien entspannt. Wenigstens einer scheint zufrieden mit meiner Antwort.

Georgina geht inzwischen bemüht elegant um den Tisch herum. Ein gefährliches Funkeln liegt in ihren Augen. Sie stellt sich vor Damien und dirigiert ihn zurück auf das Sofa. Anschließend wirft sie mir einen kurzen Blick über die Schulter zu. »Wenn Snake noch nicht in Stimmung ist, werde ich mir die Zeit wohl anderweitig vertreiben.«

Sie beginnt sich aufreizend auf Damiens Schoß zu räkeln. Dabei streckt sie mir immer wieder ihre kleinen Titten entgegen. Ich bin versucht zu fragen, was ihre Intension ist. Mir zu zeigen, dass es dort nichts zu sehen gibt? Glückwunsch. Hat funktioniert. Sie interessiert mich nicht.

»Babe, das klingt beinah, als wäre ich nur ein Trostpflaster?« Damien geht endlich auf ihre Spielchen ein und ich sehe den Triumph in ihrem Blick. »Du wirst niemals ein Trostpflaster sein, mein Schöner.«

Kopfschüttelnd schenke ich mir ein weiteres Glas ein.

Damien schließt für einen Moment die Augen und gräbt die Hände in Georginas rabenschwarze Haare. Bestimmt zieht er sie zurück, sodass ihr ein leichtes, aufgeregtes Schnappen herausrutscht. Es ist gespielt. Wie alles an ihr.

Grinsend senkt er das Gesicht auf ihre helle Haut und vergräbt sich tief in ihrem Nacken. Ihr Blick geht dabei wie von selbst zu mir und ich sehe den Hunger und die Lust in ihren Augen flackern. Sie streckt mir auffordernd die Hand entgegen.

Bitte, was erwartet sie? Ein billiges Stöhnen und dass sie wie eine kleine Nutte auf dem Schoß meines Freundes herumrutscht und schon stehe ich schwanzwedelnd neben ihr?

Damien scheint ihr erneuter Versuch ebenfalls aufgefallen zu sein. Er umfasst ihre Haare mit den Fingern und dreht ihr Gesicht zur Seite. Den Blick hält sie weiterhin auf mich geheftet.

»Mein Freund scheint deine Aufmerksamkeit mehr einzunehmen, als ich.« Seine Stimme ist ein leises Schnurren. Auch wenn ich weiß, dass er nicht Lucien ist, fällt es mir in diesem Moment sehr schwer, nicht ihn vor mir zu sehen. Sein Bruder ist wie geschaffen für so etwas. Er ist auch derjenige, der Georgina bei jedem Treffen fickt.

Keine Ahnung, wie er das macht.

Ich könnte meinen Ekel vor ihr niemals verbergen.

»Möglicherweise«, lenkt mich ihre Antwort von meinen Gedanken ab. »Du weißt, dass ich kein Freund von Zurückhaltung bin.«

»Oder Grenzen«, brumme ich leise.

Diesen Einwand ignorieren beide.

Damien neigt sich lachend nach vorn, drückt ihren Hals weiter zur Seite, sodass ihr Blick unweigerlich auf mich trifft. Dann vergräbt er sich tief in ihrem Ausschnitt und gibt ein leises Stöhnen von sich. Ihr Mund öffnet sich stumm. Währenddessen hat sie ein beschissen zufriedenes Grinsen auf den Lippen.

»Babe, du bist wirklich schmackhaft.« Damien verzieht die Lippen zu einem Grinsen. Für mich trieft es vor Falschheit, aber was weiß ich schon? Seine Finger gehen ein letztes Mal über ihren Körper, dann zieht er sich zurück. Langsam, bedächtig lehnt er sich nach hinten, verschränkt die Arme und sieht sich beinah gelassen in der Bar um.

Scheiße, von dem kurzen unsicheren Aufflackern in Georginas Augen hätte ich zu gern ein Foto. Darauf würde ich mir nur zu gern einen runterholen.

Zu meinem Bedauern packt Damien sie dann an der Hüfte und wirft sie auf das Sofa. Binnen weniger Sekunden sitzt er zwischen ihren Beinen und lässt die Finger unter ihrem Kleid verschwinden.

Georgina seufzt einen kurzen Moment genießend und greift nach Damiens Schritt.

Ich betrachte das Ganze still und angewidert.

»Nehmt euch ein Zimmer. Es gibt genug«, knurre ich leise, während die beiden es beinah auf den Polstern treiben.

»Neidisch?« Georgina richtet sich auf. Auffordernd fährt sie mit dem Daumen über ihre Lippen. Nur zu gern würde ich fragen, wieso. Schließlich ist die Geste absolut wirkungslos, wenn sie vorher keinen Schwanz zwischen den Lippen hatte.

»Bitte«, schnaube ich lediglich.

»Bitte, was? Bitte blas mir einen?« Sie rutscht von dem Sofa, richtet sich auf und kommt zu mir herüber.

»Hier? Mit Sicherheit nicht. Ich bin keiner deiner Freier.«

Sie gibt ein wütendes Schnauben von sich. Trotzdem sehe ich das Funkeln in ihren Augen. Die kleine Schlampe denkt, dass sie mich am Haken hat. Soll sie ruhig. »Gut. Dann sollten wir uns zurückziehen.« Auffordernd sieht sie mich an. Scheiße, rafft sie nicht, was eine Ablehnung ist? Vermutlich fährt sie auch darauf ab.

Aber das hier ist kein heiß- kalt Spiel wie im Kindergarten.

Ich habe kein Interesse.

»Woran hast du denn gedacht?« Damien stellt sich hinter sie, während sie sich an meinem Knie reibt. Ist sie eine rollige Katze und ich Katzenminze oder was soll das?

»Ich habe eine nette kleine Wohnung, ganz in der Nähe. Wenn unser Freund dort eher in Stimmung kommt ...« Vielsagend schließt sie die Augen für einen kurzen Moment. Am liebsten würde ich ihr meine Stimmung in Form einer Waffe an die Schläfe halten.

»Ich glaube nicht, dass dir das gelingt. Hier oder anderswo.« Damien wirkt zufrieden. Er lehnt sich an den Tisch und richtet dabei seine Hose. Mit einem Lächeln auf den Lippen nicke ich ihm zu.

Mein Freund weiß, wie er sie locken kann.

Georgina springt wie erwartet darauf an. »Dann werde ich mich wohl mehr ins Zeug legen müssen.«

»Das wirst du wohl, Babe.«

»Noch eher friert die Hölle zu«, knurre ich als Antwort.

»Dann solltest du die Nachrichten nicht verpassen. Das wird ein Ereignis.« Georgina spielt mit meinem Hemd. *Wieso habe ich mich für diese Wixer überhaupt in Schale geworfen?*

»Es ist nicht weit«, sagt Georgina grinsend.

»Gut, sehr gut.« Damien schnurrt leise. »Zu sonderlich großen Wanderungen fühle ich mich nicht mehr in der Lage.« Lachend umschließt er sie mit seinem Arm und gemeinsam torkeln sie die Straße entlang.

Es ist traurig und abstoßend.

Am liebsten wäre ich an einem anderen Ort. Weit weg von ihr. Und Damien, den würde ich mit mir nehmen.

Ich folge ihnen wie ein stummer Schatten, während ich die beiden beobachte. Es ist wie ein Schauspiel, ein Unfall, bei dem man einfach nicht wegsehen kann, so sehr man es auch versucht.

Wann immer mein Blick ihren Körper streift, versteife ich mich merklich. Jedes Mal, wenn ich sie ansehe, sehe ich nur das Leid, was sie auslöst. Die Taten, mit denen sie sich schmückt wie ein Pfau mit seinen Federn.

Die ersten Sonnenstrahlen tanzen bereits am Horizont und schicken ihre tiefen Schatten über den schmalen Weg. Es ist eine Stadt, die niemals schläft, genauso wenig wie das Grauen darin. Dafür herrscht hier Stille. Lucien hat die Lage seines Clubs gut ausgewählt.

Es dauert nicht lang, bis wir am Auto ankommen.

Ich gebe keinen Kommentar dazu ab, dass die beiden sich auf die Rückbank setzen. Auch wenn ich getrunken habe, bin ich immer nüchtern genug, um zu fahren. Immer.

Wenige Minuten später stoppe ich meinen AMG GT.

Ich werfe einen letzten, bedauernden Blick zurück auf die chromüberzogene Oberfläche. Er hat es nicht verdient am Straßenrand warten zu müssen.

Dann folge ich ihnen die glatten Stufen hinauf.

Ganze drei Etagen.

»Wir sind gleich da.« Ihre Stimme klingt atemlos. Vielleicht von den Treppen, aber das glaube ich nicht. Sie scheint in Form zu sein, wie auch nicht bei ihrem Job.

Vermutlich ist sie aufgeregt, weil sie der Meinung ist, ich würde ihr folgen, um sie zu ficken. Achtung Spoiler: Das ist nicht der Fall.

»Sehr gut«, ertönt Damiens leises Schnurren.

Ihre beschissenen Schuhe klappern auf der Holztreppe. Ein letzter Absatz, dann landen wir vor einer Tür, die in Anbetracht der Gegend erstaunlich gut in Schuss ist. Ich frage mich tatsächlich, warum sie ausgerechnet hier eine Wohnung hat.

Wobei, muss ich mir die Frage tatsächlich stellen, wenn Luciens Club direkt um die Ecke ist?

Rasch werfe ich Damien einen schnellen Blick zu. Er verzieht lediglich lächelnd das Gesicht. Diesen Mistkerl hebt absolut nichts mehr an.

Wir stolpern nach drinnen. Wobei, stolpern trifft es nicht. Inzwischen bin ich nüchterner als ein Kind zur Einschulung.

Selbstsicher breitet sie die Arme einladend aus und dreht sich, als hätte sie etwas an sich, das mich interessiert. »Da sind wir. Darf ich euch etwas anbieten?«

»Nein.« Meine Antwort klingt harsch und ich sehe, wie sich die Härchen auf ihren Armen aufstellen. Ihr Blick schwenkt zu Damien. Ich schnaube. Wir sind weder im arabischen Raum, noch bin ich eine Frau, deren Mann zustimmen muss, wenn es um ihren Getränkewunsch geht.

Mein Kiefer verhärtet sich, als er eine Spritze zutage fördert und sich lachend auf das Bett fallen lässt.

»Vielleicht sollten wir uns lediglich den Freuden der menschlichen Interaktion hingeben ...« Meine Worte sind eine freundliche Ermahnung. Am liebsten würde ich ihm die Scheiße aus der Hand reißen und in die Fresse klatschen. Ich habe ihn erst einmal mit dem Müll gesehen aber ich war lange weg und offenbar reicht es ihm nicht mehr, sich mit dem billigen Müll die Kante zu geben.

Die Bitch hängt inzwischen lachend an seiner Seite. Bei jeder anderen würde ich denken, dass sie darauf hofft, dass er ihr den nächsten Schuss setzt. So sind sie alle. Eigentlich traurig. Aber nicht sie. So falsch sie ist, so wenig kann man sie als dumm bezeichnen. Sie rührt die Scheiße nicht an. Was sie traurigerweise schlauer macht als meinen Freund.

Schließlich gibt es nur eine Regel, wenn man Drogen vertickt: Nimm die Scheiße nicht selbst.

Mein Blick schweift aus dem Fenster. Damien ist mein Bruder oder zumindest war er immer wie einer für mich. Ich werde mir den Mist genau einmal ansehen. Sobald wir aus diesem Drecksloch heraus sind, prügle ich den Typen windelweich, sollte er nicht die Finger davon lassen.

»Snake, du bist noch immer abweisend«, jammert sie beinah. Bitte, wo sind wir? Im Kindergarten? Will sie sich gleich bei ihrer Mami beschweren, dass ich sie nicht ficke?

»Vielleicht sollten wir ihm nur einen kleinen Anreiz bieten.« Ich spüre beinah Damiens Blick auf mir, weshalb ich mich zögerlich umdrehe. Immerhin hat er den Scheiß weggelegt.

Stattdessen erhebt er sich und bietet ihr die Hand an.

»Wie galant.« Sie kichert leise und lässt sich auf die Beine ziehen. Für einen kurzen Moment verschwindet sie, dann ist sie mit einer Flasche wieder da. Sie bietet sie uns an, hält sie lachend in den Raum, doch keiner von uns reagiert darauf. Dann zuckt sie mit den Schultern und setzt die Flasche an die Lippen. Argwöhnisch beobachte ich sie dabei.

Wie sie die Flasche hebt, ansetzt und nicht trinkt.

Stumm schüttle ich den Kopf.

Miststück.

Anschließend bietet sie Damien die Flasche an. Er lehnt dankend ab. Wenigstens etwas.

Inzwischen hat er seinen Gürtel abgenommen, führt die kleine Hure zu dem massiven Pfosten, der die Dachgeschosswohnung stützt. Sein Gesicht schiebt er näher, drängt sich ihr entgegen, während er ihre Hände nach oben führt. Klappernd zieht er den Gürtel um ihre Hände straff und ich sehe das erste besorgte Flackern in ihren Augen.

»Du weißt, wie ungern ich die Kontrolle abgebe.«

Bei diesen Worten gebe ich mir einen Ruck und gehe zu ihr hinüber. »Nicht einmal für mich?« Sie windet sich in seinem Griff. Inzwischen ist es zu spät. Sie ist viel zu tief drin im tiefen, klebrigen Nektar.

»Ich glaube, wir sollten das etwas anders angehen. So kann ich mich nicht richtig um euch kümmern.« Lasziv senkt sie den Blick.

Ohne zu zögern, reißt Damien den Arm nach oben. Seine Hand krallt sich in ihr dichtes Haar und zieht ihren Kopf zurück. Sie jault zufrieden. Er reagiert nicht einmal.

»Hast du nicht noch etwas Durst? Mir war so ...« Lachend hebt er die Flasche und setzt sie ihr an die Lippen. Sie wimmert, spuckt und windet sich. Trotzdem hält er keine Sekunde inne. Grob umgreift er ihren Kiefer und zwingt sie, immer mehr der klaren Flüssigkeit zu schlucken. Mindestens die Hälfte der bereits fast leeren Flasche rinnt an ihrem Kinn herab. Bedauerlicherweise.

Ein Gurgeln entrinnt ihrer Kehle und lässt mich die Augen verdrehen. Wir wissen alle, dass sie wesentlich mehr schlucken kann.

»Ich glaube, sie hat genug.« Das sage ich nicht ihretwegen. Meinetwegen könnte sie hier und jetzt den Löffel abgeben. Im Gegenteil. Ich würde ihn dafür beglückwünschen. Nur würde uns das nicht weiterbringen.

Erst als die Flasche beinah leer ist, setzt er sie ab.

Nur für eine Sekunde. Dann riecht er an dem Hals und setzt sie sich selbst an die Lippen und nimmt einige tiefe Schlucke.

»Du Idiot.« Ich bin mit zwei schnellen Schritten bei ihm. Dann schleudere ich sie ihm aus seiner Hand. Das Glas zerschellt mit einem Scheppern am Boden und verteilt sich im Raum.

»So, Babe.« Damien grinst provozierend. Dabei ignoriert er meine Wut vollständig. »Ich schätze, wir zwei haben nicht viel Zeit, bis der Scheiß, den du in die Flasche gefüllt hast, wirkt. Also sollten wir die wenigen Minuten besser gut nutzen.« Dieser verdammte Wichser. Er wusste sofort, dass das nicht nur Alkohol ist.

Ich gebe ein Knurren von mir, sie ein wimmerndes Flehen.

Meine Hand geht zu ihrem Kinn und ich hebe ihren Kopf bestimmt an. »Du weißt, wie das läuft. Wir verschwinden, sobald wir das haben, was wir wollen. In welchem Zustand du dann bist, ist allein deine Sache.« Ich zucke mit den Schultern. Ein russischer Fluch entrinnt ihren Lippen, dann hebt sie den Blick. Das Verlorene und Hilflose darin ist verschwunden. Stattdessen starrt sie mich direkt an, schiebt die Unterlippe nach vorn und spuckt mir abfällig entgegen.

Mein Kiefer spannt sich an und meine Muskeln verhärten sich. »Das hättest du nicht tun sollen.«

Damien drängt mich zur Seite. Seine Hand trifft klatschend ihr Gesicht. Er scheint sich nur schwer auf den Beinen halten zu können, ist aber mit Abstand nicht so hinüber wie sie. Ich ziehe mich zurück, trete erneut an meine Position am Fenster. Ich bin nicht hier, um ihm zu helfen. Eher ihr. Wenn ich Damien mit ihr allein lasse, wird sie die Nacht nicht überleben. »Anscheinend weißt du nicht, in welche Situation du dich hier hineinbegeben hast.« Damien lacht trocken, erhält allerdings keine Antwort. Die braucht er auch nicht. Zumindest nicht auf solche lächerlichen Fragen.

Seine Hand fährt zu seiner Tasche und er zieht ein geklapptes Messer heraus. Er lässt das Butterfly schnappen und umspielt für einen kurzen Moment den Griff. Dann hebt er die Hand und zieht es über ihren Körper. Sie schnappt nach Luft, gibt sonst keinen Laut von sich. Ironischerweise erscheint sogar ein gieriges Lächeln auf ihren Lippen.

Krankes Miststück.

Das knappe Kleid gleitet ihr von den Schultern und gibt den Blick auf ihre nackte Haut frei. Eine kurze, blutende Linie zieht sich über ihre Seite.

Sie ist oberflächlich.

Noch.

»Du willst nicht reden? Das ist ok. Für den Moment. Du wirst es noch, keine Sorge, meine Hübsche.« Damiens Stimme trieft vor Spott. Er neigt sich nach vorn, lässt die Hand über ihren Körper fahren. Als sie zwischen ihre Beine gleitet, spreizt sie diese bereitwillig. Ich kann mir ein trockenes Lachen nicht verkneifen. Ihr Blick ist verwaschen, sie hängt mehr an dem Balken, als dass sie steht, doch verfluchte Scheiße, sie genießt diesen Mist auch noch.

»Das ist soviel besser, als ich erwartet habe.« Damien lässt das Messer erneut kreisen, hebt es an ihre helle Haut und zieht es mit einer schnellen Bewegung über ihr Kinn. Sie schnappt nach Luft, ihr Kopf fällt nach hinten und ihre Augen weiten sich.

Die Abscheu fehlt in ihrem Blick.

Da ist lediglich Lust.

Meine eigenen Augen fahren über ihren Körper. Unzählige Narben schmücken ihn. Dort, wo man sie nicht offensichtlich sieht. Viele sind dünn, schon lange verblasst, aber sie sind noch immer da.

Damien zieht seine Finger erneut durch ihre Mitte, sie zappelt stumm in den Ketten, als würde sie ihn anflehen fortzufahren.

Dann zieht er sich zurück. Sein Blick wird kalt und abwesend. »Wir werden noch unseren Spaß haben. Keine Sorge. Zuerst solltest du uns allerdings etwas liefern.«

»Und was sollte das sein?« Mit einem Mal wirkt sie fast vollständig bei Bewusstsein. Ich hebe beinah belustigt die Augenbraue und mustere sie. Sie zuckt lediglich mit den Schultern.

»Wie wäre es mit ein paar Antworten? Spielen wir ein Spiel. Ich frage, du antwortest. Gefallen mir deine Antworten, belohne ich dich. Gefallen sie mir nicht ... dann werde ich belohnt.« Sein teuflisches Grinsen tut beinah weh. Es ist, als würde ich Diabolo gegenüberstehen. Dem verfluchten Schwein und nicht seinem Sohn.

Georgina sieht herablassend zu uns. »Das wird Daddy nicht gefallen.«

»Wie gut, dass er nicht hier ist«, werfe ich müde ein.

»Deine Meinung.« Georgina leckt sich die Lippen. In diesem Moment frage ich mich, ob sie es auch schon mit ihm getrieben hat. Wobei, vermutlich ist die Frage dumm. Es ist offensichtlich.

»Du willst mit den Großen spielen? Dann los, Babe«, fordert sie Damien beinah freundlich auf.

Er stützt sich mit dem Unterarm an dem Balken ab. *Hat er so viel von ihrem Dreck getrunken oder hatte er sich schon vorher etwas eingeworfen?* Ich habe keine Ahnung. »Du scheinst nicht abgeneigt davon, Diabolo zu gefallen.«

»Gute Gene, Babe«, antwortet sie herausfordernd. »Aber ich stehe eher auf reife Männer. Welche, die wissen, worauf sie stehen. Solche, die keinen Rückzieher machen oder gar heuchlerische Absichten durchschauen lassen.«

Für die Antwort schlägt ihr Damien mit der flachen Hand ins Gesicht. Sie antwortet mit einem Lachen.

»Wir wollen einfach nur wissen, mit wem wir ins Bett steigen.«

»Metaphorisch gesprochen«, füge ich hinzu.

»Wie bedauerlich«, kommentiert sie leise.

Damien übergeht unseren kurzen Wortwechsel. »Sag mir, wie viele hast du schon verführt? Wie viele Frauen hast du abgefüllt und ihnen ausgeliefert, damit sie genauso abgefuckt werden wie du? Wie viele Männer hast du benutzt und Diabolo zum Fraß vorgeworfen?« Seine Stimme ist so unfassbar sanft.

»Und deine Frage?« Sie hebt herablassend das Kinn und langsam erkenne ich die Viper in ihrem Inneren. Meiner Meinung nach genießt sie das hier viel zu sehr.

»Tut mir leid, habe ich mich nicht gut genug ausgedrückt? Wie viele Menschen hast du auf dem Gewissen. Wie viele hast du für Diabolo verkauft, versklavt und ausgenommen?«

»Ein paar Dutzend. Wer zählt schon mit.«

»Ein paar Dutzend.« Damien nickt nachdenklich. »Und wie läuft das? Du bringst sie her, füllst sie ab und stellst sie ruhig? Dann kommt Diabolo und holt sie sich? Sucht sich die brauchbaren aus und lässt den Rest in der Gosse verrecken?«

»Mir scheint es bald so, als müsste ich dir nichts erklären, mein Hübscher.« Sie neigt den Kopf nach vorn und fährt sich begierig mit der Zunge über die Lippen.

Erneut setzt er das Messer an, zieht es über ihren Arm

nach oben. Blut fließt. Tiefrot schlängelt es sich an ihr herab und ein erstes Wimmern entrinnt ihren Lippen. Ob vor Lust oder Schmerz kann ich nicht sagen. Vermutlich beides.

»Und denkst du, dass du Diabolo auch weiterhin gute Dienste erweisen kannst?«, bringe ich die Unterhaltung zurück auf weniger prekäre Themen.

Damien hebt abwehrend die Hand. »Ich habe noch keine Antwort bekommen.«

»Dann solltest du vielleicht die richtigen Fragen stellen.« Wieder hebt sie herausfordernd das Kinn.

»Gut«, lenkt Damien ein. »Wir können uns nicht auf lächerliche Aussagen verlassen. Zeig uns die Unterlagen aus den letzten Wochen. Wir wollen wissen, wie viele Kinder über die Theke gehen.« Damien gibt ihr kaum Zeit sich zu erholen, da hebt er die Klinge bereits wieder an ihren Hals.

Mit einem Lachen drückt sie sich dem Messer entgegen. Dabei funkelt ein einzelner, neuer Tropfen Blut an der Klinge. »Warum habt ihr das nicht gleich gesagt?«

»Weil es so viel lustiger ist«, schnurrt Damien. Dann reißt er seine Hose herunter. Ich hingegen ziehe mich zurück. Weder will ich sie ficken noch dabei zusehen.

Aber ich brauche diese verdammten Unterlagen.

Und deshalb werde ich bleiben, bis ich sie bekommen habe.

KAPITEL 23

Maria

Gedankenversunken wandert mein Blick über die Reihen der Studenten. Alles ist still, während die Stimme unseres Professors zu hören ist. Ich bekomme kaum etwas davon mit. So sehr ich es auch versuche, meine Gedanken schweifen immer wieder ab.

»Dies sind die wichtigsten und elementarsten Punkte unseres Fundaments. Dem Ursprung dessen, was wir sind.« Ich verdrehe die Augen bei den Worten des Professors. Gesellschaftswissenschaften ist meiner Meinung nach der größte Schwachsinn, den es gibt. Als wäre etwas von dem, was er dort wie ein verrückter Fanatiker predigt, interessant.

Während ich mich umsehe, fällt mir auf, dass alle anderen bereits schreiben. Deshalb nehme ich ebenfalls meinen Stift zur Hand. Auf meinem Papier landen allerdings wenig sinnvolle Worte. Ich bin zu abgelenkt, um mich tatsächlich zu konzentrieren.

Die ganze Zeit geht mir das Gespräch mit Alicias Vater durch den Kopf. Das und die vielen folgenden.

Mir schwirrt bereits der Schädel, wenn ich an seine

vielen Anweisungen denke. Dabei war der gute Mann zu Beginn so gefasst und ruhig. Aber ich schätze, nachdem er verstanden hat, um wen es hier geht – und dass seine Tochter in Gefahr sein könnte – wurde er verdammt schnell aktiv.

Dieser Mann sorgt sich tatsächlich um sein Kind. Soll normal sein, habe ich gehört. Da ich keinen liebenden und sich um mich sorgenden Vater habe, sitze ich weiterhin in der Universität, während Alicia mit einer schweren Grippe nach Hause geschickt wurde.

Und nein, an dieser Stelle spüre ich keine Verbitterung.

Kein Stück.

Okay, gut. Ein wenig. Aber wer würde das nicht, wenn er als Opferlamm zurückgelassen wird, während der Rest sich in sicherer Entfernung verkriecht und ab und an ein Daumen hoch schickt?

Fairerweise muss man zugeben, dass Alicia nichts mit alldem zu tun hat. Und ja, ich würde mich mehr als beschissen fühlen, wenn sie meinetwegen verletzt werden würde.

Also lässt sich meine Situation mit einem gepflegten: *Passt schon* – zusammenfassen.

Da mir auffällt, dass die Vorlesung weitergeht, starre ich auf meinen Block. Konzentrieren kann ich mich leider nicht. Zu viel steht im Moment auf der Kippe. Was ist, wenn Diabolo von den Ermittlungen gegen ihn etwas mitbekommt? Oder wenn er mich kontaktiert? Wie soll ich reagieren? Was ist, wenn der Prozess platzt?

Genau genommen ist die Antwort auf beinah alle Fragen die gleiche: Ich werde sterben. Oder gefoltert und dann sterben. Etwas in der Richtung. Dieser Gedanke verschafft mir ordentliche Bauchschmerzen.

Genau deshalb wollte ich nicht über die Details der

Untersuchung informiert sein. Nicht, dass es mir jemand angeboten hätte. Aber allein die wenigen Dinge, die ich weiß, sorgen dafür, dass ich mit dauerhafter Übelkeit durch den Tag gehe. Und auch wenn ich mich die ganze Zeit versuche abzulenken, weiß ich längst, dass ich es durchziehen muss. Inzwischen ist zu viel angestoßen, als dass ich einen Rückzieher machen kann.

Trotzdem führen meine Überlegungen auch immer wieder zu Blac. Zu ihm und den Brüdern. Ich habe keine Ahnung, wie sich die Ermittlungen auf die drei auswirken werden. Genauso wenig weiß ich, wie ich zu ihnen stehen soll.

Für Lucien würde es mir leid tun, wenn ihm etwas passiert. Auch wenn er ein Arsch ist, hat er mir bisher nie etwas angetan. Bei Damien sieht die Sache schon etwas anders aus. Meinetwegen kann er gemeinsam mit seinem Vater in der Hölle verrecken.

Und dann ist da noch dieses riesige Fragezeichen Blac.

Ich schüttle unruhig den Kopf und reibe mir über die Schläfen. Es gelingt mir nicht vollkommen, meine müden und sich immer wiederkehrenden Gedanken zu verdrängen. Trotzdem richte ich den Blick auf die Tafel, blinzle und konzentriere mich auf die Inhalte. Schon Sekunden später stöhne ich.

Das ist verdammt viel Text!

Manchmal frage ich mich tatsächlich, ob unser Professor einfach nur so gern seine Handschrift bewundert, die zugegebenermaßen recht hübsch ist. So viel können wir unmöglich jemals brauchen. Trotzdem neige ich mich mit einem leichten Stöhnen nach unten und blättere in meinem Block. Dann beginne ich damit, die Kästchen am Rand auszumalen.

Hey, keiner hat gesagt, dass ich im Moment etwas

beitragen werde. Außerdem spekuliere ich darauf, dass ich bis zu den Prüfungen wieder Ordnung in mein Leben bringen kann.

Man darf wohl träumen.

Währenddessen betrachte ich meine Notizen zu meinen Policy- und Gouvernanceanalysen. Knapp überfliege ich die Punkte, die in meiner eigenen, krakligen Handschrift dort stehen. Genau genommen habe ich nicht aufgepasst. So wie jetzt auch. Trotzdem ärgert es mich, dass meine Schrift derart hässlich aussieht.

Im Stillen überlege ich, die Seite neu zu schreiben und blättere in meinem Block, um die Rückseite zu betrachten.

Ich habe das Gefühl, als würde mein Herz aussetzen.

Harsch schüttle ich den Kopf, während meine eigene Schrift vor meinen Augen verschwimmt. Ich muss gegen den Widerstand in meinem Hals schlucken und kämpfe damit, nicht sofort hektisch zu schreien.

Dann konzentriere ich mich wieder auf den kleinen Post-It, der über meiner Schrift klebt. Mit zittrigen Fingern nehme ich ihn an mich, während mein Gehirn die Worte noch immer nicht ganz erfassen und verarbeiten kann.

Denkst du wirklich, dass es so leicht wird?

Mein Herz rast wie verrückt. So stark, dass ich befürchte, es würde in meiner Brust zerspringen. Ich bin unruhig, aufgebracht und verunsichert. Immer wieder versuche ich mir einzureden, dass das nichts zu bedeuten hat. Dass die Nachricht unmöglich von ihm sein kann.

Diabolo ist Meilen entfernt. Irgendwo in Russland, um einen Deal zu feiern. Er kann nicht …

Die leise Stimme in meinem Hinterkopf sagt mir, dass ich nur darauf gewartet habe. Ich wusste nicht, wann und wie, doch eins war mir von Beginn an klar: er würde nicht einfach so verschwinden.

Ich schlucke schwer und versuche die Übelkeit zu verdrängen. Noch immer versuche ich mir über das klar zu werden, was dort mit wenigen Worten geschrieben steht. Die Panik nimmt mich immer weiter in Besitz. Hat er es erfahren? Ist er bereits hinter mir her? Hat er die Nachricht selbst überbracht? Wartet er bereits auf mich?

Oder ist das alles ein dummer Scherz? Ein Missverständnis?

Verdammt, ich hoffe es.

Nichts mehr würde ich mir in diesem Moment wünschen, als dass mich, mein Professor, vor versammelter Gruppe nach vorn ruft und mir mitteilt, dass meine Leistungen nicht gut genug sind und er mir deshalb diese Nachricht hinterlassen hat.

Bedauerlicherweise glaube ich nicht daran.

Was habe ich auch erwartet?

Dass er nichts von meinem Telefonat und den folgenden Ermittlungen erfährt? Dass wir ihn ungehindert überführen, festnehmen und wegsperren können? *Oder er gegebenen falls in einer filmreifen Verfolgungsjagd mit der Polizei verreckt?*

Letzteres wäre meine persönliche Wunschvorstellung.

Solches Übel darf man nicht einsperren. Man muss es endgültig beseitigen. Meine Meinung – leider nicht die des restlichen Staates.

Beinah sehe ich ihn schon vor mir. Mein Blick geht zu der breiten zweiflügligen Tür, die einige Meter hinter mir ist. Fast befürchte ich, dass er jeden Moment hier sein könnte. Dass er die Tür mit Schwung auftritt, sie blechern gegen die Wand knallt, wo sie noch einige Sekunden wackelt ...

Ruckartig stehe ich auf und bemerke, wie sich unzählige Augenpaare auf mich richten. Ich schnappe nach Luft und habe das Gefühl zu ersticken.

»M…« Noch bevor der Professor etwas sagen oder tun kann, eile ich den Gang entlang. Mein Blick ist verschwommen, ich werfe einige schnelle Worte nach hinten, die erklären sollen, dass mir schlecht ist. Dabei bin ich nicht einmal sicher, ob sie meine Lippen verlassen haben. Einzig ein Gedanke hängt sich in meinem Schädel fest. Er beeinflusst alles und lässt sich nicht verdrängen.

Raus. Ich brauche Luft.

Gierig sauge ich den Sauerstoff ein, als die Türen hinter mir in die Angeln zurückfallen. Ein leises Rumpeln, gedämpft von den Führungen der Tür. Nach Atem schnappend presse ich die Hand auf meine Brust. Für einige Sekunden stehe ich so da. Zusammengesunken und hart am Kämpfen, meinen Mageninhalt zu behalten.

Verschwommen nehme ich wahr, wie mich einige Vorbeigehende mustern. Ich höre ihr Gemurmel, die spottenden Worte, dass ich schwanger sei oder vielleicht durchdrehe, doch all das ist unbedeutend. Stattdessen konzentriere ich mich auf den kleinen Zettel in meiner Hand.

Für wenige Sekunden zögere ich noch, dann ziehe ich mein Handy aus meiner Hosentasche. Mit wenigen Bewegungen habe ich Alicias Nummer gewählt. *Nicht erreichbar.*

Ich fluche leise und versuche es bei ihrem Vater. Auch er geht nicht dran. Langsam keimt Panik in mir auf. Was ist, wenn Diabolo sie erwischt hat? Wenn sie bereits tot auf dem Boden liegen. Mit kalten Gliedern, weit geöffneten Augen und zum Schrei verzerrten Mündern?

Ich muss beinah würgen.

Oder wenn sie mich verraten haben.

Mit der Übelkeit kämpfend fasse ich mir an den Magen. Was ist, wenn er bei ihnen war? Wenn er sie erpresst hat, mich auszuliefern. Nein, sofort verwerfe ich den Gedanken wieder. Das würden sie nicht tun. Sie würden mich ihm nicht ausliefern ... Oder?

Diese beschissenen vier Buchstaben sind es, die meinen Körper erschüttern und erneut Übelkeit in mir aufsteigen lassen. Leise fluche ich. Ich will nicht so sein und so leben müssen. In ständiger Angst, wer uns in den Rücken fallen könnte oder wer es auf uns abgesehen hat. Doch vor allem will ich so nicht über die Menschen denken, die mir im Moment als einzige den Rücken stärken.

Ich beiße mir auf die Lippe, dann wähle ich ein zweites Mal die Nummer von Alicias Vater.

Es klingelt. Ich verdrehe die Augen, trete unruhig von einem Fuß auf den anderen. Es tutet und mein Herz setzt für einen Moment aus, als seine inzwischen bekannte Stimme zu hören ist.

» O´Hero, Hallo?«

Ich muss mich zusammenreißen, nicht sofort rauszubrüllen, was ich zu sagen habe. »Hallo, hier ist Maria. Ich wollte mich nur nach Alicia erkundigen.« Fuck, ich erkenne meine eigene Stimme nicht. Sie klingt so belegt und unsicher, dass es sich dabei auch um eine 80-jährige Oma handeln könnte, die leicht vergesslich beim Arzt anruft, um zu fragen, wann ihr Augenarzttermin ist.

»Alicia liegt leider noch immer mit einer Influenza flach. Sie wird noch einige Tage das Bett hüten müssen. Kann ich ihr etwas ausrichten?« Seine Stimme klingt monoton. Vermutlich ist er solche Situationen auch wesentlich eher gewöhnt als ich.

»Ich habe ein paar Unterlagen von der Uni, die ich ihr dringend geben muss. Soll ich sie ihr zuschicken?«

Für einige Sekunden ist es still am anderen Ende der Leitung. Er sagt so lange nichts, dass ich beinah nachfragen will. Dann endlich räuspert er sich leise. »Mein Cousin ist im Moment in der Nähe. Ich schicke ihn vorbei. Dann musst du dir nicht erst die Mühe machen, es ihr zu schicken.« Den letzten Satz fügt er einige Takte schneller hinzu.

»Okay«, hauche ich leise. »Wann soll ich ihn wo treffen?«

Wieder bleibt es für einige Sekunden still. Ich habe das Gefühl, eine Stimme im Hintergrund zu hören. Dann sagt er: »Er kommt heute Abend zu deinem Zimmer.«

»Okay«, wiederhole ich erneut. Dann verabschiede ich mich knapp, lege auf und stehe kurz darauf völlig planlos mitten im Flur.

Ich brauche einige Momente, um mich zu sammeln. Etwas fühlt sich verdammt schlecht an, auch wenn ich nicht genau sagen kann, was von alldem.

Zum einen habe ich Angst, völlig unbegründet Panik zu schüren. Was wäre, wenn der Zettel tatsächlich von einem Kommilitonen ist? Oder bereits seit Wochen in meiner Tasche ist und lediglich zwischen den Block rutschte?

Dann würde ich ein gigantisches Drama um nichts machen.

Andererseits fühlt sich die ganze Sache so falsch an.

Ich bin bei Diabolo aufgewachsen. Habe jahrelang seinen Worten gelauscht, seine Erziehung erfahren und seine verdrehten Ansichten eingeredet bekommen. Und jetzt liefere ich ihn an die Polizei aus? Wieso gerade jetzt?

Diese Frage stelle ich mir immer wieder.

Wieso habe ich mich jetzt dafür entschieden, es Alicia zu erzählen? Und wieso ist die Sache so schnell eskaliert? Ich wollte ihre Hilfe. Die ihres Vaters und der Polizeibehörde. Ich wollte aus Diabolos Schlangennest heraus.

Und trotzdem kommen immer mehr Gedanken in mir

auf, ob genau diese Entscheidung nicht ein gigantischer Fehler war.

Nicht, weil ich Angst habe, dass ich sterben könnte. Das werde ich früher oder später sowieso.

Jetzt, da es soweit ist, habe ich eine ordentliche Angst vor der Veränderung. Noch dazu, weil alles so unfassbar schnell ging. Mir kommt es vor, als wären gerade einmal wenige Sekunden vergangen. Als hätte ich nur ein paar Mal geblinzelt und währenddessen hat sich alles um mich herum verändert.

Dabei wollte ich es langsam angehen lassen.

Alicia über Monate hinweg immer mehr Details liefern, bis hin zu unserem Abschluss. Dann wollte ich gemeinsam mit ihr abhauen, mich bei ihren Eltern verkriechen und ihren Dad die Sache übernehmen lassen.

Verdammt, ich bin noch nicht bereit dafür.

Die ersten Tränen laufen mir über die Wangen. Leise fluche ich und ernte dafür weitere fragende Blicke. In diesem Moment wird mir bewusst, dass ich nichts hiervon besonders gut durchdacht habe. Es war impulsiv, unüberlegt und dumm, Alicia so schnell von allem zu erzählen. Ich habe weder darauf geachtet, ob sie mit Diabolo unter einer Decke stecken könnte, noch bin ich besonders vorsichtig an das Thema herangegangen.

Und warum?

Weil sie mir für einen kurzen Moment ihre Aufmerksamkeit geschenkt hat. Weil ich dachte, dass sie meine Freundin ist, wir das hier gemeinsam durchmachen und weil ich gehofft habe, dass ich ihr vertrauen kann.

»Scheiße«, murmle ich leise.

Sie ist noch immer wie eine Fremde. Eine, der ich alle meine Geheimnisse anvertraut habe.

Und jetzt ist sie weg.

Ich bin noch immer da. Allein, verletzlich und genauso verunsichert wie zuvor.

Mit dem einzigen Unterschied, dass ich mich geöffnet habe.

Tränen der Verzweiflung brechen in mir hinauf und bahnen sich ihren Weg bis auf meine Wangen. Harsch wische ich sie zur Seite, lege den Kopf in den Nacken und blinzle schnell.

Dann endlich raffe ich mich auf und eile über den Hof. Inzwischen brüllt mein Verstand mir selbst die wüsten Beschimpfungen entgegen. Ich bin dumm, naiv und leichtsinnig. Ich handle überstürzt und denke nicht nach. Immer wieder stürze ich mich selbst und andere damit in beschissene Situationen. Und wofür? Für ein bisschen Aufmerksamkeit? Oder dafür, kurzzeitig nicht allein zu sein?

Und was bringt es mir?

Nichts.

Weil Menschen wie ich immer allein enden.

Weil ich es nicht anders verdient habe.

Ich habe zugelassen, dass Außenstehende einen Einblick in mein Leben bekommen. Ich habe mich und meine Familie angreifbar gemacht.

Mit jedem Gedanken verhärtet sich mein Kiefer mehr. Meine Tränen weichen inzwischen Wut und Frustration über mein eigenes Verhalten. Ich habe die Kontrolle aus der Hand gegeben. An Fremde. Menschen, die ich nicht gut genug einschätzen kann, um zu wissen, wie sie reagieren.

Glauben sie mir? Verstecken sie sich? Planen sie etwas gegen mich? Würden sie mich verraten?

Ich habe nicht die leiseste Ahnung.

Verdammt.

Jahrelang habe ich mich darum bemüht, die Kontrolle zu behalten und mich selbst als stark, zurückgezogen und verschwiegen betrachtet. Jetzt merke ich, wie falsch ich damit lag und wie wenig es braucht, um meine komplette Einstellung zu ändern.

Blac ist zurück an die Uni gekommen. In einer Übersprungshandlung habe ich darauf reagiert. Weil ich ihn loswerden wollte, wollte ich die ganze Diabolo-Sippe vernichten. Was nicht unbedingt schlecht sein muss, aber es war nicht durchdacht.

Ich bin in ihren Club gegangen, wurde wie Vieh an die Decke gehangen und aufgeschnitten.

Und warum?

Weil ich mich kein Stück schlauer angestellt habe als ein Schwein, das durch den Stall watschelt.

Dann brauche ich mich nicht wundern, wenn ich wie ein Schwein in einem Schlachthaus ende.

Verbissen stoße ich meine Zimmertür auf. Überraschenderweise denke ich zuvor nicht einmal darüber nach, was sich dahinter verbergen könnte.

Dann hat mir Alicia einen kurzen Moment der Aufmerksamkeit geschenkt. Ihre Frage danach, was passiert ist, hat gereicht, um ihr absolut alles zu verraten.

Ich seufze leise, während ich mich heulend, wie beim Zwiebel schneiden, auf mein Bett werfe.

Eine verdammte Frage.

So leicht bin ich zu überzeugen.

Eine einzige Frage und ich erzähle jemandem, den ich vorher weder sonderlich mochte, noch kannte, alle meine Geheimnisse.

Frustriert stoße ich einen leisen Schrei aus. Dann rapple ich mich auf, gehe zu meinem Schrank und zerre ein paar Klamotten hervor. Als ich auf ein Set hübscher Unterwäsche stoße, jammere ich erneut. Ich hatte es mir vor zwei Jahren gekauft. Und warum? Weil fucking Blac Carter an die Uni zurückgekehrt war. Für einen verdammten Tag. Und er hat mich nicht einmal angesehen.

Heulend zerre ich eine Flasche Bourbon aus meinem Schrank. Sie ist geschlossen, hübsch verpackt und hat sogar eine kleine Schleife am Hals.

Ich will nicht einmal darüber nachdenken, warum ich sie gekauft habe. Spoiler: Für mich war sie nicht.

Fluchend öffne ich sie, schnippe den Deckel zur Seite und setze sie direkt an meinen Mund an. Angewidert verziehe ich das Gesicht, schlucke und setze sie erneut an.

Was zur Hölle ist in meinem Leben schiefgelaufen, dass ich keine eigene Meinung habe? Oder eben diese bei dem kleinsten Windhauch verwerfe?

Da wäre zum Beispiel mein Daddy-Komplex. Sind wir ehrlich, ich habe einen. Darauf genehmige ich mir direkt einen dritten Schluck.

Weil ich noch immer darauf hoffe, dass er mich von Diabolo befreit. Scheiße, mein Erzeuger hat nicht einmal mit der Wimper gezuckt, mich und Mum zu verschachern. Und an dem hänge ich noch immer? Seinetwegen stehe ich nicht auf Jüngere, sondern suche mir unzuverlässige, ältere Männer, denen ich gern gefallen würde? Wobei *stehen* die falsche Beschreibung ist. Ich will ihre Aufmerksamkeit. Ihre Anerkennung. Dafür würde ich absolut alles tun und alles mit mir machen lassen.

»Und jetzt kommts«, murmle ich leise, während ich die Flasche erneut ansetze. Ein paar Tropfen rinnen mir an den Mundwinkeln entlang, die ich zur Seite wische. »Das ist nicht einmal mein Hauptproblem mit Männern. Wir haben schließlich 2023.

Es besteht nicht das kleinste Problem, einen älteren Mann attraktiv zu finden. Aber genau das ist der Punkt! Dank Diabolo muss ich mich beinah übergeben, wenn ich mit einem älteren Mann allein in einem Zimmer bin. Jedes Mal bekomme ich Panikanfälle und würde noch eher aus dem Fenster springen, als einem von ihnen zu nah zu kommen.« Ich stoße ein hysterisches Lachen aus. »Und deshalb bin ich allein. Wie immer.«

Die letzten Worte füge ich mit einer Spur Verbitterung hinzu. Keine Ahnung, wann ich laut zu sprechen begonnen habe. Ist allerdings auch egal, weil ich – wie eben festgestellt – allein bin.

Frustriert lasse ich mich auf den Boden sinken.

Es ist kein Wunder, dass ich mich der Erstbesten anvertraut habe. Was ein Wunder ist, ist dass es überhaupt jemanden gab, der mir lange genug zugehört hat, damit ich ihm meine Geschichte erzählen kann.

Ein feuchtes Schluchzen entrinnt mir. Dabei sammelt sich Spucke mit Alkohol gemischt an meinen Lippen, was ich aber großzügig ignoriere.

Das Brummen meines Handys lässt mich für eine Sekunde innehalten. Ich sehe auf das Display. Was dann aus mir herauskommt, ist die Mischung eines Lachens und eines verzweifelten Schreis.

Eine fucking Mitteilung meines Handys.

KAPITEL 24

Maria

Folgende Spambenachrichtigungen wurden in den letzten Tagen blockiert: 0

Es sind fucking null Spamnachrichten. Null. Weil nicht einmal die Werbefirmen sich für mich interessieren.

Dieses Mal setze ich die Flasche nicht so schnell ab. Ich halte sie an meine Lippen, schlucke, weine und jammere zwischendrin. Immer wieder tropft etwas von der goldenen Flüssigkeit auf meine Sachen.

Auf mein hässliches Shirt. Meine beschissene Hose und die kack Schuhe, die ich eh nicht leiden kann. Frustriert hebe ich den Kopf und sehe mich für einen Moment in dem Spiegel auf der anderen Seite des Zimmers an.

Meine braunen Locken sind glanzlos und verfitzt. Die Perlenohringe sehen billig aus. Meine Uniform ist zerknittert und langweilig. Und die Schuhe? Die drücken. Ich stoße sie von meinen Füßen, kämpfe kurz an der Ferse und schleudere sie dann gegen den Schrank. Das Poltern ist zugegebenermaßen sehr zufriedenstellend.

»Scheiße, so wie du aussiehst, brauchst du dich nicht

wundern, dass sich keiner für dich interessiert.« Meine eigene Stimme trieft vor Spott. Noch dazu klingt sie verheult, was ich aber ignoriere.

Um nicht aufzufallen, trage ich oft die alten Poloshirts und die langen Hosen, anstatt der Blusen und kurzen Röcke. »Als Zeichen des Feminismus! Was für ein Dreck«, murmle ich leise. Mit meinen beschissenen Prinzipien habe ich mich zum Außenseiter gemacht. Genau diese Prinzipien, die ich binnen Sekunden über den Haufen werfe.

»Wenn sich das nicht gelohnt hat«, spotte ich.

Als nächstes zerre ich das Oberteil von meinem Körper. Direkt danach folgt der Sport-BH. »Natürlich ein Sport-BH. Wieso auch das Einzige zeigen, was ich habe. Titten.«

Ich schleudere beides in die Ecke. Leider gibt der Stoff nicht halb so gute Geräusche von sich, wie die Schuhe.

Während ich mich aufrapple, ziehe ich die Hose und meinen Slip herunter. Missmutig betrachte ich das Spitzenstück. »Spitze. Scheiße, die ist unbequem und hängt den halben Tag über im Arsch. Was, außer ihn in aller Öffentlichkeit heimlich herauszuziehen, wolltest du damit noch reißen?«

Nichts ist die einfache Antwort.

Ich könnte sagen, dass ich mich damit selbst heißer fühle. Zu einem gewissen Teil stimmt es auch. Aber wer solche Unterwäsche trägt, der will auch, dass sie jemand sieht. Fluchend trinke ich weiter und stolpere dabei in Richtung Badezimmer. Vor dem Spiegel angekommen deute ich auf mich selbst. »Aber genau das willst du nicht.« Das ist eine Lüge. Ich will es. Ich will einen Mann, vielleicht Kinder, vielleicht ein Haus. Aber vor allem will ich alles. Ich will gelebt haben, will Sex haben. Guten, schlechten, verrückten. Ich will reisen, auf einen Baum klettern und wieder herunterfallen. Ich will beim Lasertag auf die

Fresse fliegen, lachen und von meinen Freunden hochgezogen werden.

»Und da ist das Problem«, raune ich mir selbst entgegen. »All diese Dinge kann man so wunderbar allein erleben. Nicht.«

Ich war allein.

Und jetzt will ich endlich jemanden, mit dem ich gemeinsam etwas erleben kann. Freude, Leid und Abenteuer. Ich will diese besonderen Momente, die in jeder Freundschaft auf einem imaginären Kaminsims stehen. Die man sich einrahmt, die etwas Besonderes darstellen.

Irgendwie dachte ich, dass der ganze Mist hier Alicia und mich verbinden würde.

Schwer atmend sehe ich mich selbst an. Ich schwanke, sehe völlig fertig aus. Meine Augen sind verquollen und meine Wangen gerötet.

Um das zu bekommen, habe ich alles von mir hergegeben. Meine Geheimnisse, meine Geschichte, meine ganze Identität.

Nur um letzten Endes wieder hier zu landen.

Allein.

Mit einem spitzen Schrei werfe ich die Flasche in meiner Hand gegen den Spiegel. Mit einem Scheppern gehen beide zu Bruch und fallen vor mir von der Wand. Als ein Teil der Flasche zurückprallt, zucke ich nicht einmal.

Der Rest der Flüssigkeit verteilt sich zwischen den Scherben, die überall im Bad landen.

Einige Sekunden stehe ich schwer atmend da. Mein ganzer Körper zittert. Ich schwanke und muss mich immer wieder an der Wand abstützen. Dann kicke ich die Tür mit dem Fuß auf, packe mir ein Handtuch und meine Waschtasche und steige mit einem großen Schritt über die Trümmer am Boden hinweg.

Mit dem Fuß trete ich die Tür zu.

Zu meiner Verärgerung geht sie wieder auf, weshalb ich fester dagegentrete. Dabei verliere ich beinah das Gleichgewicht. Ich stütze mich an der Wand ab. Mein Kopf braucht einen Moment, bis er ebenfalls wieder aufrecht steht, beziehungsweise die Bewegung verarbeitet hat.

Dann binde ich mir das Handtuch um den Körper und verlasse das Zimmer. Ich gehe zur Dusche, ignoriere die anderen, lasse mein Handtuch fallen und stelle mich unter das eiskalte Wasser.

Wie besessen beginne ich damit mich zu schrubben, als könnte ich damit meine Schande und die Einsamkeit abwaschen. Als könnte ich mich selbst damit abwaschen.

Vielleicht liegt es an dem Alkohol, an meiner offenbar vorhandenen geistigen Störung oder was auch immer, aber in dem Moment kommt es mir tatsächlich so vor, als würde ich mit jedem Wassertropfen auch ein Stück weit mich selbst verlieren. Als würde ich das unschuldige, unsichere und zwangsneurotische Ding, was ich immer vorgebe zu sein, abwaschen.

Scheiße, ich bin nicht unschuldig.

Ich bin nicht unsicher.

Vielleicht bin ich ein wenig zwangsneurotisch.

Aber ich schätze, das ist auch okay.

Vielleicht bin ich das alles hier falsch angegangen.

Vielleicht wurde es Zeit, dass ich mich auf eine Seite stelle. Ich habe nur die falsche gewählt. Vielleicht bin ich kein Stück besser als Diabolo, als Lucien, Damien oder Blac ...

Vielleicht ist schon längst ein Platz in der Hölle reserviert, der meinen Namen trägt.

Und scheiße, den will ich weder vergeuden noch versuchen mich herauszureden.

Ich werde nicht im Himmel landen. Für mich gibt es kein Happy End. Kein vielleicht irgendwann einmal. Keine Hoffnung. Das sollte ich endlich akzeptieren und damit leben.

Nur Schwächlinge suchen sich Ausreden und verleugnen das, was sie sind.

Überlegend hebe ich den Kopf und starre für einige Sekunden gegen die Duschkabine. Dann drehe ich das Wasser heiß, bis Dampf die kleine Ecke füllt. Meine Haut rötet sich und ein Schauer fährt über meinen Körper. Vielleicht stimmt es, was man sagt: Dass Frauen so heiß duschen, weil sie in Wahrheit aus der Hölle stammen und die Temperaturen vermissen.

Vielleicht bin ich ein Idiot und begehe gleich die nächste Dummheit. Oder ich bin verrückt und eine meiner anderen Persönlichkeiten kickt gerade. Oder ich bin schlichtweg so impulsiv wie immer. Mir ist es gleich. Jetzt genau in dem Moment bin ich mein Leben leid. Zumindest so, wie es gerade ist.

Wenn ich nicht weiter von anderen abhängig sein will, muss ich aufhören, mich von ihnen abhängig zu machen.

Klingt einfach.

Ist einfach.

Und es wird ab heute umgesetzt.

Ich habe Alicia alles von mir preisgegeben. Dabei weiß ich nicht einmal, wo sie wohnt. Ich kenne nicht den Vornamen ihres Vaters, dem ich mein Gottverdammtes Leben anvertraut habe. Sie haben sich verkrochen und mich wie einen windenden Wurm am Angelhaken hängen lassen. Vielleicht frisst mich jemand. Vielleicht nicht.

Nein, entscheide ich.

Es wird Zeit, dass der Wurm vom Haken springt und schwimmen lernt.

Metaphorisch gesprochen.

Mit der Hand stelle ich die Dusche ab. Ich greife nach meinem Handtuch, trockne mich notdürftig ab und nehme mein Handy an mich. Mein altes, wohlbemerkt.

Mit wenigen Bewegungen scrolle ich durch meine Kontakte auf Insta. Es sind 12. Scheiße, wie traurig kann ein Profil sein? Ich habe nicht einmal ein Bild hochgeladen.

Während ich mich gegen die Wand lehne, wische ich durch meine Bildergalerie.

Und wer hätte es erwartet: Von langweilig bis hässlich ist alles dabei.

Fluchend wechsle ich auf Pinterest. Dann tippe ich: *How to spice up your Insta.*

Fahrig wickle ich mich wieder in das inzwischen feuchte Handtuch. Ich scrolle durch weitere langweilige Bilder, während ich zurück zu meinem Zimmer gehe. Währenddessen achte ich nicht auf meine Umgebung. Ich nehme kaum etwas wahr und konzentriere mich lediglich auf langweilige, bis schräge Bilder.

Irgendwann finde ich etwas, das mein Interesse weckt.

Eine Frau, oberkörperfrei, von hinten fotografiert. Sie liegt auf dem Bett und hält sich ein Buch über den Kopf.

Die Message des Bildes ist klar: Muss keinen Sinn machen, muss nur gut aussehen.

Es ist perfekt.

Ich brauche unzählige Versuche, die mich beinah wahnsinnig machen, bis ich es endlich geschafft habe, ein einigermaßen gutes Bild zu schießen. Selbstauslöser sei Dank.

Schließlich habe ich noch immer keine Freunde, wie ich verbittert feststelle.

Dann lade ich das Bild mit einem kurzen Zitat hoch und werfe mich lediglich mit einer langen Jeans bekleidet auf das Bett.

Don´t just exist, live.

Vielleicht mache ich das zu meinem neuen Motto.

Ja, vielleicht lasse ich es mir sogar tätowieren.

Mit einem kurzen Schnauben scrolle ich durch die Freunde meiner wenigen Freunde. Zu Beginn lese ich noch die Namen. Irgendwann klicke ich schlichtweg bei jedem auf Folgen.

Es dauert nur wenige Minuten, dann erhalte ich die ersten Benachrichtigungen. Meine Follower wachsen von süßen zwölf auf immer höhere Zahlen. Noch lange zweistellig, aber immerhin.

»Fuck, wäre das im echten Leben nur so leicht«, murmle ich verbissen, während ich durch die ersten Kommentare zu meinem Bild scrolle.

Promote it.

Ich schnaufe genervt, lasse den Kommentar aber für die Reichweite stehen. Allerdings gibt es noch einige andere.

Sexy back.

Würde gern die Vorderseite sehen.

Cute.

Bei diesem Kommentar stoppe ich. Cute? Cute? Ernsthaft ich will nicht *cute* sein. Ich will heiß, verwegen, finster oder mysteriös wirken. Nicht fucking cute.

Noch ehe ich mich weiter aufregen kann, sehe ich ein neues Like, das mein Herz zum schneller schlagen bringt.

Snake gefällt dein Bild.

»Fuck«, fluche ich leise.

Das Handy fällt mir aus der Hand und ich starre geradeaus, ohne etwas zu sehen. Alle, aus Diabolos engsten Kreis nennen sich so. Es könnte jeder sein. Jeder von ihnen oder jeder Fremde. Gott, es könnte irgendein 13-Jähriger sein.

Und trotzdem kann ich nicht widerstehen.

Sofort schaue ich auf das Profil und werde bitterlich enttäuscht.

Keine Follower.

Keine Follows.

Keine Bilder.

Lediglich ein Profilbild.

Es ist klein, dunkel und nur ein Schatten ist zu sehen.

Es könnte alles sein.

Und trotzdem bin ich mir sicher.

Wie von selbst gehe ich auf Nachricht.

Im Chat überlege ich einen Moment. Währenddessen vibriert mein Handy beinah ohne Unterlass, aufgrund der neuen Benachrichtigungen.

Ich will ein paar Mal mit Tippen beginnen, kann mich dann aber nicht dazu überwinden. Stöhnend werfe ich mich auf das Bett und starre gegen die Wand. Erst in diesem Moment fällt mir der Zettel auf, der daran mit einem Messer befestigt ist.

Mit einem Ruck reiße ich ihn von der Wand. Er raschelt. Das Messer bleibt stecken. Ich hole ihn dicht vor mein Gesicht, weil die Buchstaben immer wieder verschwimmen.

Das war ein Fehler.

Ich schnaufe. Vermutlich kann ich inzwischen nicht mehr klar denken, aber ein Fehler? Jeden Tag begehe ich dutzende Fehler! Meine ganze Existenz ist ein verdammter Fehler. Diabolo schickt mir Nachrichten? Wie ein pickliger Schuljunge? Scheiße, das war ein Fehler!

Was will er machen?

Mir weh tun? Wird er sowieso!

Mich kontrollieren? Wie denn noch? Mit einer Fußfessel? Bitte.

Mich töten? Scheiße, vielleicht ist das nüchtern wieder anders, aber im Moment hänge ich sowas von überhaupt nicht am Leben.

Mit der Zeit wird mir auch das Leben von anderen immer egaler.

Soll die ganze Welt vor die Hunde gehen.

Es juckt mich nicht.

Wen habe ich auf dieser Welt, der mir wichtig ist?

Alicia?

Ein Witz. Sie hatte die Chance mir zu zeigen, wie wichtig ich ihr bin. Sie hätte sich dafür einsetzen können, dass man auch mich schützt. Hat sie nicht und will sie nicht.

Gina, meine Freundin aus der Schule? Wir haben uns seit Jahren nur noch zu den Feiertagen gratuliert. Natürlich mit dem Versprechen, uns ganz bald wieder zu sehen.

Lucien, Damien und Blac? Bitte, als würde Diabolo diesen Wichsern etwas antun.

Die einzige, um die es mir leid tun würde, wäre Sellina. Sie hat dieses Drecksleben nicht verdient. Aber bevor ich wie sie als Sklavin lebe, mich von Diabolo jeden verdammten Tag schlagen und misshandeln lasse, gehe ich lieber drauf.

Also, was hält mich zurück?

Was sorgt dafür, dass ich meinen Abschluss machen will? Dass ich kämpfe, lerne und meine Geheimnisse hüte? Dass ich mich von dummen Entscheidungen versuche abzuhalten, schlechte Typen meide, kaum trinke, nicht rauche und keine Drogen nehme?

Absolut nichts.

Meine eignen Grenzen, ja. Aber warum gibt es die überhaupt?

Weil ich ein Idiot bin.

Schnaufend zerre ich das Messer aus der Wand. Ein bisschen Gipskarton bröckelt auf mein Bett, was ich aber ignoriere. Dann stapfe ich zurück zu meinem Schrank und löse mit dem Messer ein loses Brett in der Rückwand. Daraus hervor ziehe ich mein eigenes. Ein hübsch verziertes, roségoldenes Stück, das Sellina mir zu meinem Auszug geschenkt hat.

Ich weiß nicht, ob Diabolo es ihr erlaubt hat. Ob er es vielleicht besorgt hat. Aber ich will es nicht mit ihm in Verbindung bringen. Deshalb bleibt es Sellinas Geschenk für mich. Punkt.

Während ich zärtlich über den Griff streiche, nehme ich mein Handy wieder zur Hand.

Zunächst überlege ich kurz. Dann schicke ich Snake eine Nachricht.

Maria_sm¡le: Spar dir das Liken. Das Bild ist nicht für dich bestimmt.

Zu meinem Glück muss ich nicht lange auf eine Nachricht warten.

Snake: Sicher?

Maria_sm¡le: Ganz sicher.

Snake: Vielleicht wollte ich die traurige Zahl deiner Likes in die Höhe treiben.

Ich presse die Zähne fest aufeinander und widerstehe dem Drang, eben diese Zahl zu prüfen.

Maria_sm¡le: Fick dich.

Nach dieser Nachricht will ich das Handy schon wegpacken. Vermutlich ist es tatsächlich irgendein fremder Spinner.

Dann sehe ich die Antwort.

Erst wird mir kalt.

Anschließend schlecht.

Zuletzt breitet sich ein beschissen breites Grinsen auf meinen Lippen aus.

Snake: Ich fick gleich dich, Baby.

Auf diese Nachricht hin kann ich ein leises Jubeln nicht unterdrücken. Blac ist ein Arsch. Ein dummer Idiot. Ein verlogener Bastard. Aber er ist verdammt nochmal der attraktivste, verlogenste Bastard, den ich kenne.

Maria_sm¡le: Bitte … das will ich sehen.

Snake: Was hast du gerade gesagt?

Maria_sm¡le: Fick. Mich.

Während ich tippe, zittern meine Finger. Es ist nur ein Spiel. Nur ein Scherz mit einem Fremden ...

Snake: Verarsch mich nicht.

Maria_sm¡le: Du willst mich? Hol mich.

Snake: Baby, besser du spielst nicht mit mir.

Maria_sm¡le: Und wenn doch?

Snake: Versuch es.

Ich schicke einen Stinkefinger anstatt einer Antwort.

Snake: Mach sowas nochmal und dich wird nichts mehr vor mir retten können.

Maria_sm¡le: Wie gut, dass das nicht passieren wird.

Nach meiner letzten Nachricht vergehen einige Minuten. Snake antwortet nicht mehr und mit jeder Sekunde, die verstreicht, werde ich nervöser. Als irgendwann wieder die drei Punkte erscheinen, setzt mein Herz beinah aus.

Snake: Ich habe es mir anders überlegt.

Maria_sm¡le: Du machst einen Rückzieher? Wie unerwartet.

Snake: Nein, du. Aber den werde ich nicht akzeptieren.

Beinah synchron zu dieser Nachricht schlägt es hart gegen die Tür. Mir rutscht ein leiser Schrei heraus. Das Handy fällt mir aus der Hand und mein Puls schießt in die Höhe.

Maria_sm¡le: Stehst du vor meiner Tür? Das war ein Scherz, du Freak.

Snake: Zu spät, Baby. Mach die Tür auf oder ich trete sie ein. Herein komme ich so oder so.

Ein weiterer Schlag lässt mein Türblatt erzittern.

»Fuck«, murmle ich.

»Ganz genau, Baby«, raunt es leise dicht vor der Tür. Ich halte die Luft an. Mein ganzer Körper befindet sich in einer Schockstarre. »Mach die Tür auf.« Mechanisch setze ich mich in Bewegung. Zögerlich schiebe ich einen Schritt vor den anderen. Dabei höre ich sein Atmen, wie er schluckt, wie er die Hand gegen das Türblatt presst. Es ist Schwachsinn. Die Tür ist dünn, aber nicht so dünn. Ich kann das alles nicht hören. Und doch spielt es sich direkt vor mir ab.

Ein letztes Mal atme ich tief ein.

Dann drücke ich die Klinke herunter.

Ich habe es versucht. Das habe ich wirklich.
Der Gute zu sein. Abstand zu halten und dir das zu wünschen, was du verdient hast.
Aber sind wir einmal realistisch.
Das hier ist kein Märchen.
Und wenn, dann wäre ich nicht dein Ritter.

KAPITEL 25

Blac

Ich stoße die Tür auf. Sie schlägt gegen Maria und entlockt ihr ein herrliches Jammern. Es ist mir egal, dass ich sie verletzt habe. *Nein,* korrigiere ich mich selbst. Ich will sie verletzen. Ich will, dass sie leidet, dass sie weint und schreit. Ich will, dass sie mir alle Emotionen entgegenschleudert. Ich will sie auseinandernehmen, jeden Millimeter ihrer Seele beflecken und in tausend Einzelteile zerschlagen.

Und dann will ich sie wieder zusammensetzen.

Mit diesem Gedanken trete ich in das Zimmer, schließe die Tür sorgsam hinter mir. Dann endlich sehe ich sie an. Sehe sie wirklich an.

Scheiße, spätestens in diesem Moment verdampft der letzte Rest Selbstbeherrschung. Maria steht vor mir. Mit geweiteten Augen, nassem Haar und nacktem Oberkörper. Ihre prächtigen Titten werden nur notdürftig von den Haaren verdeckt und strecken sich mir auf verlockende Weise entgegen.

»Ausziehen«, brumme ich leise.

Sie öffnet die Lippen, formt ein herrlich einladendes O,

in welches ich mich am liebsten sofort hineinstoßen möchte.

»Ausziehen.« Dieses Mal betone ich jede Silbe des Wortes.

Ich trete noch näher an sie heran. Mein Körper berührt ihren beinah. Lediglich ein kleiner Lufthauch ist noch zwischen uns.

»Bitte.« Sie spuckt mir das Wort beleidigt entgegen. Beinah hätte ich nachgefragt, doch da stemmt sie die Hände bereits in die Seiten und hebt ihr neckisches Kinn an. »Als würde ich tun, was du sagst.«

»Solltest du besser.« Nur wenige Worte von ihr genügen, damit ich beinah die Fassung verliere. Geradeso kann ich mich zurückhalten, ihr nicht meine Hände an die Kehle zu legen und sie hart gegen die Wand zu ficken.

»Jetzt pass mal gut auf.« Angriffslustig streckt sie sich in die Höhe. Damit bringt sie ihre Nasenspitze gerade einmal bis an mein Kinn. Beinah süß. »Du kannst machen, was du willst. Ficken, wen du willst. Töten, wen du willst.« Die letzten Worte haucht sie mir lediglich entgegen. »Aber über mich hast du keine Kontrolle.«

Ich stoße ein leises Schnauben aus. Dabei nehme ich sie genau in Augenschein. Die geweiteten Augen, den Geruch von Alkohol. Ihren nackten Oberkörper und die sanften Züge ihres Beckens, die in dieser scheußlichen Jeans verschwinden. »Baby, alles an dir bettelt förmlich danach, von mir gefickt zu werden.« Überraschend sanft lege ich die Hand unter ihr Kinn und fahre mit dem Daumen über ihre Lippen. »Dieser süße Mund. Diese tiefen Augen.« Vielsagend sehe ich sie an. »Dieser knackige Arsch.« Ich verpasse ihr einen Schlag darauf, der ihr einen herrlichen Schrei entlockt. »Wir beide wissen, dass du es willst. Auch wenn du dir dafür erst Mut antrinken musstest.« Sie schnaubt und hebt dabei den Kopf leicht an.

Provozierend halte ich ihr mit dem Daumen den Mund zu. Wie erwartet windet sie sich unter dem Druck. »Du kannst es weiter verleugnen, aber ändern kannst du es nicht.«

»Achja?«

»Ja«, erwidere ich schlicht.

»Und wenn ich mich dagegen wehre?« Dieser herrliche Trotz in ihrer Stimme ist einfach … »Ah.« Ich stoße einen zufriedenen Seufzer aus.

»Dann werde ich dich wohl überreden müssen.«

»Überreden? Das Wort, nach dem du suchst, ist zwingen.«

»Gut, wenn du dich unter ein wenig Dominanz eher fallen lassen kannst, warum nicht.«

»Was?«

»Was?«, erwidere ich äußerlich gelassen. Innerlich reizt mich einfach alles an ihr. Sie sieht gut aus, aber scheiße, ihr Charakter, ihre Intelligenz und diese freche Zunge, die sind es, die mich an den Abgrund treiben. Und ich will, dass sie mir folgt. Deshalb fasse ich in ihre Haare, spiele sanft mit den Strähnen und dirigiere sie dann zu mir.

»Ich lass …« Sie scheint im Sprechen den Faden zu verlieren.

»Du lässt was? Dich von mir berühren? Dich bei mir gehen? Dich von mir ficken? Du musst dich schon deutlicher ausdrücken, Baby.«

Ihre zarten rosa Lippen beben. »Ich lass mir von dir nichts befehlen!«

»Die Worte sagst du vielleicht. Dabei bettelt dein ganzer Körper devot um meine Aufmerksamkeit.«

»Spinnst du?« Inzwischen ist ihr Protest lächerlich

schwach geworden. Aber ich erkenne auf jeden Fall an, dass sie es versucht.

»Auf jeden Fall. Irre haben so viel mehr Spaß, Baby.«

»Nenn mich nicht so.«

»Okay, Baby.« Scheiße, das konnte ich mir nicht verdrücken.

Impulsiv hebt sie die Hand, holt aus und stoppt kurz vor meinem Gesicht. Ich habe mich keinen Millimeter bewegt, sehe sie schlicht an und lächle. »Du wirst mich nicht anfassen«, knurrt sie leise.

»Wo soll ich dich anfassen?«

»Nirgends!«

Schmunzelnd schließe ich die Hand fester um ihre Haare. Ich wickle die Strähnen um meine Finger und ziehe daran. Die andere Hand lege ich auf ihren nackten Rücken. Sie erschaudert, bewegt sich aber nicht. »Also sag mir, Baby. Wo soll ich dich als nächstes berühren?« Ich lasse meine Hand an ihrem Rücken herabgleiten. Fahre über ihre Wirbelsäule, die sie sofort durchstreckt. Ihre einladende Hüfte und den Arsch, den sie bedauerlicherweise unter zu viel Stoff verbirgt. »Oder lieber weiter unten?«, raune ich ihr ins Ohr.

»Dafür musst du mich schon unter Drogen setzen. Erneut. Vielleicht wird mir dann alles so egal wie dir. Wobei ich glaube, dass dich manche Dinge noch immer interessieren.«

Aufmerksam sehe ich auf sie herab. Maria legt die Hand an meine Brust, schlägt die Augen langsam auf und sieht mich an. »Ich bin dir nicht egal.«

»Du bist mir egal«, antworte ich. Jeder verdammte Buchstabe ist eine Lüge. Aber hey, die eine mehr macht es auch nicht schlimmer. Oder besser.

Maria nimmt meinen Einwand kaum wahr. »Ich lasse

dich nicht kalt. Du interessierst dich für mich. Du verzehrst dich nach mir. Und das nach all den Jahren.« Sie führt ihre Hand langsam an mir herab. Umrundet meinen Bauchnabel über dem Shirt und streicht dann über meinen Gürtel.

»Nach all den Jahren«, erwidere ich leise.

»Wie blöd, dass ich mich nicht für dich interessiere.«

»Das ist wirklich blöd.« Seufzend lege ich den Kopf in den Nacken, als sie endlich meinen Schwanz packt. Nur leider ist die beschissene Hose im Weg. »Aber wir können so tun, als wäre das heute anders.« Verschwörerisch sehe ich sie an. Ich gebe ihre Haare frei und fasse stattdessen nach ihrem Kinn. Dabei spüre ich ihren verräterischen Herzschlag.

»Und was würden wir dann machen?«

»Alles, was du willst, Baby.«

Sie schweigt für einige Momente. Währenddessen ruhren ihre zarten Finger auf meinem zuckenden Schwanz. Irgendwann gibt sie ein leises Summen von sich. »Und wenn wir machen, was du willst?«

Mit diesen Worten entlockt sie mir ein leises Stöhnen. Ich packe ihre Kehle. Daraufhin gibt sie ein Seufzen von sich, dass mich hart in meiner Selbstbeherrschung herausfordert. »Dann sollten wir aufpassen, dass es nicht ausartet.«

»Inwiefern?«

»Kannst du dir das nicht vorstellen, Baby?« Ich spüre, wie sie schluckt.

»Und wenn ich mich dagegen wehre?«

»Dann werde ich dich bestrafen müssen.« Scheiße, ich hoffe darauf, dass sie sich wehrt. Und noch mehr, hoffe ich darauf, sie bestrafen zu dürfen.

»Bestrafen?«

»Ja. Und umso stärker du dich mir widersetzt, desto stärker muss ich dich … bestrafen.« Das letzte Wort setze ich nach einem Zögern hinzu. Mit jeder Silbe verliere ich mehr die Geduld. Ob es ihr genauso geht?

»Und …« Sie zögert, beißt sich nervös auf die Lippen und senkt den Blick. Ich gebe ihr einen Moment. Schließlich bin ich kein Arsch. Zumindest nicht immer.

Dann scheint sie sich zu entscheiden und beginnt an meinem Gürtel herumzuspielen. »Und tun wir es jetzt oder redest du nur?«

»Tun?« Am liebsten würde ich es sofort *tun.* Aber ihre süße Frage lässt mich kurz innehalten.

Sie verdreht die Augen. Als sie wieder aufsieht, sind ihre Wangen gerötet. »Würdest du ein anderes Wort bevorzugen?«

»Da gibt es eine Menge.« Ich warte darauf, dass sie sich wieder gegen mich auflehnt. Schließlich spüre ich bereits, wie sie den ganzen Körper anspannt. Zu meiner Überraschung – und vermutlich auch zu ihrer eigenen – macht sie es nicht. Stattdessen sieht sie mich lediglich abwartend an.

»Gut, genug geredet«, knurre ich leise. Dann packe ich ihr Gesicht mit beiden Händen. »Zieh dich aus und dreh dich um.« Mein Schwanz beginnt in meiner Hose zu zucken. Ich lege eine Hand darüber und drehe Maria an der Schulter herum. Suchend sehe ich mich für einen Moment um, betrachte den Schreibtisch und dirigiere sie dorthin. Mit einem Schmunzeln schaue ich aus dem Fenster auf den Campus. Die ganze verdammte Uni soll sehen, dass diese Frau mir gehört.

Sie räuspert sich leise. »Es ist …«

Maria führt den Satz nicht fort. In meinem Kopf mache ich es für sie. *Perfekt. Endlich an der Zeit …*

Mir fallen dutzende Formulierungen ein. Aber wie ich

schon sagte, die Zeit zum Reden ist vorbei. »Beug dich nach vorn. Wie es scheint, muss ich bei der Umsetzung meiner Anweisungen helfen.« Maria steht da, wiegt leicht die Hüfte, macht aber ansonsten keine Anstalten, meinen Aufforderungen nachzukommen.

Mit einem leichten Stöhnen verpasse ich ihr einen Schlag auf den Arsch. Und weil er so herrlich wippt, direkt noch einen zweiten. Sie beschwert sich halblaut, schwingt ihre Hüfte allerdings direkt danach wieder ausladend in meine Richtung.

Ich zerre ihr die Hose von der Hüfte, helfe ihr hinaus und drücke sie im nächsten Moment mit dem Oberkörper auf den Tisch.

»Hey«, meckert sie leise. Dabei dreht sie den Kopf stark ein und funkelt mich mit einem verschmitzten Lächeln an.

»Hey«, raune ich leise in ihren Nacken. Sie gibt ein Kichern von sich, für das sie einen weiteren Schlag erntet. Dieses Mal lege ich mehr Kraft hinein und starre dann auf den bezaubernden roten Fleck, der sich auf ihrer linken Arschbacke bildet.

»Weil ich guter Laune bin, darfst du entscheiden. Wie gefällt es dir, Baby? Hart und schnell oder langsam und gefühlvoll?«

Fuck, egal was sie sagt. Es wird ersteres werden. Auch wenn ich mich bemühen werde, ihre Wünsche umzusetzen, glaube ich nicht, dass ich mich zurückhalten kann.

Maria gibt lediglich ein Brummen von sich, was ich als Zustimmung verbuche.

Provozierend sanft lege ich meine Hände auf ihre Hüfte. Ich streiche an ihren Seiten entlang, fahre mit den Fingern mehrmals über den Bund ihres Strings, den ich ihr großzügig angelassen habe.

Mit einem zufriedenen Lächeln zerre ich an dem Stoff, der mit einem Kratschen reißt.

Sagte ich großzügig?

Mein Fehler.

»Blac!«, schimpft sie leise. Für eine Sekunde zieht sie ihre Hüfte von mir weg. Ich schüttle den Kopf, packe sie fest und zerre sie zurück in meinen Schoß. Mit der einen Hand drücke ich zwischen ihre Schulterblätter.

Kurz wehrt sie sich, um nicht mit den nackten Titten auf der kalten Oberfläche des Tisches zu liegen. Dann endlich gibt sie nach und lässt sich fallen. Ein Schauer streift ihren Körper. Leichte Gänsehaut bildet sich auf ihren Armen.

»Was ist los, Baby? Du wehrst dich gar nicht mehr?«, stelle ich mit einem zufriedenen Raunen fest. Begleitend schiebe ich ihre Beine auseinander, befreie meinen Schwanz und ziehe ein Kondom über. »Dabei wollte ich deinen vorlauten Mund anders zum Schweigen bringen.«

Ich fahre mit den Fingern zwischen ihren Beinen entlang. Eigentlich wollte ich warten. Das hier angenehm für sie machen und mich auf sie einlassen. Aber verdammt, sie ist so feucht, dass ich nicht anders kann.

Deshalb schiebe ich mich zwischen ihre Beine und beginne sie hart zu ficken. Maria stöhnt, versucht sich mir zu entziehen und stößt dabei gegen den Tisch. Eine wirklich großartige Idee von mir.

Um diese zu untermalen, stoße ich mich ein weiteres Mal fest in ihre süße Pussy, die mich so angenehm umschließt.

»Blac.« Ich weiß nicht, was das Wort bedeuten soll. Eine Aufforderung zu stoppen? Ein Wunsch nach mehr. Scheiße, ich hoffe darauf, dass es Zweiteres ist. Für eine Sekunde halte ich inne, packe ihre Haare und ziehe ihren Kopf zu mir herum. Die Augen hat sie weit aufgerissen.

Tränen rinnen ihr über das Gesicht. Sie hat die Lippen geöffnet, sagt aber keinen Ton.

Mein Schwanz zuckt bei diesem Anblick sehnsüchtig. »Ja, Baby?«

Ich beuge mich nach vorn, wische eine Träne sanft mit dem Finger zur Seite. Währenddessen beginne ich mich bereits wieder in ihr zu bewegen. »Du wolltest etwas sagen?«

»Ich hasse dich.« Eine Menge Emotionen liegen in ihren Worten, aber Hass ist es nicht. Deshalb ziehe ich an ihren Haaren, bringe sie vor mir in die Höhe und umfasse ihre Titten mit der anderen Hand. Maria schließt die Augen und schickt somit eine weitere Träne an ihren Wangen herab.

»Weißt du, was ich will, Baby?« Ich zwirble ihre Brustwarze, die sich mir entgegenstreckt und entlocke ihr somit ein leichtes Seufzen. »Ich will deine Tränen sehen, die nur mir gelten.« Harsch gebe ich ihre Haare frei. Sie will den Blick abwenden, doch ich packe ihre Kehle. Meinen Daumen lege ich an ihr Kinn. »Ich will spüren, wie dein Puls immer schneller wird, wenn ich dich ficke.«

Maria stößt ein leises Wimmern aus.

»Ich will jeden Zentimeter deines Körpers. Und vor allem, will ich in dir sein, wenn du kommst.« Die letzten Worte raune ich ihr leise entgegen.

Dann ziehe ich mich aus ihr zurück. Überrascht sieht sie sich um. Aber ich bin noch nicht fertig mit ihr. Ich drehe Maria zu mir herum, packe ihre Hüfte und hebe sie auf meinen Schwanz. Sie zieht ihre Muskeln um meine Härte zusammen und legt den Kopf stöhnend in den Nacken. Ich presse sie gegen die Schrankwand, die ein

Ächzen von sich gibt. Dann stoße ich mich immer wieder in sie hinein.

Maria krallt sich in meinen Rücken. Sie flucht, schimpft und küsst mich. Dazwischen rollen weitere Tränen über ihre Wangen. Ich packe ihre Hand, drücke sie über uns gegen das Holz und pumpe mich in sie hinein, bis ich komme.

Stöhnend lege ich meine Lippen an ihren Hals. Küsse, beiße und lecke sie verlangend. Währenddessen zieht sich ihre Pussy um meinen Schwanz zusammen.

Meine Bewegungen werden langsamer. Schwer atme ich ein. Bebend presse ich meine Stirn gegen ihre und küsse ein paar der Tränen weg.

Dabei will ich die Tränen nicht verschwinden lassen.

Ich will, dass sie weint. Dann, wenn ihre Beine zittern, wenn sie sich an meinen Körper presst.

Wenn sie erschöpft ist. Wenn ich sie wieder und wieder ficke. Wenn sie lacht und vor Freude ein leichtes Grunzen von sich gibt.

»Du solltest gehen.« Marias kalte Worte katapultieren mich aus einer Wolke der Befriedigung.

»Ich bin gerade erst gekommen«, erwidere ich gepresst. Meine Worte klingen nicht halb so amüsiert, wie ich es beabsichtigt habe.

»Blac geh!« Maria sieht mich mit geröteten Wangen an. Sie macht sich von mir los, geht durch das Zimmer und zerrt sich die Hose am Körper hinauf. Hektisch sieht sie sich um.

»Baby ...«

»Spar es dir!« Sie schreit mir die Worte beinah entgegen. Irritiert sehe ich sie an. »Ich will, dass du verschwindest. Jetzt!« Jetzt brüllt sie tatsächlich. Ihre Schultern zucken, ihr ganzer Körper bebt. Inzwischen haben die Tränen, die über ihre Wangen rinnen, nichts Schönes mehr an sich.

»Maria«, unternehme ich einen weiteren lahmen Versuch. Sie stockt in ihren Bewegungen. Gerade hat sie sich ein Shirt über den Körper gezerrt. Es hängt lediglich zur Hälfte über ihren hübschen Titten. Langsam richtet sie sich auf. In der Hand hält sie einen Schuh.

»Komm, lass uns unsere Fehler nicht wiederholen. Sprich mit mir«, fordere ich sie auf.

Maria gibt ein hysterisches Lachen von sich. »Unsere Fehler? Das hier war ein Fehler!« Bei diesen Worten schleudert sie mir ihren Schuh entgegen. Ich drehe mich nicht zur Seite weg und merke kaum, wie er gegen meinen Oberschenkel schlägt. Stattdessen gehe ich langsam auf sie zu. »Ein Fehler war es nur aufzuhören, bevor wir nicht völlig fertig sind.« Scheiße, habe ich das gesagt?

Den zweiten Schuh, der gegen meine Brust knallt, habe ich allein mit dieser Aussage verdient. Ich habe mich so lange von ihr ferngehalten, dass ein auf sie zugehen, offenbar nicht mehr meine Stärke ist.

»Ich bin fertig! Fertig mit dir. Und lass mich das korrigieren. Nicht nur das hier war ein Fehler. Du bist ein einziger Fehler! Alles an dir.«

Inzwischen bin ich vor ihr angekommen. Sie hebt abwehrend die Arme, scheint es sich dann aber anders zu überlegen. Wütend schlägt sie mit der flachen Hand gegen meine Brust. »Du, Diabolo, diese Uni. Alles davon ist ein Fehler. Es ist ein verdammter Fehler, dass ich jeden Morgen aufstehe! Das ich noch immer Hoffnung habe! Worauf?« Sie schnaubt entrüstet und schlägt zur Abwechslung auf meinen Oberarm. »Darauf, dass du irgendwann begreifst, was für ein Wichser du bist? Was du mir angetan hast?

Scheiße, nein. Wir wissen beide, dass das nicht passieren wird.«

Vor Wut schäumend wirft sie die Hände in die Luft. Ich öffne die Lippen, woraufhin ich einen abfälligen Blick ernte. »Wage es nicht, deinen verlogenen Mund zu öffnen. Was wird es dieses Mal sein? Spott? Verachtung? Falsche Versprechen? Spar es dir. Steck es dir dorthin, wo dein verficktes *für immer und noch ein Jahr* steckt.« Bei ihren Worten zucke ich leicht zusammen. Ich verdiene ihren Zorn. Verdammt gut sogar. Schließlich habe ich alles dafür getan, um ihn auf mich zu ziehen.

»Du bist Dreck für mich. Ein widerlicher Mensch, der andere Menschen nur benutzt und zerstört! Und ich? Was habe ich getan? Mir den Schädel zermartert, was mir entgangen ist. An welchem Punkt das zwischen uns kaputt gegangen ist, an dem ich immer festhalten wollte. Jahrelang habe ich mir Gedanken gemacht, ob du mich noch willst. Was ich falschgemacht habe oder ob ich nicht gut genug war.

Scheiße, jeden Tag habe ich mich gefragt, ob das dein fucking Ernst war. Hunderte Ausreden habe ich dafür erfunden, was du getan hast. Dass du mich ausgeliefert hast. Dass er mich auf den Tisch gepresst hast, während meine Arme zitterten. Dass du mich nicht einmal angesehen hast, während die Tränen über meine Wangen gelaufen sind. Dass du mich von deinem Freund hast berühren lassen. Und weißt du, wofür ich dich am meisten gehasst habe? Dafür, dass du gegangen bist.«

Maria atmet schwer. Jedes ihrer Worte ist wie ein Messerstich in mein Herz. Ich spüre in jedem die Wut und Verletzlichkeit. Jedes verpasst mir einen Schlag in die Magengrube und bei jedem sacke ich tiefer in mich zusammen.

»Als du zu Diabolo kamst, hast du mir das Einzige geschenkt, was ich gebraucht habe.«

Sie spricht inzwischen ganz leise. »Hoffnung.« Maria räuspert sich, wischt die Tränen von den Wangen und sieht mich direkt an. Ihre Augen schimmern feucht, ihre Lippen beben, während sie weiterspricht. »Du hast mir Hoffnung gegeben. Jeden verdammten Tag. Mit jedem Lächeln, jedem Wort und jedem Mal, als du dich schützend vor mich gestellt hast. Du warst mein Held. Mein Prinz, der mich aus meinem Turm befreit. Mein persönliches *Always*. Mein Jack, mein Romeo, mein Clyde. Aber das Einzige, was du mit diesen Menschen, mit diesen Figuren, gemeinsam hast, ist, dass du mein Herz herausgerissen hast. Du hast es genommen, zerquetscht und mir vor die Füße geworfen. Diabolo hat es nie geschafft mich zu brechen. Du schon. Du hast dafür gesorgt, dass das hier aus mir geworden ist.« Sie breitet die Arme aus. Ich weiß, dass ich etwas sagen sollte. Dass ich sie in den Arm nehmen sollte. Ihr sagen, dass es nicht stimmt. Dass sie mir nicht egal ist. Dass sie noch lange nicht gebrochen ist.

Dass sie stark ist.

Aber ich kann mich nicht rühren. Ich bin wie gefangen. Wie eingefroren und schaffe es nicht, mich zu bewegen.

»Ich hätte alles für dich gegeben. Für uns. Den Traum von einem uns. Für unser für immer und noch ein Jahr. Aber irgendwann endet jedes Märchen oder nicht? Nur erzählen die Bücher nicht davon, wie die Prinzessin allein im Turm sitzt. Wie die Bäuerin jeden Tag arbeitet. Wie die Küchenmagd für immer einsam vor dem Ofen liegen wird. Sie erzählen nur das, was wir hören wollen.« Maria räuspert sich. Ihre Stimme klingt belegt. Ihr ganzes Gesicht ist aufgeschwemmt und gerötet. Die Haare bauschen sich wirr um ihren Kopf.

Und trotzdem kann ich in diesem Moment nur ihre Schönheit bewundern. Die, die sie von innen ausstrahlt.

Gedankenversunken nickt sie. Dann dreht sie sich um, geht zur Tür und lässt mich zurück.

Als die Tür ins Schloss fällt, geben meine Beine nach. Hart krache ich auf den Boden. Ich stütze die Hände auf, lege den Kopf in den Nacken und stoße einen dumpfen Schrei der Verzweiflung aus. Dann spüre ich, wie mir etwas Feuchtes übers Gesicht läuft. Zittrig wische ich die Träne weg und betrachte dann meine benässte Fingerkuppe.

Wie besessen starre ich darauf.

Mein Kopf ist leer.

Mein Körper erschöpft.

Ich bin müde, fertig und verzweifelt.

Sorg dafür, dass es noch etwas gibt, wofür es sich zu kämpfen lohnt.

Damiens Worte geistern als einziges durch meinen Schädel.

»Fuck. Ich habe es verkackt.«

KAPITEL 26

Maria

Ich bin in meiner eigenen Welt gefangen. Ich laufe, atme und lebe.

Da ist die Uni, andere Studenten, der Gang, die Treppe. Alles ist da. So wie immer.

Aber währenddessen könnte ich mich nicht weiter weg fühlen.

Während ich mich bewege, bin ich wie in einer Trance gefangen. Ich kann nicht denken, nicht einmal die Richtung ändern. Stattdessen setze ich einen Schritt vor den anderen, als wäre es das Einzige, was in diesem Moment Sinn machen würde.

»Maria?«

Beim ersten Mal ignoriere ich ihn. Beim zweiten und dritten Mal auch. Erst als der fremde Typ sich mir direkt in den Weg stellt, nehme ich ihn wahr und stoppe in meiner Bewegung.

»Was?«, knurre ich leise. Dabei hebe ich den Kopf leicht an und fixiere ihn mit verbissener Miene.

»Sind Sie Maria?«

»Und wenn?«

»Sie sehen grauenhaft aus.«

Er wirkt fassungslos. Nüchtern sehe ich an ihm herab. Absolut alles an ihm ist gewöhnlich. Seine normale, langweilige mittvierziger Vater-Frisur, das blaue Poloshirt und die grauen Hosen. Alles an ihm schreit förmlich nach 9 to 5 Bürojob.

»Geht es Ihnen gut?«

»Scheiße, wen interessiert das schon?«, murmle ich leise. Seine Augen werden noch eine Spur größer. Hektisch fährt sein Blick über meinen Körper. Ich spüre ihn beinah tatsächlich auf meinen nackten Brüsten unter dem dünnen Shirt, meinen schlabbrigen Jeans und den verfitzten Haaren. Seinen Blick genauso, wie die der anderen. Alle sehen mich an. Glotzen, starren, zeigen auf mich.

Es könnte mir nicht mehr am Arsch vorbei gehen.

»Miss ...«

Ich kann mir ein Lachen nicht verkneifen. »Miss? Sehe ich aus wie eine verfluchte Miss?«

Der arme Kerl wirkt völlig verzweifelt. Er rauft sich die Haare, sieht sich Hilfe suchend um und fährt mit der Hand nervös in seine Hosentasche. Vermutlich klammert er sich Halt suchend an sein Handy.

»Ich bin hier ... um ...« Er schluckt. Sein Adamsapfel hüpft in seiner Kehle hoch und runter. Ein leichtes Vibrieren in meiner eigenen Tasche lenkt meine Aufmerksamkeit auf mein Handy. Mir ist nicht einmal aufgefallen, dass ich es mitgenommen habe. Müde werfe ich einen Blick darauf. Verbissen lese ich die Worte, während die Daddy-Frisur nervös vor mir stehen bleibt.

»Wie ist ihr Name«, frage ich aus einem Impuls heraus und hebe den Kopf. Überrumpelt sieht er sich um.

»Linus«, stottert er irgendwann.

»Ihre Eltern haben es gut mit Ihnen gemeint, Linus«,

murmle ich leise. Inzwischen bin ich wieder in meine eigene Welt eingetreten. Ich sehe ihn zwar, nehme ihn aber nicht bewusst wahr. »Ich hätte eher auf einen Jeffrey getippt.«

»Äh, Entschuldigung?«

»Dafür brauchen Sie sich nicht zu entschuldigen.«

»Ich bin hier, um die Unterlagen für Alicia abzuholen«, bringt er schließlich stotternd hervor.

Zum ersten Mal seit einer ganzen Weile hebe ich den Kopf und sehe ihn an. Eine Zeit lang mustere ich ihn lediglich. Währenddessen ist mein Schädel leer. Ich wollte das. Ich wollte ihn. Beziehungsweise jemanden, der kommt und mich rettet. Nicht viel Zeit ist vergangen, doch mit einem Mal sieht alles anders aus.

Deshalb stehe ich einfach da. Irgendwann schüttle ich den Kopf. »Gehen Sie nach Hause, Linus.«

»Wie bitte?«

Seine Wangen röten sich. Nervös reibt er die Hände an seiner Hose. »Haben Sie die Unterlagen für mich?«

»Hey Puppe, in 2D siehst Du besser aus.« Während Linus den Kopf dreht und der Studentengruppe mit den Augen folgt, ignoriere ich sie. Zumindest versuche ich es. Sobald ich sie an mich heranlassen würde, würde ich heulend auf dem Hof zusammenbrechen.

»Gehen Sie nach Hause«, wiederhole ich leise und ringe um Fassung. *Nicht heulen. Nicht heulen. Sei stark. Stark, stolz und ... scheiße.* Am liebsten würde ich mich in Linus Arme werfen und hoffen, dass alles gut wird. Aber das wird es nicht. Jede Sekunde meines Lebens und gerade die letzten Minuten mit Blac haben mir gezeigt, dass es immer schlimmer wird. Erst recht, wenn ich nichts unternehme.

Niemand wird mir helfen. Ich bin allein und das werde ich immer sein. »Sie sind dieser Sache nicht gewachsen.«

Stumm schüttle ich den Kopf. Dabei drehe ich mich um und gehe die Treppe hinunter. Ich durchquere den Flur des Wohnheims und komme beinah bis zur Tür. Dann werde ich von einer kalten Hand an meiner Schulter zurückgehalten. Als ich mich fragend umdrehe, nimmt Linus seine Finger sofort von mir. Beinah, als hätte er sich verbrannt. Verbissen senke ich den Blick. *Was will er von mir? Mir etwas vorlügen? Es wird sich nichts ändern.*

»Ich brauche die Unterlagen«, sagt er dieses Mal fordernder.

Schwer atmend sehe ich ihn an. *Wieso drängt er mich? Merkt er nicht, dass ich völlig überfordert bin? Wieso ... hilft er mir nicht? Er fordert und fordert, aber geht nicht darauf ein, was Ich will.* Aus diesem Grund schalte ich automatisch auf stur. »Haben Sie sich in den letzten 30 Sekunden Eier wachsen lassen?« Auf seinen überraschten Gesichtsausdruck hin winke ich lediglich ab. Dann tippe ich abwägend auf mein Handy. Schließlich nicke ich langsam. »Gut. Letzte Chance. Sie können immer noch gehen und sagen, Sie hätten mich nicht gefunden.« Prüfend sehe ich ihn an. *Wird er reagieren? Wird er fragen, wie es mir geht? Was wird er tun?* Als er nicht reagiert, drücke ich ihm das Handy in die Hand. »Wie schade. Dann wird das wohl Ihre erste Zerreißprobe werden. Viel Glück Jeffrey.« Mit diesen Worten lasse ich ihn stehen.

Beinah spüre ich, wie er die Nachricht liest. Ohne mich umzudrehen, stelle ich mir vor, wie sich seine kleinen Äuglein weiten. Wie er sich panisch umsieht. Nach jemandem, der ihm hilft. Jemand, der die Führung übernimmt. »Spoiler: da ist niemand. Da bist nur du, kleiner Jeffrey«, murmle ich leise.

Gerade als ich den Campus hinter mir lassen will, stellt sich mir erneut jemand in den Weg. Müde sehe ich auf, nicke Kathy zu und will mich an ihr vorbeischieben. Sie lässt mich nicht. »Äh? Maria?«

Ich bin erschöpft. Gleichzeitig aber auch entschlossen und wütend. Allerdings ist Kathy weder die, der meine Entschlossenheit gehört, noch meine Wut. Deshalb schiebe ich sie bestimmt zur Seite.

»Ist das dein Ernst?« Ihre Stimme klingt spitz und trieft vor Verachtung.

Seufzend drehe ich mich zu ihr um. Sehe auf und setze eine neutrale Miene auf. »Was davon?«

»Du siehst aus wie die letzte Cracknutte!«

»Nett«, kommentiere ich trocken.

»Nett? Willst du mich verarschen? Was ist los mit dir? Jahrelang gibst du die Mutter Theresa Rolle und postest dann dieses Bild? Oh, warte, war das bevor oder nachdem du Blac Carter einen in der Bibliothek geblasen hast?«

»Danach«, antworte ich gelassen. Dabei lasse ich außer Acht, dass es nie dazu gekommen ist, doch die Erinnerung an ihn treibt meinen Puls erneut in die Höhe. Ich presse den Kiefer zusammen, atme tief durch die Nase und versuche den Ärger in mir zu besänftigen. Leider weiß ich längst, dass es dafür zu spät ist.

Die Hoffnung von Blac und mir ist endgültig Geschichte. Genauso meine Zurückhaltung und die Mutter Theresa Rolle, die Kathy so wundervoll auf den Punkt gebracht hat.

Ich habe mir einen Ruf aufgebaut und binnen Sekunden zerstört. Und allein, dass sie vor mir steht, wie wild auf mich einredet und dabei immer wieder die Lippen verzieht, die Haare über die Schulter wirft und mich verurteilend ansieht, sagt alles. Alle ihre Bilder sind freizügiger als meine. Sie hatte mit duzenden Typen Sex.

Und trotzdem bin ich die Bitch.

Jahrelang arbeite ich an einem guten Image, einem perfekten Äußeren.

Wofür das alles?

Warum solche Mühen, wenn es mit einem Schlag zerstört werden kann?

»Sag, hörst du mir überhaupt zu?« Kathy wirkt entrüstet. Sie stößt mir ihren langen Fingernagel gegen die Schulter, um meine Aufmerksamkeit zu erlangen.

»Schon. Mich interessiert nur nicht, was du sagst.«

Sie schnappt nach Luft. »Und dass deine Zimmernachbarin spurlos verschwunden ist, interessiert dich auch nicht?«

»Nicht wirklich«, antworte ich.

Kathy atmet so hektisch, dass ich mir ernsthaft Gedanken mache, sie könnte einfach umkippen. Okay gut, ich mache mir keine Gedanken. Es fällt mir lediglich auf.

Die Sache ist die. Ich weiß, was ich will und ich weiß, dass ich es tun muss. Und auch wenn das Gespräch mit ihr eine willkommene Verzögerung darstellt, muss ich trotzdem gehen. Für einen kurzen Moment schließe ich die Augen. Mir gehen die Worte der Nachricht durch den Kopf.

Ich bin enttäuscht, Bellezza. Nach all den Jahren bist du der Versuchung erlegen. Und wie Adam, der der Schlange nicht widerstehen konnte, wirst auch du aus dem Paradies vertrieben werden. Du hast mich verraten. Mir ein Messer ins Herz gejagt, obwohl ich dachte, ich könnte dir vertrauen. Ich dachte, du hättest gelernt, dich zu benehmen.

Es hat so wenig gereicht, um alles zu Fall zu bringen, was ich dir so mühevoll beigebracht habe.

Du, Bellezza, wirst für deine Sünden bestraft und die Welt wird mit dir brennen.

Du bist verdorben und alles, was du berührst, jeden, den du triffst, und jeder Ort wird mit dir in Trümmern enden.

Beginnen wir mit sechs. Mit sechs Jahren kamst du zu mir und sechs Menschen werden noch heute deinetwegen sterben.

Ich erschaudere bei der Erinnerung. Dann öffne ich die Augen und sehe Kathy an. »Du bist ein Miststück.«

»Wow. Geht es noch netter?«

»Du bist ein ehrliches Miststück. Arrogant, eingebildet und hochnäsig. Du bist gehässig und gehst mir mit deinem Getue tierisch auf die Nerven. Aber du bist auch tatsächlich eine der wenigen, die ich leiden kann.«

Kathy gibt ein empörtes Schnauben von sich. »Wenn das deine Art ist, deine Freude zu zeigen, verzichte ich darauf.«

»Ist okay für mich. Ich rechne sowieso nicht damit, dass wir uns wiedersehen.« Langsam zucke ich mit den Schultern. Inzwischen habe ich mich zu tief in die Scheiße geritten. Das hier werde ich nicht überleben. Was aber nicht bedeutet, dass ich unnötig viele Menschen mit mir in den Abgrund ziehen will. In meinem Inneren frage ich mich, was er wohl tun wird. Was er Kathy, dem kleinen Jeffrey oder der Uni antun wird. Die wildesten Vorstellungen tauchen vor meinem inneren Auge auf. Er könnte sie verletzten, bedrohen oder ... töten.

Ein harter Schlag trifft meine Wange. Ich schnappe ruckartig nach Luft, während meine Hand wie von selbst nach oben schießt. Hin zu meinem pochenden Gesicht.

»Aua ...«, fluche ich leise und blinzle schnell. Kathys verbissene - absolut lebendige - Miene schiebt sich in mein Blickfeld. Sie hat die Hand erhoben und impulsiv hebe ich meine eigene nach vorn, um ihren nächsten Schlag abzufangen. Hektisch sehe ich mich um. Alles ist wie immer.

Der Campus ist ganz. Keine Trümmer, kein Qualm und kein Diabolo. *Noch nicht.*

»Was ...« Weiter komme ich nicht.

Ihre Augen verengen sich und zischend stößt sie die wenigen Worte aus: »Was zum Teufel soll der Scheiß? Bist du irre?«

»Nein ...« Ich bin zu schockiert, um mehr zu sagen. Mein Gehirn verarbeitet noch alles, was soeben geschehen ist. Mein Kopf hängt in den Horrorbildern fest, welche sich vor meinen Augen abgespielt haben, doch sie sind es auch, die mich endlich aus meiner Starre lösen. Auf keinen Fall will ich diese Bilder live erleben.

»Maria um Gottes Willen. Willst du mir endlich eine Antwort geben?« Kathys klare und sonst spöttische Stimme ist angespannt und spitz. Ich schüttle matt den Kopf und hebe den Blick zu ihr. Ihr Gesicht scheint wutentbrannt und gleichzeitig unfassbar besorgt. Dies lässt meinen Magen erneut purzeln. Meine Augen gehen wie von allein zum Campus hin. Noch immer ragen die Ziegelgebäude stabil und unberührt auf.

»Du gehörst in eine Anstalt!« Dabei kann ich ihr nicht widersprechen. Kathy schüttelt den Kopf. »Hast du dich einmal angesehen? Du bist völlig fertig! Trägst du überhaupt einen BH?« Einen BH? Am liebsten will ich fragen, ob das ihr Ernst ist. Als hätte ich nicht völlig andere Probleme. »Dann beleidigst du mich, brichst beinah zusammen und faselst irre Dinge über dunkle Augen und Bomben?« Ihre Stimme wird immer lauter.

»Ich habe eine Nachricht bekommen«, murmle ich leise. Währenddessen sehe ich mich um. Ich bin noch immer nicht vollständig zurück in der Wirklichkeit angekommen. Bei jedem Blinzeln befürchte ich, die Horrorbilder könnten zurückkehren. Dieses Mal tatsächlich. Jedes Mal, wenn ich

Luft hole, befürchte ich, Diabolo könnte auftauchen und die Hand um meine Kehle legen.

»Das endet jetzt«, flüstere ich.

Kathy lacht trocken. »Dein verrücktes Verhalten? Oder unsere Freundschaft? Zweiteres kannst du dir sonst wohin schmieren. Und was das Erste angeht ... Wenn es dafür nicht zu spät ist. Du bist völlig durch.« Ihre Worte gehen noch weiter. Sie schimpft und lässt alles an mir heraus, was sie vermutlich seit Jahren angestaut hat. Jedes bisschen Frust und jede Beleidigung, die sie sich verkniffen hat.

Sie prallen an mir ab.

Nichts von dem, was sie zu mir sagt, ist für mich von Bedeutung.

Deshalb drehe ich mich endlich herum und gehe.

Vom Campus herunter, die Straße entlang und zum Taxistand.

Als ich die Tür hinter mir ins Schloss fallen lasse, beende ich auch meine Zeit hier. Mein perfektes, zurückgezogenes und völlig realitätsfernes Scheinleben, das ich mir aufgebaut habe.

Mit jeder Meile, die wir zurücklegen, kehre ich der Version von mir, die ich in den letzten Jahren war, mehr den Rücken zu. Ich verstaue sie in einer Kiste voll Erinnerungen, schließe den Deckel und drehe den Schlüssel im Schloss herum.

Und als ich Stunden später aus dem Taxi steige, den schimpfenden Fahrer ignoriere und die lange Auffahrt hinauflaufe, bin ich ein völlig anderer Mensch geworden.

KAPITEL 27

Maria

Ich laufe wie in Trance durch die Villa. Über den Marmorboden, der frisch geputzt glänzt. Die Treppe hinauf und zur dritten Etage. Schwungvoll trete ich die Tür auf, noch ehe mich jemand daran hindern kann. Dann stehe ich vor ihm. Wütend, stark und verändert.

Ohne Zurückhaltung brülle ich ihm alles entgegen. Alle Schuldzuweisung, aller Hass, einfach alles, was sich in den letzten 16 Jahren angestaut hat.

Als ich fertig bin, atme ich schwer.

Ich bin da.

Ich habe es getan.

Diese Worte spuken mir immer wieder durch den Schädel.

Beinah wäre mir ein begeisterter Schrei entronnen. Beinah.

Wären da nicht seine kalten, dunklen Augen. Der starre Blick, das leichte Lächeln auf seinen Lippen.

»Sag, wofür hältst du dich?« Das sind die ersten Worte, die Diabolo von sich gibt. Bisher hat er lediglich zugehört. War still und hat abgewartet.

»Mit Sicherheit nicht für deine Tochter«, spucke ich ihm entgegen. Dabei erhitzen sich meine Wangen noch ein Stück mehr.

Diabolo schnalzt leicht mit der Zunge. »Ich fragte, wofür du dich hältst. Nicht für wen.« Mahnend schüttelt er den Kopf und schlagartig habe ich das Gefühl, wieder ein Kind zu sein. »Hältst du dich für mutig, weil du dich mir entgegenstellst? Oder für stark, weil du nicht zurückweichst? Für unwiderstehlich, weil du Snake in dein Bett gelockt hast? Ich kann dir nicht sagen, wie du dich siehst. Aber ich kann dir beschreiben, wie wir anderen dich sehen.« Diabolo lehnt sich in dem Sessel zurück, der ein Knarzen von sich gibt. Er verschränkt die Hände hinter dem Kopf und wiegt diesen bedächtig hin und her. »Nur Idioten stellen sich mir entgegen. Es macht sie weder stark noch stolz, wenn sie mir Widerstand zollen. Es zeigt lediglich ihre Dummheit. Aber leider kann dir keiner von ihnen davon erzählen, denn keiner von ihnen lebte danach noch lang.«

Ich gebe ein Schnauben von mir. »Soll mich das einschüchtern?«

Er übergeht meinen Einwurf, nimmt die Hände herab und stützt sie auf dem Tisch auf. »Dass du dich all die Jahre aufgespart hast, nur um Snake deine Unschuld vor die Füße zu werfen, macht dich in meinen Augen zu einer noch größeren Enttäuschung.«

»Weil eine Frau es gewagt hat, eigenständig über ihren Körper zu entscheiden? Wie dumm von mir.«

»Das war es tatsächlich.« Er nickt geduldig und ich verspüre das dringende Bedürfnis, ihm diese Geduld aus der Fresse zu prügeln. »Aber du solltest dich nicht um mich sorgen. Eher um dich selbst, Bellezza.«

»Nenn mich nicht so!«

»Sag mir, Bellezza, hat er es zu schätzen gewusst?«

»Was?« Die Frage rutscht mir heraus. Dabei wollte ich auf keine seiner verdammten Aussagen reagieren.

»Schon als kleines Kind hattest du Interesse an einer meiner Schlangen. Blac. Er war ein gutes Kind. Ein wenig impulsiv, vielleicht. Ich dachte immer, dass er ein guter Anker für dich ist. So, wie es ein Bruder sein sollte.« Diabolo legt die Hand an seinen Bart. Überlegend sieht er für einen Moment in Richtung der Decke. Dann schnalzt der mit der Zunge. »Aber für dich war er mehr als ein Bruder oder nicht?«

Er sieht mich für einige Sekunden an. Während die Wut durch meinen Körper rauscht, bewege ich mich nicht. Lediglich die Lippen presse ich fest aufeinander. Ich kann an nichts anderes denken, als daran, seine Schultern von seinem Kopf zu befreien.

»Ich verstehe, dass es für dich zu schwer ist, zu antworten. Unhöflich ist es trotzdem. Aber dieses Mal werde ich dir deinen Ungehorsam verzeihen. Weil ich weiß, dass Er sich nicht gegen mich richtet, sondern nur gegen dich selbst.«

Statt einer Antwort schnaube ich herablassend. Dieser selbstgefällige Arsch. Wie früher dreht er mir die Worte – oder auch mein Schweigen – im Mund herum.

Aber heute werde ich nicht darauf reagieren.

»Du warst Snake jahrelang zugetan. Das habe ich verstanden. Er war hier, hat sehr viel Zeit mit dir verbracht und ist zu einem ansehnlichen Mann herangewachsen. Aber dafür liebst du ihn nicht! Es sind nicht sein Aussehen, seine Dominanz oder seine Muskeln, die dich anziehen. Du liebst ihn für das, was er ist. Für das, was er einmal war. Den Jungen, mit dem du aufgewachsen bist. Der dir ein Pflaster auf deine Wunden geklebt hat, sich bei einem Streit vor dich gestellt hat. Den, der nachts an deiner Seite lag, wenn du nicht einschlafen konntest, der das Blut von deinem Teppich geschrubbt hat, nachdem ich eine Frau darin ermordet habe. Du liebst den, der nachts aufgestanden ist und immer dann, wenn ich wütend war, vor deiner Tür gewacht hat. Der deine Zahnfee war. Dein Weihnachtsmann und den, der bei jeder Strafe, die dir gehören sollte, darum gebeten hat, sie zu bekommen.«

Fassungslos starre ich ihn an. Diabolo nickt gelassen. Wieder lehnt er sich in seinem Sessel zurück. »Ich nehme an, das wusstest du nicht? Auch nicht, dass er jede deiner Bewegungen überwacht hat? Dass er tagelang nicht geschlafen hat, um mich davon abzuhalten, dein Handy zu überwachen? Dass er noch immer alle Schichten übernimmt, wenn mein Sohn es nicht macht? Dass er jedes Mal, wenn ich deinen Namen erwähne, noch grausamer wird? Ein besserer Rächer, ein besserer Mörder, ein besserer Sohn? Nur dafür, um mich von dir abzulenken? Du weißt nicht, dass er jeden Mann fertig gemacht hat, der sich dir genähert hat? Dass er jede Nacht mit einem *für immer* auf den Lippen einschläft?« Diabolo schließt für einen kurzen Moment die Augen. Er seufzt leise. »Es ist bedauerlich, dass du all das nicht wahrgenommen hast. Da frage ich mich beinah, wofür du ihn dann geliebt hast?« Wofür du ihn noch immer liebst, verbessere ich ihn automatisch in Gedanken. Währenddessen versuche ich seine Worte zu verarbeiten. Er muss falsch liegen. Ich bin Blac egal. Er kümmert sich nicht um mich. Oder? Ich muss schlucken und kämpfe damit, nicht in Tränen auszubrechen.

»Während du so hart darum gekämpft hast, ihn zu vergessen, hat er alles dafür gegeben, es nicht zu tun. Vor jedem Exzess, zu dem ich ihn aufforderte, bat er dich um Vergebung. Vor jedem Mord hauchte er deinen Namen in den Himmel. Bei jeder Frau, die er in meinem Auftrag nahm, standen Tränen hinter seinen Augen. Mit jedem Mal ist er weiter abgestumpft. Er hat mehr getrunken, wurde kälter und verlor sich selbst. Und dabei hat er keine Nacht mit seinem *für immer* ausgelassen.«

»Sei still«, flüstere ich leise. Mein Schädel pocht und während mein Herz wie wild schlägt, wird mir immer schlechter.

»Während du seine Existenz aus deiner Erinnerung löschen wolltest und der Meinung warst, ein ach so schweres Leben zu haben, hat er tatsächlich gelitten. Jedes Mal habe ich ihn eine Grenze mehr überschreiten lassen. Ihm etwas aufgetragen, dem er sich zuvor noch verweigert hat.

Du hast deine Hefte mit seinem Namen verbrannt. Dachtest, dass du allein wärst. Dass dich niemand lieben kann. Du hast ihn verflucht, dich geweigert, seinen Namen auszusprechen. Du warst voll Hass und Selbstmitleid.«

»Hör auf!« Meine Stimme ist ein Knurren. Ich wiederhole die Worte, weil ich nicht will, dass er weiterspricht. Diabolo ignoriert mich. Er nimmt einen autoritären Klang an, wird nicht einmal laut und sorgt dafür, dass ich sofort verstumme.

»Du hast dich jahrelang selbst bedauert, während er sich mir vollständig auslieferte. Nur um dich zu beschützen. Inzwischen hast du es gemerkt, oder? Es ist unübersehbar, wie sehr er sich verändert hat. Jetzt ist er nicht mehr der, der er einmal war. Kein bisschen des kleinen Jungen ist noch übriggeblieben.«

»Du hast ihn zerstört!«, werfe ich ihm impulsiv vor.

»Ich habe ihn zu einem Kämpfer gemacht. Vernichtet hast du ihn.«

»Das stimmt nicht!«, brülle ich ihm entgegen.

»Nur weil du etwas leugnest, wird es deshalb nicht zur Lüge.« Mahnend sieht er mich an. »Damit, dass du ihn aufgegeben hast, hast du euer *für immer* gebrochen. Nicht er. Nicht ich. Letzten Endes kannst du nur dir selbst die Schuld geben.«

Bei diesen Worten brechen die Tränen aus mir hervor.

Hat er recht? Diese Frage stelle ich mir immer wieder. Stimmt es, dass ich Blac verraten habe? Nein, das kann nicht sein. »Er hat mich schon lange vorher aufgegeben.« Ich hasse mich im selben Moment für diese Worte. Weil ich Diabolo damit das Messer in die Hand lege und zu meinem Herzen führe. Und trotzdem kann ich nicht anders. Die Worte rutschen mir heraus. Und warum? Weil er mir für einen Moment zuhört? Oder das Einzige ist, was einer Familie nahekommt?

Ich bin so verdammt armselig.

»Du meinst, als er mir von eurem Missgeschick berichtet hat? Du denkst, er hat dich mir ausgeliefert? Glaubst du wirklich, dass mir etwas entgehen würde? Vollkommen egal, wie weit weg es geschieht? Denk darüber nach Bellezza. Du bist nicht dumm.«

»Du wusstest es.« Das ist keine Frage, sondern eine Aussage. Scheiße, das hätte mir schon damals bewusst sein müssen. Wir haben uns für einen kurzen Moment fallen lassen und unseren Gefühlen nachgegeben. Diabolo weiß alles. Natürlich weiß er auch davon.

»Und jetzt denk gut nach, Bellezza. Wie hätte ich wohl reagiert, wenn er es mir nicht gestanden hätte? Wenn er mir dich nicht auf einem Silbertablett präsentiert hätte? Sag mir, Maria, hat er dich verraten? Oder hat er dich gerettet?«

Wie die Scherben eines Spiegels, bricht alles über mir zusammen. Mein Herzschlag wird immer schneller, während ich mich hektisch umsehe. Das, was Diabolo sagt, klingt wirr und unglaublich. Und trotzdem weiß ich, dass jedes einzelne Wort stimmt.

Meine Beine beginnen zu zittern. Ich fühle mich schwach und kraftlos. Seine Worte gehen mir immer wieder durch den Schädel. Jeder Moment unserer Kindheit wiederholt sich vor meinen Augen. Auch der, den ich für den schlimmsten meines Lebens gehalten habe. Der Moment, als ich dachte, dass er mich verraten hat.

»Aber er hat mich alleingelassen.«

»Hat er das?« Erst als Diabolo antwortet, merke ich, dass ich meine Gedanken laut geäußert habe.

Ich hebe den Kopf, ohne wirklich etwas zu sehen. Stattdessen starre ich auf die schwarz getönten und verhangenen Scheiben.

»Bei einem Schachspiel muss man immer wieder einzelne Spieler opfern, um am Ende das zu schützen, was einem am wichtigsten ist.«

»Seinen König«, murmle ich leise.

»Oder in diesem einen Fall seine Dame.« Diabolo neigt wohlwollend den Kopf. Ich kann ihn lediglich anstarren, während mein ganzer Körper sich taub und kraftlos anfühlt. »Wenn man in die Schlacht zieht, dann muss man auf das große Ganze achten. Auf das, was am Ende das Ziel darstellt. Man sollte überlegt und weise vorgehen. Seine Spielzüge genau planen und den Gegner im Dunkeln lassen.«

Er erhebt sich. Der Stuhl erzeugt ein leises Knarzen, als er ihn zurückschiebt. »Man sollte vorbereitet sein und immer etwas in der Hinterhand haben. Nicht unüberlegt oder naiv agieren.«

Jedes seiner Worte hallt in meinem Schädel wider.

Dabei liegt die Betonung auf unüberlegt und naiv. Auf planlos und dumm. Zumindest für mich.

»Dir ist es endlich bewusst geworden Bellezza. Der Grund, warum du immer scheiterst. Warum du dich aufrappelst, rennst und wieder wie ein Kind auf die Nase fällst.«

Ich räuspere mich, bringe aber keinen einzigen Ton heraus.

Diabolo tritt um seinen Schreibtisch herum. Langsam kommt er auf mich zu. Mein ganzer Körper bebt. Ich schwanke, kann nicht richtig sehen und höre nur ein leises Rauschen in meinen Ohren. Er beugt sich nach vorn, streicht über meine Wange, während ich wie erstarrt dastehe.

»Wenn du die Fehler stets bei anderen suchst, deine Sünden und deine Schwäche verdrängst, wirst du weder Absolution noch Glück finden, sondern immer nur Einsamkeit.« Diabolo schlägt mir leicht gegen die Wange.

»Also sag mir mein Kind, hast du deine Lektion endlich gelernt?

Hast du verstanden, dass du allein das Problem bist?

Dass du nie schlau oder gut genug warst? Dass die Leute sich nicht meinetwegen von dir abgewandt haben? Weder deine Mitschüler noch Blac oder die Studenten in der Uni?

Du hast es begriffen oder nicht?

Das war nie ich, sondern immer nur du selbst.

Deinetwegen hat Alicia dich zurückgelassen. Weil du ihr nichts bedeutest.

Nur wegen dir wird Kathy leiden. Weil du sie mir ausgeliefert hast.

Was hast du erwartet, Maria? Dass ich nicht mitbekomme, was um mich herum passiert? Ich weiß alles. Ich weiß, wenn du dich allein in deinem Zimmer einsperrst, ich weiß, wenn du dich selbst berührst und ich weiß auch davon, wenn mich Sellina verrät.« Heftig atmend presse ich die Lippen aufeinander.

Er seufzt leise. »Mit sechs Jahren kamst du zu mir. Und sechs Menschen werden deinetwegen sterben.« Diabolo dreht meinen Kopf herum. Dann drückt er auf seine Uhr und die Wand neben mir öffnet sich. Ein dunkler Raum kommt zum Vorschein. Das Erste, was ich wahrnehme, ist der Gestank. Es riecht nach Urin, Schweiß und Blut. »Lass mich das korrigieren.«

Ich erschaudere und muss würgen. Diabolo führt mich am Kinn hinein. Wie ein Hund folge ich ihm. Ich kenne diesen Geruch. Ich kenne ihn verdammt gut. »Sechs Menschen sind heut bereits deinetwegen gestorben.«

Jeder meiner Schritte fühlt sich schwer an. Mein Herz rast. Meine Hände werden eisig kalt.

Er geht zur Seite und gibt den Blick frei, auf ein schummriges von Kaminfeuer beleuchtetes Zimmer.

Zum Vorschein kommen sechs Menschen. Männer, Frauen, ein Kind. Sie sind zusammengesunken und an Stühle gekettet. Blut sammelt sich in einer großen Lache um ihre Füße. Mein Magen dreht sich herum. Instinktiv will ich mich wegdrehen, doch Diabolo schüttelt seufzend den Kopf. »Sieh hin, mein Schatz. Das hier ist nur für dich.« Schluchzend schüttle ich den Kopf.

Ich stoße einen verzweifelten Schrei aus, der sich viel zu lang in mir gesammelt hat.

Meine Knie geben nach. Ich sacke auf dem Boden zu seinen Füßen zusammen. Tränen rollen mir über die Wangen. Zittrig heben und senken sich meine Schultern.

Diabolo stellt sich inzwischen vor die Menschen. Er steht in ihrer Mitte und betrachtet sie beinah liebevoll. Dann hebt er die Arme und stößt ein zufriedenes Lachen aus. »Gefällt es dir? Mein Geschenk?«

Mit bebenden Lippen hebe ich den Kopf. Ich atme schwer. Erst muss ich ein paar Mal blinzeln, bevor ich ihn klar sehen kann und seine Konturen nicht in den Tränen verschwimmen. So wie er dasteht, die Arme ausgebreitet, ein selbstgefälliges Lachen auf den Lippen, wird mir etwas bewusst.

Er hat recht.

Ich bin ein dummer Bauer. Ich handle unüberlegt und naiv.

Ich bin feige und schwach.

Und ich habe einen verdammt großen Fehler gemacht.

Einen, den ich mehr als alles andere bereue.

Ich bin ohne eine Waffe hergekommen.

»Siehst du es?« Diabolo nimmt die Arme herab. Er umfasst das Kinn der Frau an seiner Seite. Langsam dreht er ihren Kopf in meine Richtung. »Ihren kalten leblosen Blick? Den zum Schrei geöffneten Mund?«

»Du Monster!«, brülle ich ihm entgegen. Allein bei diesen zwei Worten bricht meine Stimme mehrmals.

Diabolo lächelt lediglich. »Ich bin nicht das Monster. Sondern du.« Die letzten Worte haucht er leise in den Raum. Dabei streicht er liebevoll über die weiße Wange der Frau.

»Du hast diese Menschen umgebracht! Einfach Menschen, die dir nichts getan haben«, wimmere ich.

»Unschuldige, um genau zu sein«, ergänzt er lächelnd. Dann kommt er wieder auf mich zu. »Und trotzdem bin nicht ich das Monster. Denn du mein Liebling, weinst nicht aus Trauer um sie. Du bist überrumpelt. Dich ekelt es an, sie zu sehen. Und doch sind sie dir gleichgültig. Du hättest jeden von ihnen selbst getötet.«

»Niemals«, fauche ich leise. Meine Hände presse ich auf den hölzernen Boden. Sie zittern, sind blass und bekommen blaue Linien. Sie sind eisig kalt. Genauso kalt, wie ich mich fühle.

»Natürlich hättest du das, Bellezza. Mit der richtigen Motivation warst du schon immer bereit, deine Ideale zu verraten.

Wenn ich dir jetzt eine Waffe gebe und dich auf einen unschuldigen Menschen zielen lasse, was würdest du tun?«

»Mich umdrehen und dich erschießen.« Diabolo beginnt leise zu lachen. Während ich den Kopf hebe, sehe ich wahre Freude in seinem Blick.

»Und wenn Blacs Leben davon abhängen würde? Würdest du dann meinen Befehlen folgen?«

»Wenn du tot bist, gibst du auch keine Befehle mehr.« Meine Worte klingen hölzern. Währenddessen ist mein Schädel leer. Ich schaffe es nicht, das, was ich vor mir sehe zu verarbeiten. Stattdessen versuche ich es zu verdrängen.

»Wir beide wissen, dass das nicht stimmt.

Denn du bist noch immer meine Tochter.«

»Ich werde niemals deine Tochter sein«, spucke ich ihm entgegen.

Diabolo beugt sich zu mir herunter. Sein Gesicht ist dicht vor meinem. »Und dabei bist du dir sicher?«

»Ja«, antworte ich sofort.

»Dann hoffen wir für dich, dass dir dein Verstand dieses Mal keinen Streich spielt. Dass du nicht etwas übersiehst, wie schon so oft. Oder nicht?« Ich antworte nicht, weil ich nicht weiß, was er von mir will. *Was erwartet er? Soll ich weiter auf seine Spielchen eingehen?* Vermutlich würde ihm das gefallen. Deshalb schweige ich.

»Du hoffst darauf, dass die 16 Jahre, die du mein Kind warst, spurlos an dir vorbei gegangen sind. Dass sie dich nicht verändert haben. Das, meine Liebe, ist naiv.« Er tätschelt mir die Wange. Ich drehe den Kopf zur Seite, um mich seiner Berührung zu entziehen. Das scheint er kaum wahrzunehmen. »Weißt du, fünf Genrationen ist es her, dass mein Vater dieses Imperium gegründet hat. Ein Schlangennest. Stark. Unerschrocken. Gefährlich. Fünf Generationen, in denen sich viel geändert hat, einige Werte aber immer geblieben sind. Genau so wird es auch dir gehen, mein Kind. Du wirst eines Tages deine eigene Familie gründen. Du wirst dein Bestes versuchen, es anders zu machen. Du wirst sie weit wegbringen, sie verwöhnen und gut behandeln. Aber eines Tages, wenn dir dein Sohn gegenübersteht, wirst du mich in seinen Augen sehen.«

»Nein«, schreie ich ihm entgegen. Ich weiche zurück und hebe abwehrend die Hände.

»Ich habe Blac zu dem gemacht, was er jetzt ist. Eine meiner Schlangen.

Ich habe dich zur der gemacht, die du jetzt bist.

Mein morbides Abbild.

Meiner Prägung werdet ihr niemals entkommen.

Du wirst nie wissen, ob Blac sich dir deinetwegen nähert. Oder ob es nur ein weiterer Befehl von mir ist.

Du wirst nicht wissen, ob deine eigenen Gefühle echt sind oder ob ich sie dir eingeredet habe.

Du wirst immer zweifeln. Jeden verdammten Tag.

Du wirst nie wissen, was wahr ist. Wo du beginnst und wo ich Ende. Das, mein Kind, ist mein Vermächtnis für dich.«

Ich presse die Hände auf meine Ohren. Ich will, dass er aufhört. Er soll aufhören zu sprechen und mir seine Lügen einzureden. Diabolos Lachen höre ich trotzdem. Heftig atmend stemme ich mich hoch, schwanke kurz und gehe dann hektisch auf die Tür zu. Er stellt sich mir in den Weg, schüttelt seufzend den Kopf und nimmt meine Hand an sich. »Du schaffst es nicht einmal, die Grenze zwischen mir und dir zu ziehen. Wie willst du es in der Zukunft schaffen? Dann, wenn ich nicht mehr da bin, und du keinen zum Vergleich hast? Du wirst mir immer ähnlicher werden. Dich verändern, bis keiner dich mehr erkennt. Und dann wirst du all das an dein Kind weitergeben.«

Ich ziehe meine Hand zurück. Schlage und trete nach ihm.

Er packt mich an den Haaren, bis ich schreie. Daran schleift er mich zurück in die Mitte des Raumes. Unkontrolliert wirft er mich zu Boden. Mein Kopf knallt schmerzhaft gegen etwas und ich wimmere. Sterne tauchen vor meinen Augen auf. Ich würge, drehe mich gerade noch rechtzeitig zur Seite und erbreche mich. Mein Magen zieht sich wieder und wieder zusammen, während ich zur Seite da hänge.

»Wie unappetitlich, Tochter.« Diabolo ragt hinter mir auf.

Mein Blick wandert zu ihm. »Verreck in der Hölle!« Ich weiß, ich sollte ihn nicht reizen, doch dass er mich so nennt. Wieder und wieder. Es ist jedes Mal wie eine Ohrfeige, deren Gefühl nicht mehr verschwindet, sondern sich tief in meine Seele brennt. Ich weiß, ich sollte darauf hoffen, dass er mich verschont, ihn anbetteln, doch ich weiß auch, dass er nicht zum Reden oder Bestrafen hier ist.

Er will Rache.

Sein Blick verändert sich. Der spielende, boshafte Ton verschwindet. Die Bestie, das Monster, welches unter seiner Oberfläche schlummert, bricht hervor. Er reißt mich herum, ich knalle auf den Boden und die Luft weicht mir hart aus den Lungen. Meine Atmung ist gepresst und mein Blick wandert fiebrig umher.

Während ich kurz wegdrifte, wandern meine Gedanken wie von selbst zu Blac. Sein Name liegt auf meinen Lippen, als Diabolos Faust mein Gesicht trifft. Mir wird endgültig schwarz vor Augen. Begleitet von einem explodierenden Schmerz in meinem Schädel sacke ich auf dem Boden zusammen. Schwer atmend dämmere ich weg.

»Aufwachen, Bellezza.« Ich will mich wehren. Oder sterben. Alles in mir schreit danach, einfach wieder einzuschlafen und nicht mehr aufzuwachen, wenn ich schon nicht von ihm wegkomme.

Ich erhalte einen kurzen Schlag auf die Wange als Antwort auf mein Stöhnen. »Verzeih mir meinen Ausfall. Ich vergesse immer, wie empfindlich Menschen sind.«

»Und du bist dann was?«, fauche ich leise. Die Augen habe ich inzwischen geöffnet. Stöhnend rapple ich mich auf. Mein Schädel pocht. Da ist dieser stechende Schmerz, der meinen ganzen Körper einnimmt.

»Vor wenigen Minuten nanntest du mich noch ein Monster.« Blinzelnd sehe ich ihn an. Scheiße. Dieser Typ grinst. Das alles hier amüsiert ihn offenbar.

»Lass mich in Ruhe oder töte mich. Ich kann das alles nicht mehr«, murmle ich leise.

Ich bin erschöpft, mein ganzer verdammter Körper schmerzt. Inzwischen bin ich einfach nur noch müde.

»Vier Schläge, für vier Jahre deiner Freiheit. Das ist nichts gegenüber dem, was Blac in der Zeit für dich eingesteckt hat.« Zusätzlich zu den pochenden Schmerzen in meinem Schädel wird mir dieses Mal aus einem anderen Grund schlecht. Wenn das, was er sagt auch nur ansatzweise stimmt, dann will ich nicht einmal wissen, wie sich

Blac in all den Jahren gefühlt hat. Vermutlich genauso verraten und verlassen wie ich.

Hat er auch jede Sekunde darauf gehofft, dass ich komme und ihn rette? Hat er an mich gedacht? In Gedanken mit mir gesprochen?

Oder hat er schon innerhalb kürzester Zeit aufgegeben?

»Nicht doch.« Er packt mich am Oberarm und zerrt mich zu sich heran. Ich schaffe es nicht einmal mehr zu schreien. Stattdessen hänge ich schlapp in seinem Griff. Der Schmerz in meinem Schädel wird immer stärker und scheint zu explodieren.

»Schließlich habe ich noch etwas für dich.« Diabolos Stimme ist ein leises Schnurren. »Etwas, dass ich dir schon so lange mit auf den Weg gegeben habe und du immer missachtet hast.

Es gibt nur drei Regeln.

Gehorche mir.

Schweige.

Und bleib am Leben.«

Er seufzt leise. »Letzteres war immer meine Empfehlung für dich. Mein Wunsch für dich, um genau zu sein. Doch du bettelst beinah danach, dass ich sie für dich breche.« Er stockt gespielt in seinen Worten. Plötzlich lässt er mich los. Ich schlage mit dem Ellenbogen auf dem Boden auf und stöhne. »Aber wer wäre ich, wenn ich meine eigenen Worte brechen würde?« Diabolo lächelt.

Ich beiße die Zähne zusammen, um nicht vor Schmerzen zu stöhnen. Das, was er erzählt, könnte mir nicht egaler sein.

Bedauerlicherweise scheint Diabolo meine Ignoranz zu spüren. Er schnalzt unzufrieden mit der Zunge. »Ich habe das Gefühl, du hörst mir nicht richtig zu. Vielleicht sollten wir den Unterhaltungswert erhöhen?«

Diabolo greift harsch nach meinem Shirt und zieht mich hinter sich her. Dabei klemmt er ein Stück Haut ein, weshalb ich vor Schmerz schreie. Er schleift mich ungehindert weiter und wirft mich schlussendlich vor die Füße der Toten. Ich lande in einer Flüssigkeit und erschaudere. Sobald er mich loslässt, richte ich mich auf und krieche wenige Zentimeter zurück. Lachend zerrt er mir die Hose herunter, hält sie fest, während ich versuche, mich zu wehren. Dabei komme ich der Hitze des flackernden Kamins immer näher. Diabolo stellt sich mir in den Weg. Er beugt sich zur Seite, zieht etwas heran und noch ehe ich reagieren kann, drückt er es mir auf den Oberschenkel.

Ich schreie so laut, dass es mir in den Ohren schmerzt. Aber das ist kein Vergleich zu dem, was er mir angetan hat.

Vor Verzweiflung und Schmerz brüllend, kommen mir die Tränen über die Wangen gelaufen. Ich schlage um mich, schaffe es, ihn von mir zu stoßen und ziehe meine Beine an. Mein Körper zittert, als ich auf Diabolos Wappen sehe, welches er mir heiß ins Bein gebrannt hat.

»Du krankes Schwein!«, brülle ich. Er hat mich gebrandmarkt. Wie ein Tier. Scheiße, ich kann es noch immer nicht glauben.

Mir ist übel. Ich schaue auf mein Bein. Erschaudere, als ich die ungleichmäßig bräunlich eingebrannten Schlangen sehe. Darum herum ist die Haut kalkweiß. Nach außen hin wird sie zunehmend rot. Es brennt, sieht beschissen aus. Es ist ... einfach widerlich.

Ich stoße einen weiteren verzweifelten Schrei aus.

Breitbeinig steht Diabolo über mir und neigt sich langsam herunter. Als ich versuche auszuweichen, stellt er seinen Fuß auf meinem Handgelenk ab. Ich gebe ein leises Wimmern von mir. »Du wolltest meine Regeln nicht berücksichtigen. Dabei waren sie lediglich zu deinem

Schutz gedacht. Sieh das als Pfand für mein Versprechen. Mit meinem Zeichen wird es keiner wagen, dich zu berühren.«

Schmerzerfüllt sehe ich auf. »Verrotte in der Hölle.«

Er grinst lediglich. »Das werde ich früher oder später. Aber lass mich dir zuvor noch zwei Dinge sagen, Tochter.«

Am liebsten würde ich ihm wieder sagen, dass er mich nicht so nennen soll. Dass ich nicht seine Gottverdammte Tochter bin. Mir bleiben die Worte im Hals stecken, als ich die Erektion unter seiner Hose erkenne.

Panisch weiten sich meine Augen. Mir wird übel. *Er wird nicht ... Nein. Er hat nie ... Wieso? Nein,* entscheide ich in Gedanken. Er wird mich nicht anrühren. Das werde ich nicht zulassen ...

»Endlich erkenne ich die Reaktion in deinen Augen, auf die ich bereits die ganze Zeit gewartet habe.« Er fasst an seinen Gürtel und richtet seine Hose. »Und genau in diesem Moment siehst du, mein Kind, dass du kein Stück besser bist als ich.

In all der Zeit bei mir scheinst du gelernt zu haben, dass nur du selbst zählst. Nicht die anderen.«

Ich befinde mich in einer Schockstarre, als er sich an die Hose fasst. Seufzend reibt er über die Beule darin. »In den letzten Minuten habe ich dir so viel offenbart. Ich habe diese Menschen umgebracht. Deinetwegen. Sie mussten leiden. Nur wegen deinem Ungehorsam. Blac musste leiden. Nur deinetwegen. Meine Söhne haben gelitten, haben die Strafen ertragen und sich hinter meinem Rücken verbündet. Nur deinetwegen. Aber erst, als es dir persönlich schadet, da sehe ich wahrhaftige Verzweiflung in deinem Blick.«

»Das stimmt nicht«, stottere ich leise.

»Es stimmt nicht, dass du Angst vor mir hast? Davor, dass ich dich berühren könnte? Gegen deinen Willen?«

»So tief würdest selbst du nicht sinken.« Meine Worte klingen unsicher. Scheiße, ich befürchte, dass genau das Gegenteil der Fall ist.

Vielleicht hat er Recht. Vielleicht bin ich ein egoistisches Miststück. Vielleicht wäre es aber auch das letzte Tröpfchen, das mich endgültig aufgeben lässt. Ein Tropfen, der ausreicht, um die angestauten Gefühle in mir freizugeben. Die Wut loszulassen und abzuwarten, dass mich alles Schlechte vereinnahmt.

Diabolo hat sich inzwischen zu mir heruntergebeugt. Dabei drückt sein Fuß schmerzhaft auf mein Handgelenk. »Weißt du, mein Kind. Es gibt zwei Dinge, die uns auf ewig verbinden werden.« Er zieht ein Messer hinter seinem Rücken hervor. Keine Ahnung, ob er es die ganze Zeit dabeihatte oder soeben genommen hat. Es ist mir auch egal. Genaugenommen atme ich bei diesem Anblick auf. Wenn er mich ersticht, dann bin ich ihn wenigstens los. Dann werde ich hoffentlich an einen Ort kommen, an den er mir nicht folgen kann.

»Unser Blut«, fährt er fort und zieht das Messer ohne Vorwarnung zwischen meinen Brüsten herunter. Ich schreie, als der spitze Schmerz durch meinen Körper fährt. Hektisch atmend presse ich die Hand auf den Schnitt. Es ist nicht wie bei Damien. Es ist keine dünne Linie. Das ist eine tiefe Wunde, die höllisch blutet. »Das ist mein Blut. Mein Vermächtnis, das auf ewig in deinen Genen sein wird.«

»Ganz sicher nicht!«, schreie ich ihm entgegen. Mein Kopf pocht, mein Körper zittert. Ich muss immer wieder gegen die Übelkeit in meinem Magen ankämpfen. Aber jetzt ist es sowieso zu spät. Der Moment, in dem ich ihn nicht weiter reizen will, ist vorbei. Er wird mit mir machen, was auch immer er will. »Du wirst niemals mein Vater sein.

Und ich werde niemals dein Kind sein. Du bist ein widerlicher Mensch, der mich entführt und misshandelt hat. Du hast uns geschlagen und versucht zu brechen. Aber weißt du was? Wir, Blac und ich, wir werden niemals wie du sein. Weil es nichts gibt, dass uns verbindet. Und wenn ich eines in all den Jahren gelernt habe, dann, dass ich verdammt stolz darauf bin, nicht dein verschissenes Kind zu sein.« Ich bin außer Atem und schnappe nach Luft. Dann presse ich begleitet von einem schmerzerfüllten Laut meine andere Hand auf die Wunde. Blut läuft an meinem Arm herab. Ich wische es an meinem Shirt ab und lege die Hand erneut darauf.

Diabolo kniet sich langsam nieder. Direkt auf meinen Oberschenkeln. Mit der Hand fasst er an mein Kinn. Eine Zeit lang sieht er mich an. Währenddessen senke ich nicht einmal den Blick. Irgendwann lächelt er sanft. »Du bist genauso, wie ich mir dich gewünscht habe, Tochter. Stark, unerschrocken und stur. Einfach perfekt.« Ich spüre, wie sich seine harte Beule an meine Hüfte drückt. Beinah hätte ich mich übergeben. »Ich wüsste gern, ob es meine Erziehung ist, die das aus dir gemacht hat.«

»Mit Sicherheit nicht«, spucke ich ihm entgegen.

»Vermutlich ist es eine Mischung aus beidem«, raunt er leise. »Aus meiner Erziehung und meinen Genen, die ich dir gegeben habe.« Er haucht mir die Worte ins Gesicht. Ich habe bereits eine Erwiderung auf den Lippen, als er leise stöhnend den Kopf schüttelt. »Du bist zu schlau, um es weiter zu leugnen, mein Kind. Inzwischen musst du wissen, dass ich dich nicht einfach aus vielen herausgepickt habe.« Meine Kehle wird trocken. Ich starre ihn an. Sein Gesicht verschwimmt vor meinen Augen.

»Du gestehst es dir ein, mein Kind.«

»Das ...«, stottere ich. »Das kann nicht sein.«

»Weil auf deiner Geburtsurkunde etwas anderes steht?

Weil deine Mutter keine billige Hure war, die sich von jedem ficken lassen hat?

Weil du nicht wie ich bist?

Alles davon ist eine Lüge und das weißt du auch.«

»Nein.« Hektisch schüttle ich den Kopf. Es stimmt nicht. Das ist eine Lüge. Er lügt. Er ist nicht mein ... Meine Gedanken stocken. Und selbst wenn, wäre es auch egal. Es würde nichts ändern. Trotzdem bin ich nicht wie er. *Oder?*

»Aber uns verbindet mehr als mein Blut.« Mit diesen Worten fährt er über den Schnitt an meinem Oberkörper. Er löst einen erneuten Schmerz mit seiner Berührung aus. Erst in dem Moment wird mir bewusst, dass ich meine eigene Hand gesenkt habe. »Denn uns verbindet etwas, dass sich ebenfalls nicht rückgängig machen lassen wird. Schließlich ist das erste Mal im Leben einer jungen Frau etwas ganz Besonderes.«

»Nein!« Dieses Mal schreie ich. Ich trete nach ihm, befreie meine Hand aus seinem Griff und rutsche weit von ihm weg. »Du hast nicht ...« Ich breche ab.

Diabolo legt den Kopf in den Nacken und lacht laut. »Und dabei bist du dir sicher, mein Kind? Sicher, dass du die Erinnerungen nicht verdrängt hast, weil sie zu viel für deinen jungen Geist waren? Dass die Drogen dir nicht die Erinnerung geraubt haben?«

Ich atme hektisch. Panisch sehe ich mich um. Immer wieder murmle ich ein leises »nein« und schüttle den Kopf.

Diabolo kommt zu mir, zieht mich in die Höhe und drückt mich gegen die Wand in meinem Rücken. »Ich kann dich beruhigen. Leider hattest du bisher nicht das Vergnügen, aber das ist es nicht, was ich meine. Nach all der Zeit hast du dich Blac hingegeben. Du hast ihm deinen Körper geschenkt, dein Herz und dein Leben. Damit hast du all das gleichermaßen in meine Hände gelegt, denn was er ist, bin auch ich. Alles, was er kann, hat er von mir gelernt. Alles, was er macht, habe ich ihm beigebracht.

Seinen ersten Fick an der Wand, hatte er bei mir.

In meinem Haus.

Mit mir in einem Raum.

Die ersten Worte, die er einer Frau ins Ohr raunte, waren meine. Seine Haltung, seine Stimme, seine ganze Existenz, bin ich.

Und du wirst dich immer daran erinnern, dass ich dabei war.

Dass ich ein Teil davon war. Ein Teil, von dem du nicht weißt, wie groß er in Wirklichkeit ist.« Diabolo stößt mich von sich.

Ich lande auf dem Boden, nehme den Schmerz aber kaum wahr.

Außerdem zittere ich am ganzen Körper. Alles tut weh. Mir ist übel und mein Verstand verabschiedet sich mit jeder Sekunde mehr. Nur im Hintergrund nehme ich wahr, wie er näher kommt. Panisch will ich zurückkriechen und kann mich nicht bewegen. Mit einem Stöhnen registriere ich, wie er mich am Arm packt und in die Höhe zerrt. Ich hänge in der Luft. Meine Beine schleifen auf dem Boden, aber ich schaffe es nicht, sie durchzudrücken. Ein stechender Schmerz schießt durch meinen Körper. Mir wird schwarz vor Augen. »Eins«, raunt er leise und dicht an meinem Ohr. Mein Magen dreht sich allein bei diesem Wort um. Ich würge, spucke bittere Galle und versuche mich in seinem Griff zu krümmen. Es gelingt mir nicht, mich zu befreien. Eine Flüssigkeit tropft an meinem Körper herab. Es könnte Blut sein. Mein eigenes Erbrochenes oder Schweiß.

»Trotz allem, was du getan hast, bist du noch immer

mein Kind, Bellezza.« Mir entweicht ein gurgelnder, verzweifelter Laut. »Und deshalb gebe ich dir ein Versprechen. Eines, für immer. Denn für immer werde ich dein Vater sein. Für immer und noch ein Jahr.«

Müde sehe ich auf. Im Hintergrund höre ich entfernte Schritte. »Aber ich werde niemals deine Tochter sein«, murmle ich leise.

Dann sinke ich zurück, lasse mich auf den kalten Boden fallen und schließe die Augen. Dabei habe ich ein Lächeln auf den Lippen. Denn endlich einmal habe ich etwas durchgezogen. Ich habe mich nicht auf Alicia verlassen. Nicht auf ihren Vater oder die Polizei.

Nein, dieses Mal habe ich mich auf die ganze verdammte Welt verlassen und ein Live gestartet, dass vermutlich eine gigantische Welle ausgelöst hat.

So liege ich da.

Erstarrt, unfähig mich zu bewegen. Ich höre die Geräusche und den Tumult, die langsam zu mir hindurchdringen. Er sagt mir, dass es richtig ist, nicht aufzugeben.

Dass es sich lohnt zu kämpfen.

Und wenn es nur dafür ist, dass dieses Monster für immer verschwinden wird.

Scheiße, dann war es das wert.

Wenn du freiwillig bis hierhin gekommen bist,
scheinst du noch immer nicht genug von uns zu haben.
In dem Fall stimmt mit dir noch weniger als mit uns, Liebes.

KAPITEL 28

Lucien

»Wie konnten wir das zulassen?« Während Damien den Blinker setzt und bei Rot über die Ampel fährt, raufe ich mir die Haare.

Mein Bruder bleibt still, was mich noch zusätzlich aufregt. »Scheiße, juckt dich das überhaupt nicht?«, frage ich zähneknirschend. Fuck. Mich kotzt es an, wie ruhig er ist. Er sieht mich nicht einmal an, sondern steuert den Wagen, als würde er mich zu einem verdammten Frisörtermin fahren.

»Sie ist bei Diabolo. Allein.«

»Das habe ich mitbekommen.« Damien klingt so unfassbar kontrolliert. Ich muss meinem Frust Luft verschaffen und schlage auf das Armaturenbrett.

»Unnötige Gewaltausbrüche bitte nicht gegen mein Auto.«

Langsam drehe ich mich zu ihm um. Dabei beginnt mein Auge leicht zu zucken. »Nicht dein Ernst.«

»Doch. Diese Ausstattung gibt es nicht mehr.«

Ich muss die Lippen fest aufeinander pressen, um ihn nicht anzuschreien.

Oder ihm eine in die Fresse zu hauen.

Wobei Zweiteres noch immer nicht vollständig ausgeschlossen ist. Zumindest nicht, wenn mein Bruder sich wie ein erstklassiger Wichser aufführt.

»Verzeih mir meinen Ausfall. Ich vergesse immer, wie empfindlich Menschen sind.«

»Und du bist dann was?«

»Vor wenigen Minuten nanntest du mich noch ein Monster.«

Die Stimmen, die erneut in dem Auto zu hören sind, sorgen dafür, dass sich mein Herzschlag verlangsamt. Sie lebt noch. Das ist etwas, mit dem ich nicht unbedingt gerechnet habe.

»Vier Schläge, für vier Jahre deiner Freiheit. Das ist nichts gegenüber dem, was Blac in der Zeit für dich eingesteckt hat.«

»Hast du das gehört?«, brumme ich nervös.

»Ich bin schließlich nicht taub.« Wie sehr ich meinen Bruder für diese Worte schlagen will. Allerdings erinnert es mich auch an das klatschende Geräusch von vor wenigen Minuten. Als Diabolo unsere Schwester verprügelt hat.

Dieses Schwein.

»Es gibt nur drei Regeln.

Gehorche mir.

Schweige.

Und bleib am Leben.«

Er seufzt leise. »Letzteres war immer meine Empfehlung für dich ...«

Mein Bruder betätigt einen Knopf am Lenkrad und Diabolos Stimme verstummt. »Spinnst du?« Noch beim ersten Wort beuge ich mich zur Fahrerseite herüber und stelle das Gespräch wieder auf Laut.

»Entspann dich. Wir brauchen noch ein paar Minuten. Bis dahin können wir nichts machen.«

Nervös beiße ich mir auf die Fingerknochen. Es juckt

mich darin, sie anderweitig zu benutzen. »Sie ist unsere Schwester«, knurre ich leise.

»Sie ist sein adoptiertes Findelkind.«

Ich ziehe tief die Luft ein. »Für mich ist sie unsere Familie.«

»Das ist Diabolo auch.«

Ich stoße einen frustrierten Laut aus. »Wie lange noch?«, lenke ich ab, um meinen Bruder nicht zu erwürgen.

»15 Minuten.«

15 Minuten sind zu lang.

Eine reicht, um jemanden totzuschlagen.

Drei, um jemanden zu ersticken.

Zehn, um jemanden zu Tode zu ficken.

Aber in 15 Minuten ... Ich will mir nicht einmal vorstellen, was er in dieser Zeit alles machen kann.

Ein Schnauben begleitet seine Antwort. Ja, ich weiß selbst, wo wir uns befinden. Genauso gut, wie lange wir noch brauchen. Aber es beruhigt mich, mit ihm zu sprechen.

»Du krankes Schwein!«

Marias laute Stimme lässt mich aufsehen. Nervös tippe ich auf den Türgriff. Ich hasse es, dass sie ihm ausgeliefert ist. Denn sie hat recht. Er ist ein krankes Schwein. *»Sieh es als Pfand für mein Versprechen. Mit meinem Zeichen wird es keiner wagen, dich zu berühren.«*

»Verrotte in der Hölle.« Marias Stimme klingt schmerzerfüllt.

»Was hat er getan?«

»Keine Ahnung«, antwortet mein Bruder leicht gepresst.

»Hat er sie geschlagen?«

»Klang nicht danach.«

»Vergewaltigt?«

»Diabolo ist nicht der Typ für schnelle Nummern.«

»Scheiße!«, schreie ich vor Frust. »Was dann?«

»Ich weiß es nicht«, wiederholt mein Bruder.

Erneut fluche ich. Um ehrlich zu sein, weiß ich selbst nicht, warum mir dieser Dreck so nahe geht. Normalerweise sind mir die Menschen gleichgültig. Aber Maria ... das ist, als würde man meine kleine Schwester ficken wollen. Da gibt es eine Grenze.

»Fahr schneller«, weise ich meinen Bruder an. Er gibt lediglich ein Schnauben als Antwort.

»Das werde ich früher oder später. Aber lass mich dir zuvor noch zwei Dinge sagen, Tochter.«

Mein Puls wird schneller. Mir ist nicht entgangen, dass der Drecksack von sechs herunterzählt. Ich will mir nicht einmal vorstellen, was bei der Eins passieren wird.

In diesem Moment, in dem ich die Gewissheit bekomme, dass wir niemals im Anwesen sind, bevor er bei eins angekommen ist, wird mir übel. Ich verfluche uns im Stillen dafür, dass wir ihr Live abgefangen und auf unser Telefon umgeleitet haben. Scheiße, hätte die ganze Welt es erfahren ... Dann wäre möglicherweise jemand anderes schneller gewesen. Schnell genug, korrigiere ich mich. Es stand nie zur Debatte, aber in diesem Moment wünsche ich mir beinah, wir hätten die Cops gerufen.

»Es stimmt nicht, dass du Angst vor mir hast? Davor, dass ich dich berühren könnte? Gegen deinen Willen?«

»So tief würdest selbst du nicht sinken.«

Sagte ich, mir würden die Gedanken Übelkeit bereiten?

Das bereitet mir Übelkeit.

Scheiße, sie sollte ihn nicht weiter herausfordern. Es gibt nur wenig, zu dem sich Diabolo nicht herablassen würde. Zumindest wenn es um das Thema Sex geht.

Damien dreht die Lautstärke herunter. Wie von selbst

schärfe ich meine Ohren. »Es ändert nichts, wenn du dich aufregst«, lenkt er mich für einen Moment ab.

Ich grunze leise. »Doch.«

»Und was?«

»Dass ich wütend genug bin, dem Wichser sofort in die Fresse zu hauen.«

Damien wiegt langsam den Kopf. Dann zieht er eine Waffe aus dem Handschuhfach und wirft sie mir auf den Schoß. »Versuch es lieber damit.«

Herausfordernd sehe ich ihn von der Seite an. Er zuckt lediglich mit den Schultern. »Mir ist die kleine Slut zwar egal, aber Diabolo geht mir ordentlich auf den Sack.« Spott trieft in seinen Worten mit. Allerdings auch eine ordentliche Portion Verunsicherung und Falschheit. Auch ihm ist Maria nicht egal.

Und wenn es ihm nicht um sie geht, dann wenigstens um Blac. Er mochte den kleinen Schleimer schon immer am liebsten.

Dabei bin ich mir sicher.

Für einige Minuten ist es ruhig. Lediglich die Geräusche des Wagens, die Beschleunigung und Damiens Hände auf dem Lenkrad sind zu hören. Dann mit einem Mal erstarre ich. »Hat er gerade …«

Damien sieht mich an, während ich spüre, wie mir erst alle Farbe aus dem Gesicht weicht und ich dann feurig rot anlaufe.

»Hat er. Spielt aber keine Rolle.« Damien klingt verbissen.

Während er erneut Gas gibt, wiederholen sich Diabolos Worte in meinem Schädel. *Mein Blut. Meine Tochter.* Scheiße, kann das sein?

In meinem Inneren weiß ich, dass es stimmt.

Diabolo mordet, vergewaltigt und betrügt. Aber er ist kein Lügner.

»Aber ich werde niemals deine Tochter sein.«

Für einen Moment herrscht Ruhe.

Dann ein Knacken in der Leitung. Schließlich ist Diabolos Stimme nah an dem Mikrofon. *»Sag, wer wird kommen, um sie zu retten? Wer wird sein eigenes Leben für ihres riskieren? Wer ist dumm genug, sich gegen mich zu stellen?« Ein leises Schnalzen. »Überrascht mich. Und gebt euer Bestes. Es wird notwendig sein.«*

Das sind die letzten Worte, die ich durch die Lautsprecher höre. Danach wird es still. Erschreckend still. Die Bilder in meinem Schädel verselbstständigen sich. Ich werfe einen schnellen Blick nach draußen. *Hights Hill.* Hier haben wir als Kinder oft gespielt. Bis wir irgendwann keine Kinder mehr waren, die Spiele zwar weitergingen, aber einen durchaus düstereren Hintergrund bekamen.

Von hier aus sind es noch fünf Minuten.

Scheiße, nicht einmal im Traum will ich mir vorstellen, was das kranke Schwein in der Zwischenzeit mit ihr macht.

Ich trete die Tür zur Villa beinah ein. Ungebremst steuere ich auf die dritte Etage und Diabolos Büro zu. Es liegt in der Mitte des Hauses. Zentral, erhaben und über allem anderen.

So, wie der kleine Wichser sich immer gesehen hat.

Noch während die Tür zu dem Zimmer scheppernd gegen die Wand kracht, bleibe ich wie erstarrt stehen. Damien geht es scheinbar genauso. Er verharrt neben mir in der Tür. Lediglich ein gequälter Laut kommt über seine Lippen.

»Ist sie nicht wunderschön?«

Mein Herz setzt aus.

Das ist keine fucking Floskel. Es hört tatsächlich auf zu schlagen und fängt nicht mehr damit an. Stattdessen bleibt in meiner Brust ein dunkler, zusammengezogener Klumpen zurück, der nichts als Hass durch meine Venen pumpt.

»Scheiße«, haucht Damien leise.

»Nicht so zurückhaltend. Komm zu uns, mein Sohn. Willst du sie nicht ebenfalls kosten?« Diabolo setzt ein schräges Grinsen auf. Dann steckt er sich den Finger in den Mund und leckt das Blut daran ab. Wie ein geisteskranker Psychopath legt er den Kopf lachend in den Nacken. »Schließlich haben wir euch schon erwartet.« Er reißt die Hände in die Höhe und lässt damit Sellinas Haarschopf los. Als wäre ich in einer Parallelwelt, sehe ich dabei zu, wie ihr Körper fällt. Ihre Augen sind geweitet und blutunterlaufen. Sie starrt mit geöffneten Lippen ins Leere. Beginnende Blutergüsse sind um ihren Mund herum verteilt. Ihr Hals ist geschwollen und rot.

Sie sackt auf dem Boden zusammen. Ihr Arm landet verrenkt auf der Seite. Die Brust, die sich heben und senken sollte, verharrt still.

Ich zögere keine Sekunde.

Drehe mich zur Seite, greife die Waffe, die immer auf dem Schreibtisch liegt, ziele und drücke ab. Meine Finger zittern, mein Körper bebt und der Schuss hallt in meinem Schädel wider. Mit großen Augen stehe ich da und folge dem Lauf der Waffe mit meinem Blick. Hin zu Diabolo und seinem boshaften Grinsen. Ich blinzle mehrmals. Starre auf seinen verfickten Wanst. Dorthin, wo die Wunde klaffen müsste.

Wo das Blut tropfen sollte …

Müsste und sollte.

Nur ist nichts davon passiert.

Keine Kugel hat den Lauf verlassen.

»Mein Sohn, du bist viel zu impulsiv.« Diabolo schüttelt mahnend den Kopf. »Dabei warst du immer mein Liebling.«

Er zieht die Mundwinkel gehässig zur Seite hoch. Mein Herz flattert und ohne zu zögern, drücke ich erneut ab. Wieder und wieder, bis das hohle Klacken der leeren Waffe endlich zu mir durchdringt.

»Ich schätze, damit ist die Frage, auf wessen Seite meine Söhne stehen werden, wohl auch geklärt.« Er senkt den Kopf, zieht ein Messer hervor und bückt sich. Dabei grinst er.

Entweder glaubt der Pisser immer noch, wir würden hinter ihm stehen, nachdem er unsere Mutter …

Ich breche den Gedanken ab, während er Maria packt, die ebenfalls regungslos neben ihm liegt. Beinah behutsam setzt er das Messer an ihrer Kehle an.

Ich schaffe es nicht, hinzusehen. Ich will nicht wissen, ob sie ebenfalls tot ist. Was er ihr angetan oder wie er sie misshandelt hat. Scheiße, das Bild meiner erwürgten Mutter hat sich für immer in meine verfluchte Netzhaut gebrannt. Jetzt noch dabei zuzusehen, wie meine Schwester von diesem Schwein aufgeschlitzt wird, ertrage ich keine Sekunde.

»Sagt mir, warum seid ihr hier?«

»Nicht dein Ernst«, knurre ich leise. Damien steht währenddessen wie erstarrt neben mir.

»Natürlich. Erleuchtet mich. Wolltet ihr meiner kleinen Session bewohnen?«

»Fick dich«, knurre ich leise. Es ist das erste Mal, dass ich so deutlich gegen meinen Vater spreche.

Er nickt lediglich. »Ich fick lieber jemand anderen, danke. Jemanden, wie meine kleine Prinzessin hier. Weiche Haut, zarte Hände und dieser Mund …«

In dem Moment schaue ich auf sie herab. Maria bewegt sich nicht. Ihre Augen sind geschlossen. Dreck und Blut mischen sich auf ihrem Körper. Ihre Kleidung ist zerschnitten. Wie von selbst fällt mein Blick auf ihre nackten Beine. Auf das Brandzeichen, was auf ihrem Oberschenkel ist.

Ich muss schwer schlucken, als ich sein Wappen erkenne.

»Gefällt es dir? Eine neue Spielerei, die die Mädchen in Mexiko sehr zu schätzen wissen werden.«

Mir fehlen buchstäblich die Worte.

Scheiße. Dieser kranke Bastard.

Ich hebe den Kopf ein wenig. Starre auf die blutige Linie, die an ihrem Hals unter der Klinge seines Messers erscheint. Ihr Gesicht ist von Tränen verquollen und übersät mit Blutergüssen. Aber sie atmet. Fuck. Sie atmet noch.

Im Gegensatz zu meiner Mutter.

»Du hast sie umgebracht«, murmle ich leise.

Diabolo verändert den Griff um das Messer leicht. »Diese Aussage ist ein wenig verfrüht, findest du nicht? Es wäre schade, all die Jahre harte Arbeit zu vergeuden, indem ich sie einfach töte.«

Ich kann nicht mehr.

Ich kann nicht mehr hinsehen, nicht mehr denken, nichts mehr spüren.

Geblieben ist nur der blanke Hass in meinem Inneren.

Ich schreie, schleudere ihm die Waffe entgegen und renne in seine Richtung. Meine ganze Wut und die Abscheu, die er über die Jahre gesät hat, brechen aus mir hervor.

Hart treffe ich gegen seinen Körper. Ich verpasse ihm einen Kinnhaken und setzte sofort nach.

Sein Arm schlingt sich um meine Hüfte. Ein paar meiner Schläge gehen ins Leere, dann endlich treffe ich seine hässliche Visage.

Er lacht.

Bei jedem einzelnen davon lacht er.

Irgendwann verpasst er mir einen brutalen Schlag. Deshalb lande ich auf dem Boden. Fluchend springe ich auf die Beine, gehe zu meinem Bruder und zerre ihm die Waffe, die ich ihm zurückgegeben habe, aus den starren Händen. Warum er sich nicht rührt, weiß ich nicht. Ist mir aber auch egal.

Diabolo hat sich inzwischen erhoben. Er streift mit den Fingern über seinen glänzenden Anzug, als wische er den Dreck ab. Er zieht den Mundwinkel in die Höhe und ein düsteres Lächeln umspielt seine Augen. In diesem Moment ist es, als würde ich meinem Spiegelbild gegenüberstehen. Die Bewegungen, seine Haltung, selbst dieses Gottverdammte Lächeln. Ich habe es ihm nachgeeifert. Wieder und wieder, nur um so zu sein wie er.

Ich war noch jung, als ich zu ihm kam. Damals wusste ich nicht, wer ich bin und wer ich einmal sein wollte.

Er war der Vater, nach dem ich mich immer gesehnt hatte.

Meine ganze Kindheit war von einer tiefen Einsamkeit erfüllt. Trotz meines Bruders.

Er war immer da.

Immer an meiner Seite.

Aber es war nicht wie jetzt. Er war kein wirklicher Teil von mir.

Das wurde er erst durch Diabolo.

Er machte uns zu dem, was wir heute sind. Er prägte

uns, fügte uns zusammen wie zwei Teile eines Ganzen. Er formte uns nach seinem Abbild. Solange, bis wir uns selbst vergaßen. Aber jetzt ist es, als würde sich mir eine Wahrheit unabdingbar aufdrängen.

Wir kämpfen nicht für ihn, nicht für diese Villa und nicht für sein Reich. Er hat uns zusammengeführt und dafür waren wir ihm dankbar. Wir waren ihm hörig. Seine treusten Soldaten. Doch es gibt etwas, was er bei alldem vergessen hat.

Mein Blick führt zurück. Zu meiner Mutter, blutend und zerstört am Boden. Zu meinem Bruder, dessen Schmerz ich in meinem eignen Herz spüre. Zu Maria, die sich nicht regt.

Es ist der Moment, in dem ich mich daran erinnere, wofür ich kämpfe.

Wofür ich leben oder sterben will.

Das ist zu viel.

Bis hier hin war ich mir nicht sicher, ob ich es getan hätte. Ihn sterben lassen. Aber das geht zu weit.

Er hat meine Mutter umgebracht.

Meine Schwester gefoltert.

Duzende andere Menschen.

Er wird weitermachen.

Und jetzt hat er es auch noch auf Kinder abgesehen.

Ich drücke ab.

Ohne zu zögern.

Ohne noch einmal darüber nachzudenken.

Wieder und wieder hallen die Schüsse durch den Raum, während mein Blick auf den meines Bruders geheftet ist.

Ich höre das Stöhnen, höre, wie er zusammensackt.

Trotzdem beachte ich ihn keine Sekunde. Nicht einen letzten Blick schenke ich dem alten Mann am Boden.

Er ist mein Erzeuger, war mein Vater, doch jetzt wird er Futter für die Würmer sein.

Keiner von uns wird ihn vermissen. Keiner wird ihm jemals gedenken und keiner wird ihm einen letzten Blick, ein letztes Wort oder einen letzten Gedanken widmen.

Alles scheint zu zerreißen, als ich Sellinas kalten, leblosen Blick sehe. Nichts ergibt mehr einen Sinn. Eine klaffende Stille erfüllt den Raum. Kein Röcheln nach Atem, kein Wimmern. Kein einziger Ton ist zu vernehmen, nur das Tropfen des Blutes auf den Boden.

Mein Herz zieht sich zusammen. Ich krümme mich, innerlich wie äußerlich. Es ist, als würde ich zerfallen und nie wieder ganz werden. Flüsternde Worte dringen aus meinen Lippen aber keines davon ergibt einen Sinn.

Mir wird schlecht. Mein Magen verkrampft sich und heftige Wellen der Übelkeit durchziehen meinen Körper. Bittere Galle steigt meine Kehle empor.

Einzig die heiße Hand meines Bruders legt sich auf meinen Rücken.

Ich zögere keine Sekunde. Ich umgreife sein Handgelenk und er meins.

Schlagartig ist der Schmerz erloschen und wird eingenommen von einer kalten, trostlosen Leere. Jetzt und hier nehme ich mir etwas vor.

Ich werde nichts mehr fühlen. Keine Regung werde ich zulassen. Keine Emotionen und kein Mitleid. Nie wieder werde ich schwach sein. Mich nie verlieben. Niemanden an mich heranlassen und auch nie wieder derart gebrochen werden.

KAPITEL 29

Maria

Zwei Monate später

Für einen kurzen Moment starre ich meine Zimmertür an. Dann gehe ich hinaus. Nur zu gern würde ich behaupten, dass ich mich dazu nicht überwinden musste. Leider wäre es eine Lüge.

Ich bin zurück an der Uni und um ehrlich zu sein habe ich nicht die leiseste Ahnung, was ich hier mache.

Zwei Monate ist es her, dass ich endlich einmal etwas durchgezogen habe. Und damit wollte ich nicht nur die Dämonen meiner Vergangenheit hinter mir lassen, sondern mich endlich einmal für mich selbst entscheiden. Nicht für Alicia und ihren Vater und nicht für Diabolo. *Und nicht für Blac,* sagt die kleine, fiese Stimme in meinem Hinterkopf. Diese kommentiere ich mit einem leisen Stöhnen, während ich den Gang entlanggehe.

Alle starren mich an.

Ganz ehrlich.

Alle.

Das ist keine Einbildung und nicht nur das dumpfe

Gefühl, beobachtet zu werden. Ich werde angestarrt wie eine grüne Katze im Park. Ironischerweise nicht einmal für mein Live.

Allein bei dem Gedanken daran bekomme ich Magenschmerzen.

Mein Plan war es, viral zu gehen.

Das hat geklappt.

Mehr oder weniger. Was Diabolo angeht, eher weniger.

Lucien hat meinen Livestream binnen weniger Sekunden unterbrochen und irgendwer hat inzwischen einen Trend daraus gemacht. Hashtag Daddy issues.

Traurig, dass in der heutigen Zeit alles direkt zu einem Trend verzerrt wird. Es ist genauso traurig, dass ich bei diesem Gedanken wie eine Hundertjährige klinge.

Aber trotz dessen ist Diabolo tot. Verdammt, ich kann es noch immer nicht glauben.

Mein Vater ist tot.

Und ja, ich hasse es, wie ich daran denke.

Er war niemand, um den es sich lohnt zu trauern. Aber alles ging so schnell. Meine Offenbarung an Alicia, die Ermittlungen, mein Besuch bei Diabolo ...

Selbst jetzt im Nachhinein ist es, als wäre all das binnen Sekunden passiert und abgehakt. Als könnte man sich nach einem kurzen Regenschauer wieder nach draußen setzen.

Aber um bei meinem sinnlosen Vergleich zu bleiben, die Bank ist nass geworden und mein Arsch auch. Und es wird eine ganze Weile dauern, bis beide wieder trocknen.

Stöhnend reibe ich mir über die Stirn.

Im Moment produziert mein Hirn nichts als Schwachsinn.

Es gibt diesen Teil in mir, der sich fragt, ob es besser gewesen wäre, wenn Diabolo im Gefängnis gelandet wäre.

Alles, wirklich alles, spricht dagegen. Beginnend mit dem gesunden Menschenverstand.

Schließlich war uns allen klar, dass das hier nur auf eine Art enden kann.

Mit dem Tod.

Seinem oder meinem.

Aber ein Gefängnis wäre weniger ... endgültig. Und ich hasse mich für diesen Gedanken am allermeisten, das steht fest. Trotzdem hat Diabolo mit dem, was er gesagt hat, nicht unrecht. So viel er mir auch angetan hat, er hat einen Großteil meines Lebens geprägt.

Bei dem Gedanken schüttelt es mich leicht.

Nicht erst einmal habe ich überlegt, einen Test machen zu lassen. Lucien würde mit Sicherheit ein bisschen DNA für mich übrig haben.

Allerdings gibt es zwei Dinge, die diese Idee unmöglich machen. Zum einen will ich ihn nicht sehen. Weder ihn, noch Damien, noch ... Ich breche in Gedanken ab und ernenne Blac automatisch zu dem, dessen Name nicht genannt werden darf.

Mir ist es egal, wie es ihnen geht. *Ist es nicht.*

Mich juckt es auch nicht, wo sie sind. *Lüge.*

Und am allerwenigsten will ich einen von ihnen wiedersehen. *Ich will sie sehen. Jetzt. Hier. Jeden verdammten Tag.*

Mit einer wegwerfenden Handbewegung verdränge ich meine eignen zweifelnden Gedanken. In einem merkwürdigen Teil meines Hirns glaubt etwas daran, dass sie mir helfen würden.

Dabei waren sie nach Diabolos Tod nicht da. Nicht im Krankenhaus, als ich nicht einmal allein aufstehen konnte. Nicht bei den Verhören, bei der Reha, bei der ich lernen durfte, mir mit meinem zertrümmerten Handgelenk wieder den Arsch abzuwischen und nicht, als ich wochenlang geheult habe, wenn ich Diabolos Brandzeichen und Schnitte auf meinem Körper gesehen habe.

Okay, was machen wir uns vor, ich heule immer noch jedes Mal.

Ich schüttle den Kopf, um die dunklen Gedanken der Vergangenheit zu vertreiben und mich auf die Gegenwart zu konzentrieren.

Was mich dahin zurückbringt, warum ich wieder hier bin.

Die einfache Antwort dazu ist vermutlich, dass ich nicht weiß, wohin ich sonst soll. Das FBI hat sich mit lächerlichen Floskeln zurückgezogen. Und warum? Ganz einfach deshalb, weil Geld alles regelt. Ich bin die Verrückte, die sich das alles ausgedacht hat. Aber da ich keine Bedrohung darstelle, durfte ich gehen.

Dafür musste ich lediglich einen festen Wohnsitz und eine Anstellung oder ein Studium vorweisen.

Wie großzügig.

Dumpf seufze ich.

Ich kenne keinen anderen Ort. Von der Abschlussfahrt einmal abgesehen, war ich noch nie woanders. Nicht im Urlaub, nicht zum Arbeiten und auch nicht bei Familienmitgliedern.

Und aus diesem Grund ist es das Vernünftigste, einen ordentlichen Abschluss zu haben. *Rede ich mir ein.*

Andererseits wäre es tatsächlich dumm, kurz vor den Prüfungen hinzuschmeißen. *Ja, genau.*

Und genau aus diesem Grund quäle ich mich in den Vorlesungssaal. Auch wenn ich nicht zuhöre, keine Ahnung habe, welches Thema wir überhaupt besprechen und mich alle anstarren, als würde die Vorlesung von mir handeln.

Trotzdem versuche ich wenigstens etwas mitzubekommen und richte meinen Blick auf unsere Professorin.

»In der Philosophie gibt es die Erkenntnistheorie …« Und mit dem Wort Philosophie ist meine Aufmerksamkeit dahin. Unbewusst muss ich an das GIF von dem Affen denken, der zwei Becken aneinanderschlägt. Ungefähr so sieht es in meinem Schädel aus.

Trotzdem sitze ich da, male auf meinem Block herum und versuche, meine Gedanken nicht immer wieder abschweifen zu lassen.

Leise seufze ich, als ich umblättere.

Auf Seite zwei.

Ja …

War es schlau, alle meine Blöcke in einer spontanen Eingebung wegzuschmeißen? Im Hinblick darauf, dass ich bald meine Prüfungen schreibe, ganz offensichtlich nicht. Es war eine Übersprungshandlung.

Als ich zurück an die Uni gekommen bin, hat mich fast der Schlag getroffen. Alicia öffnete mir unsere Zimmertür, war kurz überrascht, hat mich dann aber freundlich distanziert begrüßt. Sie hat mich als Erstes nach dem Wetter gefragt. Dem verdammten Wetter!

Scheiße, als wäre ich eine Fremde.

Nicht eine Silbe hat sie zu Diabolo gesagt. Nicht zu den Blutergüssen auf meinem Gesicht – die glücklicherweise inzwischen verschwunden sind – und nicht nach dem, was ich erlebt habe.

Darf ich vorstellen: die Person, der ich mich zum ersten Mal anvertraut und die ich somit zu einem der wichtigsten Menschen in meinem Leben erklärt habe.

Das, meine Freunde der Einsamkeit, war ein ordentlicher Realitätscheck.

Die Aussage unserer Professorin könnte an dieser Stelle nicht passender kommen: »Und deshalb wollen wir uns in dem restlichen Semester mit der Frage: *Wie wirklich ist die Wirklichkeit*, beschäftigen.«

Ich schalte wieder auf Stumm. In meinem Kopf gibt es weiß Gott genug verrückte Ideen und Gedanken, als dass ich mich mit einer solchen Frage beschäftigen will.

Den restlichen Tag verbringe ich mit genau drei Dingen:

Ich gehe zu den Vorlesungen, bei denen ich versuche, den Eindruck zu vermitteln, dass ich etwas von dem, was sie erzählen, mitbekomme.

Als Nächstes versuche ich die Blicke und das Getuschel zu ignorieren, bei denen hauptsächlich darüber diskutiert wird, ob ich die letzten zwei Monate in einer Psychiatrie verbracht habe – habe ich nicht, wäre aber vermutlich nicht die schlechteste Idee.

Und ich stalke Blac.

Oke, gestehen wir es uns ein. Ich bin nur seinetwegen zurückgekommen. Seit fucking zwei Monaten versuche ich seine Aufmerksamkeit zu erregen. Natürlich ohne ihn zu kontaktieren. Bitte, wenn dann soll er sich bei mir melden. Und ja, mir ist durchaus bewusst, dass ich mein Trauma und die Vergangenheit verdränge. Aber ich komme bestens damit zurecht.

Unentwegt scrolle ich durch sein Profil auf Instagram, google ihn und Diabolo und finde genau – nichts. Sein Profil ist unverändert leer und das einzige, worauf ich hoffen kann, ist, dass der Algorithmus dafür sorgt, dass er auch mein Profil angezeigt bekommt. Wenn er überhaupt online ist.

Mit einem unzufriedenen Schnauben mache ich mich am Nachmittag auf den Weg zum Büro des Direktors. – Keinen Kommentar dazu. Es war lediglich ein kleiner Ausraster, der absolut berechtigt gewesen ist. Aber hey, ich habe immerhin keine Familie, die meinen Anschiss interessieren würde, also was soll´s.

Konzentrieren wir uns auf das Wichtige.

Ich weiß nicht, wie ich zu ihm stehen soll.

Zu Blac, nicht dem Direktor.

Wieso hat er seit Diabolos Tod jeglichen Kontakt zu mir abgebrochen? Wieso hat er zwei Monate zuvor noch den Kontakt gesucht? Wieso hat er mit mir ...

Ich räuspere mich leise und verdrehe die Augen.

Auch dieses Erlebnis gehört zu der: lass-uns-nicht-darüber-reden-Schublade. Glücklicherweise habe ich sowieso niemanden zum Reden, weshalb das flach fällt.

Wunderbar.

Missmutig gehe ich die Treppe des Hauptgebäudes hinauf.

Wieso kann er sich nicht einfach melden?

Verdammt, er bräuchte dieses Mal nicht um ein Treffen betteln. Ich will ihn so dringend sehen, dass ich sofort zusagen würde. Gut, nicht sofort-sofort. Sonst denkt er noch, ich würde ihm hinterherlaufen oder auf seine Nachricht warten. Aber nach zwei bis drei dezenten Ablehnungen hätte ich schließlich zugestimmt.

Ist er in Wahrheit immer für mich dagewesen und hat mir den Rücken freigehalten? Liebt er mich nach all der Zeit immer noch?Oder waren Diabolos Worte lediglich weitere Lügen? Mein Augenlid beginnt zu zucken, weshalb ich mit den Fingern darüber reibe. Das alles hier macht mich fertig. Ich fühle mich hilflos und allein. Alles, was ich will, ist jemanden, mit dem ich reden kann. Jemanden, der mich versteht.

Nein, korrigiere ich mich selbst.

Ich will nicht jemanden.

Ich will Blac.

Den Jungen, mit dem ich aufgewachsen bin. Der alle meine Gedanken an meiner Nasenspitze ablesen kann. Der, mit dem ich Spaß hatte, wenn alles um uns herum in einer grauen Wolke verschwand. Der, der mich als einziger aufrichtig versteht.

Leise seufze ich.

Trotz dessen geht es mir erstaunlich gut.

Ich habe mein Leben im Griff und meine Ängste vertrieben.

Innerlich höre ich ein lautes Lachen und eine Stimme, die sagt, ich soll das meinem Schlafentzug, dem stimmungsbezogenen Essen und dem Haufen Beruhigungstabletten erzählen.

Ich schüttle entschieden den Kopf.

Ich habe mein Leben im Griff.

Okay, irgendwann einmal werde ich mein Leben im Griff haben, korrigiere ich mich innerlich. *Oder tot von einer Brücke hängen.* Aktuell ist beides noch möglich.

Immerhin brauche ich mir dann keine Gedanken mehr über einen Job machen. Hätte auch etwas Positives.

Der letzte Satz lässt mich schmunzeln. Möglicherweise hat mein Humor sich in den letzten Wochen in eine leicht sarkastische bis düstere Richtung entwickelt.

Mit dieser Einsicht klopfe ich knapp an die Tür des Büros und öffne diese. Ich trete ein, stocke und erstarre in meiner Bewegung.

Ein himmlischer Duft erfüllt das Zimmer. Die Fenster sind verhangen und nur einzelne Sonnenstrahlen tanzen durch die Lücken nach innen. Mein Körper versteift sich, als ich einen Schatten wahrnehme.

»Was willst du hier?«, bringe ich die Worte gepresst heraus.

Es ist still.

Er ist still.

Nur die winzig kleinen Marias in meinem Kopf beginnen zu jubeln und sich wie bei einem erfolgreichen Fußballspiel gegenseitig zu beglückwünschen.

Ich atme ein paar Mal tief ein und aus, um mich einigermaßen zu beherrschen.

Nicht zu grinsen wie ein verdammtes Kind auf der Achterbahn.

Meine lächerlichen Armmuskeln spannen sich an und mein Nacken beginnt zu kribbeln. Unwirklich höre ich, wie die Tür langsam ins Schloss gleitet. Ich hoffe darauf, dass er etwas sagt. Dass er mir entgegenkommt. Innerlich flehe ich ihn an, etwas zu tun. Eine kleine Geste. Irgendein Zeichen, dass endlich alles gut werden kann. Dass er das Gleiche empfindet wie ich. Dass er noch immer der Mensch ist, den ich mehr als alles andere liebe.

»Du gehörst mir. Wieso sollte ich nicht hier sein?«

Ich schnappe nach Luft. Seine Stimme ist dunkel und kalt. Empört öffne ich die Lippen. »Ich bin nicht dein Eigentum. Ich dachte, das hätte ich klargemacht.« Zischend drehe ich mich um. Meine Lippen sind zusammengekniffen und die langen Nägel bohren sich in mein Fleisch. Innerlich schlagen sich die kleinen Marias synchron die Hand vor die Stirn.

Er ignoriert meine Reaktion und tritt näher, was mein pochendes Herz nur noch mehr beflügelt. Blac sagt nichts, sondern steht einfach vor mir. Meine Augen wandern hektisch über seine ernste Miene, die keinen einzigen

Anhaltspunkt auf das liefert, was in ihm vor sich geht. Seine Lippen, bei denen ich mich danach sehne, dass sie mir zuckersüße Versprechen entgegenraunen. Über seinen Körper, als suche ich die Narben, von denen Diabolo gesprochen hat.

Irgendwann werde ich nervös. Er ist hier. Das sollte reichen. *Oder?*

Und trotzdem gewinnen die Zweifel. Ich bin nervös, weiß nicht, was er von mir denkt. Er könnte mich hassen. Auslachen oder verspotten. *Scheiße*, er könnte sogar wütend sein, weil er auf Diabolos Seite steht. Meine Atmung wird immer schneller. Was, wenn er nie so für mich empfunden hat? Wenn ich ihm egal bin? Diabolo aber nicht? Was, wenn er ...

Ich stocke, sehe auf und kann keine Regung auf seinem Gesicht erkennen. »Was willst du?« Klinge ich hart? Für mich hört es sich eher danach an, als würde ich gleich weinen. Ja, ich bin emotional, Entschuldigung.

»Ach weißt du was. Vergiss es. Ich habe einen Termin.« Ich drehe mich um, gehe zur Tür, halte in der Bewegung inne und kneife die Augen zusammen. »Fuck«, fluche ich leise. Das hier ist mein Termin. Nicht er. Dieser Ort. Hat er den Direktor weggeschickt? Oder den Termin überhaupt erst einberufen? Wurde er informiert und ist als Elternersatz da? Am Ende ist es genau das. Und ich rede mir ein, es wäre meinetwegen.

Noch dazu wird mir bewusst, dass er mich nicht aufgehalten hat. Meine Lippen beginnen zu beben. Unkontrolliert drehe ich mich um. Auch wenn ich mich wochenlang danach gesehnt habe, ihn zu sehen, ist es mir in diesem Moment zu viel. Ich war nicht darauf vorbereitet. »Was willst du hier?«, wiederhole ich. »Bist du hier, weil dich die Uni informiert hat?«

»Wieso sollte mich die Uni informieren? Wenn du mich sprechen willst, kannst du dich gern direkt an mich wenden.« Ich hasse ihn. Ich hasse ihn mit jeder Silbe meines Körpers. Wie kann er so selbstgefällig sein?

Frustriert stoße ich ein Seufzen auf. Zum ersten Mal erkenne ich eine Regung in seinem Gesicht. Nur kurz. Aber da war etwas. Was nicht unbedingt etwas Gutes sein muss, wie mich meine innere Stimme erinnert.

Ich bringe sie mit einer abwertenden Handbewegung – die gleichermaßen für Blac gilt – zum Schwiegen.

»Also?«, frage ich. Und ich schwöre mir innerlich, wenn er etwas in Richtung, dass ich gehen wollte, sagt, bringe ich ihn um. Hier und jetzt. Wenn ich dabei draufgehe und mir eine Höllenzelle mit Diabolo teilen muss – scheiß drauf.

»Ich habe nachgedacht«, sagt er schließlich. Dabei kommt er langsam näher und löst eine beinah panische Reaktion in mir aus. Nachgedacht? Sein Ernst? Was kommt als nächstes? Wir müssen reden?

»Ach«, erwidere ich spitz. »Wie schön.«

Er muss mich hassen. Und ich beschwere mich über ihn. Verdammt, ich bin kein Stück besser.

Blac lacht. Er lacht allen Ernstes.

»Zu welcher Erkenntnis bist du gekommen, die du mir unbedingt mitteilen willst?«

Blac grinst noch immer. Er schüttelt den Kopf, kommt zu mir, packt mein Gesicht mit den Händen und presst seine Lippen auf meine. Ich bin so geschockt, dass ich völlig überrumpelt erstarre. Wir stehen da, bewegen uns nicht. Währenddessen blinzle ich hektisch und sehe in seine Augen. Irgendwann erkenne ich ein Schmunzeln darin. Er löst sich für einen kurzen Moment. »Maria?«

»Ja?«, hauche ich leise. Mein Herz flattert. Scheiße, kann bitte jemand vorsichtshalber den Arzt rufen?

»Halt die Klappe.« Blac grinst. Ich öffne empört die Lippen, doch ehe mir ein Wort darüber kommt, drückt er seine erneut auf meinen Mund. Er drängt sich bestimmt dazwischen und beginnt mich fordernd zu küssen.

Und ich?

Ich schmelze dahin, bis nichts mehr übrig ist als eine klebrige, süße Masse.

Wir müssen ewig so dastehen. Vertieft in dem Blick des anderen und unseren Kuss. Er fasst mich nicht an. Zieht mich nicht aus. Und trotzdem habe ich das Gefühl, ihm so unfassbar nah zu sein.

Als er sich schließlich von mir löst, kommt es mir vor, als wäre kaum eine Sekunde vergangen. Meine Lippen fühlen sich geschwollen an. Rings um meinen Mund herum ist meine Haut rau und aufgerieben von seinem Bart. Mein Bauch dreht mehrere Saltos, während mein Hirn eine Warnung nach der nächsten schreit.

Und ich?

Stehe da mit einem fucking Lächeln auf den Lippen, als hätte man mich soeben in einen Raum voller Babykatzen geworfen.

»Hätte ich gewusst, dass man deine Beschimpfungen so leicht beenden kann, hätte ich es eher versucht.« Blac steht noch immer dicht vor mir. Er hält mein Gesicht weiter mit den Händen fest. Und auch wenn ich mich dagegen wehre, fühlt es sich unfassbar geborgen an.

»Und hätte ich gewusst, dass du danach noch immer der gleiche selbstgefällige Idiot bist, hätte ich meinen Fluchtversuch durchgezogen.«

»Du wärst keine drei Meter weit gekommen.«

Verstohlen werfe ich einen Blick zur Tür. »Es sind mindestens vier und du hast mich nicht aufgehalten.« Am liebsten würde ich die Worte zurücknehmen.

Er ist hier.

Er will mich – hoffentlich. Wir könnten endlich reden. *Oder nicht reden.*

»Weil du nicht gegangen wärst.«

Mir juckt es in den Fingern ihm das Gegenteil zu beweisen. Einfach nur, weil er diese Aussage so verdammt selbstsicher hervorbringt. Ich verkneife es mir. Und das verbuche ich als ordentlichen Erfolg.

»Wie auch immer. Es war nett dich zu sehen. Allerdings muss ich zu einem Termin.« Ich verdrehe die Augen. Und dahin ist der Stolz über meine Beherrschung.

Blac grinst und zieht mich in eine feste Umarmung. »Weißt du, um ehrlich zu sein, habe ich eine Zeit lang versucht meine Gedanken zu sortieren. Ich wollte mir bewusst werden, wie ich zu dir stehe. Was ich für dich empfinde.« Spätestens bei diesen Worten halte ich die Luft an und wage es nicht, mich zu rühren. »Mit Diabolos Tod sind mir eine Menge Dinge bewusst geworden. Darüber, wie groß sein Einfluss auf mich gewesen ist.« Blac klingt verbissen. Ich spüre, wie er die Muskeln anspannt und mich damit noch fester an seinen Körper drückt. »Eigentlich hatte ich eine verdammte Angst davor, dich zu treffen und davor, wie ich dich wohl sehen würde. War das alles nur der Anspannung und Diabolos Einfluss geschuldet?«

Mir liegt ein lautes *Nein* auf den Lippen. Noch dazu stehen ein paar Tränen parat. Trotzdem bleibe ich still und erstarrt.

»Ich habe mich gefragt, wer du für mich sein würdest, wenn er nicht mehr hinter mir steht.«

Danach bleibt er still.

Minutenlang.

Und trotzdem lässt er mich nicht los.

Obwohl mein Herz wie wild schlägt, öffne ich mehrmals

die Lippen. Beim fünften Mal traue ich mich endlich zu fragen. »Und wie siehst du mich?«

Wieder ist er still.

»Ich weiß, dass es etwas gibt, was uns verbindet. Wir sind Diabolos Kinder und das werden wir immer sein.« Bei seinen Worten wird mir übel. Er redet weiter, weil er nichts von dem Sturm merkt, der sich in mir zusammenbraut. »Und das ist dir auch bewusst. Die Einsamkeit ist manchmal zu viel und die Verlockung zu groß. Deshalb bin ich hier.« Zuerst wehre ich mich. Ich will ihm nicht verfallen, wie ich es schon unzählige Male bin. Mein Gehirn verweigert sich, drängt mich zurück und will mich zwingen, diesen Fehler nicht erneut zu begehen. Seine Finger fahren über meine Haut, verharren über meinem wild schlagenden Herz. Mein Körper zieht sich zusammen und ein krampfartiges Schluchzen erfüllt mich.

Die Verlockung ist zu groß?

Was zur Hölle soll das bedeuten?

»Die letzten Jahre haben mich verändert. Ich bin nicht mehr der, den du damals kanntest und deshalb kann ich auch nicht die gleichen Dinge fühlen. Genauso wenig gelingt es mir, dich so zu sehen, wie ich dich damals gesehen habe.«

Es ist eine Ablehnung.

Er will mich nicht. Oder wollte mich nie.

Warum kann er nicht einfach sagen, dass ich die einzig Wahre für ihn bin? Oder verdammt nochmal für immer verschwinden? Wieso kommt er hierher, küsst mich, als gäbe es ein Wir und ist im nächsten Moment derart abweisend? Ich will es nicht, ich kann nicht wieder diesen Schmerz fühlen, die brennende Leere, die er in mir hinterlässt. Ich will nicht erneut durch die ewige Dunkelheit stolpern, aus der es kein Entkommen gibt.

»Wir beide haben uns verändert.«

Harsch schüttle ich aus einem Impuls heraus den Kopf. Blac löst sich von mir. Ich klammere mich noch eine Sekunde an seine Hüfte, dann drückt er mich ein Stück weit weg. Er sieht mir in die Augen. »Wir haben uns verändert und es wäre eine Lüge, wenn wir es leugnen.

Ich habe eine Menge Dinge gesehen.«

»Ist mir egal«, murmle ich atemlos.

Blac lächelt sanft. »In den letzten Jahren habe ich schlimme Dinge getan. Menschen getötet, gefoltert und Diabolo ausgeliefert.«

»Spielt keine Rolle.« Keine Ahnung, wann ich begonnen habe, meine Gedanken laut zu äußern. In dem Moment kann ich sie nicht zurückhalten.

Er fasst erneut nach meiner Wange und streicht sanft darüber. »Ich habe zahllose Frauen gefickt.« Wie kann er diese Worte so liebevoll von sich geben?

»Aber scheiße, ich habe bei jeder einzelnen nur an dich gedacht.«

Am liebsten würde ich ihn bitten, die Worte zu wiederholen.

Blac drückt mir einen kurzen Kuss auf die Stirn. Ich strecke mich ihm entgegen, doch viel zu schnell löst er sich von mir. »Vielleicht ist es eine dumme Fantasie. Etwas, in das ich mich hineinverrannt habe. Vielleicht stellen wir innerhalb kürzester Zeit fest, dass der jeweils andere ein Albtraum ist. Eine herrische Nervensäge oder ein Vollidiot.« Er schmunzelt leicht, während mir die Tränen über die Wangen laufen. »Aber ich will es versuchen. Halt, nein«, korrigiert er sich. »Ich muss dich kennenlernen. Die Frau, die du inzwischen geworden bist. Weil ich weiß, dass ich es sonst für den Rest meines verdammten Lebens bereuen werde.«

Ich schluchze leise. Seine Worte überfordern mich. Er ist so ... süß. So anders, als ich ihn kenne.

»Und wenn ich das nicht will?« Kann mich bitte jemand schlagen? Welcher Teil meines Körpers auch immer an dieser Aussage schuld ist, er soll chirurgisch entfernt werden.

»Sag das nochmal«, erwidert Blac.

Ich schüttle den Kopf, um die Worte zurückzunehmen. Da sieht er mich schräg an. »Sag das nochmal. Aber dieses Mal so, dass zumindest ich dir glaube, wenn du dich schon nicht selbst überzeugen kannst.« Er ist viel zu nah. Viel zu dicht an meinem Körper. Zu viel Haut berührt meine. Ein heißer Schauer streift meinen Körper, wandert seiner Bewegung hinterher. Ich will mich selbst dazu zwingen, ihn weg zu stoßen. Ihm zu sagen, dass das hier nie funktionieren wird.

Ich müsste mich wieder jemandem öffnen. Mehr als je zuvor. Was, wenn er mich enttäuscht? Wenn ich die Zurückweisung nicht überlebe?

Dann bist du tot, gebe ich mir selbst eine Antwort.

Keine Ahnung, woher die Frage kommt, aber in dem Moment stelle ich sie mir: Wäre Blac es wert, dass ich für ihn sterbe?

Ja.

Ich brauche nicht darüber nachzudenken.

Und genau aus diesem Grund weiß ich auch, dass ich mich längst entschieden habe.

»Ich hasse dich«, die Worte kommen über meine Lippen, noch ehe ich darüber nachgedacht habe.

»Ich weiß.« Dann presst er meinen Körper an sich. Sein Mund vereinnahmt mich. Pochende Hitze schießt durch meinen Bauch. Seine Zunge drängt sich fest zwischen meine Lippen und erobert mich. Hart krallen sich seine

Finger in meinen Körper, während meine eigenen Hände suchend über ihn wandern.

»Ich habe mir deinen Hass verdient. Aber das bedeutet nicht, dass ich mir nicht auch etwas anderes verdienen kann.«

Hast du längst. Die Worte liegen mir auf den Lippen, aber ich bekomme sie nicht heraus.

»Weißt du, wie schwer es für mich ist, mich von dir fernzuhalten?« Seine leise Stimme lässt mich aufsehen. »Wie schwer es ist, dich jeden Tag zu sehen, ohne dich berühren zu können?« Langsam, gequält sieht er mich an. Seine Finger beginnen zart über meine Arme zu fahren. Sanft verharrt er an den einzelnen Narben. Als er darüber streicht überläuft mich ein eisiger Schauer.

»Wie schwer es war, überhaupt hierher zu dürfen?« Unbewusst nicke ich.

»Ich weiß, wie dumm ich damals war. Dass ich sein Spiel mitgespielt habe. Ich weiß, wie sehr es dich verletzt hat und verdammt nochmal, ich weiß genau, wie weh es tat.« Seine Worte sind wie kleine Stiche, sie schmerzen. Jedoch geschieht noch etwas anderes. Ein sanftes Kribbeln, tief im Inneren meines Körpers. Es ist, als würden sich die tiefen Wunden auf meiner Seele, welche verborgen vor der Welt pulsieren, langsam schließen. Als könnten seine Worte den Schmerz in mir heilen.

Ich schlucke und hebe unsicher den Blick. Seine Augen treffen meine und ein sanftes Glühen breitet sich in meinem Körper aus.

»Warum hast du es dann getan?« Ich weiß, dass sich unsere Unterhaltung im Kreis dreht, doch ich weiß nicht, was ich sonst sagen soll. Schließlich ist es die einzige Frage, die durch meinen Kopf pulsiert.

»Weil ich dachte, dass ich dich so beschütze.« Er lehnt

den Kopf sanft gegen meinen, wie wir es früher unzählige Male getan haben. Es ist unser Moment, unsere Geste, die so vieles in mir aufwühlt.

»Hast du aber nicht.« Ich beiße mir auf die Lippe, schmecke den Vorwurf so bitter auf meiner Zunge. Keine Ahnung, welch sturer Teil in mir noch immer daran festhält, doch währenddessen schmilzt der Rest von mir bereits dahin.

»Ich weiß und ich werde die Reue jeden Tag mit mir tragen.« Ein verschmitztes Lächeln schiebt sich auf seine Lippen und ich kneife meine eigenen fest zusammen, um nicht zu lachen. In diesem Moment wird mir bewusst, wie sehr er mir gefehlt hat. Unsere Insider, unsere gemeinsame Zeit, einfach alles.

»Ich werde nicht aufhören, es wieder gut zu machen. Niemals. Ich werde nicht aufhören, an dieses störrische, impulsive und launische Mädchen aus meiner Kindheit zu denken. Noch viel weniger werde ich aufhören, um diese wundervolle, intelligente, lustige und unglaubliche Frau, zu der sie geworden ist, zu kämpfen.« Seine Hände umschließen mein Gesicht. Er ist so nah vor mir, dass sich unsere Nasenspitzen beinah berühren. Ich blinzle ein paar Mal schnell und mein Magen setzt zu einem kurzen Purzelbaum an. Es scheint mir bald so, als würden mit jedem Wimpernschlag die schlechten Dinge der Vergangenheit verblassen. Jeder Hass, jedes giftige Wort zwischen uns. Jede noch so kindische Spielerei, jeder Schmerz, den wir einander bereiteten.

»Dann werde ich nicht aufhören, die störrische und intelligente, launische und lustige, impulsive und wundervolle Frau zu sein.« Ich grinse ihn breit an und etwas löst sich in meinem Inneren. Eine Welle des Glücks überschwappt mich und steigt in mir auf.

»Deine dramatische Rede begleitet von einer großen Geste erwarte ich dann als nächstes«, sagt er grinsend.

»Okay«, antworte ich ausweichend. »Du darfst jetzt gehen und dich in fünf bis sieben Tagen melden.«

Blac gibt mir einen langen Kuss auf den Scheitel. »Du wirst mir den letzten Nerv rauben, oder?«

»Ich werde auf jeden Fall mein Bestes geben«, antworte ich grinsend.

Er nickt mir langsam zu, sieht mir tief in die Augen und lächelt, als wäre er der glücklichste Mensch der Welt. Und ganz ehrlich – für dieses Lächeln würde ich alles tun. Ich würde mich vor einen Zug werfen, wenn er nur nett darum bittet und sofort all meine Prinzipien verwerfen.

»Ich werde nicht die gleichen Fehler begehen.« Er schüttelt den Kopf. »Du willst das hier. Du willst mich.« Seine Stimme hat einen dunklen, rauen Unterton. Im Affekt will ich sofort widersprechen. Er schüttelt beinah lachend den Kopf. »Das war keine Frage, Baby.

Lass uns die Sache dieses Mal langsam angehen.«

»Langsam?«, wiederhole ich leise.

»Vermutlich weißt du nicht, was das ist. Keine Sorge, ich verstehe das. Bei so einem unwiderstehlichen Typen wie mir …« Er hebt die Hände und ich schlage nach ihm. Lachend und stöhnend.

»Lass uns zurück zu dem Punkt kommen, wo ich dir gesagt habe, dass ich dich hasse«, brumme ich zufrieden.

Blac hat es geschafft, dass ich mich binnen weniger Sekunden wieder entspanne. Wenn er humorvoll ist, kann ich mit der Sache umgehen. Dann wirkt es nicht so ernst. Es überfordert mich nicht.

Und verdammt, allein diese Reaktion hat mir gezeigt, dass ich alles mit ihm schaffen kann.

Wir sind an dem Punkt angekommen,
an dem ich eine Entscheidung treffen muss.
Ich habe falsch gewählt.
Oder?

KAPITEL 30

Damien

3 Jahre zuvor

»Es gibt etwas, dass du für mich tun wirst.«

»Natürlich, Vater.« Die Worte kommen mir wie von selbst über die Lippen. Ich denke keine Sekunde darüber nach. Es gehört sich so. Nicht anderes.

»Gut.« Diabolo nickt gelassen. Dabei wiegt er den Kopf belustigt hin und her. Ein leichtes Lächeln liegt auf seinen Lippen. »Gut«, wiederholt er langsam. Dann winkt er mich mit einer kurzen Bewegung den Gang entlang. Zügig setze ich mich in Bewegung.

Er deutet nach vorn und ich folge seinem Blick. Starre auf die Wand, auf die Türen, welche wir hinter uns lassen und versuche zu erahnen, was er vorhat. Ob ich es wissen soll? Ist es eine Fangfrage? Ein Rätsel? Ein Test? *Scheiße,* ich weiß es nicht.

Mit wachsender Panik presse ich den Kiefer fest zusammen.

Er darf mir meine Nervosität auf keinen Fall ansehen.

Ich muss kontrolliert wirken. *Perfekt.*

»Mir ist zu Ohren gekommen, dass Maria eine junge Frau geworden ist.«

Irritiert runzle ich die Stirn, habe mich aber im nächsten Moment wieder im Griff. »Es scheint so.« Ich hoffe darauf, dass meine vage Antwort ihm ausreicht. Schließlich habe ich immer noch keinen Schimmer, was er von mir will.

»Ja. Nur scheinen das auch andere bemerkt zu haben.« Den Satz betont er besonders. Wie von selbst balle ich meine Hand zur Faust. Meine Antwort war falsch. Ganz sicher sogar.

»Was möchtest du, dass ich für dich tue?« Die Worte fallen mir schwer. Viel lieber wäre ich auf seine Aussage eingegangen, nur weiß ich nicht wie. Zustimmung? Ablehnung?

Diabolo wirft mir einen knappen Blick zu. Dann geht er vor mir die Treppe hinauf. »Ich werde prüfen, ob an der Aussage etwas dran ist. Und du, du wirst mir währenddessen den Rücken freihalten.«

»Natürlich.« Verkrampft nicke ich. Wir haben erst wenige Worte miteinander gewechselt und trotzdem ist das Gespräch unangenehm und angespannt. *So wie immer.*

»Lucien, mein Junge!« Diabolos Stimme nimmt einen begeisterten Unterton an. Mein Magen zieht sich zusammen, als mein Bruder uns im Gang entgegenkommt. Lachend schlägt ihm Vater auf den Rücken. Lucien setzt ein Grinsen auf, dass seinem so verdammt gleicht. »Du bist eher zurückgekehrt, als ich es erwartet habe.«

»Wer ist schon gern unterwegs, wenn er auch zuhause sein könnte?« Mein Bruder wirft mir ein schnelles Nicken zu. Ich will es erwidern, da hat er sich bereits abgewandt. Unser Vater hat ihm den Arm auf die Schulter gelegt und führt ihn mit sich den Gang entlang.

Verbitterung befällt mich.

»Gut, das ist gut. Weißt du, mein Junge, zur Feier deiner Rückkehr habe ich ein besonderes Geschenk für dich.« Diabolo klingt vergnügt. Er und Lucien gehen davon, ohne sich ein einziges Mal nach mir umzusehen. Unsicher gehe ich ihnen nach. Binnen Sekunden hat er mir jegliche Aufmerksamkeit entzogen und wirft sie stattdessen vor Luciens Füße.

Es fühlt sich beschissen an.

Erniedrigend und falsch.

Und trotzdem gehe ich ihnen nach.

Wie ein dummer Köter, der seinem Besitzer folgt.

»Ein Geschenk?« Lucien klingt skeptisch. »Und vorher wolltest du es an meinen Bruder vergeben? Oder wohin wart ihr gemeinsam unterwegs?« Belustigung liegt in seinen Worten. Für eine Sekunde halte ich den Atem an. Er zieht ihn auf. Verspottet ihn beinah. Unseren Vater.

Diabolo winkt gelassen ab.

Mein ganzer Körper versteift sich.

Niemals hätte er mir etwas dergleichen durchgehen lassen.

»Eigentlich wollte ich es selbst tun, aber dir, meinem Jungen, würde ich sie überlassen.«

»Sie?«

Für einen Moment ist da nur Zorn und Verbitterung in mir. So lang, bis ich seine Worte verstehe.

Ich halte den Atem an.

Die letzten Minuten laufen in Zeitlupe vor meinen Augen ab.

»Ein ganz besonderes Mädchen. Ein ganz besonderes Geschenk. Für einen besonderen Mann. Dir ist es immerhin zu verdanken, dass mein Imperium weiterwächst. Die Freundschaft zu Silver. Mein Sohn, ich bin wahrlich stolz auf dich.« Mir wird übel. Mein Magen zieht sich zusammen. *Scheiße. Nein. Das kann er nicht ernst meinen.*

»Dank nicht mir. Mein Bruder hat uns erst miteinander bekannt gemacht.« Beinah wie in einer Trance setze ich einen Schritt vor den anderen. Wie wild arbeitet mein Hirn. Inzwischen beginnt mein ganzer verdammter Körper zu kribbeln. »Außerdem sieht mein lieber Bruder ein wenig untervögelt aus. Gönnen wir ihm die Freude.«

Die Unterhaltung der beiden ist voller Belustigung, Freude und Spott.

Das Einzige, was ich empfinden kann, ist blanke Überforderung.

Die Bruchstücke haben sich wie von selbst in meinem Verstand zusammengesetzt. Diabolos Gerede über Marias Entwicklung, darüber, dass sie eine Frau wird. Darüber, dass er ein Geschenk für Lucien hat. *Dass er Sie für ihn hat.*

Er versteht es nicht.

Keine Sekunde.

Aber es muss stimmen.

Ich weiß es.

Dafür kenne ich unseren Vater zu gut.

Lucien ist stehen geblieben. Er sieht mich auffordernd an. Am liebsten würde ich ihn anschreien.

Was will er von mir? Dass ich mich in den Vordergrund dränge? Versuche in ihr verschissenes Gespräch einzusteigen?

Scheiße nochmal ... seit ein paar Wochen habe ich das Gefühl, als würde er mich unterstützen wollen. Dabei enden seine Versuche jedes Mal in einem Albtraum für mich.

Es scheint fast so, als würde er mich nur dann ins Spiel bringen, wenn es *ihm* nützt. Nicht mir.

Ob es Absicht ist, weiß ich nicht.

Verbittert balle ich die Hände zusammen.

So war es jedes einzelne Mal. Und jedes verdammte Mal ist er im Ansehen unseres Vaters gestiegen.

Und ich gefallen.

Diabolo sieht mich ebenfalls an. Sein Blick ist abschätzig. Beinah spüre ich sein Missfallen auf meiner Zunge. Ekelerregend, kalt und taub.

Er wird mich wegschicken.

Er wird sie Lucien überlassen.

Er wird sich nicht für mich entscheiden.

Niemals.

Ich bin bereit zurückzustecken. Es ist okay. Er ist mein Bruder, also gestehe ich ihm eine Menge zu. Aber dieses Mal geht es nicht um Diabolos Gunst und auch nicht um irgendeine Frau.

Verdammt, es geht um unsere verdammte Schwester.

Panik breitet sich in mir aus. Mein Herzschlag wird schneller. Schweiß bricht auf meiner Haut aus. Wie von selbst schiebe ich die Hand in die Hosentasche. Gut, wir sind nicht wirklich verwandt. Aber das hat für mich nie einen Unterschied gemacht. Sie ist eine der zwei Frauen in meinem Leben, der ich bedingungslos vertraue. Vermutlich zeige ich es nicht. *Nein*, korrigiere ich mich selbst. Ganz sicher merkt sie es nicht.

Trotzdem bin ich immer da. Nur im Gegensatz zu meinem Bruder mache ich meine Dämonen am liebsten mit mir aus. Es liegt mir einfach nicht im Blut, meine Gefühle zu teilen. Oder jemandem näher zu kommen.

Mit den Fingerspitzen fahre ich über das kühle Fläschchen in meiner Tasche. Verkrampft setze ich einen Schritt nach vorn. Diabolo wird Maria an Lucien übergeben. Er wird sie ihm schenken. Ihre Jungfräulichkeit. Lucien wird sie nehmen, verderben und wegwerfen.

So, wie er es immer macht.

Er wird sie brechen, ihr das Herz herausreißen und sich nicht einmal darum bemühen, ihr einen letzten Blick zuzuwerfen.

Dabei ist sie so verdammt wichtig für mich.

Vermutlich ahnt er es nicht.

Weil ich nicht darüber spreche. Nie. Ich kann mich niemandem anvertrauen. Nicht, wenn mir dann jeder Mensch entrissen wird, der mir etwas bedeutet. Wenn alle Informationen nur gegen mich verwendet werden.

Scheiße.

Dieses Mal muss ich etwas sagen.

Ich muss mich zumindest meinem Bruder anvertrauen.

Er wird mir helfen.

Hoffe ich.

Aus diesem Grund gehe ich auf Diabolo zu. Mein Herz pocht wie wild. Alles an mir ist angespannt. Bestimmt hebe ich den Kopf. Bemüht ruhig starre ich Diabolo direkt ins Gesicht. Dann imitiere ich sein Grinsen. Seinen hochgezogenen Mundwinkel, die verengten Lider und den verschleierten Ausdruck in seinen Augen. »Es wird Zeit, dass wir den Gerüchten auf den Grund gehen.« Mein Puls bebt unter meiner Haut. Kalter Schweiß läuft mir den Rücken herab. Trotzdem gibt es in diesem Moment keine Zeit für Zweifel. Nicht darüber, ob ich richtig liege. Nicht über meinen Bruder, meinen Vater oder meine verschissene Jugendliebe über deren Jungfräulichkeit wir gerade mutmaßlich verhandeln.

Diabolo sieht mich abschätzig an.

Es ist, als wolle er mich testen. Schauen, ob ich durchhalte oder einknicke.

Werde ich nicht.

Für einen kurzen Moment ist es totenstill in dem Flur.

Mein Vater bewegt sich keinen Millimeter. Ich wage es kaum zu atmen.

Bis er schließlich langsam nickt. »Okay, warum nicht. Gönnen wir dem Mädchen einen sanften Einstieg. Wenn sie sich gut macht, werden wir vielleicht noch einen Nutzen aus ihr ziehen können.« Er lacht trocken. Die Hand führt er wie von selbst zu seinem Gürtel. Besser gesagt, dem Messer daran.

Wieder erschaudere ich.

Dieses Mal aus einem anderen Grund.

Erinnerungen tauchen vor meinen Augen auf.

Daran, wie oft ich gesehen habe, wie er es benutzt. Bei unzähligen Morden habe ich ihm zugesehen. Habe jedes Mal beobachtet, wie er sie niedergestochen, aufgeschlitzt und ausgeweidet hat. Das erste Mal scheint mir unglaublich lang her zu sein.

Es war mein Geburtstag.

Unser Geburtstag, stelle ich verbissen fest. Schließlich gehört mir nicht einmal dieser Tag allein. Anstatt einem Fernseher, einer Konsole oder einem verfickten Buch hat unser Vater uns ein Mädchen geschenkt.

Sie war verängstigt, jung und völlig durcheinander.

Noch heute sehe ich ihre roten, glatten Haare, ihre braunen Augen und die süßen Sommersprossen. Für einen kurzen Moment habe ich mich gefragt, warum sie dort saß. Hübsch verpackt, mit einer roten Schleife um den nackten Körper.

Lucien hat es schneller verstanden als ich.

Erst als er die Hände lachend auf ihre spärlich bedeckten Brüste legte, habe ich es kapiert. Vielleicht klingt es ein wenig makaber, wenn der Vater einem eine minderjährige Sexskalvin schenkt. Grausam, menschenverachtend oder schlicht falsch. Illegal auf jeden Fall.

Das war nicht das Schlimmste daran. Auch nicht, dass er uns dazu ermutigte, sie direkt *auszuprobieren*. Als wäre sie ein neues Spielzeug. Ein Auto, eine Eisenbahn oder ein Computerspiel.

Scheiße, nein. Das Schlimmste war, dass er danebenstand. Jede verdammte Sekunde.

Ich musste mich dazu zwingen, einen hochzubekommen. Klar hatte ich bereits an mir herumgespielt. Ich war ein Teenager. Was sollte man anderes erwarten.

Bis zu diesem Tag habe ich mich mit schmuddeligen Filmen und meiner Fantasie begnügt. Nicht nur einmal habe ich mir vorgestellt, wie es wäre, es mit einer Frau zu tun. Sie richtig anzufassen, sich gegenseitig auch körperlich kennenzulernen und näher zu kommen.

In keiner einzigen Vorstellung war mein Bruder dabei.

Erst recht nicht mein Vater.

Und trotzdem tat ich es.

Wie ein Roboter zog ich mich aus. Ich ignorierte ihr verheultes Gesicht und ihr Flehen. Stattdessen verging ich mich an ihr. Weil mein Vater wollte, dass ich es *nicht* tat.

Genau. Er wollte, dass ich den Schwanz einzog.

Das habe ich deutlich an seiner ausgebeulten Hose und seinem abschätzigen Blick gesehen.

Komm zu uns, Damien. Oder soll ich deinen Platz einnehmen?

Bei der Erinnerung wird mir übel. Am liebsten würde ich kotzen.

Diese Situation ist so beschissen gleich.

Damals habe ich es getan, weil ich dachte, es wäre die bessere Alternative. Besser als er.

Vermutlich habe ich es mir eingeredet. Eine Fantasie, in der ich der Held sein konnte. Dabei war ich keinen Deut besser als er.

In der Erinnerung gefangen kralle ich die Hand um das Fläschchen in meiner Tasche. Das GHB war nicht für mich bestimmt, aber in dem Moment weiß ich, dass ich es brauchen werde. Noch während ich Lucien und Diabolo hinterher gehe, ziehe ich es aus der Tasche und schraube es mit einer knappen Bewegung auf.

Kurz starre ich auf die klare Flüssigkeit. Dann hebe ich die Flasche an die Lippen und kippe einen Teil des Inhalts, ohne zu zögern in meinen Mund.

Zitternd packe ich den Rest zurück. Beinah sofort merke ich die Wirkung. *Es ist Schwachsinn.* Keine Droge wirkt so schnell. Trotzdem will ich es. Nur so habe ich das Gefühl, die nächsten Stunden ertragen zu können.

Wenn ich nicht hier bin.

Ich will mich an einen anderen Ort begeben. Einen guten, fröhlichen, an welchem ich nicht wieder zu einem Vergewaltiger werde.

Der Gedanke sorgt dafür, dass sich mein Magen zusammenzieht. Meine Kehle wird trocken. Inzwischen bewegen sich meine Beine scheinbar nur noch aus einem Reflex heraus.

Ich höre Diabolo und Lucien reden, doch keines ihrer Worte erreicht mich.

In dem Moment habe ich das Gefühl, ihre Bedeutung nicht zu verstehen. Mir kommt es vor, als sprächen sie eine andere Sprache. Eine, die ich nicht kenne.

Meine Bewegungen sind mechanisch. Ich nehme kaum etwas bewusst wahr. Der Schleier der Drogen benebelt meine Sinne. Mit jeder Sekunde merke ich mehr, wie mir das letzte bisschen Kontrolle entgleitet. »Damien.« Während das Blut in meinen Ohren rauscht, bin ich nicht sicher, was passiert. Meine Hände beben. Mein ganzer verdammter Körper steht unter Strom. Hart schlucke ich.

Immer wieder verschwimmt die Wirklichkeit vor meinen Augen. Alles verblasst. Alles, mit Ausnahme von einem Gesicht.

Ihre lockigen Haare sind verfitzt. Die Augen hat sie weit aufgerissen. Ihre zarten, rosa Lippen beben. Sie sind feucht von den Tränen, die über ihr ganzes Gesicht laufen. Maria ist völlig panisch. Windet sich, tritt und schreit.

Resolut versuche ich ihren zerstörten Anblick zu verdrängen. *Es ist nur irgendeine Frau. Ein Mädchen. Unbedeutend und schwach. Ich bin stark, kontrolliert und …* ein verschissener Lügner.

Mein Herz setzt für einen Moment aus, als sie sich heftig wehrt und dabei meinen Blick streift.

Unbeholfen stolpere ich zurück.

Ich kann es nicht tun. Nein. Nicht bei ihr. Nicht bei Maria.

Weitere Tränen drängen aus ihr hervor. Ihr ganzes Gesicht ist inzwischen verquollen. Schlagartig wende ich den Kopf ab. Nur ein paar Millimeter. So, dass es nicht auffällt. Aber so, dass ich sie nicht mehr ansehen muss. Der Anblick der dunklen Tapete verschwimmt vor meinen Augen und setzt sich neu zusammen. Immer wieder versuche ich mir zu sagen, dass ich es ihretwegen mache. Dass ich sie schützen will. Verdammt, am liebsten würde ich sie anschreien. *Willst du, dass er es ist? Willst du lieber, dass sich unser verfickter Vater an dir vergreift? Denkst du, er wird es akzeptieren, wenn du nein sagst? Denkst du, er wird vorsichtig sein? Dich nicht an seine Freunde weiterreichen, wie ein verdammtes Stück Fleisch?*

Keines dieser Worte bekomme ich heraus.

Stattdessen schweige ich und starre die Wand an.

Wie ein Feigling.

»Nicht er«, stößt sie beinah panisch aus. Verbissen presse ich die Lippen aufeinander. *Nicht er.* In meinem Schädel wiederholen sich die Worte immer wieder aufs neue. *Nicht er.* Es bin nie ich. Nicht der, dem sie ihr Vertrauen schenkt. Nicht der, den mein Vater an seiner Seite haben will. Nicht der, nach dem meine Mutter jede Nacht sieht.

Tiefer Hass sammelt sich in meinem Inneren. Immer wieder treffen die Menschen Entscheidungen und mindestens genauso oft entscheiden sie sich gegen mich.

»Nicht er? Wer dann, meine Liebe? Du willst zur Frau werden? Aber nicht durch ihn? Gut. Wieso nicht. Man soll mir nicht vorwerfen, ich würde meine Familie nicht unterstützen.« Diabolo grinst hämisch.

Für eine Sekunde scheint die Zeit stillzustehen. Ich sehe zu meinem Bruder. Darin lege ich alles Flehen, was möglich ist. Still betrachtet er mich. Meine Augen gehen für einen Moment zu Maria und wieder zurück zu ihm. Er erwidert meinen Blick. Im Augenwinkel sehe ich Diabolos gieriges Grinsen. Nur wenige Worte trennen ihn davon, die Beherrschung zu verlieren. Mein Schädel arbeitet. Bittend sehe ich Lucien an. Er wirkt für einen Moment unsicher. Schließlich senkt er für eine Sekunde die Augen. Dann drückt er die Hand auf Marias Lippen. »Können wir uns ihr Gelaber nicht ersparen und es hinter uns bringen? Ich habe noch etwas zu tun.« Er spricht emotionslos. Dabei sieht er auf Maria herab.

Lucien macht das nicht ihretwegen.

Er macht es für mich.

Und in diesem Moment bin ich verdammt nochmal stolz darauf, dass er mein Bruder ist. Er hinterfragt weder meine Motive, noch zögert er. Stattdessen ist er an meiner Seite.

»Lucien.« Diabolo klingt wütend. Sein eigener Sohn hat ihm den Spaß an dem Spiel genommen.

»Wen interessiert es, wenn sie herumgehurt hat?« Ich halte die Luft an. Mein ganzer Körper scheint immer heißer zu werden. Benommen blinzle ich, als leichte Lichter vor meinen Augen auftauchen. Schweiß bricht auf meinen Armen aus. In dem Moment wird mir bewusst, dass die Drogen eine ganz beschissene Idee waren.

Gut, sie lenken ab. Sie sind wie Flügel, die einem wachsen, wenn man am Boden ist. Solche, die dafür sorgen, dass du dich hoch in die Lüfte erhebst. Dass du fliegen kannst und alles Negative hinter dir lässt.

Und dann, wenn die Wirkung langsam nachlässt, fällst du umso tiefer.

Mein Schädel wummert. Ruckartig hebe ich den Blick. Für eine Weile – und ich weiß nicht wie lange – bin ich abgedriftet.

Nur verschwommen sehe ich, wie Diabolo Maria an der Hüfte packt und auf den Rücken dreht. Lucien packt ihre Arme. Blut rauscht durch meine Ohren. Verwirrt und überrannt sehe ich zwischen ihnen hin und her. *Scheiße. Hatte ich einen kurzen Aussetzer? Einen Blackout?* Was zur Hölle hat sich verändert?

»Gut, dann finden wir es heraus. Soll ich oder willst du, Bruder?« Lucien klingt gelassen. Fassungslos starre ich ihn an. Dabei kann ich ihn kaum deutlich erkennen. Vereinzelte Formen erscheinen vor meinen Augen. Ich wische sie mit einer genervten Bewegung hinfort. Sie sind nicht echt. *Nicht echt.* Nicht so, wie das verängstigte und verstörte Mädchen vor meinen Augen. *Fuck.* Ich hatte gehofft es würde helfen. Die Drogen, der Alkohol.

Im Versuch mich zu fokussieren, starre ich zu Lucien. Hat er seine Meinung geändert? Kann ich ihm doch nicht vertrauen?

Gerade als meine Zweifel überhandnehmen, nickt er leicht. Sein Blick ist eine deutliche Ohrfeige. Auch wenn er nichts sagt, weiß ich, was er mir am liebsten sagen würde: Reiß dich gefälligst zusammen und zieh es durch, bevor es noch unschöner wird.

Schwankend senke ich den Blick. Maria hat die Augen und Lippen fest zusammengepresst. Ihr ganzer Körper ist erstarrt wie ein Brett. Die Arme zittern leicht und ihre Hände hat sie so fest zusammengeballt, dass es weh tun muss.

Kurz denke ich nach.

Schließlich musste ich kaum etwas tun. Es nur durchziehen. *Oder?*

Harsch werde ich im Nacken gepackt. Mein Körper erstarrt. Dann reißt er mich an sich. Benommen blinzle ich, bis Diabolos eisige Augen klarer vor meinem Gesicht werden. Ich schlucke, lecke mir über die Lippe und bemühe mich, gefasst zu wirken.

Dabei scheitere ich kläglich.

»Ziehst du es durch oder bist du ein jämmerlicher Versager, der der Sache nicht gewachsen ist?« Kein bisschen Wärme liegt in seinen Worten. Kein bisschen Trost oder Aufmerksamkeit für mich. Stattdessen triefen sie vor Abscheu.

Tränen steigen in mir auf.

Ich bin kein Versager.

Ich werde nicht kneifen.

Aber scheiße nochmal, ich werde das hier nicht seinetwegen tun.

Letzte Worte

Ich weiß nicht, womit ihr gerechnet habt. Vermutlich mit einem nach Zuckerguss duftendem Happy End.

Und, seid ihr zufrieden?

Ich hoffe es für euch.

Wenn euch meine Geschichte erschüttert hat, dann solltet ihr das Buch an dieser Stelle weglegen und diese Welt ruhen lassen. Wenn ihr aber noch immer nicht genug habt, dann kann ich euch nur empfehlen dranzubleiben.

Wenn Lucien und Damien das Imperium ihres Vaters übernehmen, wird nichts mehr sein wie zuvor. Und wenn ihr glaubt, dass ihr schon genug über sie wisst, dann kann ich nicht anders, als zu lachen.

Kristin: Okay, was wird das, Blac?

Blac: Wenn selbst Damien in meinem Buch seine Seite der Geschichte erzählen darf, gehört mir wenigstens das letzte Wort.

Kristin: Ach, komm schon. Auf diesen Seiten sollen die Leser Lust bekommen, die anderen Bücher der Reihe zu lesen.

Blac: Okay.

Kristin: Du verschreckst sie!

Blac: Ich wüsste nicht, inwiefern das mein Problem ist.

Kristin: Dann sag wenigstens etwas Aufmunterndes zum Abschied. Irgendwas Positives. Etwas über die Liebe, für die es sich zu kämpfen lohnt.

Blac: Ich sage ihnen etwas viel Wichtigeres. Und zwar, dass Liebe mich abfuckt.

Kristin: Blac!

Blac: Pst, das wird mein Abspann.

Kristin: Okay, bitte. Ich gebe auf.

Blac: Wie viel Zeit habt ihr mit Diabolo verbracht? Vier Stunden? Wenn überhaupt. Ich bin bei dem alten Sack aufgewachsen. Und auch wenn ihr meint zu wissen, was ich in der Zeit durchgemacht habe, kann ich euch nur eins sagen: Ihr wisst es nicht.

Ich habe eine Menge ertragen, habe gelitten und jeden fucking Tag überlegt, aufzugeben. Ganz ehrlich, wer eine schwere Zeit durchlebt und etwas anderes behauptet, der lügt.

Und weder der Schmerz noch seine Worte waren es, die mir am meisten zugesetzt haben. Sondern die Tatsache, dass ich mich mit jedem Tag ein Stück weit selbst verloren habe. Ich wusste, dass ich es machen muss, wenn ich will, dass Maria eine Chance auf ein gutes Leben hat. Oder überhaupt ein Leben.

Aber mit jedem bisschen, was ich ihr gegeben habe, habe ich mich selbst geopfert.

Es ist beschissen. Man macht sich selbst Vorwürfe. Irgendwann dem anderen. Und es ist schwer, aus dieser Spirale wieder herauszukommen.

Erst recht, wenn man die ganze Scheiße, die man erlebt hat, verleugnet. Ich kann euch nur empfehlen, es nicht zu tun.

Eine Zeit lang geht es gut. Man beschäftigt sich nicht mit seinen Problemen und hofft darauf, dass sie sich von allein lösen.

Spoiler: Werden sie nicht.

Deshalb lebt nicht mit der Fantasie einer glücklichen Zukunft, sondern bekommt euren Arsch hoch und holt sie euch.

Bis bald, ihr Süßen.

Danksagung

Hey, ich weiß, dass ich mich wiederhole. Trotzdem kann ich es nicht ändern. Ich kann nicht glauben, dass aus meiner Idee ein ganzes Buch entstanden ist. Eins, was du ganz offensichtlich sogar durchgelesen hast. Deshalb danke ich zuallererst dir und allen Lesern, dass du dir die Zeit genommen hast, die Geschichte zu lesen. Das bedeutet mir tatsächlich sehr viel.

In diesem Buch geht mein gigantisches Danke an Natalie, Jessi und Ally, die mich wie kaum jemand sonst durch diese Welt begleitet haben. Wirklich. Ihr könnt nicht glauben, was sich diese Mädels immer antun. Schließlich weiß inzwischen so ziemlich jeder, der mich kennt oder mir auf Insta folgt, dass ich mich selten entscheiden kann, ständig meine Bücher umschreibe und mich einfach nicht kurzfassen kann.

Deshalb danke für eure unfassbare Unterstützung, ohne die mein Buch niemals das geworden wäre, was es jetzt ist.

Auch bedanke ich mich bei allen, die mich mit meinem Buch auf Instagram, TikTok oder mit ihren Bewertungen unterstützen. Das bedeutet mir viel.

Triggerwarnung

Dieses Buch behandelt folgende potentiell triggernde Themen.

- Dark Romance
- explizite Szenen
- Gewalt
- Vergewaltigung
- sexuelle Gewalt
- Mord
- blutige Szenen
- psychische Probleme
- Für sensible Leser nicht geeignet

WILLST DU WORTWÖRTLICH DEIN HERZ AN EINEN MANN VERLIEREN?

VICIOUS DOCTOR

Bad Doc trifft auf provokante Krankenschwester

Das Interessante ist, ich sehe keine Angst in deinen Augen. Und auch keine Wut und keinen Trotz. Alles, was ich sehen kann, ist Faszination. Für mich. Für die Finsternis in mir.

Der Chirurg

Man sagt, ich bin der heißeste Chirurg an Floridas Ostküste. Genauso arrogant wie begnadet.
Dazu berufen, Leben zu retten und die Frauen, die bei mir Schlange stehen, nicht lange warten zu lassen.
Doch das ist nicht alles, wozu ich fähig bin.
Denn genauso oft, wie ich die Leben meiner Patienten rette, entreiße ich es ihnen auch wieder, um ihre Organe auf dem Schwarzmarkt zu verkaufen.

WILLST DU WORTWÖRTLICH DEIN HERZ AN EINEN MANN VERLIEREN?

Die Krankenschwester

Ich will ihn nicht mögen. Dr. Kane bekommt mit seinem charmanten Lächeln jede ins Bett und ich werde mich nicht einreihen. Allerdings finde ich etwas über ihn heraus, das mir gefährlich werden könnte, und mein Pokerface ist nicht gut genug, um es vor ihm zu verbergen.

Er setzt alles ein, um mich zu verführen. Ich muss ihm widerstehen. Denn wenn er mich bekommt, wird er mir das Herz stehlen ...

Und damit meine ich das Organ, das mich am Leben hält. Wortwörtlich.

LESEPROBE: QUEEN OF SINS

Queen of Sins

Die Königin der Sünden trifft auf den König der Lügner

Das Knirschen meiner Stiefel auf dem dreckigen Asphalt klang viel zu laut für meine geschulten Ohren. Das Tier in mir, der Grund, weshalb ich überlebte, knurrte allzeit bereit. Dabei war ich wohl die einzige Frau in ganz Chicago, die sich nachts frei durch die dunklen Straßen bewegen konnte ohne belästigt, ausgeraubt, missbraucht oder getötet zu werden. Ich befand mich in den gefährlichsten Straßen dieser Stadt, meinem Zuhause, meiner ganzen Welt.

Als ich mit vierzehn in den Sog aus Gewalt und Tod gezogen worden war, fürchtete ich noch die Schatten der engen Straßen, das konstante Bellen der Straßenhunde hielt mich nächtelang wach. Doch nun waren sie mir in Fleisch und Blut übergegangen. Die Geräusche des Untergrunds. Ich lächelte befreit, genoss die Stille, die mich umgab.

Ich liebte meine Stadt, liebte ihre Kanten und die

dreckigsten Ecken. Wo andere nur Schmutz und Abschaum sahen,

sah ich mehr. Ein leises Wimmern wischte mir mein Lächeln vom Gesicht und das Monster in mir fletschte die Zähne. Die dunklen Gassen von Bezirk acht waren ungewöhnlich leer, ein Grund mehr, die Sache selbst in die Hand zu nehmen. Viel zu geübt zog ich meine Smith & Wesson und verschmolz mit der Dunkelheit meines Königreichs. Wie ein Schatten schlich ich mich an den Häusern vorbei, Winkel um Winkel, ohne ein einziges Geräusch zu verursachen. Ich ahnte nichts Gutes. Dann hörte ich es, ein Flehen.

»Nein, bitte, bitte hör auf!«, die Stimme eines jungen Mädchens grub sich in mein Fleisch.

»Sei still Miststück, oder ich stopfe dir dein verdammtes Maul!«

Ich spähte um eine Häuserecke, die in einer Sackgasse endete. Umringt von Backsteinen tat sich mir die schlimmste Seite dieser Stadt auf. Ein junges Mädchen, nicht älter als fünfzehn, wurde von einem bulligen Kerl auf den Boden gedrückt. Er hatte bereits seine Hose heruntergelassen und sein fetter, weißer, schwabbeliger Arsch, der in meine Richtung zeigte, legte sich mir in voller Pracht dar. Der Wunsch, mir die Augen auszustechen, kam in mir auf.

Er hatte die typische Möchtegern-Gangster-Kleidung an. Longshirt, Goldkette, Bandana. Erleichtert stellte ich fest, dass der widerliche Kerl sich noch nicht an dem Mädchen vergangen hatte. Seine gierigen Wurstfinger fummelten an seinem Schwanz herum, wahrscheinlich, damit er überhaupt einen hochbekam. Ich konnte ihn nicht sehen, doch er musste winzig sein, wenn er sich an jungen Mädchen vergriff. Während ich mich schleichend an das Szenario herantastete, erfasste ich jedes Detail.

Das Mädchen trug ihr Haar in Regenbogenfarben. Dunkle, schwarze Make-Up-Ringe zierten ihre Augen, die jetzt vor lauter Tränen schwarze Schlieren auf ihrem Gesicht hinterließen.

Ihre Kleidung war zerlumpt, ein Punk, ein Kind der Straße. Der schmierige Wichser zerriss ihre mit Einhörnern und Löchern verzierte Leggins.

Das war der Moment, in dem ich die Smith & Wesson entsicherte. Das Klicken hallte in der kleinen Sackgasse wie ein Presslufthammer. Sofort verstummten Täter und Opfer. Beide drehten sich nach dem Verursacher des Geräusches, *nach mir*, um. Das Mädchen wimmerte erleichtert, als sie mich erblickte. Dem fetten Schwein brach sofort der kalte Schweiß aus. Er sah mich ganze fünf Sekunden an, bis er realisierte, dass ich tatsächlich vor ihm stand. Die Gangster dieser Straßen kannten mich, mein Ruf eilte mir auch dieses Mal voraus. Selbst aus einer Entfernung von mehreren Metern konnte ich sehen, wie sein sowieso schon winziger Schwanz in sich zusammenschrumpfte.

»Was ist los? Will dein kleiner Kumpel nicht rauskommen und spielen?«, säuselte ich. Meine Stimme klang nach einer Mischung aus rauchigem Whisky und süßer Verführung.

»Oh Shit«, fluchte der Wichser verzweifelt. Er ließ von dem kleinen Mädchen ab und rutschte zitternd bis zur Backsteinwand der Sackgasse. Dabei sah er wie eine fette kriechende Robbe aus. Er schenkte nicht mal seiner heruntergelassenen Hose Beachtung. Das Mädchen hingegen zog die Fetzen ihrer Leggins einigermaßen zurecht und stand auf.

Dass sie nicht wie ein verstörtes Kind am Boden blieb, imponierte mir. Sie hatte aufgehört zu zittern, stand einfach stumm da. Meine Waffe zielte ununterbrochen auf das Schwein, mein Gesicht zierte ein grausames Lächeln.

»Wie heißt du?«, fragte ich ihn. Meine Stimme war neutral, fast schon amüsiert. Der Abschaum der Straße trieb einem irgendwann alles andere aus.

»Hör zu, ich ...«, setzte der Fettsack an.

Ich schoss.

Er schrie.

Wie ein Häufchen Elend hielt er sein blutendes Bein, in das ich meine Kugel versenkt hatte.

»Falsche Antwort, also nochmal. Wie heißt du?«, fragte ich zuckersüß. Sein Jaulen und sein Wimmern waren Musik in meinen Ohren. Wenn mir etwas an die Nieren ging, dann war es solch verachtenswerter Abschaum wie dieser Kerl.

»Ben.« Seine heulende Antwort war fast schon mitleiderregend.

Ben. Was für ein unscheinbarer Name für so eine seelenlose Kreatur.

»Wenn ich etwas nicht leiden kann, Ben, dann sind es solche Arschlöcher wie dich, die nur einen hoch bekommen, wenn sie sich an Schwächeren vergreifen. Du hast Glück, ich hatte einen wirklich miesen Tag.«

Das schien dem Wichser das restliche Blut aus seinem Gesicht zu jagen.

Vielleicht war es auch die Wunde. Er war bleich, fast schon grün. Er wusste, wer ich war, deswegen floh er nicht, deswegen kämpfte er nicht, deswegen wagte er es nicht zu hoffen. Betont langsam ging ich auf die beiden zu. Das Mädchen verzog keine Miene. Selbst als ich auf Bens zweites Bein schoss, verriet sie nur das kurze Zusammenzucken ihrer Glieder. Er dagegen schrie wie das Schwein, das er war. Ich hatte mit Absicht die Arterien nicht erwischt. Ohnmächtig war die Strafe schließlich nicht qualvoll genug.

Wenn ich etwas nicht mit einem einfachen Tod segnete, dann waren es Vergewaltiger. Wo das Gesetz versagte, kehrte ich die Scherben auf.

Das kleine Mädchen schielte auf das Blut, das im Dreck versickerte. Sie hatte Angst. Doch wie sie meinem Blick auswich, verriet, dass sie diese mehr vor mir als vor ihrem Peiniger hatte. Angst. Natürlich hatte sie die. Wenn selbst das Monster, vor dem sie sich fürchtete, vor mir in die Knie ging, aus welchem Albtraum war ich dann wohl entsprungen?

Ich ging einen Schritt auf sie zu, drehte ihr Gesicht zu mir und schaute ihr in die wachen und intelligenten Augen.

»Wie heißt du, Kleine?«, fragte ich sie sanfter, doch obwohl die Kleine etwas in mir rührte, ließ ich es nicht an mich heran. Wer begann den Dreck dieser Welt persönlich zu nehmen, ging daran zugrunde. Alles, was Menschen, wie ich taten, war Schadensbegrenzung. Ich konnte diesem Mädchen kein besseres Leben bieten, doch ich konnte ihr etwas beibringen.

»Jasmin, mein Name ist Jasmin.«

Ihre Stimme schwankte zwischen Angst und Panik. Nicht sicher, ob ich Retter oder Mörder ihrer kleinen Seele war. Kluges Mädchen.

»Hör zu Jasmin, dieses wimmernde Etwas, das sich grad in Pisse und höchstwahrscheinlich auch in seiner eigenen Scheiße suhlt, weißt du, was er mit dir machen wollte? Ist dir das klar?«

Kalt starrte ich ihr in die schwarz verschmierten Augen. Ihre sogar recht hübschen braunen Augen weiteten sich bei meinen Worten. Auch ohne ihre Antwort wusste ich, dass ihr klar war, welchem Albtraum sie knapp entkommen war.

»Ja«, war ihre schlichte Antwort. Kein Reden um den heißen Brei. Die Kleine gefiel mir.

»Gut«, antwortete ich, ließ sie los und hielt ihr meine Waffe hin.

Sie zögerte. Der Kerl, der uns bleich beobachtete und leise vor sich hin stammelte, würgte überrascht. Gleich würde er sich übergeben. Eine Pfütze seines eigenen Urins kennzeichnete schon den Ort seines Endes. *Weichei.*

Jasmin betrachtete noch immer die Waffe, die in meiner offenen Hand lag. Nicht sicher, ob sie danach greifen sollte oder ich sie in eine Falle lockte.

»Wer zögert, der stirbt.«

Wenn es nicht meine Worte waren, die sich in die Seele dieses jungen Mädchens fraßen, dann war es der Klang meiner rauen Stimme, die diese Straßenregel in ihre Haut ritzte.

Anstand, Moral, Achtung, das waren Güter, die man sich auf Chicagos Straßen nicht leisten konnte. Kein Naserümpfen, kein pikierter Blick und kein Gebet schützten junge Mädchen vor den Ausgeburten der Hölle. Eine 9 Millimeter dagegen bedeutete Schutz und Macht. Ohne meinem Blick auszuweichen, griff Jasmin nach der Waffe und wog sie in der Hand. Ihren Blick nicht einen Moment von mir abwendend. Ein wichtiger Urinstinkt war es, niemals seinen Gegner aus den Augen zu lassen. Dem Monster niemals den Rücken zuzudrehen. Sie drehte sich zu Ben um. Ich griff um sie herum, legte meine Hände um ihre und zeigte ihr, wie man die Waffe entsicherte. Als das vertraute Klicken ertönte, trat ich zufrieden zurück. Ließ ihr den Freiraum, sich selbst zu schützen. Ohne ihre Reaktion abzuwarten, drehte ich mich um, verließ langsamen Schrittes die stinkende Gasse, ließ das Mädchen erwachsen werden.

»Nein, bitte ich, bitte ich werde mich stellen. Ruf die Polizei, ich werde alles zugeb …«

Der Klang des Schusses ließ das Flehen verstummen.

Nicht eine Sekunde hielt ich an, meine Schritte verloren kein einziges Mal ihren Takt. Ich zweifelte nicht und nicht eine Minute hatte ich Angst, dass der kleine Schmetterling die Waffe auch auf mich richten könnte. Auf mich zielte man nicht, nicht in meinem Königreich, nicht in meiner Stadt.

Hier gab es keinen Platz für Abschaum wie Ben.

Good Books – Evil Stories

Traust du dich?

Spiegel- und Bild-Bestseller-Autorin
Jane S. Wonda präsentiert:

Black Edition

Dein Zuhause für Dark Romance.

Dein Herz schlägt für die dunkle Seite der Liebe?
Dann komm in die Welt von Black Edition
und lass Moral und Anstand hinter dir.
Dich erwarten raue Kerle, sinnliche Lügen sowie das
Versprechen von Nervenkitzel und Gefahr.

www.black-ed.de

Black Edition

Good Books – Evil Stories

Noch nicht genug?

Dann besuche uns auf www.black-ed.de.
Entdecke unser Verlagsprogramm, stöbere durch
den Shop und verlier dein dunkles Herz.

Auf Instagram & TikTok: black.edition.verlag
erwarten dich Coverreveals, Schnipsel, Booktrailer
und das eine oder andere Gewinnspiel.

Vorbeischauen lohnt sich!

Konnte diese Geschichte dein Herz erreichen?
Dann lass es uns wissen und schreib eine Rezension.
Auf dass noch mehr diesem Buch verfallen
können und dir in die Dunkelheit folgen.

www.black-ed.de